# 베이비 부

베이비 부

**초판 1쇄 인쇄일** 2015년 5월 22일
**초판 1쇄 발행일** 2015년 5월 26일

**지은이** | 신노윤
**펴낸이** | 김기선
**편집장** | 김은지

**펴낸곳** | 와이엠북스(YMBOOKS)
**출판등록** | 2012년 7월 17일 (제382-2012-000021호)
**주소** | 서울시 도봉구 노해로 379, 1005호(창동, 대성빌딩)
**전화** | 02)906-7768 / **팩스** | 02)906-7769
**E-mail** | ymbooks@nate.com

ISBN 979-11-322-2012-1 03810

**값 9,000원**

YMBOOKS ROMANCE STORY

# BABY BOO

# 베이비 부

신노윤 지음

Ym BOOKS

# 목차

# 프롤로그

딸그락, 딸그락.

분명 두 개의 숟가락과 젓가락이 밥그릇을 오가며 소리를 내고 있었지만 그 사이에서 이어지는 대화는 전혀 없었다. 언제나 똑같은 풍경의 아침 식탁이지만 웬일로 채은이 눈앞의 남편에게 말을 걸었다.

"오늘 늦어요?"

"아마."

상대방이 민망하다 싶을 정도로 짧은 대답이었다. 하지만 그녀는 항상 그래 왔던 일인 것처럼 살짝 수긍하는 표정을 짓더니 다시 말을 건넸다.

"오늘 할 말 있는데, 일찍 올 수 없는 거예요?"

"무슨 말?"

할 말 있다는 아내의 말에 무서워할 유한은 아니지만 약간의 호기심은 들었던지 손에 들고 있던 젓가락을 내리며 채은을 바라보았다.

"아침 먹으면서 할 이야기는 아니에요. 바쁜 건 알지만 오늘은 웬만하면 일찍 와줘요. 부탁해요."

언제나 바쁜 자신을 배려해주던 아내였기에 이런 식의 강요가 섞인 말은 처음이었다. 자세히 묻고 싶었지만 어쩐지 오늘 저녁이 될 때까지 절대 입을 열지 않을 것 같은 아내의 표정이었다. 유한은 그저 별말 없이 고개를 끄덕였다. 아무렇지 않은 표정과 달리 채은의 말을 예상해보는 유한의 마음에 이유 모를 불안이 잠식해왔다. 물론 도무지 마음이 읽히지 않은 표정 덕분에 유한의 불안은 채은에게 들키지 않을 수 있었다.

"노력, 해볼게."

"네."

이후 둘 사이에 이어지는 말은 없었다. 침묵이 찾아온 식탁. 이번엔 이 침묵을 깨는 사람은 없었다.

휘이이잉.

청소기가 어지럽게 돌아가는 오후 시간이었다. 대한민국에서 손꼽히는 대기업 회장 시아버지에, 그 대기업의 대표이사인 남편을 둔 사람이 왜 직접 청소를 하고 집안일을 하는 것이냐며 순수하게 호기심을 드러내는 사람도 있었고, 바보 같다며 채은을 비웃는 사람도 있었다. 하지만 그런 호기심이나 비웃음에 상관없이 그녀는 그를 위해, 그를 떠올리며 무언가를 할 수 있는 모든 순간순간 행복을 느꼈다. 뭐, 그것도 이제 얼마 남지 않은 일이 되겠지만.

한참을 심취한 것처럼 청소기를 돌리던 채은이 문득 청소기를 끄고 거실 한쪽 벽면을 바라보았다. 채은이 바라보고 있는 거실 한 벽면에는 유한과 채은의 결혼사진이 걸려 있었다. 세상의 모든 행복을 가진 듯 웃고 있는 채은과 세상이 무너져도 유지할 것 같은 무표정한 유한이 청소기를 돌리는 채은을 바라보고 있었다. 다른 부부들은 이 크기만 한 사진을 창고 구석이나 장롱 구석에 넣어둔다고 하지만 채은은 자신과 유한과 결혼을 했다는 증거인 이 사진이 마음에 들어 보란 듯이 거실 한 벽면에 걸어두고 눈에 띌 때마다 보고 싶었다.

'유한 씨, 이것 좀 걸어줘요.'
'이걸? 왜?'
'왜긴요, 그럼 그냥 썩혀요? 아깝잖아요.'
'우리 결혼한 거 뻔히 아는데 뭘 이렇게까지 해.'
'전 걸어두고 싶어요. 이거 걸어두는 거 창피해서 그래요?'
'그런 건 아닌데.'
'그럼 얼른요. 못부터 박아요. 여기 망치랑 못이요.'

자신의 채근에 어쩔 수 없다는 듯 사진을 걸었던 유한이 떠올랐다. 눈에 띄는 곳에 걸어두고 유한도 시간이 날 때마다 저 사진을 봤으면 했던 제 마음과 달리 유한은 이 사진 쪽으론 시선을 주지도 않았었다. 자신이 아는 선에선 말이다.

"뭐가 좋다고 웃니?"

사진을 가만히 지켜보던 채은이 사진 속 자신에게 물었다. 언제부터인가 웃음을 잃은 자신과 달리 사진 속 자신은 너무 밝아 보였다. 손에 들린 청소기를 바닥에 내려놓은 그녀가 사진 쪽으로 다가갔다. 매일매일 닦은 탓에 사진 위엔 먼지 하나 묻어 있지 않았다.

"진짜 무겁네."

힘겹게 벽에서 사진을 떼어낸 채은이 바닥에 사진을 내려놓았다. 아마 앞으로 다시 볼 일 없는 사진일지도 몰랐다. 그저 얕은 미련과 무게를 핑계로 바라보기만 했던 것이 실상은 이렇게 쉽게 떼어낼 수 있었던 거다. 조금쯤은 무거워서 낑낑거리고 힘들 거라고 생각했는데, 너무 쉽게 사진은 자신의 시선 아래쪽에 내려왔다. 거실에 걸린 시계가 시끄러운 소리를 내며 똑딱이고 있었지만 그 소리가 들리지 않은 듯 채은은 결혼사진을 바라보고 있었다. 더욱 정확히는 웃는 자신의 옆에서도 언제나처럼 무표정을 유지하고 있는 남편을 바라보았다. 시간이 변해도 남편의 저 표정만은 변하지 않았다. 자신에게만은 웃음 짓게 하리라는 결혼 전에 그런 실현 가능성 없는 다짐을 했던 것도 같다.

"조금만 웃어주죠."

그럼 어쩌면 당신하고 내가 지금처럼 되지는 않았을 것 같은데. 이미 지쳐버린 스스로를 느끼고 있었다. 도무지 무슨 생각을 하는지 알 수 없는 남편을 보는 것이 힘들었다. 애써 외면하고 있었는데 힘들다고 인식하니, 남편과 함께인데도 혼자인 것 같은 외로움에 하루하루 힘듦의 무게는 더욱 무거워졌다. 앞으로 이런 상태를 유지해보았자 힘들어지는 건 자신들뿐이었다. 그래서 채은은 결심했다. 모든 것이 더욱 어그러지기 전에 모든 걸 끝내기로. 그것이 자신들을 행복하게 하는 일이라 믿었다. 처음 유한을 선택했을 때 생겨났던 그 어리석은 믿음처럼 채은의 마음속에는 이제 다른 믿음이 자리 잡고 있었다.

-사모님, 오늘 이사님께서 급하게 회의가 잡히셔서 늦으실 것 같다고 전해달라고 하셨습니다. 죄송하다는 말씀도요.

유한의 비서인 기훈의 전화를 끊자마자 채은은 실없는 웃음이 났다. 오늘까지도 당신은 나보다는 일이 먼저인가 보네요. 그리고 그런 용건은 당신이 전하면 안 돼요? 아니, 이제 와 새삼 실망할 것도 없었다. 한참 공허한 웃음을 짓던 채은이 하루 종일 망설이던 일을 결행했다. 스르르, 왼쪽 네 번째 손가락에 끼워져 있던 두 사람의 결혼반지가 이번에도 쉽게 제자리에서 물러났다. 허전한 손가락을 만지던 그녀가 반지를 테이블 위에 올려놓았다. 주인의 체온을 잃어버린 반지가 차가운 테이블 위에서 점점 더 빠르게 식어가기 시작했다.

"이혼해줘요."

"뭐?"

늦은 밤. 채은의 부탁을 들어주지 못한 미안함을 한쪽 마음에 매달고 들어온 유한은 살짝 눈썹을 찌푸렸다. 채은의 차분한 목소리와 어울리지 않는 말 때문이었다.

"이혼해달라고요. 이제 우리가 같이 살아야 할 이유 없잖아요. 당신도 나 때문에 힘들 거고."

흔치 않게 보이는 유한의 심기 불편함에도 채은은 망설임 없이 말을 이었다.

"힘들다고 누가 그래?"

"당신은 어떨지 몰라도 나는 힘들어요. 당신이랑 사는 게 너무 힘들어."

정말 지친 듯 텅 빈 아내의 표정에 유한이 멈칫하고 말았다. 근래 기운 없고 멍해 있는 시간이 많다고 생각하긴 했지만, 설마하니 이혼 이야기를 할 줄은 정말 꿈에도 몰랐다. 모든 걸 놓아버린 듯한 아내의 표정에 당혹스러워 그 어떤 말도 생각나지 않았다. 이러지 말고 차근히 이야기하자고 하면 될 텐데, 유한은 채은에게 또다시 생각할 시간을 줘야 한다는 잘못된 판단을 해버렸다.

"요즘 당신이 피곤해서 그래. 이 얘긴 못 들은 걸로 할 테니까……."

"내가 당신이랑 못 살겠다고요! 그러지 말고 이 서류에 도장이나 찍어줘요."

채은이 발끈하며 서류를 내밀었다. 유한은 갑자기 지끈 머리가 아팠다. 아내는 진심이었다.

"치워. 나 너랑 이혼 안 해."

그는 아내와 이혼할 생각이 추호도 없었다. 유한이 눈앞에 내밀어진 서류를 밀어내며 안방을 나가려 했다. 채은의 이혼 요구에서 도망칠 방법은 이 방을 나서는 것뿐이었다.

"어디 가요? 우리 얘기 끝낸 다음에 가요."

"조용히 해! 지금 너랑 내가 이야기 나눠봤자 좋을 거 없으니까 나중에 하자."

"나중에? 나중에 언제? 당신 또 그 잘난 일 한다고 잊어버릴 거잖아. 하루하루 당신이랑 사는 게 피가 마르는 것 같아. 당신도 나한테 이제 미련 없잖아!"

방을 나서려는 유한을 채은이 온몸으로 막았다. 오래 끌고 싶지 않았다. 얼른 유한과 남이 되고 다시 예전처럼 돌아가고 싶었다. 하지만 유한의 생각은 다른 듯했다. 왜? 대체 왜…….

"비켜."

채은이 유한의 힘을 이길 수는 없었다. 끝내 문 앞에서 밀려난 채은이 문을 여는 유한을 노려보았다.

"나 절대 너랑 이혼 같은 거 안 해. 그러니까 쓸데없는 생각 하지 마. 당분간 호텔에서 지낼 테니까, 진정된 다음에 다시 이야기하자."

탁.

끝까지 자기 생각만 말한 채로 유한은 집을 나섰다. 그녀의 손에 들린 이혼 서류가 볼품없이 구겨지고 힘겹게 서 있던 채은이 그 자리에 주저앉아버렸다.

"정말, 나랑 이야기할 생각이 있긴 해요?"

유한은 끝까지 자신의 이야기를 들을 생각은 하지 않았다. 여전히 제 마음을 알지도 못하고, 알 생각도 하지 않는 남편을 향한 원망에 채은의 눈에선 눈물이 떨어졌다.

'오늘은 무조건 들어와요. 아니면 내가 회사로 찾아가서 무슨 짓을 할지 모르겠으니까.'

이혼 이야기를 하고 벌써 며칠이 지났다. 그동안 유한은 집에 들어오지도 않았고, 채은의 이야기 또한 들으려 하지 않았다. 그런 남편의 무시에 화가 머리끝까지 난 채은이 유한에게 통보를 하듯 연락을 취하고, 유한을 기다리고 있었다. 정상적으로 퇴근했다면 벌써 올 시간이 넘은 상태였다. 정말 끝까지……. 자신의 인내심이 한계까지 갔음을 깨달은 채은이 유한에게 전화를 걸었다.

"왜 이렇게 안 받아."

몇 번이나 통화를 시도했음에도 전화는 유한의 목소리를 들려주지 않았다. 짜증이 난 채은이 휴대폰을 던지듯 소파 위에 올려두고 시계만 하릴없이 노려보았다.

띠리리링, 띠리리링.

그렇게 얼마의 시간이 지났을까. 드디어 채은의 휴대폰이 울렸다. 발신 번호를 확인해보니 그렇게도 기다리던 유한의 전화였다. 얼마나 바빴으면 이제야 전화를 하시는 건지. 비죽이며 통화 버튼을 누른 채은은 입을 떼기 전 들리는 전화기 건너편의 소음에 멈칫하고 말았다.

"여보세요."

-혹시 배유한 씨랑 아시는 분이십니까?

유한의 목소리가 아닌 허스키한 남자의 목소리에 채은이 마른 침을 삼켰다. 처음 전화를 받았을 때 느꼈던 불안이 다시 증폭되었다.

"네, 아내…… 인데요. 어디시죠?"

-지금 배유한 씨가 사고가 나셔서요, 지금 좀 오셔야겠는데요. 여기는 영민병원입니다.

사고라니, 채은의 머리에서 사이렌이 울렸다. 전화기 건너편의 남자가 무어라 이야기하는 소리가 들렸지만, 그 어떤 말도 입력되는 것은 없었다. 그저 '사고'라는 두 글자의 단어만 채은의 머리 안에서 빙빙댈 뿐이었다.

# 1. 새로운 남편의 등장

수술 후 눈을 감고 있는 유한은 깊은 잠에 빠진 사람 같았다.

"우리 유한이가 언제쯤 눈을 뜰까요?"

아들의 사고 소식에 버선발로 병원까지 달려온 유한의 어머니 이정숙 여사가 유한의 주치의인 김 선생에게 물었다. 아무런 말은 하지 않아도 정숙과 같은 마음인 유한의 아버지 배한수 회장 또한 김 선생의 말을 기다렸다.

"일단 수술은 성공적으로 마쳤으니 경과를 두고 봐야 할 것 같습니다."

간절한 물음에 전혀 안심이 되지 않는 대답에 이 여사가 끝내 허물어지듯 몸에 힘을 놓아버렸고, 그 모습을 본 채은이 급하게 정숙을 부축했다.

"아이고, 우리 유한이 어떡하니."

언제나 엄격하던 시어머니가 무너지는 모습에 마음이 좋지 않았다. 어쩌다 일이 이렇게 된 거지. 자신의 채근에 집에 오던 유한이 교통사고를 당했다. 눈물을 흘리는 시어머니와 그 옆에서 아내를 위로하고 있지만 시어머니와 같은 마음임이 분명한 시아버지를 보며 채은은 아무런 말도 할 수 없었다. 모든 것이 자신의 탓인 것 같아 죄책감이 그녀를 눌렀다.

"유한 씨 금방 일어날 거예요."

하지만 그런 마음을 드러낼 수는 없었다. 채은이 할 수 있는 것이라고는 그저 약한 목소리로 기약 없는 미래를 기원하는 것뿐이었다. 그에게 이혼을 요구하며 남이 되기를 원했지만 그가 다치는 것을 원한 것은 결코 아니었다. 혹시나 이대로 그를 보지 못하게 된다면…….

아니다. 부정적인 생각을 떨쳐내려 채은이 작게 고개를 흔들었다. 그를 떠나고자 했던 마음 아래 깊숙이 숨겨둔 어떤 마음이 그런 가정을 생각하는 것만으로도 몸을 떨게 했다. 그로 인해 전해져오는 고통을 무시하며 채은은 밖의 모습이 보이는 창문으로 시선을 보냈다. 수분을 머금은 듯한 구름 때문에 세상은 온통 회색빛이었다.

'얼른 일어나줘요. 우리, 해야 할 말이 있잖아요.'

끝까지 대화할 기회를 주지 않는 유한을 내려다보았다. 그에 대한 원망과 그를 향한 미안함이 섞인, 쉽게 설명할 수 없는 기분을 느끼며 채은이 말없이 한숨을 삼켰다. 지금은 그가 정신을 차리는 것이 먼저였고, 그가 정신만 차린다면 끝내지 못한 이야기를 마무리할 수 있을 것이었다. 그가 꼭 일어나리라 믿으며 채은이 마음을 추슬렀지만 그는 몇 개월이 지나도 눈을 뜨지 않았다. 마치 채은과의 단절을 선언한 것처럼.

"그냥 두세요. 제가 할게요."

"아뇨, 괜찮아요. 식사 안 하셨죠. 식사하고 오세요."

밥도 먹지 못한 채 유한을 돌보던 간병인에게 식사를 하고 오라고 말하며 간병인을 내보낸 채은이 젖은 수건으로 잠든 유한의 얼굴을 닦아주었다. 며칠 안에 깨어날 것이라고 믿었던 유한은 몇 개월이 지나도 눈을 뜨지 못했고, 금방 그가 일어날 것이라고 기대했지만 점점 지쳐가기 시작했다.

게다가 오늘은 채은 아버지의 회사인 광선기업의 경영난과 관련된 기사까지 난 상태라 채은의 기분은 더욱이나 가라앉은 상황이었다. 광선기업을 지금 이때까지 키워온 것은 채은의 아버지인 강 회장의 성실함과 노력이었다. 하지만 얼마 전 자신의 오른팔이라 믿었던 부하직원이 큰돈을 횡령하고 회사 기밀까지 판 후 해외로 도망가 버리는 바람에 내실 튼튼한 기업으로 손꼽히던 광선기업은 힘겨운 상황을 맞이하게 된 것이었다.

사실 그 상황이 채은이 유한과의 이혼을 결정하는 데 일정 부분 역할을 하기도 했었다. 맞선으로 만나기는 했지만 객관적으로 보아도 채은의 배경은 유한의 배경에 못 미치는 수준이었다. 유한에게 마음이 있었던 자신과 달리 유한은 자신과 같은 마음이 아니라는 것을 알고 있었다. 그런데도 그가 자신과의 결혼을 결심한 이유는 이번에 해외로 팔려간 그 기술 때문이었다. 회사 일에 대해서는 잘 알지 못하지만 많은 실패 끝에 개발해낸 그 기술은 아버지 회사에 주요한 성장 동력이 되었고, 엄청난 부가가치를 가지고 있다고 했다. 그런 기술이니 유한도 결혼이라는 수단을 써서라도 그 기술을 이용하고 싶었을 것이고, 실제로 그 기술을 발판으로 삼아 광선과 화영이 신기술 개발 협약을 체결하기도 했으니 제 생각이 사실이라고 믿는다고 해도 무리는 없어 보였다. 그런데 이번에 그 기술이 다른 곳으로 팔려간 데다 장인어른의 회사 상황도 좋질 않으니 그도 분명 자신과의 결혼을 후회하고 있을 것으로 판단했기에 이혼 이야기를 꺼냈던 것이었다.

요즘 들어 웃을 일이 더욱 없어지는 것 같았다. 예전엔 정말 별것 아닌 일에도 웃었던 것 같은데. 부부는 닮는다더니, 유한이 자신을 닮아간 것이 아니라 자신이 유한을 닮아간 것 같았다. 유한의 얼굴을 가만히 들여다보던 채은이 유한의 손을 잡았다. 따뜻했다. 이 따뜻함 때문에 '유한이 일어날 거다, 일어날 거다'를 주문처럼 외우면서 그를 기다리고 있었지만, 그는 여전히 잠에 빠진 채였다.

"정말 끝까지 이럴 거예요."

여전히 그를 떠날 마음을 버리지 못했으면서도 그를 기다리고 있는 건 그가 자신 때문에 사고를 당했다는 죄책감과 헤어짐에 대한 예의를 지키듯 그의 눈을 마주 보고 마지막을 맞이하고 싶다는 생각 때문이었다.

"나 기다리는 거 그만하고 싶어요. 기다리는 거 생각보다 많이 힘들어요, 유한 씨."

당신은 모르겠지만. 말라버린 제 마음이 누워 있는 유한에게 닿지 않을까 채은이 유한을 향해 말했다. 이미 지쳐버린 채은의 눈에 눈물이 맺히고, 닦을 새도 없이 그 눈물이 채은의 얼굴을 타고 흘러내렸다. 결혼의 증표인 반지가 껴 있었던 유한의 네 번째 손가락에 눈물이 떨어졌고, 맑은 이슬이 떨어진 그 자리에 원래 있어야 할 유한의 결혼반지는 없었다.

요 며칠 상태가 좋지 않았던 유한을 돌보느라 녹초가 됐던 채은이 시부모님의 채근에 집으로 돌아와 잠을 청하고 있을 때였다. 유한과 함께 거의 병원에서 지내다시피 하여 오랜만에 누운 침대가 어색하여 뒤척이다가 힘겹게 잠이 들고 얼마가 지났을까. 그녀의 잠을 깨우는 반갑지 않은 벨 소리가 들렸다.

"……여보세요."

휴대폰 발신인에 제 시어머니가 떠오른 것을 졸린 눈으로 확인한 채은이 헛기침을 두어 번 한 뒤 전화를 받았다. 마치 꿈결처럼 들리는 정숙의 말에 휴대폰을 쥔 채로 채은은 몸을 굳혔다.

-유한이가 깨어났는데, 올 수 있겠니?

유한이 깨어났다는 말이 에코처럼 채은의 귓가에 울렸다. 드디어, 그가 깨어났다. 자신이 없는 사이 그가 깨어난 것에 서운함을 느낄 새도 없이 이제 그와의 헤어짐을 준비해야 하는 제 처지가 떠올랐다. 그리고 현재 느껴지는 이 기분이 슬픔인지 기쁨인지 정의 내릴 수 없어 채은은 그저 멍청한 표정을 한 채로 한참을 앉아 있었다.

언제까지 멍하니 앉아 있을 수 없어 급하게 준비를 하고 간 병원. 병실에 들어서자 정말로 유한이 눈을 뜬 채 자신을 바라보고 있었다. 꽤 오랜 시간 누워서 지낸 탓에 볼이 홀쭉해지고 입술이 말라 있었지만, 유한이 지니고 있는 특유의 차가운 분위기와 무심한 표정은 변하지 않은 상태였다. 그런 유한에게 도대체 무슨 말을 해야 하는가 고민하며 채은은 유한에게 다가갔다. 유한의 침대 근처엔 유한의 주치의와 배 회장 부부가 있었다. 깨어난 그의 모습에 집중하고 있는 채은은 이들이 짓고 있는 난감함과 당혹스러움이 가득 담긴 표정을 잡아내지 못했다.

"유한 씨."

자신을 바라보고 있는 유한을 채은이 조심스레 불렀다. 그때까지 자신을 바라보고만 있던 유한의 입이 드디어 열렸다.

"이 누나 누구야?"

우뚝.

누나……? 유한의 입에서 나온 충격적인 소리에 채은의 발걸음이 멈추었다. 자신이 들은 게 무엇인지 확인이 필요했다.

"유한아, 누나가 아니야."

충격을 받은 듯 서 있는 채은을 바라본 정숙이 여전히 난감하다는 표정으로 유한에게 말했다.

"그럼?"

"네 아내야."

"아내? 아, 내 색시구나!"

색시? 유한의 입에서 나온 단어가 주는 충격은 거의 메가톤급이었다. 뭐가 뭔지 모르겠다는 듯 눈을 굴리던 채은이 설명이 필요하다는 얼굴로 배 회장 부부를 보았다. 채은의 눈빛에 서로를 향해 고개를 돌리다 눈이 마주친 두 사람은 동시에 한숨을 쉬고 말았다.

"내 색시 되게 예쁘다!"

지금 이 병실에서 웃을 수 있는 건 자신의 아내가 예쁘다는 사실에 기분이 좋아진 유한뿐이었다.

"기억상실이요?"

정숙의 말에 채은의 눈이 혼란스러운 듯 흔들리기 시작했다. 기억상실이라는 건 드라마에서나 나오는 것이 아니었다. 그것이 자기 주변에서 일어나다니, 그것도 자신의 남편이 기억상실의 주인공이라는 사실에 채은은 기가 막혀 웃음도 나오지 않았다.

"그래. 사고의 충격으로 뇌에 손상이 가면서 기억상실이 일어났고, 그 때문에 퇴행 증상까지 보인다고 하는구나. 지금 유한이는 기억뿐만 아니라, 생각이나 행동까지 8살짜리 아이인 거야."

도대체 이게 다 무슨 이야기인 건가 싶었다. 사고의 충격으로 유한은 30년 가까이 되는 세월의 기억이 통째로 날아갔고, 지금 병원에 있는 건 몸만 큰 8살짜리 배유한이란다.

"그럼 기억은 언제쯤 돌아오는 건가요?"

채은의 물음에 난감한 마음을 숨기지 못한 정숙이 대답했다.

"글쎄. 김 박사님도 어떻게 될지 잘 모른다는구나. 금방 돌아오는 경우도 있고, 아예 안 돌아오는 경우도 있고."

"기억이 안 돌아오면 평생 저렇게……."

채은의 말에 정숙의 고개가 끄덕여졌다. 이 순간 무슨 말을 할 수 있을까. 한참 동안 말없이 앉아 있던 세 사람 중 먼저 입을 연 건 배 회장이었다.

"아가, 지금 믿을 건 너밖에 없구나. 우리 유한이 잘 부탁한다."

배 회장의 말에 생각지도 못한 말을 들은 듯 채은이 멍한 표정을 지어 보였다. 현재 유한의 옆에 있는 것이 채은이고, 다행인지 불행인지 어린 유한은 채은을 무척이나 마음에 들어 하는 것 같으니 채은에게 유한을 맡기는 건 당연했다. 하지만 채은의 입장은 달랐다. 유한만 깨어나면 그와 헤어질 결심을 하고 있던 터라 배 회장의 그 말이 족쇄처럼 느껴져 짧은 순간 많은 생각이 떠올랐다. 여기서 자신은 유한과 헤어질 생각이라고 말해야 하는 건가. 제 말에 많이 놀라시겠지. 앞으로 유한은 어떻게 되는 거지. 좀 더 유한을 돌보는 게 맞는 건가. 그렇게 마음이 약해져 유한을 돌보다가 유한이 기억을 찾게 된다면? 기다렸다는 듯이 '안녕!' 하고 헤어질 수 있을까. 그렇게 얼키설키 두서없는 물음과 고민이 채은의 머리를 헤집었고, 많은 고민 끝에 그녀는 기억을 잃은 아들 때문에 상실해 있는 어른들에게 다시 한 번 비수를 꽂을 수밖에 없었다.

"아버님, 어머님. 사실 유한 씨가 사고 나기 전에 저희 둘 사이에 이혼 이야기가 오가고 있었어요."

갑작스러운 며느리의 말에 두 사람은 자신들이 들은 말이 진짜인지 의심하는 표정이 되었다.

"지금 상황에 이런 말씀을 드리게 되어 정말 죄송하지만, 더 이상 제가 유한 씨 옆에 있을 수는 없을 것 같습니다."

일단 유한이 눈을 떴으니 자신의 소임은 다한 것이라는 생각이 들었다. 그에게 동의받지 않은 일을 동의받은 척 말을 하는 것이 마음에 걸리기는 했지만, 그가 사고만 당하지 않았다면 어차피 그렇게 될 일이었다. 마음이 약해서 머뭇거리다 그가 기억을 찾길 바라는 기약 없는 기다림을 하고 싶지 않았고, 그를 떠날 시간을 늦추다가 그가 기억을 찾은 후에 약속대로 떠나면서도 잔뜩 미련을 가질지도 모르는 자신을 마주하고 싶지 않았다.

"아가."

"어떻게 네가……."

역시나 유한의 상황을 뻔히 알면서도 떠나겠다고 하는 채은이 야속한지 두 사람의 눈길이 곱지 않았다. 그 시선이 힘겨웠지만 채은이 두 주먹을 꽉 쥐었다.

"유한이가 너랑 헤어지겠다고 했다고? 사고가 나기 전에?"

"……네."

확인하듯 묻는 그 말에 의구심이 한가득했다. 하지만 채은은 다시 한 번 태연한 척 고개를 끄덕였다. 분이 올라오는 듯 정숙이 입을 열려 했지만 배 회장이 그런 아내를 막았다. 날벼락 같은 며느리의 말에 자신도 아내도 생각할 시간이 필요했다.

"일단, 일단 그 문제는 조금 생각할 시간이 필요할 것 같구나. 우리도 우리지만, 지금 유한이 녀석이 받아들일 수 있을지 모르겠고."

당장 유한과 이혼을 하겠다 나서는 것이 아니라 지금은 그저 제 결심을 전하는 것이 목표였던 듯, 채은이 알겠다고 수긍했다. 언제나 차분하고 고분고분한 며느리였던 걸 알지만 배 회장은 말로 표현하기 힘든 서운함과 배신감에 착잡해졌다. 무엇보다 채은의 손을 꼭 붙든 채 떨어지지 않던 아들의 모습이 떠올라 기분이 좋지 않았다. 대외적으로 평지풍파를 다 겪은 배 회장도 자식들의 문제에는 평소처럼 과감하게 결단을 내리기가 쉽지 않았다. 온몸으로 제 색시가 마음에 든다고 말하는 그 녀석에게 이 상황을 이해시킬 수 있을는지. 과연 자신들이 어떻게 해야 하는지. 어릴 적 자신조차도 이기지 못했던 유한의 고집을 떠올리며 배 회장이 한숨을 삼켰다. 머리가 띵한 게 자신 또한 기억상실에 걸릴 것만 같았다.

"색시야, 색시가 진짜 내 색시야?"

세 사람 모두의 마음을 불편하게 한 대화가 끝난 후, 어색함을 한가득 안은 채 들어오는 채은을 발견하자마자 유한이 그녀를 향해 손을 뻗었다. 5년이 넘는 세월 동안 자신을 향해 저런 함박웃음을 띤 유한을 본 적 없었던 채은은 그 자리에서 멈추고 말았다.

"저 녀석 어릴 적에는 잘 웃고 말도 많았어."

채은의 뒤에 있던 배 회장의 설명에도 채은은 눈앞의 유한이 유한이 아닌 것만 같았다.

"얼른 와보라니까."

그렇게 제 쪽으로 움직이지 않는 채은이 답답했던 유한이 긴 팔을 뻗어 채은이 제 사정거리 안으로 들어오도록 만들었다. 아까 자신을 두고 제 아내와 부모가 어떤 말을 했는지 알면 절대로 밝은 웃음을 지을 수 없으리라.

"색시 이름이 뭐야? 기억이 안 나."

"제 이름은, 강채은이에요."

"채은? 채은, 채은이. 이름도 예쁘다. 근데 색시 손 되게 차."

유한이 제 손안에 들어온 채은의 손이 제 손보다 훨씬 차갑자, 채은의 손에 입김을 호호 불었다. 제 손에 닿는 유한의 입김에 놀란 채은이 빠르게 유한의 손에서 제 손을 빼냈다. 뜨거운 입김이 닿았던 자리가 공기에 닿아 차가워졌지만 채은은 유한이 다시 제 손을 잡지 못하도록 손을 등 뒤로 숨겼다. 유한과 이런 식의 접촉은 채은으로서는 낯설었다.

"내 손 차면 할머니가 이렇게 해줬어. 그러면 손 따뜻해져."

"괘, 괜찮아요. 날이 별로 춥지도 않고."

날씨는 여름에 들어서고도 한참이 지난 시점이었다. 자신과 눈은 마주치지 않고 외면하는 채은의 모습에 입을 삐죽 내민 유한이 이내 자신의 부모님을 보며 고개를 갸웃거렸다.

"아빠."

"휴, 왜?"

언제나 진중한 목소리의 아버지가 아니라 어릴 때처럼 나온 아빠라는 호칭에 배 회장의 입에서 무거운 한숨이 새어 나왔다.

"그런데 할머니는? 할머니 집에 있어?"

어리둥절한 표정의 유한이 질문을 던졌다. 갑자기 생긴 색시 때문에 정신이 없어 잊어버리고 있었는데, 지금 이곳에 제 인생에서 없어서는 안 되는 분이 보이지 않았다. 채은 역시 어리둥절한 표정으로 엄마, 아빠를 바라보았고, 엄마와 아빠는 곤란하다는 표정으로 서로를 바라보고 있었다. 뭔가, 좋지 않은 예감이었다.

"할머니."

이불을 뒤집어쓴 상태라 울먹이는 그의 목소리가 이불 안에서 울렸다. 채은은 난감한 표정이 되었다. 할머니가 돌아가셔서 이제 못 본다는 이야기에 몇 시간째 이 모양이었다. 유한이 말하는 할머니라면 자신의 시할머님을 말하는 것인가. 한 번도 유한에게서 시할머님에 대한 이야기를 들은 적이 없었기에 할머니라는 존재에 이렇게까지 반응하는 유한 때문에 어떻게 해야 할지 알 수 없었다. 무슨 말을 해도 그가 울기만 하자 지친 배 회장 부부를 보내고 병실 안에는 채은과 유한뿐이었다.

"유한 씨."

뭐라고 위로의 말이라도 하고 싶었는데, 아직 유한을 어떤 식으로 대해야 할지 판단이 서질 않았다. 아무리 어린아이 같아도 성인을 아이처럼 대해야 한다는 것에 거부감이 들었다. 어쨌든 지금 그는 제 아들이 아닌 남편이었다. 자신과 제 시부모님이 무슨 말을 해도 전혀 들리지 않는 사람처럼 유한은 채은을 등진 채로 몸을 동글게 말아 이불을 뒤집어쓰고 있었다. 하지만 몸이 큰 탓인지, 이불 틈으로 살짝 삐져나온 유한의 검은 머리칼이 보였다. 채은이 천천히 손을 들어 유한의 머리 쪽으로 손을 가져갔다. 예전에 8살짜리 사촌 조카의 머리를 쓰다듬어주었더니 기분 좋아하던 모습이 떠올랐기 때문이다.

그런데 문득 유한의 동그란 머리까지 다다른 손이 멈칫댔다. 유한이 손을 잡았을 때와 마찬가지로 유한과 자신 사이에 이런 접촉은 없었던 탓에 쉽게 머리 위로 손이 가질 않았다. 새삼 자신과 유한 사이의 거리를 깨달아 그녀는 씁쓸한 미소가 지어졌다.

"할머니."

채은이 망설이는 그사이에도 유한은 여전히 자신의 할머니를 찾고 있었다. 어릴 때 자기들보다도 할머니를 따랐다는 말을 정숙에게서 듣긴 했지만, 도무지 적응이 되지 않았다. 8살짜리이든 80살이든 일단 울음부터 멈춰주자는 생각에 채은이 유한의 머리를 살짝 만져주었다. 갑작스럽게 느껴지는 감촉에 유한의 울음이 멈칫하는 듯했다.

"유한 씨, 이제 그만 울어요. 할머니 속상하시겠어요."

"이제 할머니 못 봐. 돌아가시면 다시는 못 보는 거야."

"하늘나라에서 할머니가 유한 씨 보고 계실 거예요."

"나는 할머니 못 보잖아."

내가 할머니를 못 보는데, 무슨 소용 있느냐는 말이었다. 8살짜리한테 하늘나라 타령은 안 어울리나. 고민하던 채은이 유한의 머리를 더욱 부드럽게 쓰다듬어주었다. 처음으로 만져보는 동그란 형태가 마음에 들었다. 아, 이럴 때가 아니지.

"그래서 계속 이렇게 울고 있을 거예요? 유한 씨 우니까 나도 속상한데."

"색시가 속상해?"

"네. 유한 씨 나 좀 봐요."

그나마 남편 마인드가 남아 있던지, 제 아내가 속상하다고 하니 울음을 멈추려는 기색이 보였다. 뿐만 아니라 보고 싶다는 말에 유한이 채은 쪽으로 몸을 돌렸다. 채은이 살짝 이불을 내리자 빨갛게 충혈된 그의 눈이 보였다. 그리고 그 모습에 그녀는 또다시 멈칫하고 말았다.

우는 배유한이라니. 이 역시 한 번도 본 적 없는 모습이었다. 남편의 새로운 모습은 5년간 봐왔던 것보다 오늘 하루 동안 훨씬 많이 본 것 같았다. 놀란 마음을 뒤로하고 채은이 유한의 눈가를 닦아주자, 유한의 뜨거운 눈물이 손에 묻어 나왔다. 어린아이고 아니고를 떠나 유한의 눈물에 마음 한구석이 시렸다. 이제 어째야 하나. 병실을 나가기 전 배 회장이 유한이 말을 잘 듣게 하는 비기를 알려주고 가긴 했지만, 어쩐지 창피한 방법이라 쓰기가 망설여졌다.

"할머니 못 보는 게 그렇게 슬퍼요?"

"응."

"그래도 유한 씨는 어른이잖아요. 어른은 이렇게 울면 안 돼요."

"어른은 좋아하는 사람을 못 보게 돼도 울면 안 되는 거야?"

"그건……."

유한의 질문에 말이 막혔다. 본래 나이답게 어른스럽게 행동하라고 말하고 싶었는데, 이상한 억지 논리가 돼버렸다.

"아, 유한 씨가 울면 저도 속상하고, 아버님이나 어머님도 속상하잖아요. 어른은 나 말고 다른 사람들도 배려하고 먼저 생각해야 해요."

역시나 채은의 말이 이해가 되지 않는 듯 유한이 고개를 갸웃거렸다. 유한의 그런 표정에 난감한 듯 작게 혀를 찬 채은이 유한과 눈을 마주치며 물어보았다.

"음, 그럼 이렇게 생각해봐요. 만약 할머니가 살아 계셨다면 유한 씨 보고 뭐라고 하셨을까요?"

"응? 울지 말라고. 남자는 씩씩해야지, 우는 거 아니라고 했을 거야."

자신의 이런 모습에 울지 말라며 눈물을 닦아주었을 할머니가 상상이 됐던지 유한이 팔을 들어 눈물을 닦았다.

"유한 씨가 울면 할머니도 많이 속상하셨을 거예요. 그렇죠?"

"응."

고개를 주억거리는 유한의 모습의 채은이 한숨을 내쉬었다. 초등학교 선생님도 아니고, 남편을 어린아이 달래듯 하는 것은 역시나 불편했다.

"이제 안 우는 거죠? 나중 되면 진짜로 할머님 만날 수 있어요. 그렇게 생각하는 거예요."

"응. 신랑은 색시 앞에서 울면 안 돼."

유한은 예전에 할머니가 신랑은 언제나 색시 앞에서 강하고 믿음직한 모습을 보여줘야 한다고 말했던 기억은 있었다. 그런데 그 말을 잊고 색시 앞에서 울어버리다니, 창피했다. 어린 마음에도 신랑으로서의 자존심은 굳건하게 살아 있었다. 눈물을 훔치는 그를 보던 채은은 안심하면서도 혹시나 하는 사태를 예방하고자 끝내 시아버님이 가르쳐주고 간 그 방법을 실행하고자 마음먹었다. 하면서도 먹혀들까 싶었지만 밑져야 본전이었다.

"유한 씨 또 울면…… 저, 미국 가버릴 거예요."

"안 돼!"

커다란 유한의 외침에 말을 뱉고도 창피했던 채은의 어깨가 들썩였다. 설마하니 미국이라는 단어에 유한이 이런 반응을 보이리라고 생각지 못한 탓이었다.

"미국은 되게 멀어. 거기 가면 다시는 나 못 봐."

당장에라도 채은이 미국에 가기라도 할 듯 유한이 채은의 손을 꽉 붙잡았다. 그러더니 알아서 다시는 울지 않겠다고 다짐까지 하는 유한의 모습에 말을 꺼내놓고도 채은은 어리둥절해졌다. 배 회장이 가기 전에 저 녀석이 말을 안 들으면 미국에 가버린다고 협박하면 된다고 알려주었는데, 미국이 어쨌다는 건지 무시했던 제 생각과 달리 유한의 반응은 너무도 살아 있었다.

"절대, 절대 미국은 안 돼. 알았지?"

"아, 네."

단순한 아이 마인드답게 미국에 안 간다고 대답하자 기분 좋아진 듯 웃어버리는 유한이었다.

"그런데 유한 씨."

"응?"

"그 색시라는 말, 안 하면 안 돼요?"

자신이 제 아내라는 사실을 알자마자 너무도 자연스럽게 나온 호칭. 하지만 채은에게는 그저 낯선 단어일 뿐이었다. 여보나 당신도 아니고 웬 색시. 듣고 들어도 너무 닭살 돋는 호칭이었다.

"안 돼! 우리 할머니가 나중에 마누라 생기면 색시야, 하면서 다정하게 해줘야 한다고 했어. 색시는 내 마누라니까 내 색시야."

말을 꺼낸 채은이 민망할 정도로 냉정한 거절이었다. 어릴 때 그런 가르침이 있었으면 커서 잘했어야지 그게 다 무슨 소용인가 싶었다. 절대 안 된다고 못을 박으니 더 이상 부탁하는 것도 기운 빼는 일인 것처럼 보였다.

'뭐, 이제 얼마 못 들을 테니까.'

듣기에 거북하긴 해도 진저리 쳐질 만큼 싫은 것은 아니었다. 보상심리라고 해야 할지, 그간 딱딱하기만 했던 유한과의 관계였으니 잠시간이라도 닭살 호칭을 듣는 정도는 참을 수 있을 것 같았다.

"색시야."

"네?"

"근데 배 안 고파? 나 배고프다."

배를 부여잡으며 천진하게 하는 말에 채은이 어이없는 웃음이 터져 나왔다. 그렇게도 보고 싶었던 그의 웃는 얼굴. 헤어짐을 말한 후 보게 된 모습이 안타깝기는 해도 유한이 자신에게 주는 선물처럼 느껴졌다. 그리고 그 선물이 나쁘지 않다는 것이 그 순간 그녀의 머리에 스치는 생각이었다.

## 2. 신랑 돌보기

시부모님에게 유한과 헤어지고 싶노라 말을 꺼낸 지 며칠의 시간이 지났다. 두 분은 아직도 마음을 추스르지 못하셨는지 채은에게 연락하지 않으셨고, 채은 또한 먼저 연락을 해서 그분들을 닦달하지 않았다. 유한과의 이혼이 촌각을 다툴 만큼 급한 일도 아니고 자신을 예뻐해주시던 두 분께 배신감을 안겨드린 죄책감도 있었기에 두 분께 좀 더 시간을 드리고 싶었다. 어쨌든 그런 이유로 채은이 어린 유한과 보내는 시간은 착실히 쌓이고 있었다.

"색시야, 다리 아프다."

잔뜩 지친 표정의 유한이 병원 산책로에 놓인 의자에 털썩 앉아버렸다. 워낙 오랫동안 누워 있었던 탓에 근육이 약해져 예전의 건강했던 몸으로 돌아가려면 계속 몸을 움직여야 했다. 채은은 짧은 시간일지라도 자신이 유한의 옆에 있는 동안 빨리 회복되기를 바라는 마음에 유한이 몸을 움직이도록 채근하여 운동도 시키고 산책도 함께하고 있었다.

"얼마나 걸었다고요."

"힘들단 말이야."

"유한 씨."

엄한 부름에도 유한은 벤치에서 일어날 것을 거부했다. 한숨을 내쉰 채은이 포기한 듯 유한의 옆에 앉아버렸다. 싫다는데 어쩔 수 있나. 그렇게 고집을 부리다 아픈 건 자신이 아니라 유한이라고 냉정하게 결론을 내리고 좀 더 편하게 벤치에 허리를 붙였다. 제 기분과 달리 하늘은 무척이나 맑았다. 아무것도 하지 싫은 무기력함이 채은을 덮쳤다.

어려진 유한과의 생활은 나쁘지 않았다. 정말 다른 사람이 된 것인가 싶게 유한은 자신을 따랐고, 듣는 사람이 민망할 정도의 닭살 돋는 말도 서슴지 않았다. 솔직히 말하자면 그런 그의 행동이 싫은 건 아니었다. 자신을 향해 시름없이 웃는 그를 보며 내심 자신을 좋아했던 어른 유한의 무의식이 그런 식으로 표현되는 건 아닐까 하고 짐작해보기도 했다. 자신도 알고 있었다. 그런 짐작 또한 자신에게 꿈같은 소리라는 것을 말이다. 지금의 유한은 그저 기댈 수 있는 사람을 자신이라고 생각하는 것뿐이고, 기억을 찾게 된다면 다시 예전으로 돌아갈 것이 분명했다. 이제 유한을 두고 기대하는 일 따위는 없어야 했다.

그런 생각을 하며 냉소적인 표정을 짓는 그녀의 눈치를 보는 유한의 표정이 시무룩해졌다. 자신이 말을 듣지 않아서 화가 난 것일까. 연신 채은을 보는 그의 눈동자가 불안했다. 분명 색시는 예쁘고 친절했지만, 어쩐지 자신을 경계하고 멀리한다는 느낌을 받고 있던 참이었다. 게다가 웃으면 참 예쁠 텐데도 잘 웃지도 않고, 언제나 무표정한 표정을 짓고 있어서 신랑으로서 그런 모습을 보는 것이 절대 편하지 않았다. 자신이 색시의 기분을 좋게 해줄 수 없을까 고민하며 주변을 두리번거리는데, 유한의 눈이 커다래졌다.

"색시야, 이거 봐. 꽃이다."

두 사람이 앉은 벤치 아래 소복하게 핀 하얀 꽃이 눈에 들어오자 고민하던 것도 잊어버리고 유한이 꽃에 정신을 팔았다.

"예쁘네요."

이름 모를 꽃이었지만 흰 꽃이 기특하게 느껴졌다.

"색시, 꽃 좋아해?"

"네, 싫어하진 않아요."

좀 전의 무서운 표정은 지우고 꽃을 보며 미소를 짓는 채은을 보는 순간 유한이 커다란 목소리로 묻자, 놀란 표정의 채은이 고개를 끄덕였다.

"그렇구나."

채은에 대한 새로운 정보를 획득한 것이 반가워 유한이 고개를 주억거리며 그 정보를 제 머리에 입력했다. 뭔가 좋은 생각이 난 듯 그가 눈을 반짝이는데, 채은의 휴대폰이 소리를 냈다. 발신번호를 보니 채은의 엄마인 지인의 전화였다. 유한에게 그 자리에 가만 있으라고 말한 채은이 벤치에서 벗어나 통화 버튼을 눌렀다.

"응, 엄마."

-지금 바빠?

"아냐. 엄마야말로 무슨 일 있는 거 아냐?"

얼마 전 힘들어진 회사를 위해 고군분투하다 쓰러진 아버지를 떠올리며 채은이 걱정스럽게 물었다.

-무슨 일은. 그런 거 없어. 그냥 잘 지내나 싶어서 연락해봤지. 배 서방은?

"나랑 같이 산책 나왔어. 배 서방 걱정은 하지 마요. 많이 좋아졌어요. 이제 혼자서도 잘 걷고."

-기억은, 여전히 그대로야?

"……응."

하긴 현재 유한의 가장 큰 문제는 몸보다는 기억이었다. 역시나 채은의 대답에 지인이 말 없는 한숨을 내쉬고 말았다.

"점점 좋아질 거예요. 너무 걱정하지 마. 문제는 아버지네."

유한이 깨어나고 얼마 지나지 않아 건강 악화로 쓰러진 아버지 생각에 채은의 표정이 어두워졌다.

-아버지는 걱정하지 마. 퇴원도 했고, 며칠간 회사에 출근할 생각하지 말라고 못 박았어.

"네. 곧 찾아뵐게요."

-채은아, 너무 힘들면 다 두고 우리한테 와도 돼. 못난 부모지만 우리 때문에 네가 마음고생 하는 건 못 보겠어.

지인은 사고 후 잠들어 있을 때도 그랬지만 기억을 잃은 채 자신들을 보고 수줍은 미소를 짓는 사위를 보면서도 걱정되는 건 채은뿐이었다. 제 아버지의 회사가 힘들까 봐, 자신들이 힘들어질까 봐 채은이 모든 무게를 견디고 있는 것은 아닌지, 자신도 남편도 그것이 가장 걱정이었다. 그런 부모님의 마음을 느낀 채은은 강하게 따가워지는 목울대를 느꼈다. 유한과의 이혼 이야기를 꺼내야 한다면 바로 지금이 적기였다.

"엄마도 참. 잘 지내고 있으니까 걱정하지 마세요."

하지만 채은의 입에서 나온 것은 괜찮다는 청개구리 같은 말이었다. 힘들면 다 두고 나오라 했지만 자신이 이혼 이야기를 꺼낸다면 분명 걱정할 부모님을 알고 있었다. 그렇기에 지금 당장은 제 부모님을 걱정시킬 말을 하고 싶지 않았다. 얼른 말씀드려야 하는 것을 알면서도 입이 떨어지질 않았다.

"유한 씨가 나 찾아서요. 엄마, 먼저 전화 끊을게요."

그렇게 지인의 대답은 듣지도 않은 채 통화 종료 버튼을 누른 채은이 커다랗게 한숨을 내쉬었다. 무거운 마음을 떨쳐내지 못한 그녀가 유한이 있는 쪽으로 시선을 돌리는데, 보여야 할 그 사람이 보이지 않았다.

"유한 씨?"

통화를 하는 그 잠깐 사이에 어디를 간 것인지……. 심장이 바닥에 떨어진 것 같은 철렁함을 느끼며 채은이 다급하게 그를 찾았다.

"유한 씨!"

큰 소리로 그를 찾았지만 그는 보이지 않았다. 혹시 누가 과자를 사준다는 말에 쫓아간 것은 아닌지, 호기심이 왕성한 그가 시선을 뺏는 흥미로운 것에 정신이 팔려 쫓아다가 길을 잃은 것은 아닌지. 현재 그의 사고 수준에 어울릴 법한 예측을 하며 채은이 바쁘게 걸음을 옮겼다.

"유한 씨! 도대체 어딜 간 거야."

걱정과 불안을 짜증스러운 목소리로 바꿔 내보내며 채은이 신경질적으로 머리를 넘겼다. 연신 뛰어다니느라 가쁜 숨을 내쉬며 두리번거리던 그녀의 눈에 문득 그렇게도 찾던 낯익은 뒷모습이 들어왔다.

"유한 씨, 지금 여기서 뭐 하고 있는 거예요!"

그를 찾았다는 안도가 자신도 모르게 신경질이 되어 나오고야 말았다.

"어? 아니, 그게……."

그 서슬에 놀란 것인지 유한이 말을 하지 못한 채 장난을 치다 벌을 받는 아이처럼 고개를 떨궜다.

"내가 그 자리에 있으라고 했잖아요. 내가 얼마나 찾아다녔는지 아느냐고요."

"……미, 미안해. 잘못했어."

몇 마디 더 퍼부어줄까 입을 열려던 채은이 다시 한 번 신경질적인 한숨을 내쉬며 몸을 돌렸다. 이제 더 이상 신경도 쓰고 싶지 않았다. 언제까지가 될지 모르겠지만 자신이 유한의 옆에 있는 동안은 그를 잘 돌보고 싶었는데, 그것도 틀린 모양이었다. 아까 지인과의 통화에서 그와의 이혼 이야기를 꺼내지 않은 것이 후회되기 시작했다.

"얼른 가요."

"저, 저기…… 색시야."

이제 더 마를 데도 없는 마음을 움켜쥔 채 그녀가 돌아서는데 다급한 목소리의 그가 채은을 불렀다.

"이거."

고개를 돌린 채은의 눈앞에 불쑥 무언가가 들이밀어졌다. 순간 놀라 뒤로 물러서는데 풀 죽은 유한이 그녀 쪽으로 내민 제 손을 물리지 않았다.

"이게 뭐예요."

"꽃반지. 예전에 할머니가 나한테 만들어준 건데 색시한테 만들어주고 싶어서."

정말 유한의 손에 들려 있는 것은 이름 모를 꽃으로 만든 꽃반지였다. 사라졌던 유한이 내민 그 물건이 현실성이 없어 채은은 멍하니 그 반지를 바라보고만 있을 뿐이었다.

"색시 꽃 좋아하잖아."

자신이 꽃을 좋아한다는 그 말에 꽃반지를 만들기 위해 사라졌던 그를 어떻게 대해야 할지 채은은 알 수가 없었다. 웃을 수도, 울 수도 없는 상황. 자리에 가만히 있으라고 한 말을 듣지 않고 움직인 자신에게 화가 난 채은의 눈치를 보며 유한은 그저 안절부절못하는 상태였다.

"이거 싫어?"

무슨 생각을 하는지 알 수 없는 눈으로 제 반지만을 바라보는 그녀에게 그는 끝내 불쌍한 얼굴로 질문을 하고 말았다. 기분이 좋아 보이지 않았던 채은에게 꽃반지를 주어 기분을 좋게 해주고 싶었는데 다 망했다. 실망감에 입을 삐죽거리는 그를 확인한 채은의 시선이 유한이 앉아 있던 자리에 멈췄다. 얼마나 많은 꽃을 못살게 굴었는지 완성된 반지가 나오기 전 희생된 꽃들이 바닥에 널브러져 있었다.

"고마워요."

말도 없이 사라지면 안 된다에서부터 꽃을 이렇게 꺾으면 안 된

다까지 채은이 유한에게 해야 하는 잔소리는 무궁무진했지만, 채은은 짧게 그 한마디만을 뱉었다. 그 말을 기다렸다는 듯이 유한이 자신이 공들여 만든 반지를 채은의 왼손 네 번째 손가락에 끼워주었다. 얼마나 큰지 너무 헐렁해서 여자 중에서도 가느다란 편인 채은의 손가락에는 당연하게도 맞지 않은 반지였다. 하지만 채은은 아무런 말도 하지 않은 채 제 손에 끼워진 반지를 바라보았다.

"색시 예쁘다. 마음에 들어?"

언제 기가 죽어 있었냐는 듯 유한은 뿌듯한 얼굴로 반지를 낀 채은의 손에 감탄을 보냈다. 화를 내는 것도, 반지를 빼는 것도 잊은 것처럼 채은은 가만히 있을 뿐이었다. 예쁘다. 진짜 꽃으로 만든 반지가 꽤 예뻐 빼고 싶지 않다는 생각을 하면서 말이다.

잠시간의 유한 실종 사건을 뒤로하고 산책을 마친 두 사람이 엘리베이터에 몸을 실었다. 뿌듯한 마음으로 아직도 채은 쪽을 흘끔대던 그의 눈에 이번에 다른 것이 들어왔다.

"그거 이름이 뭐야?"

갑작스러운 목소리에 채은이 무슨 일인가 싶어서 고개를 돌리니 엘리베이터 한쪽 구석에 있던 아이에게 유한이 말을 거는 것이 보였다. 시선을 몽땅 아이가 들고 로봇에게 빼앗긴 채.

"이거 스칼바예요."

자랑스럽게 아이가 들고 있던 로봇을 들어 보이자 또 그걸 부럽다는 눈으로 유한이 바라보았다. 그 모습에 채은은 어이없는 웃음이 나고 말았다. 한 번만 만져보자고 하고 싶은데 자존심상 그건 안 되겠는지 하고 싶은 말을 꾹 참으면서 유한이 로봇의 움직임을 따라 고개를 왔다 갔다 움직이며 로봇의 유혹에 넘어갈 듯한 표정을 지었다.

"자, 내리자."

먼저 원하는 층수에 도착한 것은 아이였다. 내리자고 말하는 아이 엄마의 목소리에 아이는 미련 한 점 두지 않은 채 엘리베이터에서 내렸고, 그 뒷모습을 유한이 미련이 남은 얼굴로 좇았다.

"유한 씨."

몸만 여기 있을 뿐, 마음이 이미 로봇을 쫓아가서 없는 사람인 것 같았다. 그 모습을 보다 못한 채은이 유한의 주의를 자신 쪽으로 끌어오려 했다.

"……응?"

"뭘 그렇게 열심히 봐요."

"나는 한 번도 본 적 없는 로봇이라. 3단 변신도 된대. 나도 로봇 몇 개 있긴 한데, 스칼바는 없어."

그리고 당연한 순서처럼 유한이 자신에게 없는 로봇 이야기를 넌지시 꺼냈다.

"네. 그런데 유한 씨한테 스칼바는 필요 없잖아요."

"아, 나 스칼바는 없어도 로봇은 되게 많은데. 집에 가면 로봇 찾아봐야겠다."

그는 꿩 대신 닭이라고 3단 변신하는 스칼바가 아니라면 자신이 가지고 놀던 로봇들하고라도 재회하고 싶었다. 하지만 채은의 입에서 나온 대답은 실망스럽기 그지없는 것이었다.

"유한 씨가 가지고 놀던 로봇은 이제 없어요."

"왜?"

"어른한테 로봇은 필요하지 않으니까."

"다 버렸어?"

"아마도요."

채은의 말에 하늘이라도 무너진 듯한 충격을 받은 유한이다. 그 아까운 걸 왜 버린 걸까. 분한 생각마저 들어 입을 삐죽였다. 그러다 좋은 생각이 난 듯 유한이 채은을 바라보며 말을 하려던 순간,

"안 돼요."

"나 말도 안 했는데."

"로봇 사달라는 거잖아요."

예전에 속이 너무 안 읽혀서 탈이더니, 요즘은 속이 너무 잘 읽혀서 탈이었다. 아마 방금 아이가 가지고 놀던 스칼바인지 뭔지 하는 로봇을 사달라 조르려고 하는 유한의 마음을 읽은 채은이 절대 안 된다는 뜻으로 고개를 저었다. 지금 상태에 로봇까지 가지고 놀면 정말 남편이 아들처럼 변했다는 우울한 생각이 들 것 같았다.

"딱 하나만."

"안 돼요."

"피."

그런 채은의 거절에 어지간히 속상했던지, 잡고 있던 그녀의 손을 던지듯 팽개친 유한이 엘리베이터 문이 열리자마자 쿵쾅쿵쾅 소리를 내며 앞서 병실로 향했다. 기다란 뒷모습만 보면 영락없는 성인 남자인데, 불만에 찬 걸음에서는 또 8살 꼬맹이가 보였다. 자신의 심기가 불편하다는 것을 알아달라는 듯 걸음을 옮기던 유한이 어느새 제 병실 앞에 도착해서 문을 열었다. 그대로 침대 안에 쏙 들어가 시위를 할 것으로 생각했지만 어쩐 일인지 유한은 병실

에 들어가지 않은 채 멍하니 서 있다가, 갑자기 병실 문을 쾅 닫으며 채은 쪽으로 다시 달려오기 시작했다. 병실 안에서 괴물이라도 본 듯 그의 표정이 좋지 않았다.

"색시야, 마귀할멈이 왔어!"

"네?"

정말 병실 안에 무언가 있었는지 유한은 잔뜩 겁에 질려 채은의 등 뒤로 숨어버렸다. 마귀할멈이라니, 도대체 그게 무슨. 이해할 수 없는 말을 들은 채은도 병실 앞에 다다랐다. 유한은 여전히 채은의 등 뒤에 딱 달라붙어 있는 상태였다. 의아해하며 고개를 갸웃거린 채은이 병실 문을 열려고 하는 순간, 반대편에서 문을 연 것인지 병실 문이 열렸다. 그리고 그 앞에는 유한이 말한 마귀할멈 대신 키가 큰 젊은 남자가 서 있었다. 남자를 보니 유한이 말한 마귀할멈의 정체를 알 수 있었다. 물론 이 남자가 마귀할멈은 아니었다.

"아……."

상상하지 못한 남자의 등장에 채은은 저도 모르게 놀란 탄성을 지었다. 그런 채은의 반응을 눈치채지 못한 유한이 채은의 귓가에 입을 갖다 대며 물었다.

"근데 색시야, 저 형은 누구야?"

"색시? 형?"

귓속말로 했다 해도 옆의 사람이 들릴 정도의 물음이었기에 채은을 바라보던 남자가 눈썹을 찌푸렸다. 채은은 대답하지 못한 채 난감한 표정을 지어야 했다.

역시나 유한은 불안감을 숨기지 못하고 있었다. 자신을 바라보는 두 사람의 시선을 피해 채은의 등 뒤로 몸을 숨긴 유한은 연신 채은의 손가락만을 못살게 굴고 있었다.

"사고로 기억을 잃었다고?"

유한이 보자마자 마귀할멈이라고 칭했던 유한의 고모 진화가 비웃음 섞인 표정을 숨기지 않은 채 채은에게 물었다. 그리고 진화의 옆에선 무슨 생각을 하는지 알 수 없는 유한의 사촌 동생 수한이 채은과 유한의 모습을 찌를 듯 바라보고 있었다. 아니, 더 정확히는 한 줄기 빛이라도 되는 양 간절하게 채은의 손을 붙들고 있는 유한의 손에서 시선을 떼지 못하고 있었다.

"……네."

먹잇감을 노리는 맹수처럼 반짝이는 눈으로 하는 질문에 채은이 고개를 끄덕였다. 유한이 괜찮다는 말로 모든 걸 수습하기엔 늦은 상태였다.

"그것참 안됐구나."

그 짧은 한마디에 내포된 진화의 통쾌함을 알아챈 채은이 표정을 굳혔지만, 진화는 빠르게 다른 계산을 하고 있었다. 오랜 의식불명 후에 깨어났음에도 일선에 복귀한다는 이야기도 없고, 곧 퇴원할 테니 병문안은 가지 않아도 된다는 오빠 배 회장의 말에 의구심이 들어 기별도 없이 온 병문안이었는데, 이건 정말 생각지도 못한 수확이었다.

생각 같아서는 두 사람 보란 듯이 병실이 떠나가도록 웃고 싶었으나, 힘겹게 작은 미소를 유지했다. 진화의 아버지이자, 화영그룹이라는 대한민국에서 손꼽는 대기업의 회장이었던 배성철이 죽기 전 남긴 유지에 따라 오빠인 현(現) 배 회장과 함께 경영권을 일부 승계받았던 진화였지만, 그 몫은 전혀 진화를 만족하게 할 만한 것이 아니었다. 그나마 성철이 소개해준 화영그룹 내에서 장래를 촉망받던 사람과 결혼을 하며 그룹 내에서 힘을 키우나 싶었지만, 진화가 수한을 낳고 얼마 되지 않아 수한의 아버지가 세상을 떠난 후 모두 물거품이 되고 말았다.

여자라는 이유로 경영권에서 물러나게 된 것도, 남편이 죽었다는 이유 하나로 힘을 키울 수 없게 된 제 처지도 인정할 수 없었다. 그런 제 상황에 점점 악에 받친 그녀는 제 아들인 수한만은 자신이 느낀 그 굴욕감을 느끼게 하고 싶지 않았다. 그리고 그 다짐 하나만으로 진화는 그룹 내에서 세력을 키웠고, 끝내 아들인 수한을 화영그룹의 전무 자리에까지 올리며 유한의 유일한 라이벌로 만들 수 있었다. 하지만 젊은 나이답지 않은 신중한 혜안과 빈틈없는 일 처리 덕분에 회사 사람들의 두터운 신뢰를 얻고 있는 유한을 무너트릴 방법이 마땅치 않아 고민하고 있던 차에 사고를 당한 유한이 알아서 자신에게 길을 터주려 하고 있었다. 무슨 말을 건네야 하나. 진화가 두 사람을 곤란하게 할 말을 고르고 있는 동안 조용히 있었던 수한이 진화를 향해 입을 열었다.

"어머니, 일어나셔야 할 시간이에요."

"응?"

"좀 이따가 박 부장이랑 약속 있으시잖아요."

이제 더 일이 재미있어지려는 찰나에 들려온 청천벽력이었다.

"좀 늦을 거 같다고 연락하면……."

"굳이 뭐하러요? 그리고 제가 오늘 아니면 시간이 안 될 것 같아요. 어차피 오늘은 형 얼굴만 보러 온 거였잖아요."

"그래도……."

"가셔야 해요?"

이 무슨 반가운 소리. 유한만큼이나 어려운 시고모가 돌아가야 한다는 말에 반가운 감정이 은근히 드러난 채은이 물었다. 독불장군 같은 진화도 수한의 말이라면 꼼짝 못하는 고로, 가기 싫다는 티는 팍팍 내며 진화가 가방을 주섬주섬 챙겼다.

"그래야 할 거 같습니다. 가시죠, 어머니."

"들어가세요, 고모님. 도련님도 조심히 가시고요."

직접 병실 문까지 열어주는 채은과 멀뚱히 침대에 앉아 있는 유한을 수한이 복잡한 눈으로 번갈아 보았다.

"유한 씨."

"응? 알겠어. 고모, 안녕히 가세요."

인사를 채근하는 채은의 눈치에 침대에서 일어난 유한이 진화를 향해 거의 90도로 허리를 숙이며 인사했다. 어찌나 예의가 바른지, 어른 유한과 완전히 다른 인사법에 채은은 낭패감을, 진화는 고소함을 느꼈다.

"수…… 한이도 잘 가."

"응, 푹 쉬어."

손을 흔들며 인사하는 유한의 모습을 끝으로 탁, 하고 병실 문이 닫혔다. 그랬기에 채은은 수한이 병실 문이 닫고도 잠시간 걸음을 움직이지 못했다는 것을 알지 못했다.

이제 자신과 상관없는 일이라고 생각하면서도 착잡해진 마음으로 병실 의자에 앉아 있는데 불쑥 유한이 채은에게 말을 꺼냈다.

"그…… 있지, 수한이 키가 엄청 컸더라."

자신의 기억 속에 수한은 언제나 작고, 자신의 것을 가지고 싶어 울음도 불사하는 떼쟁이였는데, 대체 언제 그렇게 컸나 싶었다. 몸만 큰 자신과 달리 오늘 처음 어른이 되어 만난 수한은 정말 남자 어른 같았다.

"네. 유한 씨도 키 크잖아요."

"맞아, 나도 키 커. 수한이보다 내가 더 크지? 어렸을 때도 수한이는 나보다 훨씬 작았어."

"그랬어요?"

"얼굴도 내가 더 잘생겼어. 그치?"

무의식적으로 무엇을 느끼기라도 했는지, 눈을 동그랗게 뜨며 채은에게 묻는 그의 물음엔 강요가 뒤섞여 있었다. 그리고 그 강요에 웃음이 났던 채은이 아까의 한숨을 지우며 고개를 끄덕였다.

"네, 유한 씨가 더 잘생겼어요."

"그렇지?"

역시 내 색시가 보는 눈이 있다니까, 하는 눈빛에 채은은 끝내 웃음을 터트리고 말았다. 오늘 진화와 수한과의 만남이 앞으로 어떤 일들을 불러오게 될까 걱정이었지만, 단순한 8살 유한과 함께 이야기를 하고 있자니 마음이 한결 가벼워졌다.

병원을 나와 차에 올라탄 진화는 웃음을 멈추지 못했다.

"그 모습을 사진으로 못 찍은 게 아쉬워. 제 마누라 옆에 철썩 달라붙어서는."

자신을 보자마자 오들오들 떨며 채은에게서 떨어지지 않으려 했던 유한의 모습이 떠오르니 10년 묵은 체증까지 내려가는 것 같았다. 성인이 된 후로 언제나 자신을 내려다보며 건방을 떨던 조카가 아니던가. 생각 같아서는 자신이 간호해준다는 명목으로 유한의 곁에 있고 싶을 정도였다.

"수한아, 너무 재미있지 않니?"

정신없이 깔깔대며 웃다 보니 제 옆에 앉은 아들은 그저 심각한 표정으로 창문만 바라보고 있는 것을 발견하고 물었다. 반응도 없는데 혼자 웃고 있자니 멋쩍어졌다.

"놀랍기는 해요. 형이 그렇게 변할 줄이야."

그리고 놓치지 않을 것이라는 듯 채은의 손을 잡고 있었던 유한까지. 오늘 병문안은 수한에게도 커다란 충격을 남긴 상태였다. 잔상처럼 남은 두 개의 손을 지워내려는 듯 수한이 작게 고개를 저었다. 두 사람이 그런 식으로 손을 잡고 있는 모습은 단 한 번도 본 적이 없었다. 사실 기억을 잃은 유한이 자신에게 형이라고 불렀던 것보다 충격적인 것이 맞잡고 있던 두 사람의 손이었다.

유한과 결혼하기 전부터 채은을 알았던 자신이다. 거기다 한 가지를 더 더하자면 유한보다도 먼저 채은을 마음에 담았다고 말할 수도 있었다. 하지만 자신은 선택받지 못했고, 패배감을 안은 채 부서진 마음으로 지금까지 두 사람을 바라보고 있었다. 갑작스럽게 떠오르는 불유쾌한 기억에 수한의 미간이 더욱 좁아졌다.

수한이 처음 채은을 만나게 된 것은 몇 년 전, 한 기업에서 주최했던 연말 모임에서였다. 이름만 대면 알 만한 집안의 자제들이 가식과 허영을 웃는 얼굴로 가리며, 자신의 존재감을 드러내기 위해 안달하는 자리. 이런 자리엔 전혀 모습을 드러내지 않는 유한을 대신해서 사람들과 안면도 익히고 인맥도 쌓으라고 진화가 밀어내다시피 해서 온 곳이었으니, 재미가 있을 리도 만무했다. 그렇게 사람들과 대충 인사나 주고받다 떠나려고 했던 자신의 눈에 끌어당기는 것처럼 채은이 들어왔다. 동그란 눈으로 모임 장소를 둘러보는 그녀를 봤을 때 느꼈던 것은 호기심이었다.

처음 보는 얼굴인 탓에 어디 집안의 누구인지 정확히 알 수 없었지만, 구석진 자리에서 연신 불편한 듯 제 옷을 살피다가 사람들 틈에 끼지 못하는 자신과 달리 자연스럽게 웃는 사람들을 부러움 섞인 눈으로 바라보는 것이 퍽 귀여웠다. 그런 호기심으로 채은에게 다가가 말을 걸게 되었고, 채은과 이야기를 하며 처음 보는 사람에게 느낄 수 없을 거로 생각했던 호감과 떨림을 느끼는 자신을 발견했다. 언변이 좋다거나 재치 있게 이야기를 끌어가는 것은 아니었지만 상대방의 말에 귀를 기울여주고 적절한 호응으로 이야기하는 상대를 기분 좋게 해주는 채은 덕분에 지루하기만 했던 그 파티는 꽤 즐거운 기억으로 남았다. 그리고 그 파티 이후 자신은 의외의 곳에서 채은을 다시 만나게 되었다. 그것은 채은과 유한의 맞선 자리에서였다.

훅 하고 터져 나온 옛 기억에 동요하지 않으려 수한이 손바닥에 손톱자국이 날 만큼 세게 주먹을 쥐었다. 왜 너는 내가 아니라 형이었을까. 그리고 당연한 순서처럼 그런 원망이 수한의 머리를 떠돌았다. 결혼 전 자신을 차갑게 내쳤던 채은을 떠올리는 것만으로 여전히 가슴이 죄여왔다. 그렇게 자신을 내치고 가놓고 밝게 웃지 못했던 채은. 마음이 가는 대로 했음에도 웃지 못했던 채은을 보며 자신은 무슨 생각을 했더라. 안쓰러우면서도 내심 바보 같은 기대를 했었다. 그리고 지금도…… '어쩌면'이라는 생각이 파도의 젖은 모래처럼 쓸려 내렸다가 나타나기를 반복했다.

"박 부장도 들으면 아주 까무러칠 거야."

비상한 머리와 뛰어난 정보 수집으로 진화의 수족과도 같은 박구찬 부장에게 이 기쁜 소식을 전해줄 생각에 진화의 목소리가 들떴다. 혼자 생각에 잠겼다가 들려오는 진화의 목소리에 수한이 인상을 작게 찌푸렸지만 끝내 별다른 말은 하지 않았다. 아무렴 어때. 별로 신경 쓰고 싶지 않은 일을 생각하며 수한이 다시 창밖으로 시선을 돌려버렸다.

"너무 걱정하지 말거라. 함부로 말하고 다닐 수는 없을 게야. 유한이 이야기를 떠들고 다니는 건 어차피 제 얼굴에 침 뱉기밖에 안 되니까. 수한이 쪽도 그걸 모르지는 않을 게다."

어린 유한이 진화를 만났다는 이야기를 하자마자 배 회장은 유한의 병실까지 한달음에 달려왔다. 자고 있는 유한을 두고 병원 1층 카페에서 대화하는 두 사람 사이에 침묵이 흘렀다. 수한 쪽도 수한 쪽이지만 두 사람 사이엔 또 다른 이야기가 남아 있었다.

"유한이는 말 잘 듣고?"

딸처럼 살갑게 구는 며느리는 아니었지만, 시아버지와 자신 사이에 이렇게 어색한 침묵이 생긴 적은 없었다. 하지만 이제 이런 침묵을 당연하다고 여겨야 한다고 생각하며 채은이 고개를 끄덕였다.

"네, 열심히 재활 훈련도 하고 곧 좋아질 거예요."

채은의 말을 곱씹듯 골똘히 생각에 잠겨 있던 배 회장이 무거운 음성으로 채은을 불렀다.
"아가."
"네."
"네가 했던 이야기, 생각을 해봤다. 처음에 들었을 때는 화도 나고, 솔직히 아직 아픈 유한이를 두고 떠나겠다는 말이 원망스럽기도 했다만 이해가 되지 않은 건 아니었어. 네가 유한이 녀석 때문에 마음고생 한 것도 알고 있었고."
배 회장은 자신도 대하기 어려울 정도로 무뚝뚝한 아들 옆에서 점점 어두워지던 며느리를 지켜봐왔으니 상황이 이런데 떠나겠다고 하는 채은이 모질다고 분노에 차 있을 수만은 없었다.
"죄송합니다."
"아니다. 네 덕분에 유한이가 깨어난 것 아니냐."
유한이 이혼을 합의해줬다는 것은 믿을 수 없었지만 사고 전부터 이혼 이야기가 나온 것이라면 처음 유한이 사고를 당하고 눈을 뜨지 못하고 있었을 때 이혼 이야기를 할 수도 있었을 것이다. 하지만 채은은 그런 생각을 티 내지 않은 채 지극정성으로 유한을 돌봤다. 그것을 옆에서 지켜봐왔기에 이혼 이야기를 꺼낸 채은에게 더 배신감을 느꼈지만 자신들이 채은에게 고마워해야 한다는 것은 인정하고 있었다. 게다가 이제 자신들은 부탁을 해야 하는 상황이었으니, 채은을 몰아붙일 수도 없었다.
"유한 씨가 잘 이겨낸 거죠. 기억도 금방 찾을 수 있을 거예요."
"그래, 그럴 거라고 믿어야지. 그래서 말이다, 아가."
"네, 말씀하세요."
무슨 말을 하려고 하시는지, 저렇게 머뭇대는 시아버지의 모습은 처음이었다.

"유한이하고 이혼하겠다고 한 거, 조금만 미뤄줄 수 있겠니?"

"네?"

"오늘 수한이 쪽에서 유한이 상황에 대해 알게 된 것도 그렇고, 회사 쪽 상황도 좋지가 않아."

"무슨 일이 있나요?"

"일이라기보다는, 유한이가 깨어났는데도 복귀가 늦어지니까 이런저런 말이 나오고 있는 상황이란다. 무엇보다 유한이 녀석이 너만 찾으니, 너하고 헤어진다는 걸 유한이 받아들일 수 있을지도 걱정이고."

외적으로나, 내적으로나 그가 이혼 후 받을 타격이 상당하다는 것이었다. 어른 유한이었더라면 채은이 걱정하지 않았겠지만, 어린 유한이라면 채은도 걱정되는 부분이 있었다. 이혼의 미뤄달라는 배 회장은 말에 애써 생각지 않으려 묻어두었던 모든 것이 몸집을 드러냈다. 자신을 걱정하고 있을 부모님과 자신에게 크게 실망하셨을 시부모님에 대한 죄송함과 유한을 비웃듯이 바라보는 시고모의 눈빛을 본 순간 느낀 분노, 유한을 보며 느끼는 연민이라고 불러야 할지 다른 이름으로 불러야 할지 모를 감정. 그리고…….

가만히 배 회장의 말을 들으며 생각에 잠겼던 채은이 자신의 손가락을 내려다보았다. 결혼반지가 끼워져 있어야 할 그 자리를 차지하고 있는 꽃반지. 꺾은 꽃으로 만든 탓에 꽃잎은 다 말라 있었지만 이 반지를 주며 자신에게 미소 지었던 유한의 얼굴은 여전히 생생하게 남아 있었다. 그 사람이 기억을 잃었든 말았든 내 갈 길 가겠다고 한 게 얼마 되지 않은 일인데 마음이 약해지는 자신이 우습기만 했다. 그럼에도 계속 밟히는 그 웃는 얼굴. 그리고 노련한 사업가답게 채은의 그런 마음을 집어낸 배 회장이 협상 카드를 내놓았다.

"이혼을 무한정으로 미뤄달라고 하는 게 아니야. 유한이 녀석이 기억을 찾으면 더할 나위 없겠지만 그게 아니라고 한다면 이혼을 딱 3개월 정도만이라도 미뤄주면 안 되겠니?"

사실 3개월이라는 시간이 짧다는 생각이 들긴 했지만 채은이 받아들여줄 정도의 기간이 그 정도일 것으로 생각했다. 현시점에서 중요한 건 유한과 채은의 이혼을 미루는 것이었다. 안 그래도 복귀 움직임을 보이지 않는 유한을 두고 사람들의 눈초리가 곱지 않은데 이혼을 한다는 이야기까지 돈다면 유한에게 더 좋지 않을 상황이 되리라는 건 불 보듯 뻔했다. 게다가 수한 쪽에서 유한의 상태를 알았다고 하니 유한을 제어해줄 수 있는 사람이 필요했고, 그 역할을 할 수 있는 건 채은밖에는 없었다. 이미 채은도 느끼고 있겠지만 현재 유한은 채은을 의지하다 못해 아이들이 엄마에게 하듯 졸졸졸 채은의 뒤만 쫓아다녔다. 그런 유한이 채은을 곱게 보내줄 리 없거니와, 불리하게 돌아가는 상황도 머리가 아픈데 자신들이 유한을 감당할 수 있을지도 자신이 없어 지푸라기라도 잡는 심정으로 채은에게 부탁을 할 수밖에 없었다. 3개월 안에 유한이 기억을 찾을 것이라 불확실한 미래에 패를 던지면서 말이다.

이제 남은 건 채은의 결정이었다. 그렇게 한참 동안을 아무런 말없이 고개를 숙이고 있던 채은이 고개를 들었다.

"……네, 그렇게 하겠습니다."

그저 힘들게 하신 어른의 청을 거절할 수 없다는 것과 몸도 성치 않은 아버지를 걱정시키고 싶지 않다는 마음이 그 부탁에 고개를 끄덕인 이유라 마음을 갈무리했지만 그것뿐만이 아니라는 건 채은 스스로도 알고 있었다. 기억을 잃었다는 이유로 유한이 진화에게 비웃음 샀던 것이 계속 신경을 거슬렸고, 앞에 전(前)이 붙든 안 붙든 또 그런 일이 생길까 걱정되는 아내의 마음과 유한의 웃는 얼굴을 조금만 더 보고 싶은 욕심도 채은의 결심에 한몫 차지하고 있었다. 그간 그의 웃는 얼굴을 보지 못한 보상심리라고 해야 할까. 물론 유한과는 꼭 이혼을 할 생각이었다. 하지만 5년이나 같이 살았는데 매정하게 돌아서는 것도 그렇고…… 시부모님 얼굴을 봐서도 그러면 안 되는 거고. 변명처럼 두서없는 생각들이 올라왔다 사라졌다.

그리고 또다시 시선이 닿은 네 번째 손가락. 조심스럽게 만져본 그 반지가 바스락하고 소리를 냈다.

괜찮을 거야.

무엇이 괜찮은 것인지 주어를 정하지 못한 채 채은이 중얼거렸다. 괜찮아, 괜찮을 거야. 그렇게 채은의 남편 돌보기가 시작되었다.

# 3. 비 오는 날이 좋아

자신이 알던 세상과 제 눈에 비친 세상은 완전히 다른 모습이었다. 차를 타고 가는 내내 연신 '우와'를 외치는 유한은 눈을 반짝이고 있었다. 드디어 갑갑한 병원에서 벗어나 채은과 자신이 사는 집으로 갈 수 있게 되었다. 사고를 당하기 전 자신이 집이라고 불렀을 장소는 지금의 유한에겐 생전 가본 적 없는 장소가 되어버렸지만, 그의 표정에선 처음 가는 곳에 대한 어색함이나 두려움을 찾아볼 수가 없었다. 오히려 너무 신나 어쩔 줄 모르는 유한을 보며 채은은 빙긋 웃음을 짓고 있었다.

"도착했습니다."

얼른 차에서 내려 트렁크 안의 짐을 내리는 유한의 비서 기훈을 보며 채은이 미안한 듯 말했다.

"바쁘실 텐데 신경 써주셔서 감사해요."

"아닙니다. 제가 해야 할 일입니다."

"요즘 회사 일 때문에 정신없으시죠?"

유한이 자리를 지키지 못하고 있으니 그 수고는 당연하게도 유한을 보좌하던 기훈과 유한의 아버지인 배 회장에게 돌아갔다.

"아닙니다. 언제든 필요한 것이 있으시면 연락 주십시오."

"네. 그…… 회사는 괜찮나요?"

제 시아버지에게 좋지 않은 상황이라 듣긴 했지만 혹시나 그사이 달라졌을까 싶어 채은이 기훈에게 물었다.

"이사님께서 기억을 찾으시면 다 괜찮아질 겁니다."

역시나 기훈에게서도 괜찮다는 말은 나오지 않았다. 기훈의 눈빛에서 유한을 잘 부탁한다고, 유한이 꼭 기억을 찾을 수 있도록 도와달라는 은근한 압박이 느껴졌다. 하지만 채은은 아무것도 모르는 양 시선을 돌렸고, 유한은 처음부터 말똥말똥한 표정으로 채은과 기훈을 바라보고 있었다.

"짐 주십시오. 들어드리겠습니다."

"아니요, 제가 들어도 돼요. 얼른 회사 가보셔야죠."

채은의 말에 잠시 고민되는 듯 멈칫한 기훈이 송구하다는 표정으로 고개를 숙였다. 사실 유한의 퇴원 때문에 해야 할 일을 끝내지 못하고 병원으로 달려왔던 것이었다.

"끝까지 도움을 드리지 못해 정말 죄송합니다."

"전혀요. 안 그래도 유한 씨 때문에 고생하시는데, 제가 도움을 못 드려서 죄송하죠."

"당치도 않으신 말씀입니다."

"유한 씨 얼른 기억 찾을 수 있게 노력…… 할게요. 조금만 힘내주세요."

"네, 이사님은 금방 기억 찾으실 겁니다."

딱딱하기만 하던 그의 얼굴에 작은 미소가 떠올랐다.

"그럼 먼저 가보겠습니다."

"네, 조심해서 가세요. 유한 씨."

기훈에게 인사를 한 채은이 기훈에게 인사를 하라는 듯 유한을 불렀다. 채은의 말에 유한이 청순하기 그지없는 표정으로 기훈을 향해 손을 흔들었다.

"기훈이 형, 잘 가."

"아…… 네."

믿고 안 믿고 여부를 떠나 아직도 지금의 유한은 적응하기가 쉽지 않았다. 유한의 형 소리에 유한만큼이나 냉철한 기훈도 입을 다물지 못하더니 작게 한숨을 쉬고는 두 사람을 향해 인사를 했다.

"들어가십시오."

유한을 더 보고 있을 자신이 없어진 기훈이 착잡해진 마음으로 차에 올라타 회사를 향해 차를 움직였다. 유한이 다시 돌아왔을 때 어려움 없이 업무에 복귀할 수 있도록 하는 것이 지금 자신에게 주어진 임무였다. 백미러를 통해 자신을 배웅하듯 서 있는 두 사람의 모습을 보며 기훈이 핸들을 쥔 손에 힘을 주었다.

"색시야, 가자."

기훈의 차가 시야에서 사라지자 유한이 채은에게 말했다. 하지만 무슨 생각을 하는지 멍하게 서 있는 채은은 말이 없었다.

"색시야, 색시야."

답답함에 유한이 어깨를 툭툭 치며 채은을 부르고 나서야 채은이 상념에서 벗어나 유한의 눈을 바라보았다.

"집에 가자니까."

"아, 네. 가요."

"저기로 들어가면 되지?"

팔랑팔랑 뛰듯이 아파트 입구로 들어서는 유한의 뒷모습을 채은이 가만히 바라보았다. 집에 가는 데 정신이 팔린 유한은 채은의 손에 들려 있지만 본인의 짐이 한가득인 짐을 들 생각이 없어 보였다. 하긴 지금은 8살 아이인데, 그런 배려가 몸에 익지 않았다고 새삼 서운해할 필요는 없었다. 말 한마디에, 행동 하나에 서운했던 것은 예전의 일로 충분했다.

"얼른 와, 얼른!"

빨리 오라며 손짓하는 유한의 외침에 고개를 끄덕인 채은이 유한 쪽으로 걸음을 옮겼다. 자신은 이제 저 남자에게 바라는 것이 없었고, 그런 것이 있어서도 안 됐다. 제 일은 그저 3개월 동안 그의 옆에 있으며 그가 기억을 찾을 수 있도록 도와주고 그가 기억을 찾은 후 완전하게 자유를 찾는 것, 그것뿐이었다. 하지만 어째서 기훈에게 유한이 기억을 얼른 찾을 수 있도록 도와주겠다는 말을 하면서 속으론 그 말을 지키고 싶지 않았는지. 되레 유한이 지금처럼 기억을 잃은 채였다면 좋겠다는 바보 같은 생각마저 하는 자신을 이해할 수 없었다.

"정신 차려, 강채은."

귀신에 홀린 것처럼 유한의 웃음에 홀리고 있는 자신을 꾸짖듯 중얼거렸다. 이제부터 제대로 된 시작이었다. 절대 흔들려서는 안 된다고 채은은 수없이 마음을 다잡았다.

"우와, 우리 집 되게 좋다."

엘리베이터에서 내려 집 안으로 들어온 유한은 곧장 곳곳을 살펴보며 돌아다녔다. 뒤따라 온 채은도 짐을 내려놓으며 집 안에 들어왔다.

"근데 색시야."

"네?"

"집이 좀 차가운 거 같아."

이리저리 집을 구경하던 유한이 뱉은 조금은 엉뚱한 말이었다. 사람이 계속 없었고 바람이 잘 들어 한여름에도 서늘한 기운이 있는 집이었지만, 유한의 차갑다는 말이 채은에게는 다르게 해석되었다. 집에는 사는 사람의 기운이 서린다고 했다. 자신과 유한의 관계가 차가워 이 집이 차가워진 것은 아닌지, 그리고 어린아이처럼 순수하게 변한 유한이 이제야 그 기운을 깨닫게 된 것은 아닌지.

"아마 나도, 유한 씨도 병원에 있어서 오래 집을 비워놔서 그럴 거예요."

"아, 그렇구나. 그럼 앞으로 집이 다시 따뜻해지겠다. 그렇지?"

유한의 발랄한 말에 채은은 그저 대답 대신 웃음만 흘렸다.

"앉아서 쉬고 있어요. 저, 짐 좀 정리할게요."

"어? 내가 들게."

짐을 들려고 하는 채은의 움직임을 용케 파악한 그가 후다닥 달려오더니 번쩍 짐을 들어 올렸다.

"나 힘 진짜 세다!"

그리고 그 짐을 자신이 들어 올렸다는 사실에 감탄하며 짐을 올렸다 내리기를 반복했다. 어렸을 때의 기억만 있는 유한으로서는 아직 큰 키에 세진 힘이 놀랍기만 했다.

"나 힘 진짜 세지?"

"네, 유한 씨 힘세네요."

채은의 인정에 더욱 기분이 좋아진 그가 날아갈 듯이 가벼운 걸음으로 짐을 들고 침실로 향했다. 짐을 내려놓은 후에는 그가 폭신한 침대에 누워 가볍게 몸을 움직여 침대의 스프링을 확인했다.

"침대에서 뛰면 안 돼요. 침대 망가져요."

"알았어. 색시도 누워봐. 구름 위에 누운 것 같아."

채은과 누우면 딱 맞을 침대에 기분이 좋아진 유한이 뒤따라 들어온 채은에게 같이 눕자고 제의했지만 채은은 고개를 저었다.

"나중에요. 짐 정리해야 해서요."

"잠깐만 누워봐. 응? 색시야."

다시 한 번 유한의 청을 거절한 채은이 짐을 정리하는데, 그 모습을 심술궂은 표정으로 보던 유한이 갑작스럽게 채은의 팔을 잡아당겨 채은이 침대 위로 눕도록 만들었다. 그 힘에 채은이 놀라 짧은 비명을 질렀지만 그런 것에는 아랑곳하지 않고 유한이 반짝이는 눈으로 물었다.

"어때? 되게 좋지?"

"유한 씨."

"으, 응?"

분명 그녀도 좋아하리라 유한은 생각했는데, 어느새 채은의 표정은 무섭게 변해 있었다.

"분명히 침대에 안 눕겠다고 했죠?"

채은에게는 병원에서 지내기 전에 매일같이 누웠던 침대였다. 새삼스럽게 감탄할 만한 것이 있을 리 없었다.

"왜? 되게 좋은데?"

하지만 채은의 말을 이해할 수 없다는 듯 유한이 몸을 반쯤 일으켜 채은 쪽으로 다가왔다. 그에 두 사람의 얼굴은 맞닿을 듯 가까워졌다. 금방이라도 코가 부딪칠 듯 슥 다가온 유한의 얼굴이 당황스럽기는 했지만 그저 억울함을 담긴 표정에 채은이 놀란 마음을 추슬렀다.

"힘이 세다고 유한 씨 멋대로 사람을 잡아당기고 그러면 안 되는 거 몰라요?"

"나는 그냥 색시랑 눕고 싶어서……."

엄한 채은의 말에 유한의 목소리에는 힘이 없었다. 침대에 누우니까 너무 좋아서 채은도 같이 누웠으면 좋겠다는 생각에 그랬던 것뿐인데 채은이 화를 내니 기가 푹 죽고 말았다.

"상대가 싫다고 하면 해서는 안 되는 거예요. 알죠?"

자신의 말이 서운했는지 유한은 대답 없이 입만 삐죽일 뿐이었다. 그의 모습에 미안한 마음도 생겼지만 애써 그런 마음을 외면하며 침대에서 내려온 채은이 다시금 짐을 정리하기 시작했다. 그런 채은의 모습을 이번에 유한이 가만히 바라보고 있었다.

'색시는 나 싫어?'

사실 그렇게 묻고 싶었다. 하지만 채은이 정말 자신이 싫다고 대답할까 봐 유한은 가만히 하고 싶은 말을 속으로 삭여야만 했다.

'나는 색시가 좋은데, 좋아서 그런 건데.'

평소 같으면 앞다투어 했을 말인데, 그 말 또한 채은의 뒷모습을 보면서 할 수 없었다.

말 한마디 오가지 않는 침묵의 기운이 도는 거실이었다. 오랜만에 집에 돌아왔다고 해도 크게 달라지는 건 없었다. 굳이 달라진 것을 찾는다면 언제나 거실에 자리만 차지하고 있던 텔레비전이 켜져 있다는 것. 회사에서도 집에서도 일하느라 바빴던 그이기에 기억을 잃기 전에는 이렇게 유유자적 텔레비전을 보는 일은 꿈도 꿀 수 없었다. 유한과 나란히 앉아 텔레비전을 보고 있던 채은이 갑자기 무슨 생각이 났는지 자리에서 일어섰다. 텔레비전을 보면서도 연신 그녀의 눈치를 보던 유한이 채은의 뒷모습을 눈으로 좇았다.

"유한 씨, 이거요."

"어?"

방에 들어갔다가 나온 채은이 유한에게 내민 것은 휴대폰이었다. 사고로 박살난 휴대폰 대신 기훈이 새로 개통해서 가져온 새 휴대폰이었다. 당장 업무상의 전화를 받을 수는 없겠지만 그래도 필요하겠지 싶어 채은이 기훈에게 부탁한 것이었다.

"이거 가지고 다니는 전화기, 맞지?"

"네."

언제나 채은이 가지고 다니는 휴대폰을 부러워했던 유한이었다. 휴대폰의 등장에 몇 시간 전 채은과의 신경전 아닌 신경전으로 어두웠던 유한의 표정은 말끔하게 사라졌다.

"쓰는 법 알려줘요?"

"아니, 괜찮아."

혹시나 유한이 쓰는 법을 모르지 않을까 해서 채은이 물었지만 유한은 휴대폰에 시선을 떼지 않은 채 고개를 저었다. 비록 기억은 잃었다고 하나 그간 쌓아온 지식이나 기술까지 사라지는 것은 아니기에 현재 유한의 입장에서 낯선 기계인 휴대폰을 만지는 유한의 손은 망설임이나 난감함을 찾아보기 힘들었다.

"그래요?"

유한의 대답에 채은이 쓴웃음을 지었다. 자신을 쳐다보지도 않고 휴대폰에만 시선을 두고 있는 유한을 보는데 설명할 수 없는 허전함을 느끼는 자신을 발견했다. 무슨 일이든 자신에게 해달라고 조르고 부탁하던 그에게 어느새 익숙해진 것일까. '혼자서도 잘해요'를 실천하며 휴대폰을 만지는 유한이 이상하게 마음을 휑하게 하는 것 같았다.

"색시야, 이것 봐."

채은이 자신을 어떤 심정으로 지켜보고 있는지 신경도 쓰지 않은 채 휴대폰에 집중하고 있던 유한이 뭔가 대단한 것이라고 발견한 양 휴대폰 화면을 채은에게 내밀었다.

"맛있겠지?"

유한이 채은에게 보여준 것은 보기만 해도 단 기운이 혀끝에 퍼질 것 같은 케이크가 찍힌 사진이었다. 심각하게 휴대폰을 들여다보고 있기에 평소처럼 국제 정세 기사나 보고 있는 건가 했는데, 생각지 못한 반전에 풋 하고 채은이 웃음을 터트리고 말았다. 휴대폰의 사진을 보고 꿀꺽하고 침을 삼키는 그의 모습에 웃음을 참으려야 참을 수가 없었다.

"유한 씨, 케이크 좋아해요?"

"응. 할머니랑 자주 먹었었어."

"그랬어요?"

채은이 알던 어른 유한은 단것을 먹지 않았기에 눈을 반짝반짝 하며 할머니와 먹었다던 케이크 이야기를 하는 유한을 보는 것이 신선했다.

"응. 색시도 케이크 좋아해?"

"네."

채은의 말에 공통점을 찾았다는 듯이 유한이 손뼉까지 치며 즐거워했다.

"나중에 같이 먹자. 내가 색시한테 체리 양보할게."

케이크의 화룡점정, 체리를 기꺼이 채은에게 양보하겠다는 유한의 눈빛이 자랑스러움으로 가득 찼다. 색시를 위해 체리를 포기하는 자신이 스스로도 너무 멋있어 보인 것이었다.

"고마워요."

"뭘 그런 걸로 다."

짐짓 채은의 고맙다는 말에 좋은 티를 내지 않으며 의젓하게 말하려 했지만 이미 그의 눈꼬리는 기분 좋게 휘어져 있었고, 그의 입꼬리는 하늘을 향한 채였다.

'못 말린다니까, 정말.'

아이스러움을 벗어나지 못한 그의 표정을 보며 가볍게 고개를 절레절레 젓고 마는 채은이었다.

"다 씻었어요?"

"응. 색시 안 훔쳐봤지?"

수건으로 머리를 털어내며 유한이 장난기가 서린 표정으로 물었다. 8살 아이라 혼자서도 씻을 정도로 큰 탓에 채은에게 씻겨달라고 떼를 쓰진 않았다. 선녀와 나무꾼의 선녀도 아니고 오히려 채은에게 절대 자신이 씻는 걸 절대 보면 안 된다고 잡도리를 하는 탓에 그때마다 어이없음을 느끼곤 하였다. 하긴 병원에서 정신을 차리고 처음으로 화장실에 볼일을 보러 들어갔을 때 실제 어른이 된 제 몸을 가감 없이 보고 놀라 울고불고했던 것을 달래느라 고생했던 것에 비하면 저렇게 어이없는 질문을 하는 것은 양반이었다.

'내 몸이 이상해. 막, 막 털도 나 있고, 막, 막 엄청 크고…….'

쉬야가 마렵다면서 화장실에 들어가서 한참을 있어도 안 나오기에 불렀더니 울 듯한 목소리로 했던 말이었다. 부부 사이이기에 서로의 벗은 몸을 알고 있고, 유한이 말한 어린 시절의 기억보다 유한의 몸에서 큰 것이라면…… 굳이 집어 설명하지 않아도 아는 탓에 얼굴이 붉게 달아올랐던 기억이었다. 문 하나를 사이에 두고 유한을 달래느라 식겁하긴 했지만 이제는 씻으며 매일 볼 것이 분명한 제 벗은 몸에도 울지 않는 것으로 보아 받아들이기로 한 모양이었다.
"자, 머리요."
유한의 손에 들린 수건을 가져온 채은이 말하자 정말 말 잘 듣는 아이처럼 유한이 허리를 굽혀 채은 쪽으로 고개를 내밀었다. 유한의 젖은 머리가 제 사정거리 안에 들어오자 채은이 수건으로 유한의 머리를 털어주며 말리기 시작했다. 짧은 머리라 몇 번의 수건 놀림에도 어렵지 않게 물기가 사라졌다.

"드라이로 마저 말리면 되겠어요."

"드라이 뜨거운데."

드라이 바람을 싫어하는 유한이기에 처음엔 수건으로 머리를 말리고 마무리는 드라이 바람으로 하곤 했다.

"그냥 이대로 자면 감기 걸릴지도 몰라요. 제대로 말려야죠."

"응."

싫은 기색을 하면서도 채은의 말에 드라이 바람에 제 머리가 잘 마를 때까지 유한은 얌전히 있었다.

"다 됐어요. 들어가서 자요."

"응. 근데 색시는 안 자?"

다 마른 머리를 손으로 빗으며 유한이 채은을 바라보았다. 얼른 같이 방으로 들어가자는 말이었다. 채은은 고개를 끄덕이는 대신 유한에게 자신이 하고 싶은 말을 어떻게 꺼내야 할까 고민하는 표정이 되어버렸다. 유한에게 이혼을 말하기 전에도, 유한이 깨어난 병실에서도 계속 유한과 같은 공간에서 잠을 잤던 채은이다. 그랬기에 이제야 이런 말을 하는 것이 우스울지는 몰라도 어쨌든 얼마 뒤면 헤어질 사람과 같은 침대에서 잠을 자는 것이 이치에 맞지 않는 것처럼 느껴졌다.

"유한 씨 먼저 자요. 그리고 나는 다른 방에서 잘게요."

"왜?"

역시나 채은의 말에 이해할 수 없다는 듯 유한이 고개를 갸웃거리며 물었다.

"그…… 혼자 자는 게 더 편할 거예요. 침대도 넓게 쓰고."
"아냐, 둘이 누워도 아주 넓었는데?"
마음이 앞선 행동을 하는 바람에 채은에게 혼나기는 했지만, 기분 좋을 정도로 폭신하고 넓었던 침대를 생각하면 채은의 말은 기우에 가까웠다.
"그리고 원래 색시랑 신랑은 같이 자는 거야."
그것이 두말할 것도 없는 진리였다. 특히나 아무것도 모르는 유한에게는. 또랑또랑 자신을 바라보는 눈빛에 또다시 마음이 흔들렸다. 오늘 기훈과의 대화 후에도 느꼈듯 지금의 유한이 점점 익숙해져서 어느새 힘들게 한 결심을 잊어버리고 있는 자신을 발견했다. 하루에도 몇 번이나 유한을 보며 마음이 약해졌다가 다잡기를 반복했다. 그리고 유한의 풀 죽은 표정에 또다시 마음이 약해지는 자신을 느끼며 방어적으로 변한 채은이 냉정한 얼굴이 되어 유한에게 말했다.
"내가 불편해요."
"응?"
"사실 유한 씨랑 같은 방에서 자는 게 불편할 거 같아서요. 따로 잤으면 싶어요."
제대로 정떨어질 정도로 냉랭하게 말해, 질린 듯 유한이 무슨 말을 해야 할지 모르겠다는 얼굴로 입술만 벙긋댔다.
"난 오늘부터 이 방 쓸게요. 잘 자요."
그렇게 채은이 짤막하게 유한에게 말을 남기고는 손님방으로 꾸며놓은 방으로 들어와버렸다. 괜찮겠지. 분명 바닥에라도 구르며 떼를 쓸 거로 생각했던 것과 달리 유한은 얌전했다. 대신 무언의 애원을 담은 눈빛이 채은이 방에 들어와 문을 닫을 때까지 쫓아오는 것을 알 수 있었다. 그렇게 무거운 유한의 눈빛을 달고 온 채은이 침대 위에 몸을 뉘었다. 절대 없을 거로 생각했던 어른 유한이 그리워지는 순간이었다. 어른 유한이었더라면 따로 자자는 제 말에 이유도 묻지 않고 알겠다며 스스럼없이 고개를 끄덕였을 것이다. 기분 나쁘게 뛰어대는 가슴께에 손을 올린 채은이 한숨을 내쉬었다.

"이건 어쩔 수 없는 거야."

혼잣말로라도 변명을 중얼거려야 유한이 있을 거실로 다리가 움직이지 않을 것 같았다. 하지만 마음에 눌어붙어 있는 죄책감에 채은은 오랫동안 잠을 이루지 못하고 있었다.

다음 날 아침.

거의 뜬눈으로 밤을 지낸 채은이 무거운 눈꺼풀을 억지로 깜박깜박 움직이며 아침을 차리고 있었다. 첫새벽부터 활동했던 어른 유한과 달리 어린 유한의 아침 활동 시간은 늦었다.

"유한 씨, 일어났어요?"

언제 잠에서 깬 것인지 그간 기상 시간보다 이른 기상을 한 유한이 음식을 하는 채은의 뒷모습을 바라보며 서 있었던 것이다. 채은의 인사에도 아무런 말 없이 입을 삐죽이는 그를 보며 어제 일로 심통이 나 있나 보다 생각할 수밖에 없었다.

"일단 씻고 와요. 아침 차릴게요."

최대한 아무렇지 않은 척하는 그녀의 말에 그가 욕실 쪽으로 걸음을 옮기는 소리가 들렸다. 얼마 지나지 않아 욕실의 문이 닫히는 소리가 들렸고, 채은이 들고 있던 수저를 내려놓으며 크게 가슴을 들썩였다. 여전히 무거운 마음이 짓누르고 있었다. 유한과 헤어질 때까지 익숙해져야 하는 감정이었다. 그렇다면 유한과 헤어진 후 이 무거운 마음에서 벗어날 수 있을까. 어쩐지 쉽게 고개가 끄덕거려지지 않았다. 그래서 채은은 또다시 버릇처럼 한숨을 내쉬고 말았다.

그리고 얼마 후, 씻고 나온 유한과 채은은 식사를 시작했다. 오늘은 어른 유한과 식사하는 것 같은 침묵이 감돌았다.

"나 어제……."

그런데 먼저 소리를 낸 건 일어나서 지금까지 아무 말도 하지 않았던 유한이었다. 마치 신혼 시절로 돌아간 듯 그 침묵에 내심 안절부절못하던 채은이 유한의 말에 고개를 들었다.

"막 무서운 꿈 꿨다."

그리고 이어지는 유한의 말에 피식 웃음이 나올 뻔했다.

"그랬어요?"

"응. 그리고 잠도 되게, 되게 늦게 들었어."

자연스럽게 두 사람을 지배했던 침묵이 다시 불편하게 느껴지는 지금, 채은은 유한 속이 그대로 읽혔다. 아마 자신이 그렇게 말하면 마음이 약해진 채은이 오늘부터 같이 자자고 하리라 생각했을 것이다.

"오늘은 안 그럴 거예요."

하지만 그런 유한의 속을 모르는 척 넌지시 던진 채은의 말에 역시나 유한의 표정이 불만스럽게 변했다.

"이것도 같이 먹어요."

채은이 화를 낼까 더 이상 말도 꺼내지 못하고 밥만 먹던 유한의 밥 위에 채은이 나물을 놓아주었다. 그 파란 풀의 등장에 그의 표정은 더욱 안 좋아졌지만, 정말 두 눈 꾹 감고 밥을 한 숟가락 떠서 한입에 넣어버렸다. 어제 침대에 혼자 누워 있으면서 유한은 어떻게 해서든 색시가 자신을 좋아하도록, 자신을 불편하게 느끼지 않도록 해야겠다고 다짐했다. 자신의 할머니께서는 미움도 사랑도 모두 제 할 탓이라고 하셨다. 자신이 왜 미움을 받는 것인지 알 수 없지만 운동도 열심히 하고, 나물도 잘 먹어서 색시가 자신을 좋아하도록 만들고 싶었다.

"자요."

또다시 밥 위에 나물이 올라왔다. 사랑받기란 정말 힘든 것이로구나. 어린 유한은 그 진리를 깨닫고 있었다.

추적추적, 어두운 하늘에선 비가 내리고 있었다. 베란다 창에 서서 채은은 내리는 비를 하염없이 바라보고 있었다. 예전부터 비가 내리는 날을 참 좋아했던 채은이었다. 그래서 비가 오는 날이면 특별한 일이 없더라도 꼭 산책하러 나갔다. 어렸을 때부터 워낙 몸이 약해 비 오는 날 채은이 나가는 것을 질색하면서도 딸의 고집을 꺾을 수 없어 강 회장 부부는 채은의 산책 파트너가 되어주곤 하였다. 세상은 온통 비에 젖어가도 우산 아래 세 가족은 젖지 않았다. 서로의 어깨를 맞대고 서서 비에 젖을까 걱정하며 소소한 대화를 나누던 순간은 그대로 채은의 마음에 행복한 추억으로 자리 잡고 있었다. 그래서인지 비가 오는 날이면 그 순간을 떠올리며 저도 모르게 웃음을 짓곤 했다.

뭐, 그 추억도 유한과 결혼을 하면서 멈추게 되었지만. 언제나 일이 바쁜 그였으니 채은은 그에게 비 오는 날 산책하러 나가자는 말을 꺼내볼 생각조차 해본 적이 없었다. 무엇보다 이야기를 꺼내는 순간 왜 쓸데없이 비 오는 날에 나가자고 하냐는 핀잔이 날아들까 무서웠었다. 그 핀잔을 듣는 순간 빗속에서 보냈던 제 가족들과의 추억까지 쓸데없는 일이 되어버릴까 봐, 자신의 새로운 가족이 된 그에게는 그런 말을 할 수가 없었다.

결혼하고 얼마 되지 않아 아는 사람에게 오페라 티켓을 선물 받았다는 유한의 말에 두 사람이 오페라 공연을 보러 갔던 적이 있었다. 신혼임에도 불구하고 일 때문에 제대로 둘만의 시간이 보낸 적이 없었기에 공연을 보는 내내 채은은 무척이나 들떴다.

"공연 너무 좋았어요."

공연도 매우 마음에 들어, 공연이 끝나고 극장을 나오며 채은은 공연을 보며 느꼈던 감정을 미주알고주알 유한에게 이야기했다. 채은이 그러면 자신의 감상도 한마디 정도는 할 법도 했지만 유한은 그저 채은의 말을 듣기만 할 뿐이었다.

"내가 너무 시끄러웠죠? 미안해요."

한참 혼자 신나서 말하다 보니 자신이 너무 말을 많이 했나 싶은 민망함에 그녀가 유한에게 사과를 했다.

"아니야."

딱딱한 그의 말에 채은은 그저 어색한 미소를 지었다. 기왕 아니라고 대답할 거 시끄럽지 않다고 해주면 좋을걸. 그가 저런 식으로 대답하면 자신이 눈치 없이 수다를 떨어대는 여자가 되는 기분이었다. 말하는 흥이 떨어지는 건 당연하고 말이다.

"어? 비다."

꿍얼꿍얼 유한에게 말하지 못한 불만을 속으로 삭인 채 걸어가는데, 커다란 극장 입구에 선 사람들이 모여서 하늘을 올려다보는 것이 보였다. 갑작스러운 비에 사람들이 쉽게 비를 뚫고 갈 마음을 잡지 못한 듯했다. 차를 야외 주차장에 세워둔 탓에 쏟아지는 빗줄기에 난감한 건 채은과 유한도 마찬가지였다.

"어떡하지?"

채은이 중얼거리며 하릴없이 하늘만 바라보고 있는데, 두 사람의 옆에 서 있던 젊은 커플 중 남자가 자신이 입고 있던 재킷을 벗는 것이 눈에 들어왔다.

"자, 여기 간이 우산."

남자가 제 옆에 서 있던 여자를 바짝 제 옆에 붙이고 재킷을 쥔 쪽의 팔을 뻗어 재킷이 자신과 여자의 머리를 감싸게끔 했다.

"칫, 영화 따라 하지 마. 넌 그 배우처럼 안 되거든."

"그럼 나 혼자 가라고?"

"그건 아니고."

볼멘소리를 하면서도 입가의 미소를 감추지 못한 여자가 뛸 준비를 하듯 자세를 잡았다.

"자, 이제 간다!"

남자의 말을 신호로 간이 우산을 쓴 용기 있는 커플이 빗속으로 뛰어 들어갔다. 마치 영화처럼. 여자는 영화를 따라 한다고 마음에도 없는 타박을 하긴 했지만 빗속을 뛰어 들어가는 두 사람의 모습은 채은이 보기에 충분히 영화 같았다. 그리고 그 모습에 괜히 제 마음이 설레었던 채은이 자신도 저 커플을 따라 하고 싶은 마음에 커플처럼 비를 맞고 가자고 말을 하려다 그의 얼굴을 보고 멈칫하고 말았다. 보고도 믿지 못할 정도로 유한이 짜증스러운 표정을 짓고 있었다. 물론 비를 좋아하는 사람이 있으면 싫어하는 사람도 있는 것이 당연한 이치였지만 자신의 옆에 있는 사람과 자신의 다른 점을 발견하게 된 실망감에 채은의 표정이 푹 꺼지고 말았다. 안 그래도 어려운 유한이 더 어려워진 기분이었다.

"잠깐만 기다리고 있어."

짜증스러운 기색을 숨기지 않으며 유한은 몸을 돌려 다시 극장 로비 쪽으로 들어갔다. 유한이 극장 안에 들어가도 거센 빗줄기는 멈출 생각을 하지 않았고 채은은 그칠 생각을 하지 않는 비를 맞으며 뛰어가는 사람을 멍하니 볼 뿐이었다. 이제 더 이상 부러움도 설렘도 생겨나지 않았다.

"자, 여기."

언제 다가온 것인지 그가 채은에게 다가오면서 우산을 건넸다.

"우산을 어디서 사 왔어요?"

"1층 아트숍에 우산 팔기에."

한눈에 보아도 고급스러운 생김새가 일회용으로 쓰고 말 우산은 아니었다. 얼마나 비 맞는 게 싫었으면 주차장까지의 짧은 거리를 가는 데 몇만 원은 족히 할 법한 우산을 이렇게 사 왔을까.

"가지."

그렇게 말하면서 유한이 제 몫으로 사 온 우산을 펴 들었다.

"하나만 사도 충분했을 거 같은데."

장우산이라 하나만 사도 충분히 쓰고 갔을 텐데 선을 긋듯 두 개의 우산을 사 온 유한을 향해 채은이 끝내 한마디 하고 말았다.

"하나씩 쓰는 게 비를 덜 맞을 테니까."

그걸 누가 모르나. 화가 날 정도로 심상한 유한의 말에 발끈하려던 채은이 이내 목소리를 높이는 것이 무슨 소용인가 싶어 입을 다물었다. 비를 좀 맞는 한이 있더라도 같이 우산을 쓰고 가면서 아까 공연 이야기를 하거나 서로 우산을 더 차지하려고 장난 섞인 힘겨루기를 하다 보면 짜증스러운 비 오는 날도 즐길 수 있다고 말하고 싶었지만 되레 그런 제 말을 이해하지 못한다는 표정이 될 유한을 대할 자신이 없었다.

"그렇겠죠. 따로 쓰고 가는 게 비는 안 맞겠죠."

그렇게 중얼거리고는 채은이 우산을 펴고 그를 기다리지 않고 빗속으로 걸어갔다. 그리고 그런 채은의 뒷모습을 유한이 물끄러미 바라보고 있었다.

"어? 비 오네."

채은이 한자리에 꼼짝없이 서서 비를 바라보고 있는데 뒤에서 빠르게 다가온 유한이 베란다 창문에 딱 달라붙었다.

"다쳐요."

"괜찮아."

"비…… 좋아해요?"

지금까지도 비를 보며 유한이 지었던 짜증스러운 표정을 기억하는 채은으로서는 베란다에 바짝 서서 비를 보고 있는 유한의 모습이 의아했다. 어렸을 때는 비를 좋아했나.

"응. 할머니랑 비 오면 정원 나가서 비 구경하고 그랬어."

비에 젖은 풀 냄새, 사락거리던 나뭇잎 소리, 툭툭 우산을 때리던 빗소리까지 유한은 귓가에 생생했다. 그런데 그게 벌써 엄청, 엄청 오래전의 일이라니. 기분이 이상한 것도 이상한 것이지만 이렇게 비를 보고 있으니 어린 시절 자신과 비 구경을 하던 할머니가 보고 싶었다. 그리움에 우울해진 마음을 숨기지 못한 유한의 표정이 어두워졌고, 그의 표정이 의미하는 바를 알아챈 채은이 저도 모르게 유한에게 물었다.

"유한 씨, 우리 비 구경하러 갈까요?"

"진짜? 응!"

"아…… 그래요."

자신이 잘못 이야기를 꺼냈다는 것을 깨닫고 번복하려고 하는 순간에 재깍 나온 유한의 대답에 질문 취소를 외칠 수는 없었다. 절대 하지 못할 것으로 생각했던 물음이었는데. 너무 쉽게 나온 것은 물론이고, 제 제안에 기쁜 표정으로 고개를 끄덕이는 그의 모습이 마치 꿈처럼 느껴졌다.

"얼른 가자."

유한이 먼저 말을 먼저 꺼내놓고 멍해 있는 채은의 팔을 잡아당겨 현관까지 오게 했다. 밖에 나가자는 한마디에 조금 전 우울했던 기분은 완전히 거둬낸 상태였다. 하늘에 계신 유한의 할머니가 지금의 유한을 봤다면 자식 키워봤자 다 소용없다고 혀를 차셨으리라.

"우산은 이걸로 가져가자."

신발장 옆에 가지런히 정리되어 있는 우산 중 하나를 꺼내 들어 보인 유한이 채은의 손을 붙들고 문을 나서려 했다. 유한이 손에 쥐고 있는 우산은 신혼 초에 유한과 오페라 공연을 본 후 갑작스럽게 오는 비에 사 왔던 우산이었다. 표정 없기로 소문난 유한이 짜증스럽다는 감정을 숨기지 않으며 극장 내 아트숍에서 사 왔던 그 우산.

"저도 우산을……."

유한이 정신없이 데리고 나오는 바람에 채은이 우산을 챙기지 못했다. 도어록 문이 잠기는 소리에 그녀가 자신이 쓸 우산을 가지러 들어가려고 하는데 그런 채은의 움직임을 유한이 막았다.

"나랑 같이 쓰면 돼."

팡.

소리와 함께 우산이 넓은 몸체를 드러냈다. 구스타프 클림트의 키스. 우산에 그려진 그림의 이름이었다. 알록달록 만발한 풀꽃 위에서 사랑하는 두 연인이 황금빛을 배경으로 키스를 나누고 있었다. 서로에게 의지한 채 사랑에 빠진 자신들을 과시하듯 서 있는 두 연인은 어느새 눈이 부실 정도로 밝은 황금빛 그 자체가 되어 있었다. 우중충한 비가 오는 날에 쓰기에는 화려하다 싶은 우산이었지만, 오히려 그래서 비 오는 날과 어울리는 우산인 것도 같았다. 서로에 대한 마음을 그대로 드러내고 있는 연인의 모습은 질투가 날 만큼 아름답고, 기분을 붕 뜨게 해주니까 말이다.

"크지?"

우산의 그림이 무슨 상관이랴 하는 얼굴로 유한은 우산을 돌리며 채은에게 두 사람이 충분히 쓸 수 있는 우산이라는 걸 확인시키는 데 열심이었다.

"그러네요."

"그렇지? 얼른 비 구경 가자."

채은의 동의에 됐다는 듯 우산을 접고 도착한 엘리베이터 안으로 채은을 이끌었다. 마치 소풍을 가기 전의 아이처럼 즐거운 얼굴이었다.

"근데 혹시 몸이 쑤시거나 하진 않아요?"

엘리베이터에서 내려 본격적으로 산책을 하려다 보니 문득 유한이 얼마 전까지 교통사고로 크게 다쳤던 사람이라는 것이 떠올랐다. 그 후유증으로 비 오는 날에 다친 부위가 쑤실 수도 있다는 생각을 하지 못했던 것이었다.

"괜찮아. 하나도 안 아파."

행여 채은이 다시 집으로 돌아가자고 할까 봐 무섭다는 듯 유한은 단호하게 고개를 저었다. 한 방울, 한 방울 우산 위로 떨어지는 빗방울 소리가 정겨웠다. 어린 시절과 달리 우산은 할머니 손이 아닌 제 손에 들려 있었지만 자신이 우산을 듦으로써 비로부터 채은을 지켜주는 것 같은 기분까지 들고 있었다.

"아프면 참지 말고 말해야 해요. 알았죠?"

"응. 비 냄새 좋다."

채은의 걱정스러운 당부에도 성의 없이 고개를 끄덕인 유한이 숨을 크게 들이쉬며 비가 온 세상을 만끽하는 얼굴을 했다. 그 평화로운 표정에 채은이 저도 모르게 작은 미소를 지었다. 내려오기 전보다 빗줄기는 가늘어져 있었지만 툭툭 우산을 때리는 소리는 노랫소리처럼 계속되고 있었다. 자박자박, 젖은 땅 위에 닿는 발걸음은 산뜻하기만 했다. 산책로 양옆에 자리 잡은 비 맞은 나무와 풀 냄새까지 코를 찔렀다. 절로 마음이 안정되는 느낌에 입가를 떠나지 않는 미소를 지으며 눈을 감은 채 걸어가기 시작했다. 시각이 사라졌지만, 청각과 후각이 예민해져 눈에 담지 않아도 마음에 비 오는 날의 풍경이 담기는 기분이었다.

"색시야, 안 돼."

그때였다. 단호한 목소리 하나가 들리더니, 채은이 그 목소리에 반응하기도 전에 뒤에서부터 강한 힘이 채은을 뒤로 끌어당겼다. 눈을 감고 걷다 보니 채은은 유한이 들고 있던 우산의 사정거리를 벗어나려 했고, 그것을 막으려는 유한이 채은의 몸을 다시 우산 안으로 당긴 것이었다.

"비 맞으면 안 돼. 대머리 돼."

"조금은 맞아도 돼요. 비 오는 날이니까 비도 맞는 거죠."

채은의 고집에 유한은 더욱 굳은 표정으로 고개를 저었다.

"안 돼. 감기 걸릴 수도 있어. 색시 감기 걸리는 거 싫어."

"……알았어요."

비를 맞든 안 맞든 비가 와 쌀쌀해진 날씨에 걷다 보면 감기에 걸리게 될지도 모르는 일이었다. 그것을 피력해볼까 하다가 어쩔 수 없다는 표정으로 유한의 말에 알겠다는 대답을 해 보였다. 자신을 걱정해주고, 그것을 표현하는 유한은 오랜만, 아니 처음인 것 같아서 차마 그 뜻을 거절할 수가 없었다. 지금의 유한처럼 말로 표현하지 않았었지만, 옛날의 유한도 자신의 걱정을 했던 적이 있었을까. 그래도 부부로 산 세월이 몇 년인데 걱정 정도는 한 적이 있었겠지 싶은 생각이 들었지만, 자신은 없었다. 채은이 무슨 생각을 하든 신경 쓰지 않는 듯한 유한은 채은이 완전히 우산 안에서 자리 잡는 것을 확인하자 다시 다리를 움직이기 시작했다.

"유한 씨도 비 안 맞게 조심해요."

나도 유한 씨 감기 걸리는 거 싫으니까, 하는 말까지는 나오지 않았다. 그런 말랑한 말은 자신들에게 어울리지 않았다.

"우와, 저기 물웅덩이다."

길을 걷다 보니 평평한 길 중간 움푹 파인 부분에 비가 고여 있었다. 마치 처음 물웅덩이를 본 사람처럼 유한이 신기해했다.

"저기 들어가면 안 돼요. 옷 다 젖잖아요."

"알았어."

비 오는 날이면 노란 장화를 신고 물웅덩이마다 첨벙첨벙 소리를 내면서 밟고 다녔는데, 이제 그것도 안 되나 보다. 분명 어른이 되면 할 수 있는 게 많아질 거로 생각했는데……. 기억을 찾아야 한다, 로봇은 안 된다, 만화 영화도 안 된다, 편식해도 안 된다. 손으로 헤아릴 수도 없이 많은 일들이 어른이기에 자신이 해야 할 일이라며 목을 쭉 내밀고 있는 거 같았다.

"내일 본가 가야 하는 거 안 잊었죠?"

언제쯤 비가 그칠까 하늘을 올려다보던 채은이 확인하듯이 유한에게 물었다. 분명 며칠 전에 말했던 것 같은데, 유한은 아무 생각 없는 것처럼 맹한 얼굴로 되물었다.

"본가? 우리 엄마, 아빠 집?"

"네. 내일 가서 저녁 먹어요."

"그냥 색시랑 둘이서 먹는 게 더 좋은데."

햄이나 고기만 먹고 싶은 자신에게 채소며 맛이 없는 음식을 권하기는 하지만 채은과 매일 단둘이서만 식사를 하는 것이 좋았던 유한이었다. 하지만 내일은 단둘만의 식사를 할 수 없다. 아쉬움에 입술을 삐죽였다.

"다 같이 먹어야 맛있죠."

철모르는 소리였지만 그래도 유한이 저렇게 말해주니 솔직히 기분이 좋긴 했다. 그랬기에 타이르듯 말하는 채은의 목소리에 호통의 기운은 없었다.

"그래도."

자신과 달리 별로 아쉽지 않은 것처럼 말하는 채은에게 괜히 서운한 마음에 유한의 입이 더욱 앞을 향해 나왔다.

"이러다 우리 유한 씨 오리 되겠어요."

그 표정이 재미있었던 채은이 손가락으로 장난스럽게 그의 입술을 통 하고 튕겼다. 이에 약이 올랐는지, 유한이 들고 있던 우산을 제 쪽으로 가져가버렸다. 찬 빗물이 머리에 떨어지는 것이 느껴지자 채은이 항의하듯 말했다.

"유한 씨, 이러는 게 어디 있어요? 나 비 맞는 거 싫다면서요?"

"몰라! 색시 비 다 맞아."

유한의 팔에 바짝 붙으려고 하는 채은을 피하며 유한이 뿔난 어린아이처럼 걸음을 옮겼다. 정말 어린아이라면 통통거리면서 걷는 게 귀여웠겠지만 다 큰 성인이기에 확실히 귀여운 맛은 떨어졌다. 하지만 놀리는 데 재미가 있는 것은 나이를 불문했다.

"유한 씨!"

멀어지는 유한을 쫓아가던 채은이 미처 발견하지 못한 물웅덩이에 발이 빠져 '앗, 차가워.'를 외치고 말았다. 젖은 발을 난감하게 바라보는데, 놀란 눈으로 채은 쪽을 바라보는 유한과 눈이 마주쳤다. 혹시나 자신 때문에 발이 젖었다고 채은이 화를 낼까 겁내는 얼굴이었다.

하지만 그 동그란 눈동자를 마주한 채은은 풋 하고 큰 웃음을 터트리고 말았다. 유한에게 이 정도 비는 맞아도 된다고 말했지만 사실 비에 젖고 난 후에 찝찝할까 봐 비에 젖는 것을 꺼렸다. 하지만 막상 비를 맞고, 옷도 젖어버리니 차라리 편한 기분이었다. 물론 자신을 바라보는 유한의 귀여운 표정도 채은의 기분을 좋게 하는 데 한몫하고 있었다. 이미 늦어버린 듯했지만 다가온 유한이 채은의 머리 위에 우산을 씌워주는 동안에도 채은의 청량한 웃음소리는 계속되고 있었다. 그리고 그녀의 그 모습에 아까의 불편함은 잊고 기분이 좋아진 유한도 채은을 따라 웃어버렸다. 어느새 비 오는 날의 우중충함은 두 사람에게 먼 이야기가 되어갔다.

우르릉, 쾅쾅.

늦은 저녁.

하루 종일 계속되던 비는 멈출 생각을 하지 않더니 이제 비와 함께 하늘이 날카롭게 울어대기 시작했다. 채은과 맞았던 비는 실비 수준이었다. 지금 천둥과 함께 몰아치는 비는 혼자 자는 유한의 잠을 방해하고 있었다. 이불 속에 파묻혀 외로운 사투를 벌이던 유한이 드디어 침대에서 몸을 일으켰다.

"색시야."

조심스럽게 열리는 문 사이로 유한이 고개를 내밀며 채은을 불렀다. 채은에게도 말한 적 있었지만 정말로 유한은 혼자 드는 잠자리에 적응하지 못하고 있었다. 침대에 누워 한참이나 뒤척인 후에야 잠이 들 수 있었다. 그런 상황에 비는 물론이고, 천둥까지 우르

룽 치는 오늘 같은 밤에 평화롭게 잠이 들 리가 없었다. 생각 같아서는 침대 위에서 자고 있는 채은의 품에 파고들며 무섭다고 어리광을 부리고 싶었다. 하지만 신랑이 돼서 절대 안 될 말이며, 그런 짓을 했다가 채은이 자신을 더욱 싫어하게 될까 봐 감히 할 수도 없는 행동이었다.

채은도 자신처럼 천둥 때문에 잠들지 못하고 있으면 자신이 지켜주러 왔다고 센 척을 하며 은근슬쩍 같이 잠들려고 했는데, 누구 색시인지 용감하게도 번쩍번쩍 번개와 함께 천둥이 치는데도 아무렇지도 않다는 듯 잠에 빠진 모습이었다. 소리 없이 문을 닫은 뒤 바로 침대에 올라가는 대신 유한이 침대 아래 무릎을 꿇고 앉아 침대 머리맡에 팔을 괴고 잠든 채은의 얼굴을 가만히 바라보았다.

채은을 보는 유한의 얼굴은 사뭇 진지했다. 봐도 봐도 좋은 채은이지만 이렇게 그녀를 보고 있으니 기분이 묘했다. 기쁘면서도 슬프고, 슬프면서도 설레는 기분. 새삼 느끼지만 채은을 보며 자신이 느끼는 감정은 자신에게 어렵기만 했다. 어른이었던 자신은 항상 이런 감정을 느꼈던 것일까. 꽤나 속앓이를 했을 것 같은 자신이다.

머뭇머뭇 채은이 깰까 긴장되는 손이 점점 채은을 향했다. 부드러운 머리카락이 유한의 손에 감겼다. 기분 좋은 감촉에 일자였던 유한의 입가가 부드럽게 휘었다. 이제 자신을 조금쯤은 좋아해주는 것일까. 오늘 비를 맞으며 환하게 웃었던 채은의 모습이 머릿속을 떠나지 않았다. 병원에서 처음 만나 지금까지 그렇게 환하게 웃었던 채은은 처음이었다. 자신을 보며 웃는 채은이 상상했던 것보다 예뻐서 가슴이 두근거렸다.

"더워."

그리고 그 모습을 떠올리는데 왜 이렇게 몸에서 열이 나는지 알 수 없었다. 잠들어 있는 채은을 바라보는데 이상하게 시선이 그녀의 입술 쪽으로 향했다.

꼴깍.

저도 모르게 삼켜지는 침에 왠지 모르게 주변을 둘러보는데, 갑자기 우르릉 쾅쾅 하는 굉음이 유한의 고막을 갈랐다. 소리도 지르지 못하고 침대 얼굴을 박고 있던 유한이 몸을 일으키더니 채은이 누워 있는 침대 안으로 파고들었다. 들썩이는 침대의 움직임에 살짝 인상을 찌푸리기는 했지만 그녀는 다행히 눈을 뜨진 않았다. 채은이 불편할까 봐 큰 몸을 잔뜩 웅크린 유한이 슬쩍 채은의 손을 쥐었다. 이렇게 손을 쥐고 있으니 무서운 게 가시는 것도 같았다.

여전히 비는 악수처럼 내렸고, 드문드문 번개에 이어진 천둥은 유한이 채은의 손을 놓지 못하게 했다. 조금만 채은의 옆에 있다가 비가 그치면 다시 돌아갈 생각이었다. 채은이 깨어나기 전에 나간다면 채은도 자신이 이곳에 왔었다는 것을 알지 못할 터였다. 나란히 누워 있으니 채은의 오밀조밀한 얼굴이 눈에 더 잘 들어왔다. 참 곱네, 고와. 분명 할머니가 살아 계셨다면 그렇게 말씀해주실 거였다.

"고운 색시야, 나 미워하지 마."

색시가 매일 나를 보면서 웃어주었으면 좋겠다. 지금 유한이 바라는 가장 큰 소원이었다. 근래 계속 잠을 못 잤던 자신인데, 이렇게 채은 옆에 누워 있자니 절로 눈이 감기고 있었다. 자면 안 되는

데, 그렇게 중얼거리면서도 유한의 눈은 완전히 감기고야 말았다. 아무리 매섭게 천둥이 쳐도 그의 감긴 눈은 떠지지 않았다.

짹짹.

아침부터 참새 소리가 정겨웠다. 비가 아무리 쏟아져서 세상모르고 잠이 들었던 채은이 알람이 울리기도 전에 눈을 떴다. 비 오는 소리를 들으면서 잠을 자서일까 개운한 게 너무 상쾌하고 기분 좋은 하루의 시작이었다. 그렇게 몸을 일으켜 침대에서 내려가려던 채은이 자신의 손을 잡고 있는 따뜻한 형체에 모든 행동을 멈췄다.

"어머!"

제 손을 잡은 채 잠에 빠져 있는 사람은 분명 유한이었다. 어제 저녁 분명 각자 방으로 헤어졌는데, 떡하니 제 옆에 자리를 차지하고 있는 유한의 모습에 의아한 생각이 들 수밖에 없었다. 언제 들어온 거지. 의아함이 들긴 했지만 채은은 밤새 제 잠자리를 차지한 유한을 깨워서 혼내는 대신 깨지 않도록 그의 손에 잡힌 제 손을 살며시 빼더니 더 잘 잘 수 있도록 이불까지 여며주었다.

어제 비가 와서 혼자 자는 것이 무서웠을까. 어른 유한이라면 상상할 수조차 없는 일이지만, 아이의 생각을 가진 사람이라면 비 오는 날 혼자 자는 것이 무서울 수도 있겠다 싶었다. 어제 잠이 들기 직전 유한이 무서워하지 않을까 생각을 하긴 했으나, 그렇다고 자신이 해줄 수 있는 것도 없어 모른 척하고 잠든 것이었는데, 유한 스스로 방법을 강구해 무사히 어제저녁을 보낸 듯싶었다. 그 해결법에 자신이 포함되어 있다는 것이 난감해야 할 테지만 이보다 편할 순 없다 하는 얼굴로 잠이 든 얼굴을 보니, 곤란해하는 것도 미안했다.

유한의 덕분인지는 몰라도 요 며칠 잠을 자도 잔 거 같지 않은 느낌이 오늘만은 말끔하게 사라진 상태였다. 함께 부부로 살며 한 침대를 썼던 일이 이렇게 편안한 숙면으로 나타날 것이라고는 예상조차 못했었다.

"잘 잤어요. 유한 씨 덕분에."

유한은 들을 수 없는 말을 속삭이며 채은이 이마로 내려온 유한의 머리카락을 정리해주었다. 지금 채은의 표정은 오늘 새벽 채은을 흐뭇한 표정으로 바라보았던 누군가의 얼굴과 무척이나 닮아 있었다.

# 4. 피어나라

"왔니?"

"네, 저희 왔어요."

연락이야 자주 드렸어도 퇴원하고 찾아뵙는 것은 처음이었다. 마침 기다리고 있었던 것인지, 배 회장과 정숙이 두 사람이 들어온 문을 바라보며 서 있었다.

"그래, 어서 오너라."

"안녕하세요."

채은의 눈짓에 유한이 허리를 숙여 제 부모님께 인사를 올렸다. 여전한 유한의 어린 모습에 정숙은 자신도 모르게 한숨을 쉬고 말았다. 딱딱한 아들이 살가워지기를 바란 적은 있으나, 어려지길 바란 적은 없었다. 그리고 의식할 새도 없이 새어 나온 정숙의 한숨 소리에 배 회장이 눈치를 주듯 헛기침을 했다. 그제야 정신을 차린 정숙이 채은에게 물었다.

"차는 안 막혔니?"

"네. 다행히 퇴근 시간을 피해서요."

"그래? 다행이구나. 들어오렴."

"네. 유한 씨 들어가요."

"응."

채은을 따라 들어간 유한이 자신이 벗어놓은 신발과 채은의 신발을 가지런히 정리하고는 유한이 채은을 향해 칭찬을 바라는 눈빛을 보냈다. 그 뜻이 분명한 눈빛에 배 회장 부부의 눈치를 봤지만 저 초롱초롱한 눈빛을 거절할 수도 없어서 채은이 어색하게 웃으며 유한에게 칭찬의 말을 건넸다.

"잘했어요."

"응, 다음에도 내가 할게."

그러더니 폴짝폴짝 뛰어 폭신한 거실 소파에 앉으며 리모컨을 들었다. 텔레비전에 빠진 유한의 뒷모습을 보는 세 사람의 표정에 같은 의미의 복잡한 감정이 담겼다. 하지만 멍하니 서서 시간을 보낼 수는 없는 노릇이었다. 유한이 텔레비전을 보는 동안 채은은 거실 소파에 가방을 내려두고 정숙을 따라 주방으로 향했다. 주방에 들어서자 오랜 세월 배 회장네 집안일을 돌보고 있는 화천댁이 채은을 반겼다.

"오셨어요?"

"안녕하셨어요. 아주머니. 제가 뭐 도와드릴 거 없어요? 어머님은 나가셔서 쉬세요. 제가 할게요."

저녁 준비를 돕기 위해 일찍 온다고 왔는데, 바지런한 제 시어머니는 자신들이 오기도 전에 벌써 저녁 식사 준비를 시작한 상태였다.

"아니다. 너는 화천댁 좀 거들거라."

"네. 좀 더 일찍 올 걸 그랬나 봐요."

"뭐하러? 내가 일찍 준비 시작한 건데."

화천댁을 도와 채소를 씻으면서 민망한 마음에 하는 채은의 말에 정숙이 무뚝뚝하게 받아쳤다. 제 시어머님도 유한만큼이나 살가운 분이 아닌 것을 알기에 그 말투에 상처를 받거나 하진 않았다. 냉정해 보이셔서 그렇지 잔정도 많으시고, 자신들을 많이 걱정해주신다는 걸 알고 있었다.

"요즘엔 유한이가 말 잘 듣니?"

"예, 처음보다 매우 의젓해졌어요."

그 대답을 하는 채은의 표정은 전보다 많이 좋아져 있었다. 병원에 있으면서 채은의 옆에서 떨어지려고 하지 않는 데다가 물리치료를 받는 동안 힘들다고 칭얼대고, 아프다고 낑낑대는 유한 때문에 병원에서 채은은 꽤 고생을 해야 했다. 유한의 고집은 어렸을 때도 대단했기에 몸만 큰 유한을 보는 것에 애로 사항이 많을 며느리가 고마우면서도 기특하기도 했다. 처음 채은이 이혼 이야기를 꺼냈을 때 느낀 서운함이 없어질 정도로, 3개월이라는 한시적인 기간이 아쉬울 정도로.

"기억도 그대로고?"

그것은 유한의 모습만 보아도 답이 나온 것이었지만 1년 치의 기억만이라도 찾았을까 싶은 기대를 담고 한 질문에 채은은 작게 고개를 저을 뿐이었다. 기억을 잃어 어려졌다는 이야기는 배 회장이 손을 써 막은 상태지만 유한의 자리를 호시탐탐 노리는 진화가 그 사실을 알게 됐으니 아직 큰 움직임을 보이지 않는다고 해도 안심할 수는 없었다.

"금방 나아질 거예요."

"그래, 그래야지. 이제 식탁에 수저 좀 놓아라."

"네."

말을 할수록 답답해지는 속이라, 힘겹게 희망적인 이야기를 한 정숙이 애써 나쁜 생각을 하지 않으려 했다. 얼른 기억을 찾았으면 하는 시어머니와 같은 걱정이 들었던 것인지, 제 시어머니를 보는 채은의 표정은 어느새 어두워져 있었다. 차마 끼어들 수 없는 고부지간의 대화에 입을 다문 화천댁이 두 사람의 눈치를 보며 아무것도 듣지 못한 것처럼 국을 끓이는 것에 골몰하는 척했다. 무거워진 분위기에 저녁을 차리는 세 사람의 손놀림은 더욱 바빠졌다.

식사를 마친 후, 채은과 배 회장 내외가 간단히 다과와 차를 나눠 마시며 이런저런 이야기를 나누고 있었다. 그리고 그 옆에서 얌전하게 앉아 있던 유한이 더 이상 이 정적인 자리는 관심이 없다는 듯 채은에게 말했다.

"색시야, 나 2층 올라갈게."

"네, 넘어지지 않게 조심해요."

"응."

채은의 걱정에도 성의 없이 고개를 끄덕인 유한이 제 방이 있었던 2층을 향해 계단을 올라가기 시작했다. 그가 넘어질까 봐 그의 뒷모습을 보는 채은은 안절부절못하고 있었다.

"놔둬라. 넘어지면 지 손해지."

"네? 그래도 넘어져서 다칠까 봐요."

어느새 유한은 채은의 시야에서 사라져 있었다. 아무 소리도 들리지 않는 것으로 보아 넘어지지는 않은 것 같았다. 갑자기 길어진 다리에 적응을 하지 못하는 건지, 아니면 사고의 충격으로 다리에 힘이 없는 것인지 잘 걷다가도 픽픽 잘 넘어지는 유한이 항상 불안한 채은이었다.

"다치면 또 어때? 약 한번 발라주면 끝인걸. 괜히 어리광 받아줄 필요 없어."

"네."

가만히 배 회장의 말에 고개를 끄덕이던 채은이 조심스러운 목소리로 배 회장에게 물었다.

"근데 유한 씨요, 예전에도 정말 저렇게 밝았었어요?"

"유한이랑 있다 보면 하루 종일 정신없었지. 동에 번쩍, 서에 번쩍. 홍길동이 안 부러웠어."

배 회장과 마찬가지로 어린 시절의 유한을 떠올리는지 정숙의 입가에도 작은 미소가 맺혀 있었다. 시기에 맞지 않게 변한 아들 때문에 잠이 오지 않을 만큼 걱정되고 조마조마하긴 했지만, 예전의 귀여운 아들은 떠올리는 것만으로 웃음이 나긴 했다.

"사실은 보고 있으면서도 안 믿겨요. 유한은 어렸을 때도 진지, 할 것 같았거든요."

시부모님 앞에서 '어렸을 때도 차가웠을 것 같아서요.'라는 말을 할 수 없어 채은이 제 뜻을 살짝 돌려 표현했다.

"아니야. 예전에 잘 웃기도 하고 장난도 잘 쳤어. 유한이 할머니,

그러니까 너한테 시할머님 되시는 분이 어렸을 때 유한이를 오냐 오냐 예뻐하셔서 저 녀석이 응석받이가 됐었지. 그래도 저 녀석 우리 말은 안 들어도 제 할머니 말은 잘 따랐어. 그러다가 어머님이 병으로 돌아가시고 제 앙탈 받아줄 사람 없으니까 점점 성격이 변한 게지."

어른 유한에게서는 한 번도 들은 적이 없었지만, 요즘은 어린 유한에게서 자신을 예뻐해주셨던 제 시할머니 이야기를 자주 듣고 있었다. 그런 분의 이야기를 한 번도 해준 적 없는 어른 유한에 대한 서운함을 느끼기도 했지만 이제 와 그런 감정을 느낄 필요는 없었다. 대신 말하지 않아도 어른 유한 또한 할머님의 영향을 받지 않았을까, 혼자 추측은 해보고 있었다.

"아, 그러고 보니 사부인 생신이 얼마 안 남았지?"

"네? 아, 네."

그렇게 멍하니 생각에 빠져 있는데 정숙이 채은에게 말을 걸어왔다.

"간단하게 선물이라도 해야 할 텐데, 필요하신 거 없으시니?"

"예? 아니에요."

"그래도 그게 아니지."

"정말로 괜찮아요. 저번에도 귀한 선물 보내주셨는데요. 아, 아버님 생신도 얼마 안 남았네요. 아버님은 뭐 필요하신 거 없으세요?"

지금 자신의 시어머니라 해도 얼마 뒤면 유한과 이혼할 처지에 선물을 받는 건 아니라는 생각에 채은이 화제를 돌렸다. 자신의 어머니과 배 회장의 생일이 일주일 차이라는 것을 기억해낸 것이었다.

"필요한 거는 무슨. 됐다."

채은의 질문에 이번엔 배 회장이 고개를 저었다. 그 모습에 채은에게도 알려줘야 할 일을 떠올린 정숙이 배 회장 대신 배 회장 생일에 대한 이야기를 해주었다.

"작년에는 간단하게 넘어갔지만 이번엔 손님 초대해서 잔치를 할까 한다. 여기저기 말 많은데 우리 유한이 괜찮은 것도 좀 보여주고."

물론 겉으로 보기에 유한은 멀쩡한 상태였다. 하지만…….

"최대한 말을 줄이면 사람들이 이상한 건 모를 거야."

채은의 생각을 읽었는지 정숙이 심란한 표정으로 말했다. 걱정되는 건 배 회장 내외도 같았으나, 유한이 마냥 활동을 하지 않는 것도 사람들 보기에 좋지 않을 것이란 생각에 도박을 거는 심정으로 이번 생일잔치를 하기로 마음먹었던 것이었다.

"여러모로 네가 많이 도와줬으면 좋겠구나."

"네, 물론이죠."

당연하다는 듯 채은이 고개를 끄덕였다. 일단 유한이 자신의 말은 잘 들으니 사람들에게 얕보이지 않도록 유한을 제대로 교육해야겠다고 다짐했다.

"색시야!"

그렇게 세 사람이 심각하게 대화를 나누고 있는데, 2층에 올라갔던 유한이 집이 떠나가라 채은을 불렀다. 깜짝 놀란 채은이 들고 있던 찻잔을 내려놓고 2층으로 뛰어 올라갔다.

"왜요? 무슨 일 있어요?"

"이거 봐."

혹시 크게 다쳤나 싶어 한달음에 올라간 것이 민망하게 유한은 결혼 전 자신이 썼던 그 방 안에서 채은을 밝은 미소로 맞이하고 있었다. 손엔 어디서 찾았는지 모를 오래된 로봇을 들고.

"어디서 난 거예요?"

"이거 저기서 찾았어. 이 상자 안에 있었어."

유한이 가리킨 것은 방 한쪽의 자리 잡은 장롱이었다. 심심해서 2층에 올라온 유한은 곧장 자신의 방이었던 이 방으로 향했다. 또다시 기억과는 다른 방 안의 모습에 난감해하다 열어본 빈 장롱 안에서 조그만 나무 상자를 발견했다. 기억에는 없지만 자신이 정리해서 넣어둔 것이 틀림없었다. 상자 안에 있는 것은 자신이 가지고 놀던 로봇이었으니 말이다.

"얘 이름은 1호야. 내가 첫 번째로 산 로봇이었거든."

채은이 로봇은 예전에 버렸다고 하고 로봇도 사주지 않는다고 해서 속상해하던 참인데, 어른이 되었다던 유한이 자신에게 선물을 준 것이었다. '잘했어, 어른이 된 배유한.' 하고 칭찬이라도 해주고 싶었지만 그건 자신이 할 수 없는 영역의 일이었다.

"결혼 전에 짐 정리는 유한이가 했었는데, 그걸 남겨두고 갔었나 보구나."

작은 로봇 하나에 행복한 미소를 짓는 아들을 보며 뒤따라 방 안으로 들어온 정숙이 말했다. 작은 것 하나에 행복해하는 아들을 보는 것이 자신들에게 행복인지, 불행인지 판단할 수 없었다. 그런 순간에도 유한은 채은에게 로봇에 대해 자랑하느라 바쁜 상태였다.

"로봇…… 찾아서 다행이네요. 여기서 필요한 거 더 있어요?"

"필요한 거? 없는데."

절대 로봇만은 사주지 않겠다 다짐했지만, 이렇게 찾은 물건에 대해서는 스스로 정해둔 지침이 없었다. 시부모님이 눈을 시퍼렇게 뜨고 있는데 로봇을 뺏을 수도 없고, 어두워지는 시부모님의 표정에 채은이 이제 돌아가야 할 시간이 됐다는 것을 본능처럼 느꼈다.

"혹시 모르니까 가지고 가거라."

필요한 것이 없다는 유한의 말에도 저 상자를 별로 보고 싶지 않았던 배 회장이 허공으로 손을 내저으면서 그냥 전부 다 가지고 가라고 말했다.

"네."

유한 대신 대답을 한 채은이 상자 뚜껑을 닫으며 상자를 챙겼다. 설마하니 자신이 알던 배유한이 어린 시절 자신의 물건들을 정성 들여 정리해놓았을 줄이야. 무심한 성격이라 자기 것이었어도 싫증 나면 미련 없이 버리는 사람일 것으로 생각했는데, 의외의 면모였다.

"아버님, 어머님 저희 이만 가볼게요."

"그래, 또 오너라."

잘 가라는 인사가 오고 가는 도중에도 인사를 하는 둥 마는 둥 유한은 만나지 못할 거로 생각했던 로봇을 만난 기쁨을 주체하지 못하며 로봇을 만지작대고 있었다. 뒤를 따라붙는 한숨 섞인 인사에 채은만이 괜히 죄를 지은 것 같은 난감함을 느껴야만 했다. 으이구, 정말 내가 못 산다, 진짜.

"포장해드릴까요?"

"네."

본가를 다녀온 다음 날, 채은은 백화점을 찾았다. 제 엄마인 지인의 생일 선물을 사기 위해서였다. 지인이 좋아하는 진주로 장식된 브로치를 고른 채은이 포장을 할 동안 전시되어 있는 액세서리를 구경하는 중이었다. 바늘과 실처럼 채은과 함께 유한도 백화점에 왔지만 액세서리 판매장에 들어온 지 얼마 되지도 않았는데 지겹다고 징징거려, 하는 수 없이 그가 그토록 바라던 장난감 판매장에 그를 데려다놓을 수밖에 없었다. 내키지 않았지만 조용한 공간에서 징징거리는 유한의 모습을 광고하듯 놔둘 수는 없었다. 장난감 판매장에 유한을 두고 오면서 몇 번이나 뒤를 돌아봤지만, 장난감을 보며 눈을 빛내는 그의 모습이 아이를 위해 장난감을 고르는 아빠처럼 보이는 것 같아 얼른 선물을 사서 유한에게 오자고 되뇌며 다시 이곳으로 온 참이었다.

다행히 몇 분 돌아다니지 않았는데 지인에게 어울릴 만한 선물이 눈에 들어왔고, 채은은 망설임 없이 선물을 선택했다. 선물이 포장되는 동안 반짝이는 유리 안의 예쁜 보석들을 구경하던 채은이 버릇처럼 자신의 몸에 감겨 있는 목걸이를 만지작거렸다. 작은 다이아몬드가 박힌 심플한 디자인의 목걸이. 본래 요란하고 화려한 것을 좋아하지 않는 채은 취향의 목걸이였다. 이제 빼야 하지만 어느새 습관이 되어버린 물건. 바로 사고가 나기 전 유한이 준 선물이었다.

"이게 괜찮을 것 같아요."

"그래? 그럼 이걸로 하지."

시어머니인 정숙의 생일을 앞두고, 채은과 유한이 처음으로 같이 선물을 사기 위해 백화점에 왔던 적이 있었다. 따라만 왔을 뿐이지, 선물을 고르는 내내 유한은 심드렁한 표정으로 채은의 옆만 걷고 있을 뿐이었다. 그런 그의 모습에 채은은 괜히 바쁜 사람의 시간을 뺏는 것 같은 불안함을 느껴야 했다. 그렇게 불편한 동행 끝에 이 여사 취향의 선물을 고른 채은의 눈에 섬세하면서 세련된 느낌의 목걸이가 눈에 들어왔다. 은색의 체인에 꽃봉오리를 형상화한 듯 다이아몬드가 박힌 동그란 펜던트에 채은의 시선은 완전히 빼앗겨버렸다.

"뭐 해? 안 가?"

어느새 빛이 나는 목걸이에 시선을 빼앗긴 채은을 발견한 유한이 물었다.

"네? 아, 가요."

무표정한 유한의 표정에 민망한 듯 보석에 멍해 있던 시선이 다시 돌아왔다. 그런 채은을 바라보던 유한이 채은에게 무심하게 말했다.

"예쁘면 사든가."

저런 거 하나 못 살 정도로 돈을 못 버는 것도 아닌데, 그렇게 반짝거리는 눈으로 봐놓고, 포기하며 돌아가려는 채은이 이해가 되지 않았다. 그런 그의 마음을 느낀 채은의 표정이 설핏 굳었다. 이럴 땐 사라고 하는 게 아니라 '사줘?'라고 물어봐야죠. 하지만 자신이 그런 말을 하면 유한이 비웃어버릴까 봐 그녀는 됐다는 듯 고개를 저으며 걸음을 옮겼다. 허둥지둥 뭐가 그리 급한지 앞서 걷는 그녀의 뒷모습과 그녀가 빤히 쳐다보고 있던 목걸이를 번갈아 보는 유한에게선 그 어떤 표정도 찾을 수 없었다.

"사모님."

"민 실장님."

그 후 며칠 뒤. 회사에 있어야 할 기훈이 채은을 찾아왔다. 갑작스러운 기훈의 방문에 채은의 눈이 커졌다.

"유한 씨가 뭐 두고 갔대요?"

"그게 아니라, 이거. 이사님께서 전해드리라고 하셨습니다."

놀란 채은의 반응에 작게 웃어 보인 기훈이 채은에게 작은 상자를 내밀었다. 그리고 그 안엔…….

"목걸이네요."

저번에 유한과 함께 봤던 목걸이가 채은을 바라보고 있었다. 받자마자 기뻐할 것으로 생각했던 것과 달리 채은의 표정은 잔잔했다.

"사모님."

"민 실장님께서 직접 백화점에 가서 사 오신 거죠? 유한 씨가 시켜서."

"네? 저……."

당황한 기훈의 반응에 채은은 웃었다. 한눈에 반할 만큼 예쁜 목걸이인데도, 온 마음으로 기뻐할 수가 없다. 당신이 직접 사 와서 나한테 가져다줬으면, 투박한 철사를 가져다줘도 좋았을 텐데, 당신은 내 마음을 너무 모르네요. 아니면 내가 너무 욕심이 많은 건가. 목걸이를 받은 채은의 웃는 표정이 이상하게 슬퍼 보여 그녀를 바라보는 기훈은 아무런 말도 할 수 없었다.

"유한 씨."

"어? 색시야, 왔어?"

무사히 선물을 산 채은은 유한을 찾으러 장난감 판매장으로 내려왔다. 역시나 유한은 장난감 로봇을 들고 행복한 표정을 짓고 있었다. 어린아이 마인드라 그런지, 작은 것 하나에도 굉장히 커다란 반응을 보이는 유한이었다.

"이거 완전 멋있지?"

예나 지금이나 남자아이들의 머스트 해브 아이템은 로봇인 듯 싶었다. 3단 변신을 한다고 적혀 있는 로봇 상자를 바라보며 유한이 무언가 갈구하는 눈빛을 채은에게 보냈다. 다 비슷비슷하게 생긴 장난감인데, 뭐가 좋아 저렇게 사달라고 하는 것인지 알 수 없었다. 내가 어릴 때도 엄마한테 인형 사달라고 이런 눈빛을 보냈을까. 분명 마음을 약하게 만드는 눈빛이었지만, 절대 동조해주고 싶은 마음은 없었다.

"네, 그러네요. 내려놔요. 집에 가야죠. 집에도 유한 씨 로봇 있잖아요."

어제 유한이 직접 찾아낸 그만의 보물이 말이다. 사실 집에 가자마자 그 로봇을 뺏으려고 했지만 그가 한없이 기쁜 표정을 짓는 통에 로봇 하나 정도는 이해하고 넘어가자 마음을 먹었다. 하지만 새 로봇은 또 다른 이야기였다.

"어? 1호는 스칼바랑 다른 애야."

채은이 로봇을 빼앗기라도 할 듯 유한은 손에 들린 상자를 껴안았다. 그런 유한의 모습에 채은이 한숨을 내쉬었다.

벌써 유한의 모습을 본 사람들의 표정에 경악한 감정이 담기기 시작했다. 멀끔하게 생긴 남자가 장난감 판매장에 들어왔을 때까지만 해도 분명 제 아들이나 조카의 선물을 사러 온 자상한 남자의 장난감 판매장 방문 정도로 생각하고 사람들은 미소 지었었다. 하지만 시간이 지나면 지날수록 사람들의 표정엔 의문이 자리 잡았다. 장난감을 구경하는 남자의 표정과 눈빛이 부모님을 따라 장난감 판매장에 온 남자아이의 그것과 너무 비슷했기 때문이었다. 그런데 멀쩡해 보여도 너무 멀쩡해 보여 조금 독특한 사람이라고 생각하고 있었는데, 미모의 여인과 만난 남자가 본격적으로 장난감을 사달라 칭얼대기 시작하자, 역시나 남자 쪽에 무슨 문제가 있는 거구나 하고 결론 내리고 있었다.

그리고 그런 사람들의 생각을 읽은 채은은 얼른 유한을 데리고 장난감 판매장을 빠져나가려 했다. 무너지는 채은의 속을 모르는 유한은 계속 로봇을 사달라고 졸라댔다.

"색시야, 나 이거 하나만. 응?"

"안 된다고 했죠. 유한 씨한테 이게 왜 필요해요."

"엄청, 엄청 필요해."

"저 남자 좀 모자라나 봐."

유한이 단호한 채은의 말에 기가 죽고 있는 사이, 어디선가 들리는 목소리가 채은에게 비수가 되어 꽂혔다. 찌릿, 유한을 모자란다고 표현한 여자를 매섭게 노려본 채은이 더욱 무시무시한 얼굴로 경고하듯 말했다.

"그거 내려놓고 얼른 와요."

"싫어. 이거 하나만. 응?"

채은의 표정에 움찔하긴 했지만 유한은 포기하지 않았다. 어제 찾은 1호가 어린 시절 로봇을 좋아했던 유한의 로봇 소장 욕구를 자극했던 것이었다.

"유한 씨! 유한 씨가 이렇게 떼쓰고 나 힘들게 하면 미국으로 가버린다고 했죠. 유한 씨는 지금 아이가 아니라 어른이에요. 어떤 어른이 유한 씨처럼 행동해요!"

사람들의 시선에 신경이 날카로워진 채은은 평소 더 차갑고, 사나운 어조로 유한에게 말했다. 유한이 아랫입술을 깨물고 고개를 푹 숙였다.

"그거 놓고 얼른 따라와요."

강하게 말하긴 했지만 얌전해진 유한의 모습에 마음이 아파진 채은이 기운이 빠진 표정으로 돌아서려 할 때였다.

"내가 잘못했어. 가지 마."

자신이 먼저 가면 유한도 자연스럽게 따라오리라 생각하며 뒤돌아섰는데, 유한에게 채은의 뒷모습은 자신을 버리고 가는 모습이라고 인식되었던지 로봇을 바닥에 팽개치듯 버린 그가 채은을 뒤에서 껴안았다.

"가지 마."

자신의 몸을 감싸 안은 단단한 몸에 채은이 걸음을 멈췄다. '가지 마.' 평소처럼 어린 목소리가 아닌 울림 좋은 나지막한 목소리였다. 바로 기억을 잃기 전 유한의 목소리였다. 그리고 다시 예전으로 돌아간 듯 보이는 그의 목소리는 35세의 유한이 자신을 잡는 것 같은 묘한 착각을 불러일으켰다.

"미국 완전 멀어. 미국 가면 무서운 코쟁이들도 되게 많아."

지금 제 행동이 채은의 심장을 두근대게 하는 것을 아는지 모르는지, 유한은 그저 미국에 대한 안 좋은 인식을 채은에게 심어주려 바쁘게 입을 움직였다. 그런 유한의 모습에 두근거림은 사라지고 피식, 웃음이 터져 나왔다.

"헤헤, 어디 안 갈 거지?"

그리고 채은의 웃음에 안심한 유한의 뻔뻔한 말이 이어졌다.

"유한 씨가 말 잘 들으면요."

애써 엄한 표정을 지으며 채은이 유한을 향해 몸을 돌렸다. 언제 주웠는지 유한은 채은을 잡느라 던지듯 내려놓았던 그 로봇 상자를 든 채였다.

"응, 응. 이제부터 잘 들을 거야. 근데 있잖아, 앞으로 말 잘 들을 테니까, 이거 사주면 안 돼?"

반짝반짝 눈빛 공격. 그 귀여운 눈빛 공격에 채은은 이번에도 함락될 수밖에 없었다. 지금의 유한은 자신은 절대 이길 수 없는 강적 중의 강적이었다.

"우리 색시가 최고다!"

"뛰지 말고 조심해요."

집에 들어오자마자 장난감 상자를 껴안은 유한이 방 안으로 들어갔다. 몸이 큰 아이라서 그런 걸까, 모든 아이를 키우는 게 이렇게나 어려울까. 소파에 몸을 던지듯 기댄 채은의 입에서 한숨이 흘러나왔다. 모든 기운을 소진한 채 처지는 기분이었다. 그렇게 얼마간을 누워 있었을까. 채은은 점점 자신의 눈꺼풀이 무거워지는 것을 느꼈다. 그리고 그녀의 시야에 어둠이 내려앉았다.

"색시야, 와봐!"

까마득한 의식 새로 목소리 하나가 몸을 비집고 들어왔다. 얼마나 잠이 든 것인지 채은이 눈을 뜨고 주변을 살피는데 다시 한 번 커다란 목소리가 들려왔다.

"색시야! 얼른 와보라니까!"

도대체 뭐 때문에 자신을 저리 애타게 찾는 것인지. 시간을 보니 오랜 시간 잠이 든 것은 아니었다. 몸을 일으켜 남아 있던 수면의 잔재를 떨쳐낸 그녀가 몸을 일으켰다.

"무슨 일 났어요?"

"이것 봐. 3단 변신!"

자신을 너무 애타게 찾아 큰일이라도 난 줄 알았더니, 오늘 채은이 사준 장난감을 자랑하고 싶어서였나 보다.

"멋있네요. 근데 유한 씨, 이렇게 어질러놓으면 어떡해요."

도대체 집 안 어디에 있었던 것인지 색종이들이 방 안 곳곳을 어지럽히고 있었다. 채은의 잔소리에 민망한 듯 웃는 유한을 뒤로 하고 색종이를 치우던 채은이 발에서부터 느껴지는 고통에 그대로 주저앉아버렸다.

"아!"

"어? 왜 그래?"

색종이에 가려져 보이지 않던 어제 찾은 유한의 친구 1호가 채은의 발밑에 깔려 전사하고 말았다. 또한 갑작스럽게 플라스틱 조각을 밟은 채은의 얼굴이 고통으로 일그러졌다. 1호의 목이 부러지거나 말거나 너무 아파 그대로 자리에 주저앉아버린 채은에게 유한이 빠르게 다가갔다.

"아파?"

"그것 봐요. 유한 씨가 제대로 안 치워서 다쳤잖아요."

제 몸을 희생한 채은의 가르침에 유한이 정말 반성하는 표정을 지었다. 피가 나거나 하는 건 아니지만 확실히 플라스틱 조각이라 발이 너무 아팠다.

"미안."

풀 죽은 얼굴로 채은을 보던 유한이 팔을 뻗어 채은의 발을 자신의 쪽으로 가져갔다. 갑작스러운 힘에 놀란 채은이 다리를 접으려 했지만 몸은 어른인 유한의 힘을 당해낼 수는 없었다.

"아픔아, 사라져라~"

채은의 작은 발을 한 손에 쥐고, 남은 손으로 채은의 발을 쓸어내리며 아픔이 사라지는 주문을 외웠다. 연신 발을 만지는 유한의 손길에 화끈 얼굴이 달아올랐다.

"유한 씨 괜찮아요."

"이렇게 하면 괜찮아져. 나 넘어졌을 때 우리 할머니가 이렇게 해줬었어. 아픔아, 사라져라. 빨리빨리 사라져."

협박한다고 고통이 그렇게 쉽게 사라지겠냐마는 채은의 발을 잡고, 주문을 외우는 유한의 표정은 자못 심각했다. 그리고 그 모습을 유한과 마찬가지로 심각해진 표정으로 채은이 바라보고 있었다. 자신도 모르게 유한의 머리를 쓰다듬을까 봐 채은이 손바닥에 손톱자국이 날 정도로 세게 쥐었다.

"아, 나 색시한테 줄 거 있어."

한참 채은의 고통과 소리 없는 전쟁을 치르던 유한이 밝은 얼굴로 채은에게 말했다. 의미를 알 수 없는 유한의 말에 정신을 차린 채은에게 유한이 의기양양한 표정으로 배유한표 선물을 건넸다.

"이게, 뭐예요?"

"목걸이야."

길게 자른 색종이 끝을 풀로 붙여 고리를 만들고 그 고리를 여러 개 연결해서 만든 색종이 목걸이였다. 인디언들이 하는 장식처럼 길게 늘어진 색종이 목걸이는 형형색색의 알록달록함이 포인트였다.

"선생님이 만드는 법 알려주셨어. 색시 주려고 만든 거야."

학교에서 목걸이 만드는 법을 배워서 만든 목걸이는 할머니 목에 걸어드렸었다. 자신의 것을 만들지 않아 정숙은 서운해했지만 유한의 할머니는 손자의 선물에 날아갈 듯 좋아하며 목걸이를 애지중지했었다. 제 기억에서는 얼마 되지 않은 일이지만, 시간이 많이 흐르고 할머니도 계시지 않으니, 이번엔 채은에게 이 목걸이를 주고 싶어 손수 제작한 것이었다. 바닥에 흩어져 있던 색종이의 쓰임이 밝혀지는 순간이었다.

"너무 예뻐요."

연결 고리 없이도 채은의 머리 위로 쏙 들어가는 목걸이를 만지작거리며 채은이 웃었다. 만질 때마다 종이가 사르륵거리는 소리가 났지만 그 어떤 목걸이보다도 의미 있었다. 제 아내에게 줄 목걸이마저도 다른 사람의 손에 들려 보내던 유한이 직접 만든 목걸이라니. 채은에겐 다시없을 선물이고, 보물이었다.

"색시야, 울어?"

"네. 너무 예뻐서요."

자신이 유한에게 바랐던 건 이런 조그만 정성이고, 애정이었다. 몸도, 머리도 큰 유한은 해주지 못한 걸 몸만 큰 유한은 척척 해주고 있었다. 그걸 어떻게 받아들여야 할지 모르겠지만, 채은의 눈에선 기쁨의 물방울이 쉴 새 없이 떨어졌다.

투둑, 투둑.

또다시 내리는 비가 창문을 두드리는 소리가 들렸다. 눈을 말똥말똥 뜬 유한이 천장을 보고 있었다. 기분 좋은 소리. 어린 시절 할머니와 들었던 이 소리만큼은 변함이 없었다. 하지만 어쩐 일인지 유한이 지금 오는 빗소리가 마음에 들지 않았다.

'천둥 번개가 치면 좋을 텐데.'

그렇게 속으로 중얼거리며 유한이 입을 삐죽거렸다. 왜 이렇게 천둥 번개를 기다리는가 하니, 하루아침에 무서워하던 천둥 번개를 좋아하게 된 것이 아니라 천둥 번개가 치면 또다시 은근슬쩍 채은의 방에 갈 수 있기 때문이었다. 얼마 전 천둥 번개가 치는 바람에 혼자 있기 너무 무서워 채은의 방에 갔다가 저도 모르게 채은의 옆에서 잠이 들었던 다음 날 아침, 유한은 사실 잠에서 깨고도 한참을 잠이 든 척 눈을 감고 있었다. 자신의 머리를 쓰다듬어 주는 채은의 부드러운 손길에 눈을 뜰 수가 없었다. 그래서 그대로 또 잠이 들려고 했지만 심장이 너무 떨려와 잠이 들기는커녕 정신은 더욱 또렷해져만 갔다. 언제 눈을 떠야 할까를 재며 눈을 감고 있는데, 채은이 제 머리를 쓰다듬던 손을 멈추고 침대에서 일어났다.

'유한 씨, 일어나서 씻고 나와요. 아침 준비할게요.'

자신이 잠든 척한 걸 언제부터 눈치챘던 것일까. 채은은 그 한 마디를 남긴 채 방을 나갔을 뿐이었다. 잠든 척한 것을 걸린 게 창피하긴 했지만 채은의 반응은 침착했다. 분명 아침에 자신을 보면 무섭게 화를 낼 것으로 예상했는데, 채은은 그 어떤 말도 하지 않았었다. 그 후로 밤만 되면 또 채은을 찾아갈 생각으로 하늘을 보며 천둥 번개가 치기 바라고 있었지만 천둥 번개님은 오지 않았다. 할머니가 좋아하시던 반가운 비님은 밤이 되면 종종 찾아왔지만 말이다.

'색시 또 울고 있는 거 아냐?'

그렇게 우르릉 천둥을 기다리다 다른 쪽으로 생각이 넘어갔다. 오늘 자신이 준 색종이 목걸이에 눈물을 흘리던 모습. 어찌나 서럽게 울던지 저도 같이 채은과 눈물을 흘릴 뻔했었다. 채은은 목걸이가 너무 예뻐서 운다고 했지만 슬퍼서 우는 것은 알아도 기뻐서 우는 건 이해하기가 어려웠다.

'아, 색시 울까 봐 왔다고 색시한테 가볼까.'

그리고 그 순간 유한의 머릿속에 엄청난 작전이 떠올랐다. 오늘은 채은이 울까 봐 왔다고 하면 저번처럼 이번에도 넘어가주지 않을까 하는 잔머리였다. 채은의 방문을 두드릴 수 있다는 것만으로도 유한의 가슴이 콩콩 뛰어대기 시작했다. 당장 채은이 있는 방으로 뛰어갈 생각으로 몸을 일으키는데 똑똑, 하고 누군가 자신의 방문을 두드리는 소리가 들렸다.

"유한 씨."

의아한 마음으로 문을 열자 그곳에 채은이 있었다. 둘이 사는 집에 누군가 제 방문을 두드린다면 그 사람은 채은일 게 분명했지만 채은이 방문을 두드렸다는 사실을 믿을 수 없어 유한은 눈을 비비며 눈앞의 채은을 다시 확인했다. 그리고 그런 유한의 행동에 채은이 풋 하고 웃음을 터트렸다. 요즘 들어 조금씩이지만 채은의 웃는 모습을 자주 보는 것 같았다. 정말 좋다.

"색시야, 무슨 일 있어?"

눈앞의 사람이 귀신이 아닌 채은이라는 것을 확인했으니 채은이 왜 왔는가 하는 궁금증으로 이어지는 건 당연했다. 유한의 질문에 잠시 난감한 표정을 짓던 채은이 유한을 올려다보았다.

"오늘…… 여기서 자고 가도 돼요?"

반가운 비님보다 더욱 반가운 손님이 유한에게 찾아왔다.

## 5. 톡톡

톡톡.

빗줄기가 창문을 경쾌한 소리로 두드리고 있었다. 그 가벼운 소리를 들으며 채은은 유한과 함께 침대에 누워 있었다. 예상했던 것처럼 채은이 자고 되냐고 묻자마자 깜짝 놀란 얼굴이 된 유한은 기꺼운 표정으로 채은에게 자신이 누워 있던 자리에 누우라고 손짓했다.

'여기, 여기 누워. 내가 누워 있어서 되게 따듯해.'

우연인지 아닌지 유한이 가리켰던 그 자리는 유한과 잠자리에 들 때마다 항상 자신이 누웠던 그 자리였다. 넓은 침대에 정중앙을 차지하고 누워 자도 될 텐데, 굳이 한 사람의 자리를 비워두고 잔

것은 무엇인지. 무의식적인 행동이겠지만, 제 자리에 누워 자신을 기다려준 것 같은 유한에게 고마움을 느꼈던 채은이다.

톡톡, 조용한 사위를 채우는 소리가 연신 채은의 귓가에 들려왔다. 또다시 톡톡. 문을 열어달라는 것처럼 무겁지도, 부담스럽지도 않게 빗소리는 계속 채은의 마음을 일렁이게 했다. 마치 유한처럼. 이렇게 유한과 같은 공간에서 잠드는 것은 채은의 계산엔 없던 일이었다. 이제 곧 헤어질 사람. 채은은 유한을 그렇게 정의해놓은 채 그와 거리를 두려 정을 주지 않으려 했으니 말이다. 어쩌다 이렇게 된 것일까. 오늘 유한이 자신을 위해 목걸이를 만들어주었을 때? 아니면 자신이 비 맞는 것이 싫다며 전에 없이 진지한 목소리로 말했을 때? 그것도 아니면…….

사실 어린 유한과 지낸 그 짧은 시간 동안 유한이 제 마음을 흔들어놓은 적은 수도 없이 많았다. 아무리 인정하지 않으려고 하고, 거부하려고 해도 정신 차려보면 자신은 유한의 웃음에 홀려 같이 웃고 옆을 지키고 있었다. 이렇게 그를 찾아온 제 행동에 난감함을 느끼면서도 어색함이 없이 마치 정해진 절차를 밟고 있는 듯한 기분이었다. 톡톡, 조심스럽게, 하지만 끊임없이 어린 유한은 제 마음에 노크를 하고 있었다.

"색시야, 잠 안 와?"

생각에 빠져 천장을 올려다보고 있는데 옆에서 말똥말똥한 유한의 물음이 들렸다.

"네. 유한 씨는요?"

"나도 잠이 안 와."

"저 때문에 불편해서 그래요?"

"아냐!"

채은의 질문에 유한이 몸을 벌떡 일으키더니 손까지 저어대며 부정의 대답을 했다. 혹시나 채은이 그냥 나간다고 할까 봐 걱정이 되는 모양이었다.

"그래요?"

"응! 색시랑 같이 있으니까 좋아서. 그래서 잠이 잘 안 오는 거야."

웃는 얼굴로 또다시 채은의 빗장을 흔들어대는 유한이었다. 유한 쪽으로 몸을 모로 돌린 채은이 유한과 눈을 맞췄다. 유한은 웃음기가 있었지만 전혀 흔들림 없는 눈으로 채은을 내려다보고 있었다. 자신이 사랑스러워 죽겠다는 눈빛. 자신을 언제나 기다리게만 해서 참 많이도 서운하게 했던 그 사람에게 꼭 받고 싶었던 그 눈길이었다.

"유한 씨."

또다시 그 눈길에 홀린 듯 채은이 유한을 불렀다. 오늘 백화점에서 가지 말라며 자신을 가두듯 안았던 유한의 팔의 단단함이 떠올랐다. 유한의 얼굴에 손을 올린 채은이 점점 유한 쪽으로 다가갔다. 다부졌던 유한의 몸이 떠올라 절로 숨이 거칠어졌다.

"응?"

제 쪽으로 몸을 붙이는 채은을 보면서도 별다른 표정 없이 유한이 명랑하게 대답했다.

"잠깐 눈 좀 감아볼래요?"

"나 좀만 더 있다가 자면 안 돼?"

채은의 말이 잠을 자라는 말로 들렸던지, 유한의 표정이 간절하게 변했다.

"자라는 게 아니에요. 그냥 한 번만……."

자지 않아도 된다는 말 때문인지, 그녀의 말에 의아하다는 표정을 지으면서 천천히 눈을 감는 유한이었다. 그런 유한의 모습에 채은이 작게 심호흡을 했다. 처음 하는 것도 아닌데 왜 이렇게 떨리는지 모르겠다.

"혹시, 내가 하는 게 싫으면 날 밀어도 돼요."

혹시 어린 유한이 놀랄까 당부하듯 말을 한 채은이 천천히 유한의 입술에 자신의 입술을 맞댔다. 갑자기 다가온 촉감에 놀란 듯 유한의 몸이 경직되긴 했지만 커다란 거부반응은 없었다. 유한의 반응에 더욱 용기를 얻은 채은이 유한의 아랫입술을 빨아들였다. 아프지 않게 유한의 입술을 물고, 혀로 쓸던 채은이 유한의 작은 신음을 들으며 자신의 혀를 유한의 입안으로 집어넣었다. 말캉한 혀의 느낌에 유한이 눈을 번쩍 뜨며 채은의 팔을 잡았지만 밀어내지는 않았다. 부드럽게 자신의 치열을 쓸고, 자신의 입안 곳곳을 구석구석 돌아다니는 여린 살의 움직임에 유한이 자연스럽게 채은의 몸을 끌어안았다. 채은 또한 본능적으로 반응을 보이는 유한의 행동에 더욱 활발하게 움직였다. 두 사람의 몸이 붙어버릴 듯 가까이 맞닿고, 점차 분위기가 농밀하게 변해가려던 순간이었다. 갑자기 무엇에 놀란 듯 채은이 유한에게서 떨어졌다.

"유한 씨! 숨 쉬어요."

채은이 말을 하자마자 유한이 급하게 숨을 몰아쉬었다. 한참 키스를 하다 유한이 숨을 쉬지 않는 것을 깨달은 채은이 급하게 몸을 떼어냈다. 키스하다 남편을 골로 보낼 뻔한 채은의 눈이 커졌다.

"괜찮아요?"

얼굴이 새빨개진 유한이 고개를 끄덕였다. 제 욕망에 사로잡혀 어린 마음에 충격을 준 것은 아닌지, 걱정스러웠다.

"기분 나빴어요? 미안해요."

"아닌데, 기분 안 나빴어. 근데, 내 몸이 이상해."

울상을 지은 유한이 고개를 아래로 내렸다. 채은 또한 유한의 시선을 쫓아가다 멈칫하고 말았다. 역시, 남자는 남자였나 보다. 자신의 키스에 반응해버린 유한의 몸을 보며 채은이 더욱 미안한 표정이 되고 말았다.

"아파."

제멋대로 몸을 키운 제 분신이 아픈지 유한의 표정이 더욱 불쌍하게 변했다. 그런 유한을 보며 채은이 떨리는 제 마음을 감추며 이 사태를 해결하려 했다.

"유한 씨, 그…… 나 따라 해볼래요?"

"어떻게?"

괴로운 표정으로도 자신을 바라보는 유한을 보며 채은이 조심스럽게 입을 열었다. 대한민국 사람이라면 모두가 아는 그것을 사용할 생각이었다.

"그러니까, 동해물과 백두산이~"

"동해물과 백두산이~"

이것보다 경건한 마무리는 없을 것이다. 오랜만에 치러졌던 부부의 키스는 동해물과 백두산으로 끝나고 말았다.

어리게 행동해도 유한은 남자라는 교훈을 주었던 다음 날. 채은은 부엌에서 뚝딱하며 음식을 하고 있었다. 그리고 그런 채은의 뒷모습을 유한이 바라보고 있었다. 사고 후 아침잠이 많아져 식사 준비가 다 될 때쯤에 채은이 깨우러 가야 겨우 일어나는 그인데 웬일인가 싶었다. 그렇게 생각한다고 해도 어제 자신이 저지른 짓이 민망해 채은은 그의 얼굴을 똑바로 바라볼 수가 없었다.

"색시야."

무슨 생각을 하는 것인지 채은의 뒷모습을 뚫어져라 바라보고 있던 유한이 갑자기 채은의 뒤까지 다가왔다. 유한 또한 채은을 먼저 불렀으면서도 채은의 눈을 제대로 맞추지 못하고 있었다. 조선시대 신혼부부도 아니고, 키스 한 번에 눈도 못 마주치는 부부라니, 꽤 재미있으면서 귀여운 모습이었다.

"네. 왜요? 배고파요?"

"……아니."

"그럼요?"

"있잖아."

곤란한 이야기라는 듯 고개를 숙여 손가락 장난을 치던 유한이 힘겹게 입을 열었다.

"어제 했던 뽀뽀. 또 해주면 안 돼?"

말을 하면서도 쑥스러웠던지 이제 아예 몸까지 배배 꼬았다. 저런 순진한 표정으로 키스를 해달라는 남자라니. 나이답지 않은 모습에 귀엽다는 생각이 들었지만, 그런 생각과 달리 유한의 말에 채은의 얼굴은 붉게 변해버렸다.

"어제 기분 안 나빴어요?"

어젯밤 내내 순간의 감정에 휩쓸려 몹쓸 짓을 한 것 같은 죄책감에 시달렸는데, 제 걱정과 달리 유한은 상처를 받거나 많이 놀란 것 같지는 않았다.

"기분…… 좋았는데. 잠도 잘 안 왔어. 너무 떨려서."

거짓말. 유한은 애국가 4절이 끝나기도 전에 잠이 들었다. 하지만 굳이 그걸 걸고넘어지지 않았다. 자신의 키스가 좋았다는 남자를 몰아붙이고 싶은 생각은 전혀 없었다. 초롱초롱한 눈빛으로 자신을 바라보는 유한을 보며 채은이 고민에 빠져들었다. 어젠 제 본능에 사로잡혀 그런 일을 벌였고, 자신이 유한에게 흔들리고 있다는 것 또한 인정하지 않을 수 없었다. 하지만 채은은 자신을 흔들고 있는 것이 배유한이라는 남자 자체인지, 어린 유한인지 확실히 대답할 수 없었다. 게다가 자신과 유한은 헤어질 날까지 받아두고 있지 않은가.

지금 정확히 자신이 어떻게 하고 싶은 건지, 어떻게 해야 하는 건지 채은은 그 어떤 것도 명확하게 정하지 못하고 있었다. 그런 주제에 먼저 유한에게 손을 뻗은 것에 대해 죄책감을 느끼고 있었고, 유한을 너무 놀라게 한 것은 아닌지 하며 미안해하고 있었다. 그래서 다시는 유한에게 아무 짓도 하지 않으리라 다짐을 했던 것이었다. 하지만 유한의 말간 눈빛을 보고 있자니 그런 결론도, 다짐도 약해져버렸다. 이건 자신의 취향인가, 욕망인가. 새삼 철학적인 물음에 빠져버린 채은이었다.

"색시야?"

자못 심각한 표정이 된 채은의 눈치를 보는 유한이다. 좋아하는 사람에게 뽀뽀를 받으면 좋다는 건 알고 있었지만, 어제 채은의 뽀뽀는 좋다, 싫다를 넘어선 영역이었다. 몸 한 곳이 아프고 심장이 터질 것처럼 뛰어서 정신을 차릴 수가 없었는데, 생각하면 할수록 기분이 좋아지고 아침에 일어나서도 계속 떠올랐다. 하지만 그런 자신과 달리 색시는 좋지 않았던 것일까. 채은의 침묵에 유한은 울적한 표정이 되어버렸다. 유한의 표정에 마음을 굳힌 채은이 입을 뗐다.

"……눈 감아봐요."

"응."

눈 감으랬지 누가 입술 내밀랬나. 에라, 모르겠다 하는 심정으로 채은이 유한에게 눈을 감으라고 하자, 유한이 격하게 고개를 끄덕이고는 눈이 꾹 감았다. 거기서 그치지 않고 유한이 자신의 붉은 입술을 천천히 앞으로 내밀었다.

"오늘은 숨 쉬어요."

그런 유한의 모습에 풋, 하고 웃음이 터진 채은이 양손으로 유한의 얼굴을 감싸며 다가가려 할 때였다.

띵동.

갑작스럽게 들리는 초인종 소리에 놀란 둘의 몸이 떨어졌다. 동그랗게 뜬 눈으로 서로를 바라보는데 다시 한 번 초인종 소리가 들렸고, 그에 채은이 급하게 부엌을 빠져나갔다.

"어머니!"

인터폰을 통해 방문자를 확인한 채은이 급하게 현관문을 열었다. 아침부터 두 사람을 방문한 사람은 정숙이었다.

"그래. 저기에 내려놔요."

"네, 사모님."

"아침부터 어쩐 일로. 이게 뭐예요?"

정숙과 함께 들어온 최 기사가 양손에 들린 짐을 거실 테이블 위에 올려놓았다. 비단 보자기에 싸인 물건은 한눈에 보아도 귀한 분위기를 풍기고 있었다.

"내일이 사부인 생신이시잖니. 약소하지만 한우 세트 좀 준비했다. 내일 친정 가면서 가지고 가거라."

"뭘 이런 걸."

"한 가족인데 어찌 그냥 넘어가겠니. 저번에 나도 귀한 선물 받은 답례니까, 전해드려."

바로 며느리의 친정으로 보내려다 부담스러워 하실까 봐, 채은의 손에 들려 보내려 아침부터 아들 내외 집에 들른 것이었다.

"아침은?"

"준비 중이에요. 어머님, 아침 드셨어요?"

"벌써 먹었지. 오늘 운진 정 여사랑 약속 있어서 나왔다가 여기에 들른 거야."

매일 아침 일찍부터 일어나 부지런을 떨던 유한 또한 기억상실과 함께 상실된 듯했다. 자신의 탐탁지 않은 표정에 불편한 표정을 짓는 며느리를 보자니 얼른 자리를 떠야겠다는 생각이 들었다. 채은을 불편하게 해선 안 됐다. 이기적인 제 심정으로는 채은이 유한과 이혼을 하지 않고, 아니 그것이 안 된다면 유한이 기억을 찾을 때까지만이라도 채은이 유한의 옆에 있어줬으면 싶었다. 생각하면 할수록 남편이 내건 3개월은 역시나 너무 짧았다. 혹시 '그걸' 주면 채은의 생각도 변하지 않을까 싶긴 했지만, 그런 짓을 했다간 제 남편인 배 회장이 가만있지 않을 것을 알기에 함부로 행동할 수는 없었다.

"근데 유한이는?"

채은과 대화를 나누던 중 제 어미가 왔는데도 얼굴도 내보일 생각을 않는 아들을 찾아 두리번거리는 정숙의 눈에, 무에 그리 불만인지 입술을 남산만 하게 내민 유한이 들어왔다.

"유한 씨, 어머니께 인사드려야죠."

아들의 인사를 기다리고 있는 어머니의 기색에도 그 아들은 잔뜩 불만 어린 표정으로 꽁해 있었다. 민망해진 채은이 유한에게 인사할 것을 종용했지만 그의 입에선 인사 대신 다른 말이 나왔다.

"엄마 미워!"

뜻 모를 원망의 말을 남긴 유한이 제 방으로 쪼르르 들어가버렸다. 정숙의 갑작스러운 방문으로 제 뽀뽀가 불발로 그치는 바람에 유한의 분노는 하늘을 찔렀다.

"쟤 왜 저러는 거야? 허, 참."

원인을 알 수 없는 유한의 원망을 받았던 정숙은 얼빠진 얼굴이 되어버렸다. 아침부터 제 마누라 챙겨주러 온 자신을 박대하는 아들 때문에 정숙은 어이가 없다는 반응이었고, 모든 이유를 알고 있지만 그 이유를 설명하기 곤란한 채은은 그저 난감한 표정을 지어 보일 뿐이었다.

"다녀오셨어요!"

요즘 더욱 회사 일에 치이긴 하지만 1년에 한 번뿐인 아내의 생일을 그냥 넘어갈 수 없어 평소보다 일찍 집에 돌아온 강 회장은 현관에 들어서자마자 들리는 우렁찬 인사 소리에 놀라 고개를 들었다.

"아, 자네 왔나?"

"네. 장인어른! 색시야, 맞지?"
"네, 잘했어요. 다녀오셨어요."
오늘이 아내의 생일이라 딸 내외가 온 모양이었다. 칭찬을 바라는 강아지의 눈으로 딸을 바라보고 있는 사위를 보며 강 회장이 난감한 웃음을 머금었다. 세상에 그렇게 무뚝뚝한 사람이 있을까 싶을 정도로 무뚝뚝했던 사위가 세상에 저렇게 해맑은 사람이 있을까 싶을 정도로 바뀌어버렸다.
"왔어요? 들어가요."
강 회장이 여전히 적응되지 않는 유한에게서 낯설지 않은 부분을 열심히 찾고 있는데, 부엌에서 음식을 준비하던 지인이 부엌에서 나와 강 회장을 맞이했다.
"엄마, 아버지랑 쉬시다 오세요. 마무리는 제가 할게요."
강 회장의 옷을 받으러 안방으로 들어가는 지인에게 채은이 말했다.
"됐어. 이제 다 됐는데, 뭘."
"얘가 하겠다잖아. 배 서방 자네가 좀 도와주게."
"네, 장인어른!"
강 회장의 말에 거수경례라도 할 듯 힘차게 대답하는 유한이었다. 유한은 강 회장이 말을 할 때마다 '장인어른'이라는 말을 붙이고 있었는데, 자신이 생각하기에 어렵게 느껴지는 '장인어른'이라는 단어를 쓰는 저 자신이 스스로 너무나 어른스럽게 보였다.
"색시야, 가자."
"네. 어? 유한 씨, 밀지 마요."
자신의 장인어른이 시킨 미션을 수행하기 위해서 유한이 채은을 부엌으로 끌었다. 부엌으로 가봤자 유한이 할 수 있는 것은 별것 없겠지만 채은과 무언가 할 수 있게 된 것이 꽤 기쁜 듯 보였다. 그리고 그런 두 사람의 모습을 강 회장 내외가 물끄러미 바라보고 있었다.

그리고 얼마 후 네 사람이 식탁 앞에 모두 모였다.

"잘 먹겠습니다."

"그래, 배 서방 많이 들게."

상다리가 휘어질 정도로 반찬이 많았다. 지인을 도와 일을 거들긴 했지만 음식 재료를 준비하고, 요리를 진두지휘한 사람이 본인이 아닌 엄마라는 게 채은은 감사하고 죄송했다.

"그냥 좋은 데 가서 한 끼 먹자니까."

그리고 그런 미안함이 투정처럼 흘러나왔다.

"네 아버지도 그렇고, 나도 그렇고 바깥 밥 싫어해. 생일이 별거니, 오랜만에 식구들끼리 앉아서 핑곗김에 밥 한 끼 먹고 그러면 되는 거지. 아, 사부인께는 내가 따로 연락 넣으마."

채은이 시어머니가 주셨다고 가져온 고기를 떠올리며 지인이 덧붙이듯 말했다. 지인의 말에도 여전히 무거운 마음으로 채은이 고개를 끄덕였다.

"유한 씨, 고기만 먹지 말고 이것 좀 먹어봐요."

유한이 채은이 밥 위에 올려주는 나물을 보며 울상을 지었다. 이제 몸도 아프지 않고 키도 컸는데 왜 이 초록색 풀을 먹어야 하는지 알 수 없었다. 하지만 색시에게 예쁨을 받으려고 하면 어쩔 수 없었다.

"억지로 먹이지는 마."

입을 삐죽이면서도 유한은 채은이 올려준 반찬을 한 번에 제 입안에 넣었다. 제 자식 음식 먹이듯 유한을 챙기는 채은의 모습에 지인의 얼굴에 또다시 복잡한 표정이 내려앉았다. 분명 예전의 딱딱한 얼굴에 비해 편해진 것은 사실이지만, 남편이 아닌 아들을 키우는 듯 보이는 딸의 모습에 가슴이 미어졌다.

"안 그럼 고기만 먹으려고 해서 안 돼요. 아버지, 이것 좀 드셔 보세요."

"그래. 배 서방 맛있나?"

"네, 장인어른!"

"다 씹고 얘기해야죠."

"어른이 물어보시면 재깍 대답해야지."

입안에 우물우물 음식물을 넣고도 잘도 말대답하는 유한이었다. 제 아버지 말에 바로 대답하고 싶다는 사위의 마음을 짓밟을 수 없어 작게 고개를 저은 채은이 이번엔 지인의 밥 위에 생선 살을 올려주었다.

"생신 축하드려요. 내년엔 제가 꼭 미역국 끓여드릴게요."

"그래, 기대하마."

지인을 마주 보며 웃었지만, 이내 채은은 생각에 잠긴 표정이 되었다. 내년이라……. 내년의 자신은 과연 어떤 모습일까. 미래란 알 수 없다고 하지만, 끝을 내놓은 미래보다 더 먼 미래의 자신은 어떤 모습일지 상상조차 되지 않았다. 그저 아무도 아프지 않고 행복했으면 좋겠다고, 그래서 이렇게 웃는 얼굴로 부모님을 뵐 수 있다면 그걸로 족할 것 같은 채은이었다.

"장인어른, 이게 뭐예요?"

거실에서 TV를 보고 있던 유한이 강 회장의 부름에 강 회장의 방으로 들어가니, 테이블 위에는 검은색의 네모난 줄이 그어진 나무판과 검은색 돌, 하얀색 돌이 자신을 반기고 있었다.

"바둑, 기억 안 나나?"

사고로 기억을 잃었을 뿐, 인지 능력이나 생활하는 것에는 문제가 없다고 하니 유한이 바둑을 두는 법을 기억하고 있지 않을까 하여 유한을 방 안으로 불러들인 것이었다. 기억을 잃기 전 유한이 꽤 괜찮은 상대임을 잊지 않은 행동이었다. 그런 강 회장의 물음에 유한은 난감한 표정을 지었다. 바둑이라니. 예전에 아버지 배 회장이 바둑 방송을 보는 것을 본 적은 있었다. 물론 8살의 기억이지만, 당시 제 눈에 바둑은 그냥 검은 돌과 하얀 돌로 의미 없는 그림을 그리는 것처럼 보였다. 물론 엄청 따분하고 지루한 프로였고 말이다.

"그래도 두다 보면 기억이 날지 모르니, 한번 앉아보게."

멍한 표정을 짓는 유한의 모습에도 실망하지 않은 강 회장이 유한에게 일단 앉아보라 권했다. 사실 앉는 것도 싫었지만 장인어른의 말을 잘 들어야 색시가 기뻐하고, 그래야 색시가 미국으로 가지 않는다는 말을 뼈에 새긴 유한은 자리에 앉을 수밖에 없었다. 어쨌든 기억을 잃었다는 핸디캡이 있는 그가 유리하도록 판에 유한 쪽의 돌을 몇 개 깐 후 두 사람은 대국을 시작하였다. 방 안은 숨소리조차 들리지 않고 나무판에 바둑돌이 얹어지는 소리만 부유했다. 가만히 판을 지켜보던 유한이 조심스럽게 수를 놓았다. 뭐가 뭔지 정확히 모르겠으나, 본능적으로 수가 읽히며 다음에 어떤 자리에 바둑돌을 놓아야 할지가 떠올랐다.

"역시, 바둑 두는 법은 안 잊었구먼."

기억을 잃고 처음으로 발견한 어른 유한의 모습에 강 회장이 뛸 듯이 기뻐했다. 강 회장이 웃으며 좋아하니 유한도 덩달아 좋아 웃음이 났다.

"그래, 바둑은 신중하게 수를 읽고 앞을 내다봐야 하지. 그런 신중함은 인생에서도 꼭 필요하고. 그런데 승리를 이끄는 건 신중함만이 아니야. 상대의 허를 찌르는 한 수. 강하게 치고 들어가는 것도 필요한 법이거든. 이제까지 자네는 너무 신중하기만 했어. 너무 신중하게만 수를 두면 상대방은 오히려 더욱 불안해할 수 있거든. 이제 작전을 바꿀 때란 말일세."

듣고 있어도 뜻 모를 말이었다. 하지만 강 회장의 말에 유한은 버릇처럼 고개를 끄덕였다. 고개를 끄덕이는 그 얼굴이 '나는 당신 말을 못 알아들었다.'라는 걸 너무 강하게 알려주어 강 회장은 웃음을 지을 수밖에 없었다. 유한이 알아들을 수 있는 설명이 필요했다.

"자네, 우리 채은이 좋은가?"

"네!"

이번엔 확실히 알아들었다. 알아들은 것을 넘어서 강한 긍정을 야기하는 물음에 유한이 고개를 끄덕였다.

"그럼 우리 채은이 잘 지켜주게. 약속할 수 있나?"

"네. 여기요."

그 약속을 꼭 지키겠다는 표시로 유한이 새끼손가락을 내밀었다. 손가락을 건 사위의 약속 인증에 강 회장도 조금은 가벼운 마음으로 새끼손가락을 내밀었다. 남자치고 가늘고 긴 손가락과 오랜 세월의 흔적이 박힌 투박한 손가락이 얽혔다. 결혼 전 진지한 모습으로 제 딸을 지켜주겠다고 한 사위의 모습과 지금 사위의 모습은 완벽히 달랐지만, 같은 의미를 품고 있었다. 강 회장은 이 약속만큼은 또다시 믿어보고 싶었다.

"색시야, 나 멋있어?"

오늘이 바로 디데이. 배 회장의 생일이었다. 가까운 친지들과 사업상 알고 지내는 몇 명만 초대해 간단히 식사하기로 한 자리라 하였지만 알고 보면 초대받은 사람들의 배경만으로도 오늘 그 자리가 호화로울 것이라는 건 어렵지 않게 추측할 수 있었다. 그리고 그곳에 온 사람들 모두가 유한을 주목하리라는 것 또한 쉽게 예상할 수 있었다. 지금 당장 복귀할 수 없다 하더라도 사고 후 몇 개월이 지났는데도 복귀 이야기가 없는 유한을 두고 떠들어대는 말이 많았기에 오늘 생일잔치를 기점으로 일단 그런 말은 쏙 들어가게 해 회사의 안정을 꾀해야 했다. 그런 관점에서 보자면 오늘 생일잔치의 주인공은 배 회장이 아닌 유한이라고 해도 무리는 없어 보였다.

"네, 너무 멋있어요."

집에서처럼 편한 셔츠와 면바지가 아닌 감청색 슈트와 세련된 스트라이프 무늬가 들어간 타이를 한 유한은 기억을 잃기 전으로 돌아간 듯 날렵하고 틈이 없는 모습이었다. 물론 그때와 지금의 다른 점은, 빈틈없는 모습을 하고도 얼굴 한가득 웃음을 담고 있다는 것이었다. 불편하긴 했지만, 제가 보아도 멋진 제 모습이 마음에 든 듯 계속 거울 앞을 서성이는 유한이었다.

"색시도 너무 예쁘다."

오는 칭찬이 고와야 가는 칭찬이 곱다는 말을 실천하고 싶은지 양복의 깃과 삐뚤어진 타이를 정리해주는 채은을 보며 유한이 묻지도 않은 칭찬을 해주었다. 유한의 말에 채은은 고맙다며 웃어 보였다. 채은이 자신을 멋있다고 해줘서 그런 것이 아니라 정말 제 눈에 비치는 채은은 예뻤다. 자리가 자리이니 만큼 화려하진 않았지만 채은의 부드러운 몸매를 드러내주는 심플한 디자인의 드레스와 단아하게 올린 머리는 차분하고 여성스러운 채은의 이미지를 더욱 부각해주고 있었다.

"유한 씨, 오늘이 제가 하란 대로 해야 하는 날이에요. 안 잊었죠? 인사 한번 해봐요."

옷매무새를 정리한 채은이 유한에게서 한 걸음 떨어졌다. 며칠 전부터 오늘을 위해 대비하여 했던 '잃어버린 배유한을 찾아서' 강의의 성과를 보려 했다.

"인사? 안녕하세요!"

폴더처럼 몸을 반으로 접으며 우렁차게 한 인사는 며칠간의 제 강의가 무색할 만큼 예의 바른 것이었다. 그런 유한의 모습에 채은은 허망한 표정을 짓고야 말았다.

"아니요. 오늘은 내가 하라고 한 대로 인사해야 하는 거예요."

"응. 그런데 있지, 인사는 크고 반갑게 해야 하는 거라고 할머니가 그랬는데."

채은의 말이니 분명 새기고는 있었으나, 채은이 가르쳐준 대로 인사하면 할머니에게 혼날 것 같아 유한은 그 인사가 마음에 들지 않았다. 얼마 전까지 자신이 그런 인사를 해왔다고는 전혀 기억하지 못하는 눈치였다.

"오늘 하루만 그런 거니까 괜찮아요. 분명 할머님도 이해해주실 거예요."

"알았어. 우리 할머니가 색시 혼내려고 하면 내가 지켜줄게."

혹시 자신에게 못된 것을 시켰다고 할머니가 채은을 혼낼까, 유한의 목소리엔 힘이 잔뜩 들어가 있었다. 아직 강 회장과 했던 약속이 선명했고, 자신 또한 채은을 지켜야 한다는 의무감으로 가득 차 있었다.

"네, 유한 씨만 믿어요. 이제 내가 하란 대로 인사해봐요."

채은의 말을 되새기는 유한의 표정이 점점 사라지기 시작했다. 그 모습에 채은이 움찔했지만 그것을 발견하지 못한 유한은 차가운 무표정을 유지하며 채은을 향해 작게 고개를 까딱거렸다.

"됐어?"

"네? 아……. 네, 잘했어요."

이것이 바로 35살 배 이사의 인사법이었다. 유한은 여전히 저의 그 성의 없는 인사가 불편한 듯 보였지만 오늘만큼은 누구에게나 애교 부리는 게 특기인 8살 꼬맹이로 보여서는 안 됐다.

"또 내가 오늘 어떻게 하라고 했죠?"

"어…… 최대한 말하지 말고 앉아 있어야 하고, 혹시나 누가 괜찮으냐고 물어보면 고개 끄덕이면서 '네, 괜찮습니다.' 하고, 누가 어려운 말 시키면 '네, 그렇죠. 제 생각도 그렇습니다.' 하랬어."

어떤 말이 오갈 줄 모르니 최대한 광범위한 답을 하라고 가르치긴 했지만, 걱정이 이만저만이 아니었다. 그나마 그 자리에 배 회장과 이 여사가 있다는 것이 가장 안심되는 요소였다. 불안한 마음으로 채은이 유한을 바라보았다. 비록 기억을 잃어 성격이 변해버렸지만 요 며칠 유한에게 어른처럼 행동하는 법을 가르치면서 이제까지 자신이 알고 있던 유한의 모습을 발견할 때마다 왠지 모르게 심장이 내려앉는 기분이었다. 무엇이든 관심 없어 보이는 무표정, 나직하지만 무심한 말투, 묘한 위화감을 주는 틀에 박힌 행동까지. 분명 제가 이끌어낸 유한의 모습임에도 유한이 제 말에 따라 35살의 유한의 행동을 보일 때마다 자신을 주눅 들게 했던 과거의 일이 떠올랐다.

'아직도 벗어나지 못했구나, 나는.'

어린 유한과 지내며 잊어버리고 있던 그 감정들이 새록새록 떠올라 채은을 멍하게 하곤 했다. 바로 지금처럼.

"색시야?"

그리고 그런 그녀에게서 이상함을 느꼈던지 유한이 허리를 숙여 채은과 눈을 마주했다.

"네? 아, 미안해요. 잘 기억하고 있네요. 아버님 댁에 가서 그렇게만 해요. 밥 먹을 때도 나한테 이것저것 달라고 하거나, 팔 쭉 뻗어서 음식 가져오거나 하면 안 돼요. 알았죠?"

말 그대로 입 다물고 밥만 먹으란 뜻이었다. 차분하고, 의젓하게. 그리고 최대한 속마음을 드러내지 않도록. 몇몇 사항을 제외하고, 할머니에게 배웠던 것들과 채은이 말하는 것은 비슷한 점이 있었다. 하지만 생각만 해도 답답할 것 같아 유한이 입술을 삐죽 내밀었다.

"오늘 하루만 참아요. 유한 씨는 잘할 수 있어요."

오늘 하루만 무사히 넘어가기를 바라고 또 바랐다. 3개월간 유한을 돌보기로 한 책임감과 별개로 유한이 기억을 잃었다고 해서 이제까지 누려오던 걸 빼앗기는 것을 보고 싶지 않았다. 조금만이라도 얕보이면 그대로 모든 걸 빼앗기게 될지도 모르는 게 유한의 자리였다. 기억을 찾는다 해도 지금의 모습이 유한에게 해가 되는 것 또한 보고 싶지 않았다. 35살의 유한보다 8살의 유한에게 더 정이 든 것일까. 걱정되는 것은 온통 8살의 유한이었다. 분명 같은 사람인데도 신기하게도 말이다.

"근데 있지, 오늘 잘하면 어른뽀뽀 해주는 거야?"

뽀뽀 얘기만 나오면 얼굴이 붉어지는 주제에 뽀뽀해달라는 말은 솔직하게 표현하는 유한이었다. 미국으로 도망간다는 채찍과도 같은 말과 함께 유한이 말을 듣게 하는 당근 같은 말이 바로 어른뽀뽀였다. 어른들만 할 수 있다는 채은의 말에서 착안하여 만든 단어가 바로 어른뽀뽀였다. 자신도 어른이기 때문에 괜찮다며, 시도 때도 없이 해달라고 하는 것을 말을 잘 들을 때마다 해준다고 못 박아놓았다. 반짝이는 유한의 눈동자에 할 수 없다는 듯 채은이 고개를 끄덕였다.

"네, 오늘 잘하면요."

"응, 나 오늘 진짜 잘할 거야."

유한의 눈빛에 강한 다짐이 담겼다. 채은의 붉은 입술이 제 입술에 닿는 생각만으로 얼굴이 달아오르고 심장이 쿵쾅댔다. 역시 뽀뽀 중의 최고는 어른뽀뽀였다.

무슨 생각을 하는지 빤히 보이는 유한의 표정에 채은의 얼굴도 덩달아 붉어졌다. 한 번의 계기로 새어 나오기 시작한 본능이 이렇듯 채은을 자극하는 일이 많았다. 저 밝은 얼굴을 보며 그런 감정을 느끼는 것이 큰 죄를 짓고 있는 것 같아 그날 이후로 자제하고 있었지만, 유한의 솔직한 표정에 또다시 자극을 받고 말았다. 정신 차리자, 강채은.

"유한 씨, 가요. 늦겠어요."

"응."

애써 떠오르는 생각을 지우려 채은이 서둘렀다.

"이거 신어야 해?"

"네."

최근 편한 운동화만 신던 유한이기에 불편해 보이는 구두를 신어야 하는 것이 마뜩잖아 보였지만 채은의 말에 별말 없이 신발에 발을 끼워 넣었다. 유한에게 딱 맞춰 제작된 것이지만 운동화보다 편할 수는 없었다. 발이 신경 쓰이는 듯 엘리베이터를 기다리면서도 유한이 제 발을 바닥에 툭툭 치며 못살게 굴었다.

"왜요? 발 아파요?"

"응? 아픈 건 아닌데, 그냥 좀 불편해."

유한의 말이 떨어지기 무섭게 채은이 무릎을 굽히고 앉아 유한의 구두를 눌러보았다. 불편하다는 소리에 제 드레스가 구겨지리라는 건 생각하지 못한 듯했다.

"신발 바꿔 신을래요?"

고개를 들어 유한에게 말을 거는데, 그때까지만 해도 가만히 서 있던 유한이 채은과 마찬가지로 무릎을 굽혀 앉았다. 이로써 채은과 유한의 눈이 낮은 곳에서 마주쳤다. 갑작스러운 유한의 행동에 놀라 몸을 움찔한 채은의 눈에 무언가 흐뭇한 미소를 짓고 있는 유한의 얼굴이 보였다.

"왜요?"

기분이 좋아 보이는 유한의 미소에 당황하던 것도 잊어버린 채은이 물었다. 쉽게 볼 수 있던 아이 같은 미소가 아닌 보는 사람을 설레게 하는 어른스러운 미소였다. 처음 채은의 마음을 떨리게 했던 그 은근한 미소가 지금 유한의 얼굴에 떠올랐다.

"그냥, 좋아서."

뭐라뭐라 중얼거리며 제 구두를 살펴보는 채은의 조그만 머리가 귀여워 웃음이 났다. 채은을 병원에서 처음 봤을 때부터 그랬다. 분명 자신은 처음 보는 사람이지만 자신의 아내라고 하는 채은을 보면 왠지 모르게 기분이 좋아지기도 하고, 가슴 한구석이 간질간질하기도 했다. 그런데 이상하게 채은이 좋아지면 좋아질수록 채은이 사라질 것 같은 불안감에 휩싸였다. 비와 함께 채은이 온 이후 채은과 자신은 같은 공간에서 잠들고 깨어나고 있었지만, 그것만으로는 온전히 마음이 놓이지 않았다. 말로 설명할 수는 없지만 왠지 모를 두려움 때문에 화장실을 가려고 일어나서도 한참이나 잠든 채은의 얼굴을 바라본 적도 있었다. 좋아하는 감정에 비례해서 커지는 그러한 감정을 이해하기에 유한은 어렸다. 그저 무서운 마음이 들면 들수록 채은에게 자신이 얼마나 채은을 좋아하는지 표현하는 것 말고는 유한이 할 수 있는 것은 없었다.

"색시도 나 좋지?"

"……네."

한 박자 느린 대답이지만, 저가 좋다는 채은의 말에 빙긋 웃음 지으며 유한이 채은의 볼을 꾹 눌렀다. 말랑한 감촉에 다시 쑥스러워진 유한이 제 무릎에 자신의 얼굴을 파묻었다.

'술을 얼마나 마신 거야.'

'몰랐는데, 완전 술고래군.'

'강채은. 뭐, 이것도 꽤 귀엽네.'

으아, 그렇게 채은에게서 제 얼굴을 가리는데 머릿속에서 자신의 목소리가 울렸다. 지금처럼 작게 몸을 웅크린 채 주저앉은 채은의 영상과 제 목소리가 머릿속을 떠다녔다. 순간적으로 스친 그 기억에 유한이 고통스러운 듯 머리를 부여잡았다.

"유한 씨, 괜찮아요?"

갑자기 쓰러진 유한에 놀란 채은이 그의 팔을 붙들었다.

"응, 괜찮아."

식은땀까지 흘린 주제에 괜찮다니. 병원에 가보자고 했지만, 유한이 고개를 저었다. 정말 제 기억에 문제가 있긴 한가 보다. 저도 모르는 기억이 흘러나오다니. 퇴원하고 처음 겪는 일에 놀라기는 했지만 의외로 유한은 담담했다. 역시 무슨 일에도 흔들리는 법이 없던 배유한의 잔재는 남아 있었다. 일단 놀란 채은을 안심시켜야 한다는 생각에 그가 씩씩하게 웃으며 몸을 일으키고 채은까지 일으켰다.

"다리 저리다. 색시는 괜찮아?"

"정말 괜찮은 거예요?"

"응. 괜찮냐고는 내가 물었잖아."

채은이 아무 말도 하지 않고 자신을 바라보고 있자, 별거 아니라는 듯 유한이 엘리베이터 버튼을 눌렀다.

"밑에 기훈이 형 기다리지?"

두 사람을 본가에 데려다주기 위해 기훈이 아래에서 기다린다는 연락을 받았다.

"네."

"그럼 얼른 가자."

엘리베이터 문이 열리자, 유한이 채은을 끌어 엘리베이터 안으로 들어갔다. 다시 밝아진 유한을 보며 채은은 별말 하지 않고 유한의 옷을 정리해주었지만, 그녀의 표정은 여전히 걱정스러움을 담고 있었다.

"도착했습니다."

"네, 감사드려요."

"고마워, 형."

"네. 끝나는 시간에 전화 주십시오. 모시러 오겠습니다."

"예? 아니에요. 여기에 유한 씨가 예전에 타던 차 있어요. 제가 끝나고 그 차 운전하고 가면 돼요. 여기까지 데려다주신 것도 감사한데요."

"그래도."

"괜찮아요."

기훈의 걱정을 알 것도 같았지만, 자신들 때문에 고생하는 기훈을 더욱 힘들게 할 수는 없었다. 핑퐁처럼 왔다 갔다 하는 대화를 듣던 유한이 어쩐지 자랑스럽다는 어조로 기훈에게 말했다.

"형, 우리 색시 운전 되게 잘해. 걱정하지 마."

'제가 걱정되는 건 사모님이 아니라 이사님입니다.'라고 말하고 싶었지만, 마음만큼은 어린아이인 이사님이 알아들을 수 없을 거란 생각에 기훈은 대충 고개를 끄덕였다.

"얼른 내리자."

"네, 들어가세요."

"나중에 뵙겠습니다."

"기훈이 형, 잘 가."

여전히 불안하다는 표정을 지은 기훈이 차에서 내린 두 사람을 바라보다 차에 시동을 걸었다. 차 뒤꽁무니에 대고 계속 손을 흔들며 인사하는 유한의 팔을 채은이 잡았다. 오늘은 이런 행동도 금지였다.

"오늘 잘해봐요. 정말 어른처럼."

"에이, 나 어른이라니까. 근데 있지, 나 차 있어?"

기훈과 채은의 대화 중 이곳에 자신의 차가 있다는 말이 박혔나 보다. 사고가 난 날 유한이 몰고 다니던 애마는 유명을 달리했지만 결혼 전 유한이 타고 다니던 차는 본가인 배 회장네 집에 고이 모셔진 상태였다. 그리고 그 사실을 안 유한은 가슴이 벅찬 듯 떨리는 표정을 지었다. 차에 대한 동경과 어른들의 전유물이라 생각했던 자동차가 자신에게도 있다고 하니 설렐 수밖에 없었다.

"보고 싶다. 내 차."

유한이 마치 임을 기다리는 표정으로 자신의 차를 기대하자 채은은 미소가 지어졌다. 오늘 잘하면 차를 볼 수 있다고 유한에게 다시 한 번 당근을 쥐여준 채은이 문에 들어가기 전 무슨 생각이 든 건지 유한을 불렀다.

"유한 씨."

"응?"

"음, 혹시 말이에요……."

그렇게 대문 앞에서 대화하는 유한과 채은의 앞에 검은색 세단이 섰다. 차가 멈추는 소리에 놀라 그쪽을 쳐다본 유한과 채은의 표정이 동시에 굳었다.

"안녕하셨어요."

"그래. 그런데 안 들어가고 여기서 뭐 하니? 유한이 오랜만이구나. 병원에서 보고 처음이지?"

병원에서 만난 후 처음 마주치는 진화와 수한이었다. 귀를 찌르는 듯한 높은 음성에 유한이 자신도 모르게 채은의 뒤에 숨으려 했지만, 자신이 채은을 지켜야 한다는 각오로 가득 찬 유한이 생각을 바꿔 채은을 제 등 뒤에 감추고 섰다. 그런 유한의 행동에 놀란 그녀가 멈칫하긴 했지만 아무 일 아니라는 듯 진화를 향해 인사했다.

"네, 오셨어요? 유한 씨, 고모님께 인사드려야죠."

지금이 바로 채은이 가르쳐준 대로 행동할 타이밍이라는 것을 알아챈 유한이 최대한 감정을 드러내지 않으며 작게 고개를 숙여 인사했다. 유한의 인사에 진화의 눈썹이 꿈틀 들렸다가 다시 제자리로 돌아왔다. 현재의 유한은 표정부터 자세까지 기억을 잃기 전 건방진 조카와 똑같았다. 기억을 찾았단 이야기는 못 들었는데. 본인 또한 기억을 잃고 어려진 유한의 모습을 목격한 사람 중 하나였기에 그의 변화에 표현을 하지 않으려 하긴 했지만 놀라고야 말았다.

"그래. 안 들어가니?"

"네, 들어가야죠."

"네가 먼저 와서 준비 도와드려야 하는 거 아니니? 언니도 참

성격도 좋아."

진화의 말에 채은의 표정이 멈칫했지만, 이내 작게 웃음을 띠며 말했다.

"네, 제가 생각이 짧았네요."

"어머니가 일찍 오신 거잖아요."

"수한아."

또다시 채은을 잡으려고 하는 진화를 막은 것은 수한이었다. 아들의 방해에 인상을 찌푸리긴 했지만 진화 또한 이곳에 서서 난리를 피워서 좋을 것 없다고 생각하고 대문 쪽으로 몸을 돌렸다.

"그래, 일단 들어가자꾸나."

그렇게 진화가 먼저 대문 안으로 들어가고 남은 사람은 셋이었다.

"들어가셔야죠, 도련님."

"그래야죠."

대답을 그렇게 하고서 수한은 채은의 얼굴을 바라보고만 있었다. 사촌 형수를 보는 것치고 꽤 애달픈 시선이라 채은이 불안하게 그의 시선을 피해버리고 말았다. 잘못한 것도 없이 안절부절못하는 자신이 마음에 들지 않았지만 유한을 앞에 두고 저런 눈빛을 받는다는 것 자체가 불편했다. 언제나 자신을 저런 눈빛으로 보는 수한을 알고 있었다. 차마 자신 쪽에서 먼저 말할 수는 없었지만, 기억을 잃기 전 유한도 아마 수한의 눈빛에 담긴 의미를 알고 있었을 것이다. 무심하긴 해도 눈치가 없는 사람은 아니었으니까. 뭐, 그렇다고 해도 그가 그에 대해서 자신에게 무슨 말을 했던 적은 없었다. 그런 그의 반응에 자신이 실망했던 것은 말할 것도 없었고 말이다.

"유한 씨, 들어가요."

지금 유한은 기억도 못 할 일을 가지고 자신이 또다시 예전의 실망감을 떠올리고 있을 필요는 없었다. 진화의 말대로 지금 집에서는 배 회장의 파티 준비로 정신이 없을 테니 자신이 얼른 들어가 손을 보태야 했다.

"사람을 보면 인사를 해야 하는 거야."

갑작스럽게 채은을 제 등 뒤로 숨기듯 가리고 수한의 앞에 다가가 한 그의 말에 채은의 눈이 동그래졌다. 유한의 등이 시야를 완전히 가려 그녀는 유한의 표정과 마주 선 수한의 표정 모두 볼 수 없었다. 하지만 자신을 보는 수한의 눈빛에서 무엇인가를 느낀 걸까? 말에서 풍겨지는 유한의 기운이 사나웠다.

"뭐?"

"인사는 예의라고. 어른이면서 그런 것도 몰라?"

분명 무거운 말투는 35살의 유한인데, 말의 내용은 8살의 유한이었다. 사고가 나기 전 유한은 절대 어른 운운하며 예의를 가르치는 사람이 아니었다.

"너, 가."

유한의 말에 황당한 웃음을 짓고 있는 수한을 향해 유한이 고개를 대문 쪽으로 꺾었다.

"가라니까. 난 색시랑 할 말 있어."

아, 이런. 유한의 말에 생각지도 못한 문제를 발견한 듯 채은이 자신의 혀를 작게 깨물었다. 이미 길든 탓인지, 유한이 자신을 부르는 호칭을 고쳐주지 않은 것을 이제야 깨달았다. 그나마 지금이라도 깨달았으니 다행인 건가. 수한 앞에서는 한 번 들려준 적 있는 호칭이기에 괜찮았지만, 오늘 오시는 손님들에게는 들려주어서는 안 되는 호칭이었다.

어쨌든 실랑이 끝에 수한이 먼저 집 안으로 들어가고 유한과 채은만이 남았다. 무엇이 그리 불만인지 유한의 얼굴엔 불만이 가득했다.

"유한 씨, 인상 펴야죠."

채은이 찌푸려진 미간을 펴주는데, 그가 제 이마에 닿은 그녀의 손을 잡았다.

"색시야."

"네?"

"내가 수한이보다 잘생겼어. 그렇지?"

그 질문을 하는 유한의 표정이 더없이 진지했다. 그러고 보니 병원에서도 그는 그와 같은 질문을 채은에게 했었다. 어른 유한은 아무렇지 않게 넘어갔던 수한이 어린 유한에게는 신경이 쓰이는 걸까.

"네, 당연하죠."

"정말이지?"

"그럼요."

한편, 유한은 전에도 느낀 적 있지만 수한이 채은을 바라보는 눈이 영 마음에 들지 않았다. 수한은 내 색시를 지 색시 보듯 하고 있었다. 그리고 그것은 채은이 유한에게 사준 로봇을 빼앗는 것만큼이나, 아니 하늘이랑 바다를 합친 것만큼이나 기분이 나쁜 것이었다. 수한이 채은에게 가지는 감정을 이해할 수 없었지만, 채은과 있을 때와 다른 의미로 몸에서 열이 났다. 혹시나 채은도 수한을 그런 눈빛으로 보고 있을까 봐 불안했는데 다행히 그렇지 않았고, 수한이보다 자신을 더 멋있다고 해줬다. 기분 좋아졌어!

"유한 씨가 지금 얼마나 멋진데요."

"그래?"

강조하듯 두 번이나 자신을 칭찬해주는 채은의 모습에 조금 전까지 얹힌 듯 무거웠던 마음이 조금 가벼워진 것도 같았다. 그렇게 금세 기분이 좋아진 듯 평소처럼 헤헤거리던 유한이 갑작스럽게 다시 표정을 굳혔다. 자신이 웃는 걸 누가 본 사람이 없나 둘러보는 유한의 모습이 귀여워 채은이 유한의 입술에 쪽 하고 입을 맞춰주었다.

"어른뽀뽀?"

"아뇨. 그건 오늘 잘하면 해주는 거라니까요. 이건 오늘 잘하라고."

"응. 오늘 진짜 잘할 거야."

채은의 입맞춤에 힘을 얻은 유한이 더욱 인상을 구겼다. 그렇게까지 안 해도 되는데. 35살의 유한 때보다도 잔뜩 찌푸린 얼굴이었는데도 이번엔 철렁이는 마음 대신 피식 웃음이 새어 나온 채은이었다.

배 회장의 생일파티는 배 회장네 정원에서 벌어졌다. 화영그룹의 주요 임원, 배 회장의 가족과 친구들까지 다양한 인물들이 하나 둘 시간에 맞춰 모습을 드러냈다. 35살로 빙의한 유한은 배 회장과 함께 손님들이 자리한 테이블을 돌며 인사를 나눴다. 어른뽀뽀의 영험함이었던지 걱정했던 것과 달리 유한은 제 본래 모습을 그대로 보여주고 있었다. 가볍게 웃지도, 경박하게 답하지도 않고 적당히 예의 발랐다.

초대한 손님들이 모두 도착하고, 식사 시간에 맞춰 호텔에서 초빙해온 요리사의 음식이 서버들의 손을 거쳐 테이블 위로 하나둘 올라오기 시작했다. 먹음직스러운 음식에 침을 꼴깍 삼킨 유한이지만, 채은의 말을 되새기며 생각보다 먼저 나가려는 손을 잠재웠다. 그런 고민을 하는 와중에도 여전히 유한의 표정은 딱딱했기에 그의 근처에 앉아 있던 배 회장의 친우인 문 교수가 별 의심 없이 유한에게 물었다.

"배 이사, 몸은 어찌 괜찮으신가? 사고 소식 듣고 얼마나 놀랐는지 모르네."

"네, 괜찮습니다."

채은과 연습했을 때보다도 더욱 35살의 유한 같은 모습이었다. 배 회장은 속으로 웃음을 지었다. 어차피 같은 사람이니 놀랄 것도 아니었지만, 어느새 어린 목소리를 내는 아들의 모습에 길든 건지, 저렇게 성숙한 목소리를 내고 있는 아들의 모습은 그야말로 감동의 도가니를 만들기 충분했다. 제 아내에게 잘했다는 칭찬을 받고 싶은지 옆에 앉은 며느리를 미소 띤 얼굴로 바라보는 모습이 보였지만, 의심할 만한 그림이 아니었다.

"그래, 다행이구먼. 자네가 얼른 복귀를 해야 하지 않겠나. 다들 자네를 기다리고 있다네."

"네, 제 생각도 그렇습니다."

고기를 썰어 입에 넣던 채은이 손이 멈칫했다. 분명 제가 하란

대로 잘 대답하고 있었지만, 방금 그 대답은 묘하게 맞아떨어진 듯 하면서 맞지 않은 대답 같았다. 다들 기다리고 있다는 말에 본인 생각도 그렇다니. 유한의 성정과도 맞지 않는 말이기에 불안한 마음으로 슬쩍 문 교수의 눈치를 보았다. 유한의 대답에 고개를 갸웃하면서도 이내 긍정하듯 문 교수가 작게 고개를 끄덕였다.

그렇게 채은이 안도의 한숨을 내쉬는데, 테이블 아래에서 불쑥 손이 나와 채은의 손을 잡았다. 놀라 옆을 바라보니 유한이 자신을 바라보고 있었다. 제 손 위에서 느껴지는 따뜻함에 채은이 조금 웃음 짓자, 유한의 입술 양 끝도 조금 올라갔다. 서로 아주 잘하고 있다는 무언의 칭찬이 오갔고, 맞은편에서 그런 두 사람을 바라보던 수한은 비틀린 미소를 지으며 제 앞의 와인을 한순간에 들이켰다.

"말 나온 김에 물어봐야겠네. 언제 회사로 들어올 생각이니?"

자리가 진행되면 진행될수록 사람들의 의심을 불식시키고 있는 유한의 모습에 배알이 꼴렸던 진화가 아무것도 모르는 척 유한에게 물었다. 기억을 잃고 어려진 유한의 모습이 당연히 오늘 밝혀질 줄 알았는데, 의외로 꽁꽁 둘러싸여 나오지 않고 있었다. 역시나 호락호락한 녀석은 아니었다. 모두 조카며느리의 힘인 건가. 끝내 제 손을 사용하기로 한 진화가 당황한 표정의 채은을 향해 웃어주고는 다시 유한을 바라보았다. 무슨 생각을 하는지 알 수 없는 유한의 표정이 자신을 바라보고 있었다. 제 조카임에도 저런 눈빛으로 자신을 쳐다보면 이상하게 긴장이 되곤 했었는데, 기억을 잃었어도 그 중압감은 여전한 듯했다. 하지만 그래 봤자 지금은 제 얼굴을 겁에 질린 채 바라보던 그 어린아이였다.

"그건…… 제가 알아서 합니다."

저런 건방진. 내 일에 상관하지 말라는 조카의 말에 진화의 눈에 불이 일었다. 정말 기억이 돌아온 건가 싶은 대사였다.

"자, 오늘 이 자리에 오신 분들 모두 감사드립니다. 나이가 하나 하나 먹어갈수록 서글픈 생각이 들었는데, 이렇게 많은 분의 축하를 받을 수 있다니 나이 먹는 게 서글픈 것만은 아닌가 봅니다."

분위기가 예리하게 흘러가자 그런 분위기를 끊어내려 하는 배 회장 목소리가 정원에 울려 퍼졌다. 배 회장의 목소리에 모인 사람들이 즐거운 웃음을 터트렸다. 그리고 그 웃음소리에 채은이 또다시 안도의 한숨을 내뱉었다. 집에 들어오기 전 고모님의 공격에 대비하여 유한에게 대처 방법을 알려준 것이 정말 천만다행이었다. 실제로 기억을 잃기 전 유한은 배진화 여사의 날이 선 물음에 항상 그런 식으로 답했던 것이었다. 분한 듯 손이 떨리는 진화의 모습에 불길했지만, 일단 안심하는 마음이 먼저 들었다.

"유한 씨, 잠깐만요."

떨리는 가슴을 진정시키고 싶어 채은이 자리에서 일어서는데, 유한이 그녀를 애처로운 눈길로 바라보았다. 자신만 두고 가지 말라는 눈빛이었다. 마음이 약해지긴 했지만 집 안까지 유한을 데려갈 수 없어 채은이 그의 손을 밀어내며 금방 오겠다는 듯 웃으며 자리에서 떠났다.

떠들썩한 소리가 걸음을 옮길수록 멀어졌다. 어쩐지 숨이 트이는 기분으로 집 안에 들어간 채은이 부엌으로 직행해 물을 한 잔 마셨다. 사람들의 시선에서 벗어난 안도가 갈증으로 나타나는 것 같았다. 눈을 감은 채 스트레칭을 하듯 고개를 돌리며 완전히 긴장을 떨쳐내려 했다.

"긴장을 많이 했나 보네."

귀에 익은 목소리가 채은의 귀에 울렸다. 언제 온 것인지 잔뜩 풀어진 눈의 수한이 자신을 바라보고 있었다. 제 어머니 진화와 사람들 앞에서 보여주던 예의는 완전히 벗어던진 모습이었다.

"아뇨. 그냥 좀 뻐근해서요."

"하긴 8살짜리 꼬맹이를 35살 먹은 남자로 보이게 하려고 얼마나 노력했겠어. 대단해, 강채은. 사정 아는 나도 속아넘어가겠더라고."

둘만의 있는 공간에서 수한은 채은을 형수님이라 칭하지 않았다. 채은의 눈과 수한의 눈이 전투를 치르듯 마주쳤다. 그로 인해 마음의 안정을 찾게 해주던 이 공간이 바깥보다 더한 불안을 주는 공간으로 바뀌었다.

"말조심해주세요."

자신에 대한 호칭은 그렇다고 치지만, 사촌 형을 완벽히 어린아이 취급하는 수한의 행동에 채은이 경고하는 어조로 말했다.

"내가 틀린 말 한 건 없는 거 같은데. 배유한, 8살짜리 꼬맹이잖아. 너는 그 꼬맹이 쫓아다니는 보모고."

"저에 대해 어떤 식으로 말하든 참을 수 있지만, 유한 씨에 대해서는……."

"왜? 왜 배유한에 대해서 함부로 말하면 안 되는데? 배유한이 내 형이라서? 아니면 네 잘난 남편이라서?"

유한을 두둔하는 채은의 행동에 화가 난 수한이 채은에게 다가왔다. 연거푸 와인을 마셔 술에 취한 그는 한눈에도 위험해 보였다. 수한이 다가올수록 채은은 뒷걸음질 쳤다.

한편 두려운 눈빛으로 자신을 바라보는 채은의 모습에 수한은 더한 절망감을 느꼈다. 자신이 자초한 걸 알지만 뒷걸음질까지 치며 자신을 외면하는 채은이 야속했다. 유한의 사고 소식에, 기억을 잃어 어린아이로 변한 유한의 모습을 본 후 순간 가슴 깊은 곳에서부터 기대감이 생겨났었다. 어쩌면 채은이 유한에게서 도망칠 수도 있겠구나. 서로에 대한 두 사람의 마음이 어쨌든 공식적인 자리에서 만난 두 사람의 모습으로 보면 남보다 멀어 보였고, 날이 가면 갈수록 유한과 함께였던 채은의 얼굴이 어두워 보였기에, 그것이 자신에게도 느껴졌기에 그 사고를 계기로 채은이 유한을 떠날지도 모르겠다고, 그러면 어쩌면 자신에게도 기회가 생길지도 모르겠다고, 그런 병신 같은 기대를 했다.

하지만 현실은 달랐다. 오랜만에 만난 두 사람은, 기억을 잃어 사람이 완전히 변한 유한과 그를 보살피는 채은은 전보다도 사이가 좋아 보였다. 채은을 바라보는 유한의 눈빛에서, 유한을 바라보는 채은의 눈빛에 서로에 대한 애정이 넘쳐나서 두 눈을 뜨고 볼 수도 없었다. 애써 감추고 있던 질투가, '어쩌면…….'이라는 기대가 무너지며 수한은 걷잡을 수도 없이 비틀린 마음에 사로잡혔다.

"뭐 하는 거예요?"

"글쎄, 나도 모르겠어. 내가 어떤 미친놈으로 변할지."

수한에게 잡힌 손목을 비틀어 빼내려 했지만, 채은의 힘으로 여의치 않았다.

"도련님!"

"그렇게 부르지 마! 누가 도련님이고, 누가 형수야! 어떤 정신 빠진 놈이 형수한테 이래? 색시? 언제부터 지가 널 색시 취급했어? 포기 못 하겠다고 자신만만하게 얘기하던 새끼가 널 얼마나 힘들게 했는데. 내가 그거 보면서 얼마나 후회했는데, 내가 얼마나…….”

기대했는데. 애처로운 눈빛으로 수한이 시선을 떨어뜨렸다. 유한이 알고 자신이 아는 채은은 바보스러울 정도로 곧은 사람이었다. 마음이 떠나지 않는 한 제 몸 편해지자고 유한을 버릴 사람이 아니라는 건 알고 있었다. 그 맑은 마음에 반했던 것인데, 그 마음이 자신을 향하지 않으니 미쳐버릴 것 같았다.

“이거부터 놔요. 취했어요. 지금은 제대로 된 대화 못 해요. 나중에 술에서 깬 다음에, 그때 말해요.”

유한 못지않게 냉정하고 차가운 건 채은도 똑같았다. 수한을 달래는 투로 말하며 여전히 틀어 잡힌 제 손목을 빼내려 했다. 점점 사라지는 채은의 체온에, 자신도 모르게 그 따뜻함을 계속 느끼고 싶은 수한이 채은의 몸을 밀었다. 차가운 냉장고가 등 뒤에서 느껴지고, 뜨거운 수한의 몸이 자신에게 훅 다가왔다. 유한이 아닌 다른 남자의 체온에 질겁하듯 채은이 수한을 밀어냈다.

“하지 말라고요!”

채은이 고개를 숙이며 수한을 밀어내려 했고, 수한은 제힘을 이용해 채은의 얼굴을 마주 보려 했다. 그는 이렇게까지 몰아붙이고 싶은 마음은 없었는데, 자신을 거부하는 채은을 보면 볼수록 제 안의 폭력성이 몸을 드러냈다.

“우리 색시 괴롭히지 마!”

그때였다. 기다리던 목소리가 들리고, 그녀는 자신을 옥죄던 뜨거움이 거짓말처럼 사라졌다. 그 뜨거움에서 벗어나자 다리에 힘이 풀린 채은이 그대로 주저앉았다. 제 눈앞에 수한을 눕힌 유한이 무서울 정도의 광기로 수한에게 주먹을 들고 있는데도 채은은 아무것도 보이지 않는 사람처럼 멍하니 앉아 있었다.

"네가 뭔데 우리 색시를 괴롭혀!"

두려움에 떨던 채은의 모습이 선명한 유한의 주먹질은 멈출 줄 몰랐다. 수한이 반항하지 않아 유한의 주먹은 더욱 잔인하게 수한에게 꽂혔다. 그리고 유한의 손에 묻은 피를 본 순간, 채은의 정신도 돌아왔다.

"유, 유한 씨 그만해요."

그제야 말려야겠다는 생각으로 채은이 유한의 팔을 붙들었다. 그럼에도 이미 흥분 상태인 그의 주먹이 멈춘 건 얼마간의 시간이 흐른 뒤였다.

## 6. 별이 빛나는 밤에

"왜 우리 수한이 얼굴을 저렇게 만든 거야? 말 안 해?"

수한이 상처를 치료받는 방 안 가득 흥분한 진화의 목소리가 울렸다. 그녀는 자신도 아까워서 때린 적 없는 아들이 저렇게 곳곳에 흉측한 상처를 달고 있다는 사실을, 다른 사람도 아닌 유한에게 맞았다는 사실을 참을 수 없었다.

"꿀 먹은 벙어리 됐어? 남의 아들 저렇게 만들었으면 이유가 있을 거 아냐?"

"수한이가 먼저 맞을 짓 했어요! 수한이가 우리 색시한테……."

"유한 씨."

채은은 아무 말 하지 말라고 했지만, 흥분한 고모의 말에 같이 흥분한 유한이 진화에게 따지려 하자 채은이 유한을 저지했다. 그에 진화의 화살이 채은에게로 향했다.

“왜 말을 막아? 우리 아들이 너한테 무슨 짓을 했기에 네 잘난 신랑한테 저렇게 맞아야 했니? 그래, 네가 말해봐.”

“죄송합니다.”

분명 잘못은 수한에게 있었다. 하지만 모두 한가족인 사람들인데, 자신 때문에 괜히 소란을 일으키고 싶지 않았다.

“누가 사과 듣고 싶댔어? 이유를 말해보라고. 이유를!”

“그만해. 동네방네 네 아들 맞은 거 소문낼 생각이야?”

날카롭고 경박한 목소리로 자기 아들 내외를 잡고 있는 진화의 행동을 배 회장이 막았다.

“오빠 아들이 저지른 짓이라고 편드시는 거예요? 애 얼굴을 보라고요. 도대체 무슨 잘못을 했기에 우리 애 얼굴이 저러냐고요! 그 정도도 컨트롤이 안 되는 어린애라고요. 오빠 아들이.”

“그럼 고소해.”

“뭐라고요?”

“그렇게 억울하고 분하면 고소하라고. 시끄럽게 우리 집안 일 소문내지 말고.”

“오빠!”

“오늘 너 충분히 봐줬어. 더 할 셈이야?”

배 회장의 날카로운 눈빛에 진화가 멈칫했다. 유한을 곤란하게 하고 싶어 계속 깔짝이는 진화의 모습을 눈치채고 있었지만 손님들이 있는 자리라 참았다. 유한이 수한을 때린 건 잘못이었지만, 더 이상 분란을 참고 지켜볼 수는 없었다.

“그만하세요. 제가 잘못했어요.”

대충 상처 치료가 끝나자 자는 것처럼 눈을 감고 있던 수한이 몸을 일으켰다. 그런 아들의 움직임에 진화가 급하게 다가갔다.

"수한아, 너 괜찮은 거야?"

"네. 그러니까 어머니도 그만하세요. 제가 술김에 형…… 수님한테 실수를 좀 했어요. 그걸 보고 형이 화가 난 거고요."

"상처는 괜찮아?"

"괜찮아요. 외삼촌 죄송해요. 저 때문에 좋은 자리 망쳐서."

"아니야. 유한이가 너한테 실수를 했구나."

"실수 아니야!"

아직도 수한 앞에서 떨고 있던 채은의 모습이 눈에 선했다. 자신은 절대 수한에게 실수하거나 어린애이기 때문에 수한을 때린 것이 아니었다. 수한은 맞을 짓을 했고, 자신은 색시를 지킨 거였다. 모든 걸 말하면 될 텐데, 채은이 계속 말을 못 하게 하니 더욱 분통할 수밖에 없었다. 아무리 생각해도 수한은 자기 아버지에게 혼나야 했다. 그런데 채은마저 그것을 막자 유한은 너무 속상했다. 정말 자신이 못된 악당이 된 것 같았다.

"유한 씨."

"난 잘못한 거 없어. 색시도 미워!"

자신의 손을 붙잡고 있는 채은을 뿌리친 유한이 그대로 방을 나섰다. 채은이 바로 유한을 쫓아가려 했지만 사람들의 시선이 모여 있어 그것이 쉽지 않았다.

"저게 뭘 잘했다고."

"어머니, 그만하세요. 사과해야 할 사람은 저예요. 정말 죄송합니다."

유한을 말리는 채은처럼 진화를 말리는 건 수한이었다. 곳곳이

터지고 부은 몰골로 수한이 고개를 숙여 사과했다. 가장 먼저 사과를 받아야 할 사람은 채은이지만 수한은 사과를 하면서도 채은의 얼굴을 바라보지 못했다. 피가 터지고 멍이 든 자신의 모습보다 채은의 눈에 먼저 들어온 것은 자신을 때리다 생긴 유한의 상처였다. 자신이 치료를 받거나 말거나 유한의 상처부터 챙겼던 채은의 모습에 다시 한 번 커다란 절망을 느꼈던 수한이었다.

"상처 치료 끝난 거면 가보겠습니다."

"그래, 혹시 모르니까 꼭 병원 가보거라."

"네, 외삼촌. 감사합니다. 어머니 가요."

얌전히 물러나는 수한의 기세에 진화는 더 터트리고 싶은 것이 있었지만 채 그러지 못했다. 오빠의 경고와 아들의 사과. 이 모든 것이 진화의 행동에 제동을 걸고 있었다. 수한의 손에 진화까지 함께 방 안에서 퇴장했다. 상처를 치료한 의사도 물러나고 방안엔 배 회장 내외와 채은만이 남았다. 소란을 일으킨 원흉답게 채은은 고개조차 들 수 없었다.

"죄송해요. 아버님, 어머님."

"아니야. 오늘 잘해줬어. 손님들한테는 너희하고 수한이는 급한 일이 있어서 먼저 갔다고 말해놨어. 오늘 일, 오늘 오신 손님은 아무도 몰라."

집 안의 소란을 먼저 발견했던 배 회장의 비서 덕분에 사건은 크게 번지지 않고 넘어갈 수 있었다. 이 일을 아는 사람들은 모두 제 측근의 사람으로 소문을 낼 사람은 없었다. 진화 또한 분하긴 해도 절대 그 일을 부풀리지는 못할 것이었다. 어찌 됐든 수한이 제 잘못이라고 못을 박았기 때문이었다.

"수한이가 무슨 실수를 했는지 물어봐도 되니?"

술김에 실수를 했다는 수한과 수한이 색시를 괴롭혔다는 유한의 증언만으로는 구체적인 사건의 얼개를 그려볼 수는 없었다. 물론 아예 짐작되는 바가 없는 건 아니지만, 가족 간에, 그것도 사촌 간에 벌어진 일은 들춰내기 부끄러운 일이기에 배 회장은 고개 숙인 며느리를 바라볼 수밖에 없었다.

"죄송해요."

"됐어. 네가 무슨 잘못을 했다고. 고개 들어도 돼."

풀 죽은 며느리의 모습에 이번엔 정숙이 채은에게 말했다. 안 그래도 자신들이 시부모님께 망신을 드린 것 같아 마음이 무거운데 되레 자신들을 걱정하시는 목소리에 채은의 코끝이 찡해졌다.

"정말, 유한 씨는 잘못한 거 없어요. 저 때문에 그런 거니까 유한 씨 혼내지는 말아주세요. 제가 잘 타이를게요."

"그래, 그렇게 하려무나. 올라가서 유한이 좀 달래줘."

떨리는 목소리로 유한을 변호하는 며느리의 목소리에 배 회장이 고개를 끄덕이며 말했다. 지금 유한을 안정시키고 달랠 수 있는 사람은 채은밖에 없었다. 일이 손쉽게 풀린다고 마음을 놓았던 것이 실수였을까. 축 처진 어깨로 방을 나서는 채은의 모습을 확인하고 배 회장도, 정숙도 한숨을 쉴 수밖에 없었다.

"아가씨, 절대 가만히 안 있을 거예요."

오늘 일로 유한에게 칼을 겨누진 않겠지만, 진화의 화를 부르는 동기 하나가 추가된 셈이었다. 유한이 온전하다면 진화의 칼끝 정도야 피할 수 있을 테지만, 지금의 유한은 아니었다. 오늘처럼 어른인 척하는 것도 미봉책에 불과했다. 얼른 기억을 찾아준다면 좋겠지만, 그럴 기색 또한 보이지 않았다.

"여보, 우리 그거 며늘아기한테 줍시다."

"무슨 소리야? 헤어지겠다고 한 애한테 그거 보여줘서 어쩌자고."

"못 헤어지게 해야죠. 유한이가 기억을 찾는 중이면 모를까. 약속한 대로 얼마 뒤에 채은이랑 이혼하면, 유한이는요? 유한이 감당할 자신 있어요? 모르겠어요? 유한이한테는 채은이가 있어야 해요."

유한은 처음 예상했던 것보다 더욱 채은을 따르고, 일면 집착하는 모습까지 보이고 있었다. 지금의 유한은 분명 어린 시절의 유한과 같았지만 오늘처럼 제 감정을 주체 못 해 주먹을 드는 아이는 아니었다. 유한의 할머니인 순옥이 어린 시절부터 유한에게 다른 사람과 싸우지 말라 가르쳤기에 어린 시절의 유한은 아무리 자신에게 화가 나는 일이 생겨도 참으려고 노력했었다. 물론 그 분노가 감당할 수 없는 짜증이나 장난감을 괴롭히는 것으로 드러나긴 했으나, 결단코 사람을 때린 적은 없었다. 그런 아들이 이성을 잃을 정도로 흥분하며 제 사촌 동생을 때렸다. 어린 시절에 다투긴 했어도 그렇게 아꼈던 제 동생을 말이다. 제 할머니 말을 금지옥엽처럼 따랐던 아들의 인생에서 채은의 존재는 할머니와 다른 형상으로 자리 잡고 있었다. 그런 상황에서 채은이 유한을 떠났을 경우, 어머니의 경우처럼 며칠 울고 끝나지 않을 거란 건 본능처럼 알았다. 생각해보니 그 울음을 멈추게 한 것도 채은이었다. 아내의 말처럼 채은이 떠난 후의 유한을 자신들이 감당할 수 있을지, 장담할 수 없었다. 어린 시절의 기억 그대로 유한이 무너지지 않을까 벌써부터 걱정이었다.

"채은이 알잖아요. 그거 보여주면 절대 유한이 못 떠나요. 채은이가 유한이 싫어서 이혼하겠다고 나서는 거 아닌 거 당신도 알잖아요."

"그래서 앞길 창창한 애한테 기억 없는 아들 뒤치다꺼리나 시키라고? 당신 말대로 그거 보여줘서 채은이가 안 떠났어. 그다음엔? 기억 없는 채로 살다가 기억 돌아와서 다시 돌아가면, 예전에 그 딱딱했던 놈으로 돌아가면 채은이는 어떡해? 그것도 참으라고 해? 당신 자식이면 그럴 수 있어?"

제 자식 일에 한없이 이기적으로 변하는 것이 부모라지만, 유한의 옆에서 같이 표정을 잃어갔던 채은을 떠올리면 차마 그렇게 할 수 없었다. 바보 같은 놈. 8살 꼬맹이보다도 못한 35살의 아들에게 욕을 퍼붓는 배 회장이었다. 사고가 나기 전 보았던 아들의 모습을 생각하면 기억을 찾은 후에도 변할 수 있지 않을까 했지만, 확신할 수 있는 건 아무것도 없었다.

"그래도, 부탁이라도 해봐요. 그거 보면 분명 유한이도 변할 생각이 있었던 거고. 기억 찾아도 유한이가 쉽게 보내지 않을 거예요. 표현은 안 해도 채은이한테 끔찍했잖아요. 이렇게 보내는 건, 기억이 있으나 없으나 유한이가 가만있지 않을 거예요. 우리 유한이 똑같은 실수 안 하는 애잖아요. 믿어보자고요. 우리 애들 현명하게 선택할 거라고."

애타는 아내의 말에 배 회장의 표정이 무거워졌다. 분명 아들 내외는 자신이 신뢰하는 아이들이었다. 자신들이 무엇을 하든 칼자루를 쥔 건 그 아이들이었다. 아내의 말을 냉정하게 쳐내려 했지만 부모의 이기적인 마음으로 아마 채은에게 커다란 부담을 안겨 주게 될 터였다. 불확실한 미래에 딸 같은 며느리를 던져야 하는 것이 미안했지만 역시나 채은보다는 유한이 더욱 걱정되는 것은 막을 수 없었다.

"유한 씨."

똑똑, 문을 두드린 채은이 유한이 있는 방으로 들어왔다. 팽 하니 돌아서 방 안에 오긴 했지만, 채은이 오나 안 오나 귀를 기울이고 있던 유한이 채은이 다가오는 소리에 이불 속으로 몸을 숨겼다.

"유한 씨, 화 많이 났어요?"

채은이 묻는 질문에 대답을 하려다가 아무 말 하지 않는 것이 더 효과적일 것 같다는 생각에 유한은 입을 꾹 다물었다. 유한의 침묵에 채은 또한 침묵했다. 이어지는 침묵에 유한은 불안한 생각이 들어 이불 밖으로 나갈까도 했지만, 남자가 칼을 뽑았으면 무라도 썰라고, 모양 빠지게 금방 화를 풀고 싶지 않았다. 그래도 할머니가 누가 뭘 물어보면 재깍 대답하라고 했는데, 다른 사람도 아니고 채은의 말에 대답을 하지 않았다가 채은이 화를 내면 어쩌나, 하는 걱정이 들긴 했다.

하지만 유한의 생각을 알 리 없는 채은은 멍하니 서서 자신을 등진 채 있는 유한의 뒷모습을 바라보고 있었다. 달빛만이 쏟아지는 방 안, 어두운 방 안에서 대면한 유한의 뒷모습은 채은을 원치 않는 기억으로 데려가고 있었다.

사람이 어떤 사람에게로 향하는 마음을 거두어들이고 싶을 때는 언제일까. 상대방에게서 심한 거절을 당했을 때? 상대방에게 나 아닌 다른 사람이 생겼을 때? 여러 경우가 있겠지만, 채은의 경우는 이 사람에게 나는 아무런 도움도 되지 않는구나, 하고 느꼈을 때였다.

사실 처음 유한을 만났을 때, 채은은 유한이 마음에 들지 않았다. 무슨 생각을 하는지 알 수 없는 무표정한 얼굴에, 같이 있는 것만으로도 사람을 불편하게 하는 묘한 위압감은 도저히 사람이 낼 수 있는 기운이 아닌 것 같았다. 아무리 아버지 부탁이라도 나오지 말걸. 유한을 보는 순간 얼마나 후회를 했는지 모른다.

그랬던 자신이 언제부터인가 유한을 생각하는 순간이 많아졌다. 재미도 없는 무표정과 진지한 말투, 유한에게 뿜어져 나오는 기운은 처음과 달리 채은에게 그 어떤 불편한 요소도 되지 못했다. 자신이 그렇게 변한 데에는 어울리진 않지만 가끔 보이는 미소 띤 얼굴 때문일 수도 있고, 가뭄에 콩 나듯 느껴지는 유한의 배려 때문일 수도 있었다.

하지만 유한 정도의 외모에, 능력에, 배경에 자신보다 예쁘고 배경 좋은 여자들이 줄을 서서 기다릴 텐데, 자신과 왜 만남을 지속하고 있는지 궁금증이 들 때가 한두 번이 아니었다. 자신과 마찬가지로 유한이 자신에게 호감 이상의 감정을 가지고 있는 것이 아닐까 예상은 해보았지만, 자신을 보는 표정에선 아무런 감정도 읽어낼 수 없었고, 자신을 왜 만나느냐 묻기엔 자존심이 허락하지 않았다.

그래서 유한이 딱딱한 어조로 결혼 이야기를 꺼냈을 때, 채은은 제가 궁금한 것과 비슷하지만 미묘하게 뜻의 차이를 지닌 질문을 했다.

"유한 씨, 내가 필요해요?"

결혼엔 사랑이 필수라고 생각했던 자신의 사상과는 동떨어진 질문이기도 했다. 당시에 그 질문만으로 충분하다 여겼지만, 실상은 무서웠던 것 같다. 자신이 꺼낸 사랑이라는 질문에 유한이 고개를 저을까 봐, 그 딱딱한 목소리로 자신에 대한 감정은 결혼할 정도의 호감이라고 대답할까 봐. 초조함을 느끼고 사랑이라는 질문 대신 제 자존심이 다치지 않을 '필요'라는 단어를 유한에게 보인 것이었다.

"응, 필요해."

그 질문의 주어가 인간 강채은이었는지, 강채은의 배경이었는지 알 수 없었지만, 자신이 필요하다는 유한의 말에 채은은 결혼을 결심했다. 결혼할 당사자가 결혼하겠다고 마음먹으니 그 후 결혼 준비는 어렵지 않게 진행되었다.

그렇게 결혼 준비를 하며 바쁜 나날을 보내던 어느 날, 유한과의 행복한 결혼 생활을 꿈꾸며 부푼 가슴을 안은 채은에게 수한이 찾아왔다.

"정말로 형이랑 결혼해?"

애달픈 표정으로 집 앞까지 찾아와서 묻는다는 말이 유한과의 결혼 여부라는 것이 당혹스러웠지만 채은은 가만히 고개를 끄덕였다.

"네."

"도대체 왜?"

이해가 되지 않는다는 수한의 반응에 기분이 상한 채은의 표정이 굳어졌다. 수한이 자신에게 마음이 있다는 것을 알고 있었지만 이제 곧 자신의 사촌 형수가 될 자신에게 왜 사촌 형과 결혼을 하느냐고 묻는 그의 말은 예의가 아니라고 생각했다.

"결혼을 하는 이유는 다들 똑같지 않나요?"

"유한이 형 배경이 필요해? 그건 나도 줄 수 있어."

채은이 생각한 결혼의 이유는 상대에 대한 마음이었다. 하지만 수한은 자신이 유한의 배경 때문에 결혼하는 것이라고 굳게 믿고 있었고, 그에 채은의 기분은 몹시도 상하고 말았다.

"전 배경 하나 가지자고 인생을 걸 만큼 멍청하진 않아요. 그리고 이제 저는 수한 씨한테 형수가 될 사람이에요. 예의를 지켜주세요."

언제나 기분 좋은 웃음으로 다정하게 자신을 대해주던 수한은 사라져버린 것 같았다. 자신과 유한의 결혼을 막는 데 혈안이 된 것처럼 초조해 보이는 수한에게 미안한 마음이 들긴 했지만, 수한을 생각해서라도 자신이 틈을 보이면 안 된다고 생각했다. 마음을 다부지게 먹은 채은이 최대한 냉정한 표정을 지으려 했다. 그런 채은의 표정에 자신의 상처를 감추려고 하는 것인지 가소롭다는 듯 픽 하고 수한이 한쪽 입꼬리를 들어 올렸다.

"내가 여기에 오기 전에 같은 이야기를 형한테 했었거든. 결혼하지 말라고."

그 말에 채은의 표정이 차갑게 굳었다. 도대체 왜 그 사람에게 그런 말을. 혹시나 수한의 말에 그가 자신을 오해하고 있을까 걱정이 된 채은의 표정에 화기가 더해졌다. 채은의 화난 기색을 느꼈지만 짐짓 그 반응을 무시하며 수한이 물었다.

"형 대답…… 궁금하지 않아?"

수한의 주제넘은 행동에 화가 나는 것과 별개로 궁금하긴 했다. 그런 궁금증을 티 내지 않으려 했지만 긴장감에 채은이 꼴깍하고 침을 삼켰다. 유한이 수한의 말에 무엇이라 답했을지 기대도 되고 걱정도 됐다. 자신에겐 전혀 속을 드러내지 않는 유한이 수한에게 어떤 말을 했을까. 동생이 아닌 연적으로 그에게 결혼하지 말라는 말을 했으니, 자신에게 조금이라도 마음이 있다면 솔직한 말을 하지 않았을까 하는 기대와 바람이 한꺼번에 들었다. 하지만 바로 이어진 수한의 말은 채은의 기대와 바람을 완전히 짓밟았다.

"네가 원한다면 결혼…… 안 하겠다고 하던데."

수한의 말에 온몸의 피가 차갑게 식는 듯한 기분이었다. 너무도 쉽게 자신과의 결혼을 포기하겠다고 했다는 유한의 말이 믿어지지가 않았다. 도대체 유한은 왜 자신에게 결혼하자고 했던 것일까. 그에게 강채은은 필요한 사람조차 되지 못하는 것인가. 큰 상처를 입은 채은의 표정이 좌절로 무너져 내리고 말았다. 그가 자신과 같은 마음이 아니라는 것을 너무도 적나라하게 알아버려 수한에게 쏘아붙일 말조차 떠오르지 않았다. 그 균열을 읽은 수한이 틈을 노리듯 채은에게 말했다.

"지금 화영에서 광선하고 기술 개발 협약을 하자는 이야기가 나오고 있어. 아마 너랑 형이 결혼하면 협약을 맺는 게 쉬워지겠지. 그런데도 그 결혼을 하겠다고? 잘 생각해."

그저 채은의 결혼을 막아야 한다는 생각만이 가득 찬 그에게 상처받은 채은을 배려할 여유 따위는 없었다. 수한의 말에 고개를 숙이고 있던 채은이 애써 표정 관리를 하며 수한을 바라보았다.

"괜찮아요. 유한…… 씨가 그런 사람인 거 몰랐던 것도 아니고. 괜찮아."

수한에게 하는 말이 아니라 채은이 본인 스스로에게 하는 말 같았다. 자신은 당연한 듯이 유한의 배경이 아니라 유한 때문에 결혼한다고 했지만 유한도 자신과 같은 대답을 할 것이라고 확신할 수 없었다. 수한의 말에 혹시나 하는 기대마저 무너졌다. 실망스럽고 원망스러운 마음이 머리를 내밀었지만, 유한의 냉정한 성격을 몰랐던 것도 아니었다. 그는 자신과의 결혼을 변덕처럼 뒤집을 수 있는 것뿐이라 말했어도, 자신은, 자신은…….

"괜찮다고? 형을 사랑해?"

채은의 대답에 괴로운 표정이 된 수한이 물었다. 지금 이 순간, 채은이 고개만 끄덕인다면 수한은 어쩔 수 없이 채은을 포기해야겠다고 마음을 먹었을 것이다. 하지만 유한이 자신과 결혼하려 한 이유를 알게 된 채은은 아무렇지 않은 척해도 충격을 받은 상태라 그의 마음까지 읽어낼 정신이 없었다.

"내가 그걸 수한 씨한테 말해야 하는 이유를 모르겠어요. 먼저 들어갈게요. 다음엔 이런 식으로 만나지 않도록 해요."

힘겹게 말을 마친 채은이 누가 쫓아올세라 집 대문 안으로 들어가버렸다. 수한에게 제 마음을 말하지 않은 건 채은 나름대로 지키고 싶은 자존심 같은 거였다. 자신과의 결혼을 쉽게 뒤집을 수 있다고 말한 남자에 대한 마음을 아무에게나 아무렇지 않은 척 속없는 사람처럼 꺼내고 싶진 않았다. 아무리 자신이 유한을 사랑한다고 해도 스스로 비참해질 수 있는 그 일을 하고 싶지 않았다.

유한이 자신을 사랑하지 않는 것을 알고 있었는데, 유한이 이 결혼을 필요하다고 해준 것만으로도 괜찮을 것으로 생각했는데 심장이 쪼개지는 것처럼 아팠다. 그와 결혼하게 되면 이 고통을 계속 느껴야 하는 것일까. 지금 이 고통과 당장 유한을 잃는 고통 어떤 것이 더 아플지 감이 잡히지 않았다. 하지만 확실히 말할 수 있는 건 수한의 말에도 유한을 놓고 싶지 않다는 그 마음이 더 크다는 것이었다. 그가 자신에게 마음을 주지 않아도 현재의 자신은 행복했다. 앞으로도 유한의 옆에 있는 것만으로 자신은 행복할 수 있을 것이고, 감정이라는 것은 얼마든지 변하는 것이니 같이 생활하다 보면 그가 자신을 조금쯤은 좋아해줄 것이라는 근거 없는 믿음이 생겼다.

'흔들리지 말자.'

여기까지 와서 변하는 것은 아무것도 없다. 자신이 기다린다면 유한은 분명 자신을 향해 올 것이다. 울부짖듯 찌릿한 마음을 애써 억누르며 채은이 결심을 다졌다. 하지만 채은의 눈에서 지금의 결심과는 전혀 다른 눈물이 흐르고야 말았다.

채은이 어떤 마음으로 눈물을 흘렸든 유한의 말처럼 채은이 변하지 않는 한 두 사람의 결혼을 방해할 것은 없었다. 수한이 여전히 채은에 향한 미련을 숨기지 못했어도 결혼에는 그 어떤 영향도 끼치지 못했고, 얼마 지나지 않아 두 사람은 결혼에 골인했다. 서로 다른 환경에서 나고 자란 두 사람이었지만, 꽤 충실한 결혼 생활이었다.

자신의 존재는 일에 밀려나 유한을 보는 시간은 많진 않았지만 같은 곳에 자고 눈 뜨고 식사를 하며 다른 부부들과 다를 바 없는 생활을 유지했다. 결혼을 했다고 갑자기 다정해지거나 갑자기 난

폭해지거나 하는 것 없이, 유한은 언제나 흐르는 물처럼 고요하고 잔잔한 사람이었다.

처음부터 알고 있던 사실이었는데 거세지지도 유해지지도 않는 잔잔함과 깊이를 알 수 없고, 어디로 흐르는지도 알 수 없는 그러한 고요함은 시간이 흐를수록 채은을 결혼을 결심했을 때와 달리 초조하고 답답하게 했다. 잔잔한 물결에 용기를 내어 다가왔지만 깊이를 알 수 없어 발을 담가볼 수도, 어디로 가는지 알 수 없어 따라가볼 수도 없었다. 처음 결심했을 때와 같이 채은은 언제나 유한을 기다리려고만 했다. 참을성 하나는 타고난 자신이니 기다리고 있으면 언젠가 유한이 제 모습을 보여주고 다가와 주리라 생각했다. 하지만 유한은 그대로였고, 자신의 인내심 또한 하루하루 바닥나기 시작했다.

"이렇게 화영그룹의 창립 기념회에 참석해주신 여러분께 깊은 감사의 말씀을 드립니다. 저희 화영그룹은 올해 50주년을 맞이하여……."

화영그룹이 창립 기념일을 맞이하여 기념행사를 하는 자리. 단상에서는 배 회장을 대신하여 유한이 사람들에게 감사 인사를 전하고 있었다. 화영의 차기 회장으로 거론되는 사람으로서 사람들에게 그의 존재감을 심어줄 아주 좋은 기회였다. 좌중을 압도하는 나직한 목소리와 흐트러짐 없는 꼿꼿한 자세는 멀리서 보아도 참 빛이 나고 있었다. 저 사람에게 자신은 뭘까, 그림자는 될 수 있는 것일까. 이제 익숙한 자조적인 생각에 채은이 손에 들린 와인을 한 모금 마셨다. 달콤한 듯하면서도 씁쓸한 와인의 맛과 향이 입안 곳곳에 퍼졌다.

"사모님, 여기 계셨네요. 배 이사님께 가보셔야 하는 거 아니에요?"

그렇게 채은이 와인을 음미하고 있는데, 채은을 알아본 여자 셋이 채은에게 다가왔다. 다들 한가락 하는 집안의 따님들로 오늘 누가 더 빛나는가 내기라도 한 것처럼 한껏 꾸민 모습들이었다. 이 자리의 주인공이라 할 수 있는 채은보다도 화려한 여자들을 보며 채은이 반가운 척 인사했다. 자신을 챙기는 척하며 은근한 눈길로 유한을 보는 것을 모르지 않았다. 모두 한 번씩 유한을 넘봤던 여자들로, 자신보다 한참은 모자란 채은이 유한과 결혼한 것에 각기 불만을 품고 있는 여자들이기도 했다.

"네. 안녕하세요."

여자들의 말에 슬쩍 보니, 단상에서 인사를 마친 유한은 배 회장 내외와 함께 손님들과 개별적인 인사를 하고 있었다. 자신이 있어야 할 자리인 걸 알았지만, 어쩐지 선뜻 발이 옮겨지지 않았다. 채은에게 다가온 여자들 또한 처음 뱉은 말과 달리 채은을 놓아줄 생각이 없는 듯 말을 걸었다.

"너무 오랜만에 봬요. 사교 모임에도 잘 안 나오신다면서요? 이제 큰사모님 대신 사모님이 나오셔야죠."

딱 들어도 비꼬는 말이었다. 여자가 말한 사교 모임은 저보다 못한 사람들의 기를 죽이는 게 특기인 사람들의 정기적 모임이었다. 인맥이 중요한 이 바닥에서 빠질 수도 없는 자리였지만, 그런 자리를 좋아하지 않는 채은을 배려한 이 여사 덕분에 채은은 그 모임에 참석하지 않고 있었다. 이 여사가 가지 말라고 해도 채은이 나서서 가야 하는 자리였지만, 아직 그런 자리에서 가식을 떨며 웃기에는 내공이 쌓이지 않은 채은이었다. 지금 이 여자들을 상대하는 것만으로도 이렇게 벅찬데 그곳에서 버틸 자신은 더욱 없었다.

"네, 어쩌다 보니 계속 그렇게 됐네요. 이제 참석해보려고요."

'그러니까 얼른 다른 데로 좀 가라.'라는 속내를 숨기며 채은이 힘겹게 웃음 지었다. 내가 네 자리에 있으면 훨씬 잘할 수 있어, 하는 눈빛을 보내는 여자들에게 미소를 짓는 것은 아무리 채은이라 할지라도 하늘이 내린 인내심이 있어야 하는 일이었다.

"그나저나, 아버님 회사는 괜찮으세요?"

"네, 점점 좋아지고 있어요. 걱정해주셔서 감사합니다."

"당연한걸요. 그 신기술 개발은 계속 실패하고 있다죠? 개발만 성공하면 광선한테 도움이 많이 될 텐데요. 대체 몇 년째예요. 기술 개발하는 데 쏟아부은 돈 때문에 화영도 피해가 크다고 하더라고요."

그렇게 사람 속 긁는 이야기를 하더니 저들끼리 웃어댔다. 광선 때문에 화영까지 피해를 받고 있다고 하는 여자들의 말에 채은의 표정이 어두워졌다. 아버지 회사도 힘들어지고, 자신들의 결혼에 주요한 역할을 했던 그 기술마저 다른 곳에 유출된 상황이었다. 그 앞에서 점점 작아지는 자신을 발견하며 그의 얼굴을 볼 면목도 없었다.

"……잘 해결될 거예요. 그런데…… 약혼자분과 함께 안 오셨나 봐요? 같이 오셨으면 파혼 직전이라는 소문이 사라졌을 텐데요. 소문에 약혼자분이 민상의 첫째 따님이랑 호텔에서 자주 만나다고 하더라고요."

하지만 유한도 아닌 여자에게 자신이 당할 이유는 없었다. 그랬기에 채은이 여자의 가십 하나를 아무렇지 않은 얼굴로 꺼내 들었다. 채은의 말에 당사자뿐만 아니라 옆에서 그들의 이야기를 듣고 있던 여자들도 당황한 듯 눈동자를 굴렸다.

"뭐요?"

제 심기를 건드리는 채은의 말에 여자는 표정에 화기가 올랐다. 그런 화기는 모른다는 양 채은이 계속 말을 이었다.

"저도 걱정이 돼서요. 우리 유한 씨는 전혀 그런 소문이 없어서 잘 모르겠지만, 결혼 전부터 그런 소문 돌면 피차 좋을 거 없잖아요."

여자의 입술이 못되게 비틀렸다. 불이라도 뿜을 듯 채은을 노려보던 여자가 또다시 공격할 것을 발견한 듯 여유로운 미소를 찾았다. 그와 동시에 채은이 불안해졌다. 하지만 이내 지면 안 된다, 마음을 다잡았다.

"남 말 하기 좋아하는 사람이 퍼트리는 소문을 제가 어쩌겠어요. 그런 뒷말 듣는 게 우리 숙명이기도 하잖아요. 그래서 드리는 말씀인데, 배 이사님이랑 사모님은 자식 계획 없으신가 봐요? 결혼한 지 5년이 넘으셨는데도 아이 가졌다는 소식이 없으니 여기저기서 걱정을 많이 하더라고요."

여자의 말에 그나마 짓고 있던 미소까지 완전히 사라진 채은이었다. 유한과 결혼한 지 햇수로 5년이 되어가고 있었지만 둘 사이엔 아직 아이가 없었다. 특별히 두 사람의 몸에 이상이 있는 것이 아니라 유한이 채은이 임신하는 것을 원하지 않았기 때문이었다. 어린 시절부터 몸이 약했던 채은은 심한 빈혈 탓에 성인이 되고서도 몇 번이나 쓰러져 병원에 실려 간 적이 많았다. 그 사실을 어떻게 안 것인지, 처음 유한이 자신의 몸이 건강해질 때까지 임신을 미루자는 말을 했을 때만 해도 채은은 유한에게 고마움을 느꼈었다. 하지만 결혼 생활이 이어지고, 자신이 정기적으로 병원을 가지 않아도 될 정도로 건강을 찾았음에도 아이를 가질 생각을 하지 않는 유한에 대한 원망과 야속함이 커져갔다.

배 회장 부부도 두 사람이 아이를 가지길 원했지만, 아직 때가 아니고, 자신들의 일이니 신경 쓰지 말라는 말로 일갈하는 아들의 서슬에 아이에 대한 말은 감히 꺼내지도 못하고 있었다. 그 자신들 중 하나인 채은이 아기를 갖고 싶다 용기 내어 말했지만 유한은 끝까지 긍정의 답을 하지 않았다. 이런 상황이니 채은은 유한이 자신과의 끈을 원치 않는 것인가, 도대체 유한에게 자신의 존재는 무엇인가에 대해 고민하고 또 불안해해야 했다. 아기의 문제는 그야말로 채은의 아킬레스건과 같았다.

굳어버린 채은의 반응에 쾌감을 느꼈던지 여자는 자신이 이겼다는 우월함을 애써 안타까움으로 포장하며 채은에게 물었다. 네가 화영의 며느리로서 하는 것이 무엇이 있느냐는 주제넘은 비난 또한 담겨 있었다.

"혹시 문제가 있으신 거면 병원 소개해드릴까요? 저 아는 분 중에 그 병원에서 치료받고 아이 가진 분이 계시거든요. 배 회장님이나 큰사모님도 얼마나 손주를 기다리시겠어요."

"원치도 않는데 저희 부부 아이 걱정까지 해주시다니, 정말 감사하네요."

채은이 주먹까지 부르르 떨 정도의 분노와 모멸감을 참고 있는데, 그들 사이에 고저 없는 목소리 하나가 들려왔다. 갑작스러운 유한의 등장에 여자들은 당황하기 시작했다. 여자들에게 당하고 있던 채은을 알고 있음에도 유한은 언제나처럼 예의 바르고 침착한 모습이었다.

"아, 아뇨. 저희는 그저 걱정이 돼서."

"네, 걱정은 그 정도 듣는 걸로 하고. 실례가 안 된다면 제 아내를 좀 데려가도 될까요?"

"네, 뭐, 그러세요."

멍한 듯 시선이 흐려진 채은의 어깨를 안고 유한이 여자들에게서 채은을 데려갔다. 자신의 힘에 걸음을 옮기면서도 잘게 떨려오는 채은의 몸에 유한의 인상이 구겨졌다. 그렇게 몇 걸음을 떼던 유한이 걸음을 멈췄다. 갑작스레 멈춰진 걸음에 의아할 만도 하련만, 채은은 바닥만 바라본 채였다. 그래서 유한이 채은과 이야기를 나눴던 여자들을 다시 돌아보고, 유한의 표정에 여자들이 움찔하며 흩어졌다는 사실을 알지 못했다.

"어디 아픈 거야?"

행사장에서 나온 채은은 하얗게 질려 핏기조차 보이지 않은 얼굴이었다.

"괜찮아요."

중요한 자리에 와서 이렇게 남편이 신경 쓰게나 하고, 여자들의 말처럼 자신은 정말 유한의 아내로서 자격이 없었다.

"머리 어지럽거나 그런 거 아니고? 민 실장한테 연락할게. 지금 여기 있어봤자 도움 될 거 없으니까 집에 가서 쉬고 있어."

도움 될 거 없으니까. 평소 유한답지 않게 걱정이 가득 담긴 말이었는데, 왜 그 말이 자신의 귀에 박혔는지 모를 일이었다. 자신의 존재가 전혀 유한에게 도움이 되지 않는다는 생각에 채은은 너무 마음이 아팠다. 이러려고 이 사람 옆에 있었던 게 아니었는데, 자신 혼자 행복해지자고 유한을 힘들게 하는 것 같았다. 아니, 자신의 욕심이 결국 자신과 유한을 불행하게 하는 것 같았다. 자신은 유한이 마음을 열기를 기다리고 있었던 것이 아니라, 감당할 수 없는 자리를 지키고 서서 고집을 부리고 있었던 건 아닌가 싶은 생각만 들었다.

"강채은."

넋이 나간 사람처럼 서 있는 채은을 불렀지만 역시나 채은은 묵묵부답이었다. 유한이 자신의 양복 재킷을 벗어 채은의 어깨를 감쌌다. 자리를 오래 비워둘 수 없었다. 초조한 시선으로 행사장 입구를 본 그가 채은에게 다짐을 받고 싶은 듯 말했다.

"민 실장 금방 올 테니까, 절대 다른 데 가면 안 돼. 알았지?"

"들어가 봐요."

자신의 위치를 생각하면 유한과 함께 돌아가야 했지만, 저들 사이에서 웃음 지을 자신이 없었다. 아무리 생각해도 저 안쪽은 자신의 자리가 아닌 것만 같았다.

"유한 씨."

그렇게 무거운 걸음을 떼던 유한의 귀에 채은의 목소리가 들렸다. 걸음을 멈춘 유한이 채은을 바라보았다.

"미안해요."

의미를 알 수 없는 사과였다. 채은이 짓고 있는 표정이 너무 위태해서 유한은 온몸에 소름이 돋는 기분이었다.

"당신이 미안할 게 뭐야?"

채은이 자신에게 그런 말을 할 이유가 없었다. 금방이라도 사라질 것 같은 채은의 표정에 유한이 다시 채은 쪽으로 발걸음을 옮기려 했다. 유한을 찾으러 나온 직원이 없었다면 유한은 분명 채은에게 다가갔을 것이다. 그랬다면 채은의 마음을 알게 됐을지도 모르지만, 끝내 그는 채은의 마음을 잡지 못했다.

"유한 씨, 나 미워요?"

아무 말 없이 유한이 누워 있는 침대 가장자리에 앉은 채은이 물었다. 채은의 질문에 머리끝까지 올린 이불이 움찔하는 것이 느껴졌다. 그 움직임으로 아니라고 말하는 유한의 대답을 확인했다. 하지만 그런 대답을 들은 적 없다는 듯 채은이 풀 죽은 목소리로 말했다.

"유한 씨가 나 미워하면 어떡하지. 진짜 미국 가야겠어요. 유한 씨, 나 미국 가도 괜찮아요?"

채은의 질문에 꿈틀거리던 유한이 몸을 돌려 이불을 살짝 내려 눈만 나오게 하며 채은을 바라보았다. 당장에라도 가지 말라고 잡고 싶지만 그놈의 자존심이 뭔지 평소와 달리 선뜻 그 말이 나오지 않았다.

"진짜, 갈 거야?"

"그럼요. 유한 씨가 나 밉다는데 어떻게 유한 씨 옆에 있어요? 말 나온 김에 유한 씨 장모님한테 비행기표 끊어놓으라고 해야겠다. 내일 당장 가게."

휴대폰을 가지러 일어서려는 채은의 움직임에 놀란 유한이 벌떡 자리에서 일어나 채은의 허리를 안아 다시 침대 위에 앉게 했다. 채은이 바로 나가 비행기를 타러 갈 것 같다는 생각에 뒤에서 채은의 허리를 안은 유한의 팔심(팔뚝의 힘)은 엄청났다. 그 힘에 괴로운 표정을 짓는데, 채은의 목덜미에 고개를 묻은 유한이 낮게 중얼거렸다.

"안 미워."

"나 밉다면서요? 남자가 한 입으로 두말해요?"

"색시가 수한이 못 혼내게 하니까. 수한이는 종아리 맞아야 하는데, 우리 아빠가 종아리 때리면 진짜 아파."

할머니의 비호 아래 제멋대로 살아온 8살 인생이지만 가끔 자신이 사고를 치면 종아리를 때렸던 배 회장의 매타작은 실로 엄청난 고통이었다. 오늘 수한이 색시에게 한 짓을 생각하면 백 대, 아니 천 대는 맞아야 하는데, 그렇게 하지 못해서 너무 분했다.

"도련님은 유한 씨한테 맞았잖아요."

"그 자식은 더 맞아야 해."

오늘 수한의 작태를 떠올리자 또다시 흥분한 유한의 목소리가 커졌다.

"유한 씨가 저 지켜줬으니까 됐어요. 저 지켜주는 사람은 유한 씨면 충분해요. 아버님이 도련님 때렸으면 저 지켜주는 사람이 두 명이 되는 거잖아요."

"어? 그런가?"

제 생각에도 채은을 지켜줄 사람은 저 하나로 충분했다. 생각지도 못한 채은의 지적에 유한은 그대로 설득당했다. 삶을 사는 데 단순한 건 커다란 축복인 것 같았다. 채은이 제 허리에 감겨 있는 유한의 팔을 풀고 유한의 얼굴을 마주 보았다.

"고마워요. 오늘 나 지켜줘서."

"당연하지. 내 색시는 내가 지켜야지."

채은의 인사에 유한은 우쭐한 표정을 지었다. 사실 다시는 사람을 때리면 안 된다고 훈계를 하려 했는데, 자신을 지켰다는 엄청난 자부심에 가득 차 있는 유한의 표정에 그런 말이 나오지 않았다. 맹렬히 불타오르는 유한의 모습에 미소 지으며 채은이 유한의 볼을 감싸 쥐었다.

유한이 기억을 잃기 전 채은은 유한에게서 꼭 보고 싶던 모습이 있었다. 언제나 냉철한 그가 자신 때문에 이성을 잃고 흥분하는 모습. 유한의 위치를 생각했을 때 철없는 생각인 건 알았지만, 유한이 자신을 위해 그래준다면 얼마나 좋을까 하고 막연한 상상을 했던 적도 있었다. 유한과 이혼을 결심한 순간까지 절대 이루어질 수 없는 소원이라 생각했는데, 오늘 자신은 그토록 바라던 간절한 소원을 이룬 사람이 돼버렸다.

"정말, 고마워요."

자신이 8살 유한을 돌보는 거로 생각했는데, 8살 유한이 자신을 지켜주고 있었다.

"응. 다음번에도 내가 지켜줄 테니까, 걱정하지 마."

"기대할게요."

물론 뒷수습은 온통 자신이 해야 할 테지만, 나쁘지 않았다. 서로서로 지켜주고, 수습하고. 자신들 때문에 여기저기 곤란한 사람들이 생겨나겠지만, 지금은 그것도 생각하고 싶지 않았다. 자신을 보며 예쁜 미소를 짓는 유한의 모습이 그런 걱정을 날려버리고 있었다.

"근데 색시야."

"네?"

그렇게 마주 보며 미소 짓는데, 유한이 조심스럽게 채은을 불렀다. 고개를 숙이고 자신의 눈치를 보는 유한의 모습에 채은이 고개를 갸웃거렸다. 아까까지 자신에게 화를 내던 유한과는 완벽히 달랐다.

"나 오늘 잘했는데, 색시도 지켜주고."

그러더니, '뭐 잊은 거 없어?' 하는 눈빛으로 바라보는 유한이었다. 그제야 유한의 마음을 읽은 채은이었다. 어른뽀뽀. 그 강렬한 욕구를 숨기지 않은 유한의 동그란 눈동자에 풋 하고 웃음을 터졌다. 자신은 심각한데, 웃음이 터진 채은을 보며 유한이 겸연쩍은 표정을 지었다. 웃음을 멈춘 채은이 갑작스레 유한의 얼굴을 잡아당겼다.

"오늘 잘했으니까, 상이에요."

그렇게 채은과 유한의 입술이 부딪쳤다. 엉거주춤 공중에 있던 유한의 손이 채은의 허리로 향하고, 달빛이 비추는 두 사람의 그림자는 완벽히 하나가 되었다. 정말 달콤한 밤이었다.

## 7. 마음의 방향

배 회장의 생일 이후, 혹시나 진화가 수한을 때린 일로 유한을 해코지하지 않을까 걱정하긴 했지만 요 며칠간은 잠잠한 상태였다. 일단 수한의 잘못이 분명한 일이기에 진화가 무슨 짓을 저지른다고 해도 수한이 막아줄 것으로 믿어볼 수밖에 없었다.

방으로 들어간 유한이 이상하게 조용했다. 넘어지고 깨져서 자신을 부르지 않아 다행이다 싶으면서도, 너무 조용하니 허전한 기분이었다. 그 허전한 기분을 없애고자 채은이 유한에게 가려는데, 때마침 채은의 휴대폰이 울렸다. 발신인을 확인한 채은이 놀라며 급하게 휴대폰 버튼을 눌렀다.

"네, 아버님."

정숙도 아닌 배 회장의 전화였다. 집에 큰일이 나거나 행사가 있으면 항상 정숙의 편에서 연락이 오는 터라 배 회장의 전화는 유한과의 결혼 생활 5년이 넘도록 손에 꼽을 일이었다.

-그래, 뭐 하고 있었니?

"네? 아, 그냥 있었죠. 아버님은 회사세요?"

-나야, 항상 그렇지. 유한이 녀석은?

"쉬엄쉬엄 하세요. 유한 씨는 지금 방에서 놀고 있어요."

-그래? 천하태평이로구먼, 녀석. 네 고생도 모르고.

"고생은요."

평소에도 채은을 예뻐하는 배 회장이었기에 채은에게 말을 하는 배 회장의 목소리에선 정다움이 뚝뚝 떨어지고 있었다.

"그런데 무슨 일 있으세요? 혹시 회사에 일이 생긴 거예요?"

바쁜 배 회장이 용건 없이 전화를 걸었을 거라 생각하지 못한 고로, 채은은 불안한 목소리로 물었다. 혹시나 진화가 드디어 일을 벌인 건가 불안한 마음이었다. 그런 채은의 불안함을 증폭시키듯 배 회장은 무언가 망설이기는 기색이 역력했다.

-저, 아가.

"네."

-내일 시간 있니?

"시간이요?"

-응. 괜찮으면 내일 좀 볼 수 있을까 하는데.

"아, 네, 물론이죠. 내일 유한 씨랑 본가에……."

-아니, 내일 유한이는 본가에 두고 너하고 둘만 만나고 싶은데, 괜찮을까?

자신을 따로 보자는 배 회장의 말에 채은의 표정에 당혹감이 떠올랐다. 배 회장의 면담을 요청한 이유를 알 수가 없었다. 물론 배 회장이 채은에게 해코지할 사람은 아니었지만, 아무래도 남편의 부모님이기에 긴장이 되는 것은 어쩔 수 없었다.

"네, 괜찮아요. 그런데 무슨 말씀 하시려는지 여쭤봐도 돼요?"

-너한테 줄 것도 있고, 김 변호사 말 전할 것도 있고, 그래서 그렇단다.

"아……."

채은은 순간 멍해지고 말았다. 벌써 시간이 그렇게 지났나. 얼마 전까지는 매일매일 달력을 보며 세던 3개월이라는 기간을 요 며칠 완전히 잊어버리고 있었다. 한참을 멍하니 있던 채은이 배 회장의 부름에 정신이 든 듯 말을 이었다.

"내일, 찾아뵐게요. 회사로 가면 되는 거죠? 언제쯤 편하세요?"

-점심 먹고 천천히 오너라.

"네, 그럼 내일 뵐게요. 들어가세요."

-그래.

그렇게 전화는 끊겼다. 몇 마디 나누지도 않았는데 지치는 기분이었다. 자신에게 줄 것이라……. 위자료와 관련된 것일까. 어째서 이렇게 허한 기분이 드는지 모르겠다. 배 회장이 자신을 한 번쯤 잡아줄 것이라 기대했는지도 몰랐다. 바보 같기는. 스스로 자조하며 채은이 유한에게로 향했다. 예전 그 누구보다 어려웠던 남편이 지금은 제 마음의 위로가 되었다.

"유한 씨."

빼꼼히 고개를 먼저 집어넣어 방 안을 살피던 채은이 이내 보인 방 안 풍경에 문을 활짝 열었다. 저번 채은이 장난감을 밟아 다친 후로 깨달은 것이 있었는지 방을 잘 치웠기에 잔소리할 것도 없이 방 안은 깨끗했다. 자신이 부르면 귀엽게 '색시 왔어?' 하고 반겨 줄 거로 생각했는데, 유한은 조용했다.

"잠들었네?"

유한은 침대 위에서 잠이 들어 있었다. 지금 자면 밤에 잠이 오지 않는다고 칭얼거릴 것이 걱정되어 깨울까도 하다가, 잠이 든 유한의 표정이 너무 평화로워서 채은은 유한을 깨우는 대신 유한의 옆에 누웠다.

"자는 것도 귀엽네."

잠든 유한의 얼굴을 보며 중얼거리던 채은이 제 말이 웃긴지 피식 코웃음을 짓고 말았다. 배유한이 귀엽다니, 요 근래 3개월을 제외하고는 결코 생각해본 적도 없는 말이었다. 하지만 이불과 베개에 파묻혀 잠이 든 그는 정말 어린아이 같은 모습이었다. 냉철과 냉정으로 점철돼 있던 배유한의 모습은 결코 찾아볼 수 없었다.

잠든 유한의 볼을 쓸어주며 애틋한 표정을 짓던 채은이 무언가 생각에 빠진 듯 멍해 있다가 다시 옅은 미소로 그를 바라보았다.

"나는 있죠, 무조건 당신이랑 헤어질 생각만 했었어요. 사실 당신이랑 있으면 내가 항상 작아지는 기분이었어요. 항상 그랬던 것 같아. 죄지은 것도 없이 당신 눈치를 보고, 당신 행동 하나하나에 상처받고, 아픈 게 참 싫었어요. 당신이 날 사랑하지 않는 걸 알고 결혼했는데도 문득문득 당신이랑 내가 뭘 하고 있나 싶었어요. 이런 걸 바란 건 아니었는데, 점점 서로한테 아무런 의미도 될 수 없는 사람들이 되어가는 것 같았어요. 당신을 보는 것만으로도 좋았던 때도 있었는데, 이대로 가다간 그때의 나까지 미워하고 원망할까 봐 무서웠어."

결과가 어떻든 채은은 순수한 마음으로 유한을 바라보았었다. 그때의 기대감으로 지금까지의 세월을 버티고 있었다. 그런데 이상하게 버티면 버틸수록 자신이 왜 유한에게 마음을 주었나, 하는 후회를 하기 시작했다. 유한과 상관없이 그때의 그 마음은 채은에게 아주 소중한 감정이었다. 그 마음이 제 아집으로 제 인생에서 사라져야 할 순간으로 변하는 것을 원치 않았다. 그래서 서로에게 조금이라도 좋은 기억으로 남아 있을 때 얼굴을 붉히지 않고 보내주는 것이 서로에게 좋은 일일 거라 생각했었다. 그랬기에 유한의 사고 소식을 알고도 냉정히 유한을 떠나려 했고, 배 회장이 꺼낸 3개월을 받아들이면서도 유한과 헤어진 뒤의 제 생활을 고민했었다. 그런데 생각지도 못한 문제가 생기고 말았다.

"날 정말 많이 힘들게 했던 당신인데, 이제 당신만 생각하면 나한테 색시야, 부르면서 웃는 당신 모습만 떠올라요. 당신이랑 산 세월이 얼만데, 고작 3개월 만에 당신이 어떤 사람이었는지 잊어버렸어요. 내가, 웃기죠?"

웃으며 자신을 좋아한다고 말하는 유한을 잊는 건 냉정한 얼굴로 자신을 바라보던 유한을 잊는 것보다 어려울 것 같았다. 아니, 잊을 수 있을까? 두고 갈 생각에 벌써부터 코끝이 시큰한데, 과연 이 남자를 두고 갈 수 있을까? 유한의 색시야, 소리가 자신의 꿈속에서까지 나올 것 같았다.

채은이 눈물에 젖은 눈으로 자신을 바라보고 있는 걸 아는지 모르는지, 잠이 든 유한이 기분 좋은 미소를 짓고 있었다. 채은이 모로 누워 유한의 머리를 만져주었다. 부드러운 손길을 유한에게 보내면서도 채은의 눈에선 계속 눈물이 떨어져 베개를 적셨다.

"근데도 난 계속 당신 옆에 있을 자신도 없어요. 당신이 기억을 찾을 게 겁이 나서. 기억을 찾으면 당신은 다시 돌아갈 거잖아. 예전으로. 당신이 얼마나 귀여운 사람인지 알았는데 다시 바뀌면 난 어떡해? 내가 당신 옆에 있으면 나는 지금처럼 당신이 기억을 찾는 걸 막을 거고, 그러면 아버님이나, 어머님, 회사 사람들한테 몹쓸 짓이잖아. 그래서 나는 당신을 떠나야 해요."

그게 바로 자신의 현실이었다. 아들로서, 회사의 중역으로서 유한은 얼른 기억을 찾아야 하는 사람이었다. 그랬기에 이미 8살 유한에게 길든 자신은 유한에게 득이 되는 사람이 아니었다. 상황이 변해도 나는 당신에게 아무런 도움이 안 되네. 채은은 쓴웃음을 지을 수밖에 없었다.

"근데 다른 건 참을 수 있을 것도 같은데, 당신 웃는 거 못 본다고 생각하니까 좀 슬프다. 사진이라도 찍을까요?"

이혼한 부부는 합법적으로 남이 되는 것이었다. 그런데 전(前) 남편 사진을 찍어 간직할 생각을 하다니. 제가 생각해도 미련한 짓이다 싶었다. 흐르는 눈물을 주체할 수 없어진 채은이 다시 몸을 돌려 천장을 바라보았다. 하얀 천장이 흐려지다 보이기를 반복했다. 이제 자유의 시간이 눈앞에 가까이 다가와 있으니 울어서는 안 된다고 다짐하고 또 다짐하는 채은이었지만, 그런 그녀의 다짐을 비웃기라도 하듯 눈물은 하염없이 떨어졌다.

한참 눈물을 참아내던 채은이 어느 순간 잠이 들었나 보다. 암전되듯 깜깜했던 정신이 점점 돌아오기 시작했다.

"일어났어?"

눈을 뜨니, 제 팔에 머리를 기댄 그가 자신을 바라보고 있었다.

"유한 씨, 지금 몇 시예요?"

"7시 좀 넘었어. 근데 색시 눈이 개구리눈 됐어."

"네?"

울다 잠든 탓에 눈이 부은 것일까, 유한의 말에 채은이 재빨리 제 눈을 가렸다.

"배…… 배 안 고파요? 밥해줄게요."

찬물에라도 씻어야겠다는 생각으로 유한에게 밥을 해준다는 핑계를 대며 일어서려는데, 그런 채은을 유한이 안아서 다시 눕혔다.

"참을 수 있어."

"배고픈 걸 왜 참아요? 밥 먹으면 되지."

"이렇게 있는 게 더 좋으니까. 밥 먹는 거보다 색시 안고 있는 게 훨씬 좋아."

잠이 들기 전 펑펑 운 자신과 달리 유한은 이상하게 기분이 좋아 보였다.

"기분 좋은 일 있어요?"

"응, 내 꿈에 색시 나왔어. 눈 감았는데도 색시 있고, 눈 떴는데도 색시 있어서. 그래서 기분 좋아."

자신이 제 앞에 있어 기분이 좋다는 유한의 말에 채은이 슬프게 웃었다. 유한과 달리 자신은 마음이 좋지 않았다.

"내가 어떻게 나왔는데요?"

"나무 아래서 색시가 나 보면서 웃고 있었어. 아, 머리에 예쁜 꽃 꽂고."

"꽃이요? 비는 안 왔죠?"

"응, 날씨 좋았어."

헤헤. 꿈에서 맑은 웃음을 짓던 채은을 생각하는 것만으로도 좋은지 유한이 콧노래를 불렀다.

"유한 씨, 그 노래 알아요?"

"응? 무슨 노래?"

"가을 바보."

"나 모르는 노래인데?"

자살로 안타깝게 생을 마감했던 고(故) 김재현의 '가을 바보'라는 제목의 노래였다. 잔잔한 기타 선율과 김재현의 목소리를 좋아하는 채은이 김재현의 노래 중 가장 좋아하는 노래가 바로 '가을 바보'였다. 허밍으로 그 노래를 부르는 유한의 모습에 반가운 생각이 들어 물었으나, 유한은 자신이 그 노래를 부르고 있었다는 사실 또한 알지 못하는 것 같았다. 8살의 유한이 알지 못하는 곡이지만 유한의 무의식 속에 그 노래가 있는 건가 싶어 대수롭지 않게 여기며 유한의 허밍에 맞춰 고개를 흔들었다. 기분 좋은 콧노래 소리에 채은의 마음속의 어둡고 슬픈 감정들은 하나둘씩 사라져가고 있었다.

"색시 나빴어."

친구를 만나러 간다며 자신을 본가에 두고 간 채은의 행동에 유한은 잔뜩 뿔이 나 있었다. 따라가서 얌전히 말 잘 듣고, 저번 아빠 생일 때처럼 군다고 해도 채은은 끝내 자신을 이곳에 두고 갔다. 입을 삐죽 내민 유한은 채은에 대한 야속함과 혼자 남은 심심함을 달래고자 열심히 리모컨 버튼을 눌러대고 있었다. 그렇게 의미 없이 리모컨 버튼만 눌러대던 유한의 손가락이 멈췄다. 아까까지만 해도 무료하기만 하던 유한의 표정에 이채가 서리기 시작했다.

「혜진아.」

「정철 씨.」

TV 안에는 서로를 애틋한 눈빛으로 바라보고 있는 남녀가 있었다. 서로의 얼굴을 매만지며 알 수 없는 긴장감을 뿜어내는 두 사람의 모습에 유한은 자신도 모르게 침을 꼴깍 삼켰다. 그리고는 무언가 불안한 눈빛으로 제 주변을 살폈다. 다행히 집에 있던 화천댁은 빨래를 걷으러 나간 상태였다.

도대체 두 사람 사이에 무슨 일이 일어났고, 왜 저런 눈빛을 서로에게 보내는 것인지 속사정은 전혀 몰랐지만, 유한은 서로를 바라보는 연인의 표정이 점점 불타오르는 모습에 그 어느 때보다 집중하고 있었다. 이윽고 남자를 바라보던 여자의 눈이 감기고, 남자가 천천히 여자에게로 다가가기 시작했다. 그에 유한의 눈이 더할 나위 없이 커져서 깜박이지도 않고 있었다. 제 눈으로 보게 된 어른뽀뽀의 현장은 유한에게 그야말로 신세계였다. 항상 색시가 먼저 해주는 자신과 달리 TV 속에서는 남자가 먼저 다가가 적극적으로 입술을 맞댔다. 한참 카메라 앞에서 어른뽀뽀를 하던 두 사람이 소파 위로 쓰러지며 카메라 앵글에서 사라졌다. 이번엔 유한이 벌떡 몸을 일으켰다. 자신이 일어서서 위에서 내려다보면 카메라 밖으로 사라진 남녀가 무엇을 하는지 보일 것만 같았다. 하지만 역시나 그가 볼 수 있는 것은 아무것도 없었다. 어쩐지 아쉬운 마음으로 자리에 앉으려 하는데, 들리는 목소리에 화들짝 놀랐다.

"도련님, 거기 서서 뭐 하세요?"

히익! 의아한 화천댁의 물음에 불장난이라도 하다 걸린 아이처럼 당황한 유한이 손에 들린 리모컨 버튼을 눌러대기 시작했다. 채널을 옮기려 한 것인데, 소리 버튼을 눌러 거실 가득 TV 소리가 크게 울렸고, 그 소리에 놀란 유한이 고군분투 끝에 가까스로 전원 버튼을 눌러 TV 소음을 없앨 수 있었다. 갑자기 찾아온 적막함에 유한은 얼굴이 새빨개져 화천댁을 바라보았다.

"그, 그게…… 재밌는 만화가 안 해서."

"네. 그래도 TV 소리 그렇게 크게 해서 들으시면 안 돼요."

"응."

웃음을 삼킨 화천댁의 말에 유한이 얌전히 다시 소파에 앉았다. 정숙도 약속이 있다고 나간 터라 집 안에는 화천댁과 유한 단둘만 있었다.

"배고프세요?"

"아니, 괜찮아요."

얌전히 소파에 앉은 유한을 보자니, 정말 예전 유한의 모습이 보이는 것도 같아 웃음이 났다.

"됐어요. 제가 할게요."

"아니야, 나도 잘할 수 있어. 나 만날 색시도 도와줘요."

걷어 온 빨래를 정리하고 있는데, 옆에서 그 모습을 보던 유한이 화천댁을 돕는다고 나섰다.

"고마워요, 도련님. 도련님밖에 없네. 그리고 반말해도 돼요."

"안 돼요. 색시가 아주머니한테 반말하면 안 된다고 했어."

어린 시절에는 화천댁에게 반말을 했던 터라 버릇처럼 반말을 하다가도 존댓말을 해야 한다는 채은의 말이 떠오를 때면 존댓말을 썼다. 그래서 유한은 반말과 존댓말을 혼용하는 우스꽝스러운 대화법을 구사하게 되었다.

화천댁은 유한이 어렸을 때부터 이곳에서 일했기에 유한의 성장기를 봐온 사람 중 하나였다. 어린 시절 말썽쟁이에 고집쟁이긴 했어도 유한을 귀엽게 생각했던 화천댁은 전대(前代) 큰사모님께서 돌아가시고 변해버린 유한의 모습에 굉장히 안타까워하기도 했었다. 물론 나이가 먹을수록 성숙하고 의젓해져야 하는 것이 맞았지만, 유한의 경우엔 다시 태어났다고 해도 믿을 정도로 엄청난 변화를 겪었다. 돌아가시기 전 사모님은 유한에게 언제 어디서나 제 마음을 들키는 사람이 되지 말라고 하셨다. 그 말을 지킨 결과라고 생각했지만 그 유지를 너무 잘 지키다 보니 유한은 제 옆 사람에게까지 마음을 감추게 되었다. 자신조차도 그럴진대 모든 감정을 감추는 그 때문에 채은은 얼마나 답답했을까 하는 생각이 절로 들었다.

"저기, 아줌마."

"네?"

도와주겠다는 성의를 거절할 수 없어 유한과 빨래를 개던 화천댁이 유한의 부름에 유한을 바라보았다. 유한은 자신이 화천댁을 불러놓고 어떻게 말을 꺼내야 할지 모르겠다는 듯 고민에 빠진 모습이었다.

"저기요."

"네, 말씀해보세요."

"저, 기억을 잃기 전에 나는 어떤 사람이었어요?"

생각지도 못한 질문에 화천댁이 멍해지고 말았다. 어린아이처럼 철없이 뛰어다녀 별생각이 없는 줄 알았는데, 실상 그것이 아니었나 보다. 그런데 유한의 표정이 자신의 기억엔 없는 제 모습을 궁금해한다는 느낌보다는 뭔가 우울해 보였다.

"멋있는 분이셨죠. 왜요?"

"음, 색시한테 잘해줬었어요?"

"물론이죠. 그게 궁금한 거예요?"

"응. 그게…… 아빠가 그러는데, 내가 색시를 되게 많이 울렸대. 근데 있지, 색시는 나랑 있으면 되게 많이 웃어. 앞으로도 계속 웃게 해줄 건데……."

"그래서 우리 도련님이 속상하셨구나. 예전에 사모님 울렸다고 해서."

"응. 아무리 기억해보려고 해도 기억이 안 나서. 난 지금 색시가 되게 좋은데, 예전에는 안 좋아했었나 봐. 안 좋아하니까 울리지."

너무 많이 좋아해서 울릴 수도 있다는 것을 유한은 아직 모르는 것 같았다. 지금의 유한처럼 사고가 나기 전 유한도 채은에 대한 마음 하나는 컸었다. 그건 예전부터 유한을 지켜봐온 사람이기에 확신할 수 있는 사실이었다. 도대체 그 사실을 어떻게 어린 유한에게 알려주어야 할지, 화천댁은 고민에 빠졌다.

"도련님, 어쩐 일이세요?"

일에 치여 얼굴 보기도 힘든 유한이 어쩐 일로 본가에 들어섰다. 반가운 얼굴로 맞이하자, 유한도 딱딱한 표정으로 마주 인사를 했다. 본래 유한의 표정임을 알기에 기분이 나쁘지는 않았다.

"어머니는요?"

"친구분 만나러 나가셨어요. 이제 곧 오실 텐데. 큰사모님 뵈러 오셨어요?"

"아뇨. 저, 이거."

정숙이 없다는 제 말에 오히려 안심한 듯 표정이 살짝 풀린 유한이 화천댁에게 보자기에 싸인 무언가를 건넸다.

"이게 뭐예요?"

"사골인데, 어머니랑 아버지 고아드리면 좋을 거 같아서요."

"아, 네. 많이도 사셨네."

보자기를 살짝 풀자 붉은빛의 사골이 화천댁을 맞이하고 있었다.

"고아서 아주머니도 좀 가져가시고, 또……."

"네?"

"저희 집사람한테도 좀 주셨으면 해서요."

유한답지 않게 말끝을 흐린다 했더니만 원래 목적은 작은사모님에게 먹이고 싶었던 것이리라. 쌩하니, 신경을 쓰지 않는 거 같아도 제 아내를 끔찍이 생각하는 유한의 모습에 웃음이 지어졌다. 화천댁의 웃음이 쑥스러운지 유한은 고개를 돌려버렸다.

"당연히 드려야죠. 걱정하지 마세요."

"귀찮게 해드려서 죄송합니다."

사골에 얼마나 많은 정성을 들여야 하는지 알기에 송구스러운 마음이 드는 유한이었다.

"아니에요. 그러고 보니 얼마 전에 사모님 쓰러지셨다는 이야기는 들었어요."

"네, 워낙 빈혈이 심한 사람이거든요. 몸도 좀 약하고."

"그래도 남편이 이렇게 챙겨준 거 알면 좋아하시겠어요."
"아, 아뇨. 그 사람한테는 비밀로 좀 해주세요."
"왜요?"
"괜히 저 신경 쓰게 했다고 미안해할 거 같아서요. 어머니가 해주신 걸로 해주세요."
"그래도……."
"그럼 부탁드리겠습니다. 회사에 일이 있어서."
일을 하던 도중 채은에게 몸보신을 시켜줘야 할 것 같아 급하게 백화점에 가서 사 온 것이었다. 기훈에게 잠깐 나갔다 온다고 하고 나온 터라 얼른 들어가 봐야 했다. 그렇게 유한은 화천댁에게 사골을 남기고 떠났다.

"도련님이 얼마나 사모님을 좋아했는데요. 기억 잃기 전에도."
"정말? 그런데 왜 색시 울렸어?"
"음, 그건…… 도련님께서 부끄러움이 너무 많으셨거든요."
"부끄러움?"
"네, 부끄러움이 너무 많아서 사모님한테 좋아한다고 표현을 잘 안 하셨어요. 그래서 사모님은 도련님 마음을 잘 몰랐어요."
"그랬었구나. 지금은 엄청 많이 해."
"네, 지금 엄청 잘하고 계세요."
헤헤. 화천댁의 칭찬에 유한이 기쁜 듯 웃었다. 감정의 표현이란 것도 체력단련과도 같아서 오랫동안 하지 않으면 자연스럽게 그 능력은 떨어지게 마련이었다. 어린 시절 유한은 그 누구보다 애정 표현에 후한 사람이었지만 시간이 갈수록 줄어들고, 사라진 애정 표현은 훗날 그에게는 없어진 능력이 되고 말았던 것이다.

"근데 어떻게 그럴 수 있지?"

본인이 생각해도 사고가 나기 전 자신이 이해가 되지 않는 듯 유한이 고개를 갸웃거렸다. 지금 자신은 채은을 보기만 해도 웃음이 나고 기분이 좋아지는데, 어떻게 그런 감정들을 숨길 수 있었는지 알 수가 없었다. 기억을 잃기 전 자신은 지금보다 부끄러움이 많았다고 생각할 수밖에. 그래도 색시를 울리다니. 35살의 배유한, 마음에 들지 않았다.

똑똑.

"네."

"아버님."

"그래, 왔니? 앉아라."

"네. 일하시는데 방해한 거 아니죠?"

회장실에 들어온 채은이 회장실 중앙에 놓인 소파에 앉으며 살갑게 물었다.

"방해는 무슨. 우리 아가가 오는 건 언제든 환영이구나."

"영광인데요?"

채은의 너스레에 배 회장이 웃음 지었다.

"녀석도. 잠깐만 앉아 있어라. 이것만 마저 검토하고. 커피 마실래?"

"네."

배 회장이 인터폰을 통해 비서에게 채은의 커피와 자신의 차를 준비해달라 부탁하고 채은이 오기 전 보고 있던 보고서를 꼼꼼히 살피기 시작했다. 자신에게 한없이 관대한 시아버지 또한 업무에 들어가니 누구보다 냉철한 사람이 되어버렸다. 비서가 건네준 커피를 마시며 채은은 배 회장의 모습을 지켜보았다. 그런 배 회장의 모습에서 예전 유한을 보며 느꼈던 거리감이 생각나 이내 시선을 다른 쪽으로 돌려버렸다.

"오는 데 차가 막히지는 않던?"

금방 끝나지 않을 것 같았던 일을 벌써 마무리 지었는지, 멍하니 앉아 있는 채은에게 말을 건네며 소파에 앉는 배 회장이었다.

"네, 아직 퇴근 시간 전이라서요. 서류 다 검토하신 거예요? 마무리 지으셔도 되는데."

"다 끝났어. 어서 들어라."

"네, 커피 향이 참 좋아요."

"그러니? 선물받은 건데, 최고급 원두 어쩌고 하긴 하더라. 근데 난 커피는 잘 몰라서 말이야. 할아버지 입맛에 이런 차가 최고지."

배 회장이 자신이 즐겨 마시는 차가 담긴 잔을 들어 보이며 웃음 지었다.

"저도 잘은 몰라요. 유한 씨가 커피를 좋아하니까, 유한 씨 따라서 향 맡아보는 게 다인데요."

다른 건 까다롭지 않은 유한이지만 커피를 좋아하는 탓에 항상 맛이 깊은 브랜드의 커피를 즐겨 마시곤 했다. 사고 후 기억을 잃었어도 그 입맛만은 남아 있던지, 채은에게 부탁해 매일 한 잔씩 커피를 마시는 유한이었다. 커피 마시는 모습 자체는 유한과 어울렸지만, 좋아하는 프로그램을 보며 진지한 얼굴로 커피를 홀짝이는 유한은 보고 있자면 슬며시 웃음이 나곤 했다.

"나는 잘 안 마시니, 가기 전에 가져가거라."

"아니에요, 괜찮아요. 저, 아버님."

"응?"

"오늘 부르신 용건, 여쭤봐도 돼요?"

배 회장과 이런저런 이야기를 나누고 있었지만, 채은의 관심은 온통 오늘 배 회장이 하고자 하는 이야기에 쏠려 있었다. 마음을 다잡고 왔는데도 이상하게 계속 긴장이 되었다.

"그래, 이야기해야지."

이야기를 시작하려는 배 회장의 얼굴 또한 채은과 마찬가지로 굳어졌다. 어떤 식으로 꺼내야 하는지 감이 잡히지 않았다.

"시간이 참 빠르구나. 벌써 3개월이 다 되다니, 그동안 힘들었지? 말 안 듣는 녀석 보느라."

"기억이 없다 뿐이지, 어린애는 아니잖아요. 혼자서도 할 건 다 해요."

채은이 홀가분하다는 표정을 짓고 있지 않는 것에 기대를 걸어봐야 하나. 지금부터 할 이야기가 유한을 떠나겠다 마음먹은 채은에게 얼마나 커다란 부담으로 작용할 줄 알았기에 배 회장은 고민에 빠졌다. 솔직한 심정으로는 그 부담에 계속 유한의 옆에 있어줬으면 싶었지만, 제 말을 듣고도 떠날 마음이 변치 않는다면 괜히 떠날 아이를 붙들고 커다란 짐을 주는 건 아닌가 싶어 걱정스러운 생각도 들었다.

"일단 김 변호사한테 이혼 수속 밟을 수 있도록 말해놓았으니, 조만간 연락이 있을 거다."

"네, 저 때문에 번거로우시겠네요."

"번거롭기는, 아니다."

고개를 저은 배 회장이 아무런 말도 하지 않고 있다가 불쑥 채은에게 물었다.

"유한이랑 지내는 게 많이 힘들었니?"

생각지도 못한 질문을 들은 듯 잠시 멍해 있던 채은이 조심스럽게 입을 떼었다. 자신의 시아버지였지만 자신의 투정 같은 말도 다 받아들여줄 것 같은 배 회장의 모습에 용기를 낸 것이었다.

"사실은요, 아버님. 괜찮을 거라고 생각했는데, 유한 씨는 같이 있어도 항상 멀리 있는 사람 같았어요. 기다리는 건 자신 있었는데, 아무리 기다려도 유한 씨가 저한테 다가올 것 같지 않았어요."

'그럼 네가 다가가면 되지 않았겠니?'라고 물어보고 싶었지만, 배 회장은 그 말을 하지 않았다. 제 아들의 무심한 표정을 보노라면 아비인 자신도 불편했는데 며느리는 어쨌을까 싶은 생각이었다. 그래도 같은 이불 덮고 여생을 보낼 사람인데, 한 번쯤 용기를 내보았으면 좋았을 텐데 하는 아쉬움이 생겼다.

"그래."

"죄송해요. 좋은 모습 못 보여드려서."

고개를 숙인 채은이 제 손에 들린 커피 잔을 만지작거렸다. 어른 얼굴 뵙는 것이 면구스러웠다.

"네가 죄송할 게 무에 있어. 그런 결정이 쉬웠던 것도 아닐 거고. 너도, 유한이 녀석도 많이 힘들었겠지. 근데 사실은 말이다, 사고가 나기 전에 유한이 녀석이 나를 찾아온 적이 있었단다."

"……네?"

"다짜고짜 찾아와서 한다는 말이 좀 쉬고 싶다고 하지 뭐냐."

업무상 일이 아니면 자신을 찾아오지도 않던 아들이 자신을 찾아와 휴가를 달라고 했을 때 얼마나 황당했던가. 당시 일을 생각하며 배 회장이 헛웃음을 짓고 말았다. 그런 배 회장과 달리 배 회장의 말을 듣는 채은의 얼굴에 의아함이 떠올랐다.

"갑자기 왜……."

사고가 나기 며칠 전이라면 자신이 이혼하자고 덤빌 때였다. 그런 상황에서 휴가를 달라고 했다니. 그 지독한 일벌레 배유한이 말이다. 같이 살 붙이고 산 세월이 얼마인데도 유한의 마음을 도저히 읽을 수 없었다.

"네가 요즘 답답해하는 것 같아서 같이 여행을 가거나 시간을 보내고 싶다고. 결혼하고 제대로 시간 보내준 적도 없으니, 이제라도 남편 노릇을 하고 싶다고 그리 말하더구나."

이어지는 배 회장의 말이 믿기지 않는다는 듯 채은의 눈이 커졌다.

"그 녀석도 본인이 너한테 무심했던 걸 깨달은 모양인 거 같더구나. 같이 시간 보내면서, 할 수 있다면 아이를 갖고 싶다고. 네 몸이 약해서 망설였는데, 자신이 옆에 있으면서 돌봐주면 괜찮을 것 같으니 자기한테 휴가가 필요할 것 같다고 했었단다. 그 녀석답지 않은 말도 그렇고, 그 말을 하는 표정도 어두워 보여서 무슨 일이 생겼나 싶었지."

처음 휴가를 달라 유한이 자신을 찾아왔을 때부터 어렴풋하게 안 좋은 예감은 가지고 있었다. 하지만 유한에게 제대로 된 설명을 듣기도 전에 유한은 사고를 당했고, 자신이 했던 모든 말과 결심을 잊었다. 사고가 나지 않고 유한이 채은과 대화할 시간이 있었다면 아들 내외의 생활이 바뀔 수 있었을까. 일어나지 않는 일에 대한 가정을 좋아하지 않지만 엇갈린 채은과 유한을 보자니 안타까운 마음이 들었다. 제 말이 여전히 믿기 힘들다는 표정을 짓는 며느리의 모습에 작은 한숨을 내쉰 배 회장이 드디어 본 용건을 꺼냈다.

"사실 이걸 너한테 줘도 될지 안 될지 고민을 많이 했단다. 이혼 앞둔 너한테 이미 늦은 이야기를 해준다거나 그걸 줘봤자 달라질 것도 없이 괜히 네 마음만 무겁게 할 것 같았거든."

떠날 자신에게 부담을 줄지도 모른다는 배 회장의 말에도 채은의 얼굴에 궁금증이 떠올랐다. 방금 들은 믿을 수 없는 배 회장의 말처럼, 배 회장이 자신에게 줄 것 또한 예상할 수도 없었다. 무엇이든 봐서는 안 될 것 같은 초조함과 배 회장이 건넬 무언가에 대한 기대감이 실타래처럼 엉켰다. 배 회장 또한 말을 하면서도 자신의 행동이 잘하는 것인지 의구심이 드는 듯 연신 고민하는 모양새였다.

"지금도 너한테 이걸 보여주는 게 잘하는 짓인지 모르겠다. 그래도 부모의 이기적인 마음이기도 하고, 네가 유한이 마음을 몰라서 힘들었다고 하니……."

그런 고민을 하면서도 앞서 생각하게 되는 건 역시나 제 아들의 마음이었다. 자신의 며느리가 힘들었던 것은 제 남편의 마음에 대한 확신이 없어서였으니, 그것을 보여주면 아내 이 여사의 말대로 채은의 마음이 바뀔지도 몰랐다. 드디어 마음을 굳히고 자리에서 일어선 배 회장이 제 책상 서랍을 열어 채은에게 줄 것을 가져왔다.

"이게, 뭐예요, 아버님?"

배 회장이 테이블에 올려놓은 것은 검은 가죽 지갑과 작은 상자였다.

"한번 열어보렴. 네 거야."

제 물음에 대답은 하지 않은 채 배 회장이 상자를 열어보라 채근하자 채은이 조심히 눈앞의 상자를 들어 올렸다. 쥬얼리숍 브랜드 로고가 찍혀 있는, 리본이 달린 귀여운 상자였는데, 어딘가 충격을 받은 듯 상자 윗부분이 찌그러져 있었다. 이 상자가 뜻하는 바를 알 수 없어 채은은 조심히 상자를 열었고, 그 안의 내용물에 눈이 커지고 말았다.

상자 안에 든 건 같은 디자인이지만 크기만 다른 2개의 반지였다. 가느다란 링에 작은 다이아몬드가 박힌 아주 심플한 반지에 채은이 넋을 잃었다. 가만히 반지들을 들여다보던 채은이 천천히 반지 하나를 집어 들었다. 배 회장에게 이것이 무엇이냐 물을 필요도 없었다.

<YH CE>

반지 안쪽엔 유한과 채은의 이니셜이 새겨져 있었다. 반지를 살펴보던 채은이 망설이는 듯하다가 조심스럽게 반지를 자신의 손에 끼워보았다. 마치 맞추기라도 한 듯 꼭 맞았다.

"사고 나던 날 양복 주머니에 있었다고 하는구나. 아마 너한테 전해주러 가던 길에 사고가 난 모양이야. 민 실장 말이 그날은 이상하게 정 기사도 쉬라고 했다더구나. 반지를 사서 너한테 가려고 했었나 봐."

사고가 나고 병원 측에서 건네받은 옷가지와 함께 있던 물품 중 하나였다. 사고 날 입었던 옷은 처리했지만, 깨어난 유한이 채은에게 전해줘야 할 물건이기에 가지고 있다가 채은이 이혼을 하겠다고 나서는 바람에 더 전해줄 수 없게 돼버려 지금까지 가지고 있던 것이었다.

"유한 씨가 정말."

"그래, 너 주려고 준비한 거야."

배 회장의 말을 들으면서도, 제 눈앞에 반지가 있음에도 채은은 믿을 수 없었다. 도대체 당신이란 사람은…….

"뭐 하고 있어?"

결혼하고 얼마 되지 않아, 욕실에서 씻고 나온 유한은 욕실 앞에서 뭐 마려운 강아지처럼 서 있는 채은을 보고 놀란 눈을 했다. 유한의 질문을 듣지 못한 건지, 유한이 나오자마자 채은은 급하게 욕실로 들어가버렸다. 그 모습을 본 유한은 고개를 갸웃거렸다. 왜 저래?

"씻기 전에 결혼반지 벗어두고 잊어버리고 그냥 나온 거예요. 혹시 어디 떨어졌을까 봐 놀라서요."

유한의 밥을 챙기며 아까 욕실 앞에서의 일이 민망한 듯 변명하는 채은이었다. 채은의 말에 유한은 작게 고개를 끄덕였다. 혹시 반지를 소홀히 관리한다고 화를 낼까 걱정되어 유한을 바라보니, 역시나 유한은 별다른 표정은 짓고 있지 않았다.

"사실 결혼하기 전에 액세서리 같은 걸 잘 안 하다가 끼고 다니려니까 아직 적응이 안 됐나 봐요. 불편, 한 것 같기도 하고."

유한의 무표정을 깨보자는 생각에 조심히 결혼반지가 불편하다며 유한의 심기를 건드리는 말도 해보았으나, 유한은 슬쩍 채은 손에 있는 반지를 바라볼 뿐이었다.

"그럼 끼고 다니지 말든가."

"네?"

"불편하다며. 꼭 끼고 다닐 필요 있어? 반지 안 낀다고 아가씨 행세하고 다닐 거 아니잖아?"

"그건 그렇지만……. 당신도 끼고 다니는데, 전 안 끼고 다니면 그렇지 않겠어요?"

"그럼 같이 끼지 말든지. 불편해 보이기는 하네."

여자들이 좋아한다고 해서 고른 반지긴 했지만 유한 제가 봐도 불편해 보이기는 했다. 채은이 반지를 안 낀다고 해서 결혼한 사실을 숨기고 다닐 사람도 아니고, 결혼한 사실이 없어지는 것도 아니니 굳이 불편하다면 끼고 다니지 않아도 상관없다고 생각했다. 하지만 채은은 자신과 생각이 다른지 표정이 굳어졌다.

"그래도 결혼했다는 증표잖아요. 그렇게 쉽게……."

끼지 말라는 소리를 해요, 하고 따지고 싶었으나, 제 서운함을 이해하지 못하는 유한을 보자니 그런 말도 나오지 않았다. 자신과의 결혼을 유한이 어떻게 받아들이고 있는지 새삼 불안했다.

"나는 그냥 당신이 불편하다니까, 알았어. 그거 꼭 끼고 다녀. 잃어버리지 말고. 아니면 나중에 간소한 걸로 하나 사든가. 결혼반지 대신해서 끼게."

"뭐가 됐든, 반지는 절대 빼면 안 돼요."

빼면 가만 안 둔다는 눈초리의 채은을 보고 기가 막힌다는 듯 웃은 유한이 알겠다며 고개를 끄덕였다. 유한이 고개를 끄덕이는 것을 확인한 채은이 분한 듯 입안 한가득 밥을 넣었다. 저렇게 여자 마음을 몰라서야 앞으로 마음고생이 심하겠다……. 그 순간 그런 생각을 했었다.

옛일을 떠올리며 채은은 손에 끼워진 반지를 이리저리 만져보았다. 현재 채은의 손에 유한과의 결혼반지는 끼워져 있지 않았다. 이혼을 결심한 순간 결혼반지는 화장대 서랍 안쪽에 넣어둔 상태였다. 유한이 병원에서 누워 있던 동안 채은이 유한의 반지를 빼버린 탓에 지금의 유한 또한 결혼반지는 끼고 있지 않은 상태였다. 그리고 유한은 기억이 사라져 제 손에 반지가 있었는지 없었는지도 모르고 있었다.

그러다 반지에 팔려 인지하지 못했던 또 다른 물건이 채은의 눈에 들어왔다. 그 물건은 채은 또한 알고 있는 물건이었다. 유한의 지갑. 사고가 나기 전까지 유한이 쓰던 지갑으로 자신이 선물로 주었던 지갑이었다. 저 지갑 안에 무엇이 있는 것인지, 약간의 설렘, 약간의 걱정을 담아 지갑 쪽으로 손을 뻗었다.

"아버님, 유한 씨 정말 나쁜 사람이에요."

"내가 봐도 그렇구나."

제 아들을 욕하는 며느리를 보면서도 오히려 편을 들어주는 배회장이었다. 지갑을 펼친 채은의 손이 가늘게 떨리고 있었다. 채은의 눈에 비친 것은 아마 채은 본인의 사진일 거다. 어디서 구한 건지, 결혼하기 전으로 보이는 채은이 밝은 미소를 짓고 찍은 사진이 유한의 지갑, 그것도 지갑을 열면 바로 보이는 곳에 자리하고 있었다.

사고 후 병원 측에서 건네준 반지와 지갑을 받고 얼마나 놀랐는지 몰랐다. 설마하니 유한이 지갑에 제 아내의 사진을 넣고 다니는 팔불출 짓을 할 것으로는 생각지 못한 탓이었다. 게다가 반지라니, 제가 알던 아들과는 전혀 어울리지 않는 것들이었다. 자신의 며느리 또한 자신과 생각이 같았던지, 제 눈앞에 유한의 물건을 두고도 믿지 못하는 것 같았다. 자신들이야 유한이 뒤에서 채은을 챙기는 모습을 보기라도 했지만 채은의 경우 그런 모습을 일절 볼 수 없었으니 더 놀랐으리라. 아들 일이라도 부부지간의 일이라 관망했던 것이 새삼 후회가 되기 시작했다.

"유한이 녀석 안 그런 척해도 널 엄청 챙겼단다. 너 몸 약하다고 네 시어머니 나가는 모임 자리는 일절 못 가게 하고, 너 불편해한다고 가족 모임 같은 것도 잘 참여 안 하려고 하고. 나중에는 아예 혼자 오기도 하더구나."

"유한 씨…… 가요?"

예의가 없는 행동임이 알면서도 채은이 믿을 수 없다는 듯 되물었다. 생각해보니 큰 행사가 있을 때를 제외하고는 유한은 거의 모든 가족 모임에 자신을 두고 혼자 참석하곤 했었다. 수한이나 진화를 만날 생각을 하면 가족 모임에 나가는 것이 불편하기도 했지만 자신에게 아무런 말도 없이 모임에 참석하고, 나중에 다른 사람을 통해 그 소식을 알게 되면 얼마나 자존심이 상하고 마음이 버석거렸는지 몰랐다. 하지만 그 모든 것이 자신을 생각한 유한의 배려였다. 자기 일 이외에 집안일에는 전혀 관여하지 않는 유한이 자신을 위해 이 여사에게 자신을 모임을 데려가지 말라 부탁을 하고, 자신이 불편할까 봐 가족 모임도 잘 참석하지 않았다는 사실을 처음 알게 된 채은은 갑자기 머리가 멍해짐을 느꼈다.

항상 자신보다 일이 먼저라 생각했던 남편의 휴가 계획, 이혼을 하자고 한 자신을 위해 산 반지, 언제나 지니고 다녔던 사진, 이제껏 알지 못했던 유한의 배려. 그랬던 사람이 어째서 그 배려의 수혜자인 자신에게는 그런 마음을 보여주지 않고 그렇게도 자신을 외롭게 한 것인지. 멍해진 머리는 고마운 감정보다는 원망하는 마음을 먼저 떠올리고 있었다. 그리고 그런 분한 마음 때문인지 채은의 눈에선 눈물이 흐르기 시작했다.

"널 생각하면 이것들은 중간에서 우리가 처리해야 했겠지만, 차마 그럴 수가 없더구나. 네 마음을 무겁게 한 것 같아 미안하지만, 아무리 생각해도 유한이 마음이 안타까워서 말이야. 미안하구나. 원래 네 것이었으니, 네가 어떻게 처분하든 우리는 신경 쓰지 않으마."

싫으면 냉정히 내다 버리라는 말이었다. 이제까지 자신의 마음고생을 생각하면 당장 버려도 억울하지 않을 것 같았다. 하지만 채은은 그럴 수 없었다. 이 반지를 끼고 있는 순간에도 유한에 대한 원망이 떠오르고 있음에도 채은은 자신의 손에 끼워진 반지를 빼버릴 수 없었다. 오히려 반지가 어디로 날아가기라도 할 듯 반지가 끼워진 제 손을 꼭 안았다. 젖은 눈으로 제 손을 꼭 잡은 자신을 지갑 속 채은이 바라보고 있었다. 아무 걱정 없는 밝은 웃음과 함께.

모든 용건을 전한 배 회장이 이르지만 저녁을 먹자며 채은을 붙잡았다. 하지만 채은은 눈물, 콧물을 보이며 어른 앞에서 보인 추태가 창피하여 끝내 청을 거절하고 회장실에서 나왔다. 가는 길에 본가에 있는 유한을 데려가고 싶었지만 그쪽으로 발이 떨어지지 않았다. 유한의 얼굴을 본 순간 아무것도 모르는 유한에게 무슨 말을 퍼부을지, 무슨 짓을 할지 확신할 수 없어서였다. 자신의 패악을 감당하기에 지금의 유한은 너무 어리다는 사실이 채은을 제어하고 있었다.

집에 도착한 채은이 아파트 엘리베이터에 몸을 실었다. 엘리베이터 문에 비친 제 모습에 피식 웃음이 났다.

"개구리네."

너무 많은 눈물을 흘려 부어버린 제 얼굴을 보며 떠오른 동물이었다. 제 모습을 보며 웃어버릴 유한의 모습까지 차례로 떠올랐다. 아직도 채은의 손에 유한이 준비한 반지가 끼워져 있었다.

"당신도, 나도 8살 유한 씨보다 못하다."

누구보다 서로를 생각했음에도 서로에게 제 감정을 숨기기 바빴던 자신들의 과거에 대한 후회의 말이었다. 온몸으로 제 감정을 표현하는 8살 유한을 보기 부끄러워질 정도로 자신과 어른 유한은 바보 같았다.

띵!

그렇게 과거의 자신과 어른 유한을 향해 자조 섞인 웃음을 보내고 있는데, 채은이 누른 층수에 도착했다는 엘리베이터의 신호가 울리고, 열리는 문틈으로 보이는 모습에 채은의 눈이 커졌다.

"색시야!"

엘리베이터 앞에는 밝은 얼굴의 유한이 채은을 바라보고 있었다. 생각지도 못한 유한의 등장에 채은의 온몸이 굳어버렸다.

"색시 보고 싶어서, 여기서 기다리고 있었어. 나 잘했지?"

굳은 채은을 눈치채지 못한 유한이 연신 방글거리는 얼굴로 채은을 맞이했다. 본가에서 들은 화천댁의 이야기에 갑자기 채은이 너무 보고 싶어진 유한이 화천댁을 졸라 집으로 돌아와서 채은을 놀라게 해줄 생각으로 채은에게 연락하고 싶은 마음도 꾹 참고, 문 앞에서 채은을 기다리고 있었던 것이었다. 역시나 제 행동에 놀랐는지 그녀는 아무런 말도 하지 못하고 자신을 바라볼 뿐이었다.

채은을 놀라게 해줬다는 생각에 마냥 즐거워하던 유한이 고개를 갸웃거렸다. 자신을 바라보는 채은의 표정이 이상하다는 것을 드디어 발견한 것이었다. 순간 덜컥이는 심장을 느끼며 엘리베이터 안으로 들어가려는데, 엘리베이터 문이 냉정히 닫혔다.

"어?"

스르르 채은을 가둬버린 엘리베이터에 당황하다 정신을 차리고 엘리베이터 버튼을 눌렀다. 이윽고 문이 다시 열리고 그곳에 여전히 채은이 서 있었다. 그런데…….

"색시야, 왜 울어!"

채은을 놀래주려다가 되레 본인이 더 놀라 채은을 엘리베이터 밖으로 끌어당기는 유한이었다. 힘없는 인형처럼 그의 힘으로 엘리베이터에서 탈출한 채은이 몸까지 떨며 눈물을 흘리기 시작했다. 그에 더없이 놀란 유한이 채은을 보며 안절부절못하기 시작했다.

"색시야, 많이 놀랐어? 미안해."

갑작스러운 자신의 등장에 채은이 놀라 그런 것으로 생각하는 유한이었다.

"울지 마."

본인도 울 것 같은 얼굴로 유한이 조심히 채은을 안아주었다. 자신에게 맞춘 듯 폭 안기는 채은이 그렇게나 좋을 수 없었는데, 제 품에서 눈물을 흘리는 채은을 보자니 제 마음도 너무 아픈 유한이었다. 어린아이처럼 눈물을 터트린 채은이 자신을 안은 유한의 허리를 마주 안으며, 작은 주먹으로 유한의 등을 통통 때리기 시작했다. 유한을 보자마자 성질을 부릴 거로 생각했던 것과 달리 유한을 보자마자 차오르는 건 눈물이었다. 자신을 보며 웃는 유한의 모습에 쌓아두었던 원망이 눈물로 터져 나와버렸다. 그렇게 터져 나온 묵은 원망은 쉽게 그치질 않았고, 유한은 그런 채은의 원망을 받아주었다. 묵은 감정의 종말이었다.

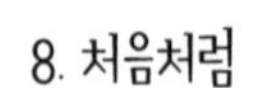

# 8. 처음처럼

"색시야, 괜찮아?"

집을 눈앞에 두고 한참을 복도에 서서 울다, 한참 뒤에야 두 사람은 집 안으로 들어올 수 있었다. 탈진이라도 할 것처럼 많은 눈물을 쏟아낸 채은을 방 안 침대에 앉힌 유한이 걱정스러운 얼굴로 채은의 다리맡에 무릎을 굽히고 앉아 채은을 올려다보고 있었다. 아무런 말도 하지 않는 채은이 불안한 듯, 유한이 무릎 위에 있는 그녀의 손을 잡았다. 채은이 쏟아낸 많은 양의 눈물로 보아 자신이 놀라게 해서 운 것은 아닌 것 같았다.

"물 더 갖다 줄까?"

유한의 말에 채은이 고개를 저었다. 불안한 마음을 감추고 싶은 듯 유한이 연신 채은의 손을 만지작거렸다. 채은이 아무 말도 하지 않았음에도 유한은 크나큰 잘못이라도 한 듯 풀이 죽은 모습이었다.

"혹시, 나 때문에 운 거야?"

자신의 얼굴을 보자마자 터트린 채은의 눈물의 원인이 아무리 생각해도 자신인 것 같았다. 색시의 말을 안 듣고 자신이 집에 먼저 온 것 때문에 화가 난 것도 같고, 저번에 채소 안 먹는다고 짜증 내서인 것도 같고……. 헤아려보니, 자신이 채은의 속을 상하게 한 것이 너무 많아 시무룩해지고 말았다.

"……지금 유한 씨 말고, 예전 유한 씨 때문에요."

무슨 생각을 하는지 말을 하지 않은 채였던 채은의 입이 드디어 열렸다. 하지만 예전 유한이 아닌 지금 유한은 채은의 말을 알아들을 수 없어 고개를 갸웃거려야 했다.

"예전의 나?"

화천댁 아주머니는 기억을 잃기 전 자신이 나쁜 사람은 아니라고 했지만, 색시를 울린 것으로 보아 예전에 자신은 나쁜 사람임이 틀림없었다. 예전이든 지금이든 자신이 채은을 울렸다는 사실에 의기소침해진 유한이 고개를 절로 숙였다. 어떻게 하면 채은의 기분을 풀어줄 수 있을까. 심각하게 고민하던 유한의 머리를 순간 스치고 지나는 장면 하나가 있었다. 그거라면 색시의 기분을 풀어줄 수 있겠다 싶었다.

"색시야."

갑작스럽게 무릎을 굽히고 앉아 있던 유한이 몸을 일으키며 채은의 옆에 앉았다. 끔벅끔벅. 채은을 가만히 바라보던 유한이 꼴깍 하고 침을 삼킨 뒤, 천천히 손을 들어 그녀의 머리를 귀 뒤로 넘겨주었다.

유한의 행동에 채은의 얼굴에 의아함이 떠올랐지만, 어린 유한답지 않게 진해진 눈빛에 채은은 말을 잃고 말았다. 제 기분과 상관없이 두방망이질을 해대는 심장 소리에 채은은 당황할 뿐이었다. 그런 채은을 모르는 듯 유한이 진지한 눈빛과 부드러운 손길로 채은의 머리를 넘겨주고, 나긋한 움직임으로 채은의 얼굴을 쓰다듬었다. 묘하게 무거워진 분위기에 채은의 눈빛이 흔들리는데, 그런 채은을 보던 유한이 천천히, 그리고 자연스럽게 채은 쪽으로 다가오기 시작했다. 이상했다. 아까까지 분명 자신의 울음에 안절부절못하던 어린아이였는데, 그새에 그 어린아이가 사라지고 채은의 심장을 떨리게 하는 남자만이 남아 있었다. 다가오는 유한의 얼굴에 채은이 작은 목소리로 그를 불렀다.

"유한…… 씨."

'이다음에 어떻게 했더라.'

하지만 유한은 채은에게 먼저 다가간 긴장으로 그렇게도 좋아하는 그녀의 목소리를 들을 수 없었다. 지금 이 순간 그는 오늘 낮에 본 텔레비전 속 장면을 기억해내느라 몹시 바쁜 상태였다. 오늘 TV에서 보았던 어른뽀뽀, 지금 그것을 채은에게 해줄 생각이었다. 채은이 어른뽀뽀를 해주면 자신의 기분이 좋아지는 것처럼, 자신이 채은에게 뽀뽀를 해주면 분명 채은의 기분도 좋아질 것 같았다. 텔레비전의 형아는 아주 자연스럽게 다가가서 입을 맞췄는데, 자신이 그 형처럼 하려니 부끄러워서 생각만큼 몸이 따라주지 않았다. 하지만 이미 제 앞에 채은의 귀여운 입술이 있는데, 이대로 물러서고 싶지 않았다. 어느새 채은을 위한 어른 뽀뽀에 잔뜩 사심을 집어넣은 유한이 용기를 내어 채은의 입술 앞으로 바짝 다가갔다.

"내가 너무 부끄러움이 많아서 미안."

부끄러움이 많아 색시를 울렸다던 사고 전 자신 대신 사과를 한 유한이 두 눈을 꼭 감고, 채은의 입술에 자신의 입술을 붙였다. 큰 용기를 내어 입술을 맞대긴 했지만, 또다시 그다음이 문제였다. 입술이 닿은 것만으로도 유한은 제 심장 소리가 울리는 것이 고스란히 느껴졌다. 이대로 떼어버릴까도 싶었지만, 색시의 기분을 좋게 하기 위해서는 이대로 멈춰서는 안 된다고 본인 마음대로 생각한 유한이 이번엔 TV 속 형아가 아니라 채은이 어떻게 했는지를 떠올렸다.

채은이 자신에게 했던 것처럼 유한이 맞닿은 채은의 아랫입술을 조심스럽게 빨아들였다. 그 말랑한 감촉에 온몸에서 열이 화끈 달아올랐다. 뜨거워지는 제 몸을 무시하며 양손으로 채은의 얼굴을 감싼 유한이 간지러울 정도로 채은의 입술을 핥다가 조금씩 제 혀를 채은의 입안으로 집어넣었다. 유한의 행동에 놀라 굳어버린 채은이지만, 제지하지 않았기에 그의 혀는 어려움 없이 목적지에 다다를 수 있었다. 채은의 여린 살을 느끼자마자 아래서부터 거센 열이 치솟았다. 하지만 유한은 멈추지 않고 채은의 입안 구석구석을 헤집었다.

본능처럼 자신의 가지런한 치열을 쓸고 제 혀를 감싸는 유한의 움직임에 굳어 있던 채은도 마침내 적극적으로 유한을 맞이하기 시작했다. 점점 진해지는 키스에 서로의 타액을 마시고, 갈증을 해소하듯 서로의 입술을 빨아들였다. 두 개의 여린 살이 만나고 입술이 맞닿는 차진 소리와 신음이 한데 엉켰다. 지금 자신에게 키스를 하고 있는 남자는 기억을 잃은 어린아이가 아닌 자신의 남편이었다. 자신을 참 많이 속상하게 했지만 누구보다 자신을 생각해주던 사람. 그리고 그 마음을 이제야 들켜버린 바보 같은 사람이었다.

"'채은아'라고 불러봐요."

깊은 키스로 가쁜 숨을 내쉰 채은이 어느새 뜨거운 기운을 내뿜으며 자신의 몸 위에 올라타 자신을 내려다보고 있는 유한에게 말했다. 갑작스러운 요구에 그녀의 생각을 알 수 없는 유한의 얼굴에는 의아함이 떠올랐다.

"기억을 잃기 전에 유한 씨가 나를 그렇게 불러주면 기분이 좋았거든요."

그 의아함을 풀어주려는 듯 채은이 말했다. 채은이 기억을 잃기 전 자신에 대해 이야기한 것은 오늘이 처음이었다.

"내가 원래 색시를 그렇게 불렀어?"

그리고 처음으로 채은에게 묻는 기억을 잃기 전 자신의 모습. 자신은 채은에게 어떤 모습으로 기억되고 있는 걸까. 채은을 다정하게 부르는 자신을 상상하며 한 물음이었지만, 채은이 단호하게 고개를 저었다.

"아뇨."

어른 유한은 언제나 딱딱한 목소리로 성을 포함한 채은의 이름을 부르곤 했었다. 마치 초등학생 아이가 좋아하는 마음을 숨기려고 일부러 무뚝뚝하게 구는 것처럼. 부끄러움이 많아서 그랬다는 지금 유한의 말을 적용해보자면 말이다.

"그럼 내가 언제 그렇게 불렀는데?"

단호한 채은의 대답에 왠지 모르게 기운이 빠진 유한이 물었다. 분명 '채은아'라고 불러주면 기분이 좋았다고 말했으면서 원래 자신은 채은을 그렇게 부르지 않았다고 한다. 앞뒤가 맞지 않는 말에 궁금증이 생겨나는 것도 무리는 아니었다. 대답을 기다리는 그를 알면서도 채은은 그저 싱긋 미소를 지을 뿐이었다.

답답함에 대답을 채근하려던 유한의 눈이 갑작스럽게 느껴지는 부드러움에 커졌다. 아무 말 없이 미소만 짓고 있던 채은의 가느다란 손이 그의 얼굴을 부드럽게 감쌌다. 반듯한 이마, 오뚝한 콧날을 지나 입술로 이어지는 그 손길에 채은 위로 쓰러지지 않도록 지탱하고 있는 팔에 힘을 주었다. 한순간도 시선을 떼지 않은 채 자신을 올려다보는 채은의 눈동자에 야릇한 열망이 자리한 것을 감지한 것도 그 순간이었다. 천둥이 치던 날, 채은을 몰래 훔쳐보던 때처럼 꼴깍하고 침이 삼켜졌다. 조금 전 채은과 어른뽀뽀를 했을 때 느껴졌던 열감이 다시 피어올랐다.

"유한 씨가 언제 나를 그렇게 불렀냐면요……."

느른한 목소리로 말하며 채은이 천천히 유한을 자신 쪽으로 이끌었다. 이제는 숨겨지지도 않고, 숨길 생각도 없는 마음이었다. 그리고 그것은 유한도 마찬가지인 것 같았다. 다정하게 채은의 머리카락을 쥐었다가 부푼 채은의 입술을 톡톡 만져보았다. 지금 그의 눈은 완전한 남자의 눈이었다. 사랑하는 여자를 안고 싶은 마음을 감추지 못한 날것의 눈빛. 채은의 입에서 나오길 기대했던 대답은 필요 없었다. 본능처럼 알 수 있었다. 그 질문에 대한 답.

"채은아."

나직한 목소리로 유한이 채은을 부르며 채은의 입술을 훔쳤다. 이 순간, 이 공간에는 아무것도, 아무도 없었다. 오직 유한과 채은뿐이었다.

별도 숨은 까만 밤이었다. 웬일로 일찍 퇴근을 한 그가 언제나 그랬던 것처럼 서재 문을 닫고 채은과의 단절을 선언하는 대신 채은의 작은 몸을 자신 쪽으로 끌어당겼다.

"하아……."

아프지 않게 제 가슴을 움켜쥐는 힘에 채은의 입에서는 야릇한 신음이 새어 나왔다. 거기에 그치지 않고 채은의 하얀 살갗에 닿은 입술이 채은의 입술을 거쳐 천천히 아래로 내려왔다. 채은의 여린 몸에 닿는 그의 손길은 느릿하기만 했다. 부드럽게 이동한 그의 입술이 채은의 부푼 가슴 위 정점을 베어 물었을 때 안달이 난 채은이 유한을 불렀다.

"유, 유한 씨……."

채은의 끊어질 듯한 부름에 그가 채은에게 닿아 있던 손을 떼고 물었다.

"아파?"

얼굴이 붉게 변한 그녀는 아니라는 대답 대신 고개를 저으며 베개에 얼굴을 묻어버렸다. 오히려 그 반대였다. 그가 자신을 자극하며 강하게 몰고 갔으면 하는 마음. 하지만 자신이 그런 마음을 그에게 드러내면 그가 자신을 어떻게 생각할지 걱정되어 절대 밝힐 수 없는 마음이기도 했다. 누군가는 부부 사이에 그런 마음이 드러내는 게 뭐가 부끄럽냐고 할 수 있겠지만, 채은은 제 남편인 유한이기에 그 앞에서 제 열망을 보일 수가 없었다.

유한은 본능에 충실해지는 이 순간조차도 스스로를 절제하고 제어하며 채은을 대했다. 건조하다고까지는 할 수 없지만 자신을 안는 상황에서도 유한은 감정을 표출하며 격렬해지거나 거센 충동을 보이지 않았다. 몸을 섞는 그 순간에도 두 사람 사이엔 벽이 존재했다. 물론 배려라고도 볼 수 있는 그의 절제가 자신을 아껴주고 있는 것 같아 신혼 때는 고맙게 여긴 적도 있었다. 하지만 시간이 흘러도 변하지 않는 그런 조심스러움에 채은은 불편함을 느꼈고, 종래에는 의무감으로 자신을 안는 건 아닐까 하는 생각에 비참하고 서운한 기분까지 느끼고 있었다. 그러면서도 그의 손길에 반응하는 자신이 밝히는 여자처럼 느껴져 수치스럽다는 생각마저 했다.

역시나 오늘도 그런 채은의 마음을 알 리 없는 그는 괜찮다고 하는 채은의 반응에 안심한 듯 그녀의 입술에 짧은 키스를 하며 다시 몸을 움직였다. 혹시나 그녀가 아플까 봐 그녀에게 닿는 그의 손길 하나 움직임 하나하나는 신중하기까지 했다. 그렇게 공들인 제 애무에 점점 달아오르는 그녀를 느꼈다. 자신의 몸에서도 채은의 몸에서도 열기가 피어오르고 있음을 감지한 그가 드디어 채은의 안으로 전진해 들어갔다. 아까부터 그녀를 품고 싶어 아우성이었던 제 남성을 다스리려 유한이 단전에 힘을 주었다.

"하윽……."

"후유."

채은의 속살이 닿자마자 느껴지는 쾌감에 절제의 끈을 놓쳐버릴까 봐 그가 숨을 고르듯 숨을 내쉬었다. 제 아래서 얼굴이 발그레해진 채 자신을 올려다보는 채은을 보는 순간 느껴지는 흥분에 허리가 곧추세워지며 식은땀이 날 지경이었다. 하지만 멋대로 움직이다가 혹여 그녀가 다칠까 봐 언제나 그렇듯 그가 속도를 조절하며 허리를 움직였다.

"하아……."

"채은아."

제 아래를 자극하는 그의 움직임에 한껏 고조된 채은의 신음이 높아졌다. 그런 그녀의 모습에 더욱 허릿짓의 속도를 높인 그가 그녀의 젖은 머리를 넘겨주며 그녀의 이름을 불렀다. 채은아, 채은아. 그답지 않은 다정한 음성에 채은은 더욱 치닫는 흥분을 느끼며 몸을 떨었다. 조심스럽게 자신을 안는 그에게 슬픔과 서운함을 느끼면서도 자신의 이름을 불러주는 그의 목소리에 그와 하나가 됐음을 인식했다.

"유, 유한 씨."

유한의 부름에 답하기라도 하듯 그녀가 끊어질 듯한 음성으로 그를 불렀다. 그 목소리에 유한의 몸에 다시 한 번 힘이 들어갔다. 오롯이 자신을 봐주는 채은의 목소리에 그대로 폭주하고 싶은 마음이었다. 하지만 절대 그렇게 해서는 안 된다는 생각에 유한이 채은의 부름을 막듯이 채은에게 깊은 키스를 했다.

사랑해요.

그렇게 그 애달픈 한마디를 채은은 전할 수 없었다. 언젠가는 그에게 말할 수 있을까. 과연 그 언젠가가 오긴 하는 걸까. 그런 자조적인 생각으로 깊숙이 들어오는 그를 안으며 채은이 눈을 감았다. 맑은 눈물이 채은의 관자놀이를 타고 흘렀다.

벗은 몸 그대로 잠이 든 유한은 누가 잡아가도 모를 것 같은 얼굴이었다. 유한과 같이 나른한 잠에 빠져들고 싶었지만 잠으로 이 순간을 보내는 것은 아깝다는 생각에 채은은 피곤한 눈을 깜박이며 자신을 폭 안고 있는 유한의 얼굴을 들여다보았다. 기억이 있든 없든 참 잘생긴 얼굴이었다. 봐도 봐도 좋은 그 잘생긴 이목구비를 눈으로 어루만지던 채은의 눈가에 웃음이 어렸다.

"고맙고, 미안해요."

오늘 자신은 드디어 유한과 진정한 하나가 되었다. 그와 몸을 섞은 것이 처음은 아니었지만 마치 처음인 듯한 흥분과 열정에 두 사람은 서로에 취해 서로를 안았다. 기억의 여부는 중요치 않았다. 창피하다는 생각에 감추기만 했던 마음을 드러내고, 그의 숨겨왔던 열망을 깨닫게 되면서 채은은 유한이 자신을 얼마나 아껴주고 사랑해주었는지 알게 되었다. 그런 줄도 모르고 자신은 제멋대로 유한을 판단하고 고집조차 될 수 없는 아집을 부렸었다. 그것이 너무 미안하고 속상했다. 하지만 늦은 후회만 하며 그를 더욱 속상하게 하고 싶지 않았다.

유한에게 이혼 이야기를 꺼낼 당시에는 상상조차 하지 못했던 미래가 바로 지금이었다. 물론 아직 불완전한 그와 밤을 보낸 것은 성급한 행동이었는지도 모른다. 하지만 유한을 안고, 유한에게 안긴 순간은 그저 사랑하는 배유한이고, 사랑하는 강채은이었다. 자신과 마찬가지로 자신을 원하고, 솔직하게 반응하는 유한을 보고 싶었고, 오늘 유한은 제 기대대로 숨김없이 제 마음을 보여주었다. 자신을 바라보는 유한의 눈빛에서는 그 어떤 두려움도, 후회도 보이지 않았다. 그저 자신에 대한 강한 애정만이 느껴져 절로 기쁜 마음이 흘렀다.

"사랑해요, 유한 씨."

잠든 그를 보며 감추고, 버리고 싶었던 그 마음을 다시 꺼내 든 채은은 자신들 앞에 무슨 일이 생기더라도 그의 사랑을 믿고, 이 사랑을 지켜내리라 다짐했다. 잠든 채로도 채은의 다짐을 알아챘는지 유한이 색시야, 하고 작게 부르며 채은을 더욱 끌어당겨 안았다. 자신을 지켜주는 따뜻한 체온에 저절로 웃음이 나는 그 밤의 일이었다.

다음 날 아침.

어제 채은보다 일찍 잠이 들었던 유한이 바통을 건네받듯이 아침에 일찍 눈을 떠 잠든 채은의 얼굴을 바라보고 있었다. 끈적한 몸을 얼른 씻고 싶었지만, 어쩐 일인지 발간 채은의 얼굴을 보는 것이 더 좋아 몸을 움직이지 않았다. 채은을 안는 순간 느꼈던 그 쾌감은 기억이 없는 유한으로서는 생소한 것이었지만 완전히 다른 세계의 감정은 아니었다. 쾌감의 소용돌이는 내재된 감정의 중추 어딘가를 건드렸고, 그것은 생소하지만 낯설지 않은 기시감을 느끼게 해주었다. 물론 설명은 불가했지만 말이다.

"예쁘다, 내 색시."

그리고 지금 유한이 느끼는 마음은 이 한마디로 표현할 수 있었다. 조막만 한 하얀 얼굴에 단정한 눈썹과 그 아래 풍성한 속눈썹. 살짝 벌어진 입술을 통해서는 약한 숨이 새어 나왔다. 채은이 숨을 내쉴 때마다 들썩이는 하얀 어깨가 귀여웠다. 8살 미소가 아닌 엄마 미소로 채은을 보던 유한이 벗은 어깨가 추울까 채은의 어깨 높이까지 이불을 올려주었다. 누구 색시인데 이렇게 예쁠까.

"채은아."

어제처럼 채은의 이름을 부르며 유한이 혼자 키득거렸다. 쑥스러워 이불 안으로 숨고 싶었지만 채은이 제 품에 안겨 잠들어 있어 그럴 수는 없었다. 색시를 행복하게 해주는 자신. 생각만 해도 떨린다. 그렇게 흐뭇한 생각에 빠져들던 유한이 끙, 하고 소리를 냈다. 아침부터 제 존재를 알리는 자신의 아래에 고통스러운 표정이 되고 말았다.

"으아."

유한의 얼굴이 빨개졌다. 어른이 되는 것. 채은과 함께인 것을 제외하고 싫기만 했는데, 오늘부터 생각이 바뀌었다. 어른이 된다는 건 생각보다 좋은 것이었다.

한편, 먼저 잠에서 깬 유한이 어른이 된다는 것에 대한 정의를 새롭게 내리며 즐거워했던 것을 알지 못하는 채은은 유한이 일어나고도 한참이 지나서야 눈을 뜨고 옆자리를 확인했다. 여전히 자고 있을 거로 생각했던 유한이 제 옆에 없었다. 의아한 기분을 느끼며 시계를 확인한 채은이 놀라 몸을 일으켰다. 도대체 얼마나 잔 거야. 평소보다 몇 시간은 기상 시간이 늦은 상태였다. 유한이 배가 고프겠다는 생각에 얼른 씻으려 침대에서 일어나는데 방문이 똑똑, 하고 소리를 냈다.

"네."

"색시야, 일어났어?"

채은의 대답에 살짝 열린 문 사이로 유한의 입술이 보였다. 채은의 얼굴을 보고 싶지만 괜한 부끄러움에 문 뒤에 몸을 숨긴 유한이었다. 그런 유한의 모습에 웃음이 터진 채은이지만 유한과 마찬가지로 부끄러운 건 같았기에 문을 열고 들어오라는 소리는 나오지 않았다.

"유한 씨, 일찍 일어났네요."

"응."

어쩐지 결혼 후 보냈던 두 사람의 첫날밤보다 더 쑥스러운 기분이었다. 지금이 두 사람의 첫날밤 후에 맞은 아침인 것처럼 느껴질 정도였다.

"배고프지? 얼른 나와. 내가 밥해놨어."

"밥이요? 유한 씨가요?"

생각지도 못한 유한의 말에 채은의 눈이 커졌다. 유한이 자신을 위해 무엇을 준비했을지 상상조차 되지 않았다. 라면인가 싶었지만 라면 냄새는 나지 않았다.

"응. 얼른 나와."

그러더니 쪼르르, 아니 덩치 탓에 쿵쿵 소리를 내며 부엌 쪽으로 사라지는 유한이었다. 자신을 보지 못한 채 얼굴이 붉어졌을 유한 생각에 자신의 얼굴 또한 붉게 달아오르는 것 같았다. 정신 차리자. 밤을 보낸 부부가 아침부터 얼굴을 붉히는 것을 순수라고 정의 내려야 하는 것인지 알 수 없는 채은이 고개를 설레설레 저었다. 일단 밥이 먼저다. 유한이 결혼 후 처음 차려주는 밥상을 식힐 수는 없었다.

"이게 웬 거예요?"

밥은 있었으니, 냉장고에 있는 밑반찬이나 몇 개 꺼냈거니 하고 식탁으로 향하니, 의외로 메인 요리가 떡하고 버티고 있었다.

"사골국. 아줌마가 먹으랬어."

갈 때마다 거의 잊지 않고 사골 국을 주는 화천댁이 이번엔 유한을 통해서 사골 국을 보내온 건가 싶었다.

"화천댁 아주머니가 주신 거예요?"

"아니, 내가 주는 거야."

화천댁이 시킨 대로 사골 국의 진실을 말하는 유한이었지만 채은은 대수롭지 않게 고개를 끄덕였다. 화천댁이 준 사골 국을 유한이 챙겨주었으니, 유한이 준다는 것도 틀린 말은 아니라는 생각 때문이었다.

"맛있겠어요. 잘 먹을게요, 유한 씨."

"응. 뜨거우니까 조심히 먹어."

채은이 유한에게 하듯 유한이 채은에게 당부했다. 빈속에 먹는 사골국에 속이 부대끼지 않을까 걱정되었지만, 유한의 정성 때문인지 사골국은 채은에게 더부룩함 대신 포만감을 가득 안겨주었다.

"잘 먹었어요, 유한 씨."

"응."

깔끔하게 밥그릇을 비운 채은이 유한에게 감사 인사를 전했다. 밥을 먹으면서도, 채은의 인사를 받으면서도 유한은 채은의 얼굴을 바로 보지 못하고 있었다. 아, 귀여워라. 약간의 붉은 기가 있는 얼굴은 마치 결혼한 지 얼마 되지 않은 새색시의 그것이었다. 채은이 유한을 색시야, 하고 불러야 할 참이었다. 그런 유한을 기분 좋은 미소로 바라보던 채은이 유한에게 말을 건넸다.

"유한 씨, 잠깐 손 좀 줘볼래요?"

"소, 손?"

채은의 눈을 은근슬쩍 피하고 있는데 웃음기가 묻어나는 채은의 말에 어리둥절해진 유한이었다.

"네, 왼손이요."

"여기."

이유가 궁금했지만 유한은 별말 없이 왼손을 내밀었다. 유한이 내민 손을 잡은 채은이 주머니에서 무언가를 꺼내더니, 유한의 손가락에 끼워주었다.

"이게 뭐야? 내 선물?"

채은이 그에게 준 것은 반지였다. 자신의 네 번째 손가락을 채운 작은 반지에 유한의 눈이 커졌다.

"네, 유한 씨 선물이요. 마음에 들어요?"

"응. 정말 예뻐!"

격하게 고개를 끄덕인 유한이 제 손에 끼워진 반지를 진기한 보물 보듯 바라보았다. 이 반지가 본인이 고른 거라고 생각지 못한 유한은 채은이 준 반지가 신기하기만 한 모양이었다.

"네, 저도 참 마음에 들어요. 유한 씨, 고마워요."

유한이 의도했든 하지 않았든 자신은 유한에게 반지 두 개를 선물받은 것이었다. 병원에서 받았던 꽃반지는 채은이 가장 아끼는 책 한쪽에 고이 꽂아져 있었다.

"응? 이건 색시가 나한테 준 거잖아. 근데 있지, 이 반지보다 색시가 더 예쁘다."

자신에게 감사 인사를 건네는 채은이 이상한 듯 바라보다 중요한 비밀을 알려주듯 목소리를 낮춰 말하는 유한이었다. 꽃반지를 줬을 때와 마찬가지로 무생물과 인간을 두고 아름다움을 비교하는 유한의 행동에 채은의 얼굴에 미소가 떠올랐다.

사고 후 변해버린 유한은 언제나 제 감정에 솔직하고 충실했다. 가끔은 그런 모습이 부담스럽기도 했지만 어린 유한과 있다 보면 더한 행복함을 느끼곤 했다. 누군가에게 사랑받는 기분, 자신이 필요하다 외치는 것 같은 유한의 행동은 자신이 대단한 사람이라도 된 양 자신감을 주었고, 자신답지 않은 행동으로 유한의 솔직함에 반응하기도 했다.

어제 배 회장과의 대화를 통해서 어린 유한의 애정 어린 행동은 자신을 사랑한 어른 유한의 무의식을 반영하고 있는 것이라는 사실을 깨닫게 되었다.

멀리 떨어져 제 눈에 보이지도 않는 상대가 돌아보길 기다리고 있다고 생각했는데, 실은 서로가 등을 맞대고 있었던 것이었다. 서로의 등 뒤에 누가 있는지 알지 못한 채 멍청히 서 있기만 해서 가까이 있는 자신들을 알아채지 못했다. 한 번만 용기 내어 돌아봤으면 됐는데, 그 쉬운 걸 못 했다. 그런 자신들의 어리석음을 어린 유한이 깨닫게 해주었다. 상대방의 애정을 바란다면, 먼저 표현하고 다가가야 한다는 것. '말 안 해도 알겠지, 기다리면 오겠지.'라는 생각이 얼마나 상대를 힘들게 하고, 사이를 극으로 치닫게 할 수 있는지를 어린 유한으로 인해 배웠다.

"유한 씨, 전 이제까지 제가 기다리면 유한 씨가 절 알아보고 알아서 다가와줄 거라고 생각했어요. 바보같이."

"응?"

반지를 보며 만족스러운 표정을 짓는 자신을 보며 또다시 가슴이 철렁하며 애잔한 눈빛이 된 채은이 입을 열었다. 후회가 담긴 듯한 채은의 말에 유한이 당황한 듯 눈을 동그랗게 떴다.

"당신이 변하길 바랐던 것처럼 나도 변했어야 했는데, 나는 그걸 몰랐어요. 솔직히 말하면, 기다린 게 아니라 거절당할 게 두려워서 피하기만 했었던 것 같아요."

"색시야."

그가 '무슨 말이야?' 하고 물으려는데, 채은의 말이 더 빨랐다.

"미안해요."

찌릿.

입가에 맺힌 미소와 달리 슬픈 눈으로 자신을 향해 사과를 하는 채은의 모습에 유한이 인상을 썼다.

'미안해요.'

언제인지 알 수 없으나, 슬픈 눈으로 자신을 바라보던 채은의 얼굴과 슬픈 목소리가 떠올랐다. 그 잔상에 괴로운 표정이 된 유한이 식탁에서 몸을 일으켰다. 그 충격으로 숟가락이 떨어지며 금속성의 소리를 냈고, 갑작스러운 유한의 모습에 놀란 채은이 유한에게 달려왔다.

"왜 그래요? 머리 아파요?"

손으로 머리를 짚고 있던 유한이 걱정스러운 눈길로 자신을 바라보는 채은을 그대로 안아버렸다. 채은이 어디 가기라도 할 듯 그녀를 안은 유한의 팔엔 잔뜩 힘이 실려 있었다. 그러한 힘을 느끼며 채은이 떨리는 유한의 팔을 쓸어주었다.

"그런 말 하지 마. 색시가 나한테 미안할 거 하나도 없어."

'당신이 미안할 게 뭐야.'

채은도 유한처럼 그때의 그 목소리를 떠올렸다. 어린 유한의 무의식 속에 자신이 떠난다 말했던 순간의 두려움이 있는지도 모른다. 더욱 안쓰러운 생각이 든 채은이 그런 유한을 안심시키듯 유한을 마주 안아주었다.

"네. 그럼 우리 서로 미안해하지 않기로 해요. 당신도, 나도 잘못한 건 없어."

솔직하지 못했을 뿐이지. 같은 마음임에도 자존심 때문에, 쑥스러움 때문에, 상대방도 알고 있겠지 하는 안일한 생각으로 엇나갔던 자신들을 용서해주고 싶었다.

"나 이제 무서워하지 않을게요. 당신이 다시 변해도 괜찮아. 나도 변할 거니까. 그러니까 당신도 무서워하지 마요. 나한텐 다 말하고, 다 보여줘도 괜찮아요."

다정하고 나긋한 채은의 말에 그녀를 안고 있던 유한의 팔심이 줄어들었다. 여전히 채은을 놓아주지 않겠다는 듯 결박한 팔이었지만 그 힘에서 답답함 대신 따뜻함을 느낀 채은이 눈을 감았다. 이대로 잠이 들어도 이상하지 않을 것 같은 따뜻함이다. 자신에게 더욱 기대오는 채은의 체온에 유한이 채은의 몸을 더욱 편안하게 고정했다. 방금 채은이 했던 말은 지금 자신에게 하는 말이 아니라 기억 속에 잠자고 있는 다른 배유한에게 하는 말인 걸 알 수 있었다. 어차피 같은 사람이지만, 채은의 말에 자신은 아무런 말도 할 수 없었다. 그런데도 채은의 말에 채은이 어딘가 가버릴 것 같은 두려움이 가라앉는 것을 느꼈다. 그리고 채은을 안고 있는 지금 버릇처럼 솔직한 마음이 입으로 흘러나왔다.

"진짜 좋다."

"네, 나도 유한 씨 정말 좋아요."

자신의 물음에 대한 답이 아니라 처음으로 해준 채은의 좋아한다는 말이었다. 그 말이 너무 기쁜데, 이상하게 어제의 채은처럼 눈물이 나올 것 같았다. 그래서 유한은 울음이 나오지 않도록 이를 악물었다. 채은에게 우는 모습은 보여주고 싶지 않았다.

"이게 뭐야?"

채은과 나란히 침대 밑에 기대앉은 유한이 채은이 가져온 물건을 보며 물었다.

"유한 씨 사진이요."

유한이 기억을 잃은 직후, 기억을 찾는 데 도움이 될까 싶어 가져온 것이었다. 하지만 어린 유한과 계속 지내고 싶은 이기심에 꺼내보지 않았다가 오늘 드디어 유한 앞에 가지고 왔다.

배 회장의 생일 이후 유한의 몸 상태에 대한 사람들의 억측은 사라졌지만, 몸이 거의 나았음에도 불구하고 복귀하지 않는 유한의 행동에 새로운 이야기가 생겼다는 말을 들었다. 그러한 기류의 중심에 유한의 고모인 진화가 있다는 것은 말로 하지 않아도 알 수 있었다. 유한이 없는 동안 조금씩 회사 내에서 세력을 넓혀가는 진화와 수한을 상대하기에 지금의 유한은 불완전했다. 아무리 배 회장이 도와준다고 해도 유한이 빨리 복귀를 하지 않으면 위태로운 상황이었다. 그걸 알면서도 자신은 제 좋은 쪽으로 생각하며 유한이 원래대로 돌아가는 것을 막고 있었다. 하지만 유한의 마음을 깨닫고, 유한과 사랑하는 방법을 터득한 채은은 이제 유한의 어린 그림자를 붙잡고 있을 필요를 느끼지 못했다. 물론 어린 유한의 애교를 볼 수 없게 되는 것은 아쉬웠지만 유한이 기억을 찾을 후에도 유한과 행복해질 거라 믿었기에 그런 아쉬움은 마음 깊숙한 곳에 넣어둘 수 있었다.

“사진? 나 어렸을 때구나.”

기억을 찾으려는 채은의 노력과는 별개로 자신의 어릴 적 모습을 볼 수 있다는 생각에 유한의 얼굴에 호기심이 떠올랐다. 유한이 신난다는 표정으로 채은이 가져온 앨범을 넘기기 시작했다.

“이거 나 소풍 갔을 때다.”

맞다, 제 기억 속 자신의 얼굴은 이랬다. 그랬던 자신이 이렇게나 커버리다니 거울을 볼 때마다 놀라는 것도 이상한 건 아니었다. 물론 지금은 제 얼굴에 완벽히 적응을 한 상태였다. 사실 예나 지금이나 잘생긴 얼굴이라는 생각에 한참 거울을 들여다본 적도 있었다. 색시에게는 비밀이었지만 말이다.

“어머, 유한 씨. 어렸을 때 되게 귀여웠어요.”

흔치 않게 단편적인 기억이 떠오르면 괴로워하는 유한을 걱정하며 앨범을 가져왔던 채은이지만, 어느새 유한의 기억을 찾아야 한다는 생각도, 유한이 아파하면 어쩌나 걱정하던 것도 잊어버리고 본인이 더 신나서 사진을 구경하기 시작했다. 강보에 싸여 눈도 못 뜨고 있는 모습도, 카메라를 보고 아장아장 걸어오는 모습도, 애교스럽게 윙크하는 모습도, 유한의 어린 시절을 고스란히 보여주는 기록들에 채은의 눈에는 흥분의 이채가 떠올랐다. 커다란 몸으로 애교를 부리는 모습과는 비교도 되지 않게 어린 시절의 유한이 얼마나 귀여웠을지 상상조차 되지 않았다.

“귀여워? 지금은 멋있지?”

“네.”

사람 김빠지게 하는 성의 없는 대답이었다. 자신을 귀엽다고 하는 말에 부끄러워하던 유한이 자신에겐 시선도 주지 않은 채 채은이 사진에만 빠져 있자 입을 삐죽였다. 실제가 옆에 있는데 자신을 바라보지 않다니, 불퉁 심술이 솟았다. 제 어린 시절을 질투하게 되다니. 자신이 생각해도 어이가 없는데, 눈에서 하트라도 나올 듯 사진을 보는 채은의 모습이 마음에 들지 않았다.

"왜 그래요?"

"이거 보기 싫어. 다른 거 볼래."

심술보가 올라온 유한이 채은이 보고 있던 사진첩을 접어버리고 다른 걸 집어 들었다. 어차피 8살 기억을 가진 유한이기에 그보다 어린 사진을 볼 필요는 없었지만 아쉬운 마음에 입맛을 다셨다.

"어, 이거 결혼식 사진이네."

이리저리 사진을 들춰 보던 유한이 새로운 걸 발견했다는 듯 앨범을 자신의 무릎 위로 가져왔다. 자신의 기억엔 없는 채은과 자신의 웨딩 사진이었다. 그 사진을 보는 채은의 표정이 살짝 굳어졌으나, 유한은 눈치채지 못한 채 채은과 자신의 웨딩 사진을 들춰 보았다. 한참을 이리저리 넘겨보던 유한이 고개를 갸웃거렸다.

"근데 나 화났어? 표정이 왜 이래?"

그걸 왜 자신에게 묻나. 딱딱하게 굳은 얼굴의 사진 속 유한을 보자니, 현재 유한의 기억이 없다는 것을 알면서도 속상한 마음에 작게 입을 삐죽이는 채은이었다. 그의 질문대로 사진 속 유한은 웨딩 사진 속에서도 예의 그 무표정한 얼굴을 유지하고 있었다. 웃으라는 자신의 말에 어색하게 웃었던 유한을 떠올리며 채은이 한숨을 내쉬었다. 결혼식장에서도 저랬는데, 자신이 유한의 마음을 어찌 알 수 있겠는가. 과거의 유한을 확인하자, 자신의 눈치도 문제였지만 유한의 행동에도 문제가 있었다는 것을 알 수 있었다.

"그러게요. 유한 씨는 나랑 결혼하는 거 싫었나?"

기억을 찾을 유한에게 폭풍 잔소리를 해주리라 결심하며, 채은이 장난기 어린 미소를 숨기며 기억이 없는 유한에게 물었다. 순진한 남편을 골리며, 무뚝뚝한 남편에게 해줄 잔소리를 떠올리며 즐거워하는 자신의 모습이 우스웠다.

"아니야! 그럴 리 없어."

채은의 질문에 유한이 심각하게 고개를 저었다. 부끄러움이 많았다더니, 이게 어디 부끄러움이 많은 모습이던가. 처음으로 대면한 사고 전 자신의 모습은 유한 본인에게도 충격이었다. 이렇게 예쁜 색시를 두고 웃지 않을 수 있다니. 놀랄 노 자였다.

"그런데 표정이 왜 이렇게 화났어요?"

기억을 못한다는 걸 알면서 채은이 음울한 척 연기를 하기 시작했다. 누가 봐도 어색한 연기임에도 유한은 눈에 띄게 당황한 모습이었다. 자신이 결혼하기 싫어했다는 오해를 하며 채은이 어디론가 가버릴까 봐 심장이 덜컹했다.

"생각해보니까 화난 거 아냐. 부, 부끄러워서 그런 거야."

제가 봐도 그런 건 아닌 것 같았지만 일단 채은의 기분을 풀어줘야겠다는 생각에 유한이 채은의 어깨를 안으며 변명을 늘어놓았다.

"어른들은 부끄러우면 화난 거처럼 돼. 나도 어른이니까 그랬던 거야."

"정말요? 그걸 어떻게 알아요? 이때 생각도 안 나잖아요."

제 어깨를 안은 그의 허리를 마주 안으며 채은이 물었다. 취조하듯 묻고 있었지만 현실의 그들은 이미 결혼식 사진 따윈 안중에도 없었다. 채은의 질문에 유한이 채은의 얼굴을 제 가슴께에 바짝 붙였다. 귀에 닿은 유한의 가슴이 쿵쿵 뛰는 것이 느껴졌다.

"여기는 그대로잖아. 막 뛰지? 색시랑 결혼한 사진 보니까 좋아서 그래. 분명 저 때에도 이렇게 뛰어서 색시 얼굴 보는 게 부끄러웠을 거야."

가끔 이 사람이 기억을 찾았는데, 못 찾은 척하나 싶을 정도로 어른스러운 느낌을 받을 때가 있었다. 바로 지금처럼. 8살짜리 꼬마가 저렇게 감동적인 말을 할 수 있는 걸까. 무의식 속 어른 배유한이 어린 배유한의 입을 통해 솔직한 고백을 해오는 것일까. 혼란스럽긴 하지만 좋다. 기억을 찾았든, 못 찾았든, 못 찾은 척하는 것이든 배유한이니까 괜찮았다. 유한의 말에 제 심장도 뛰어대는 통에 유한의 심장 소리가 잘 들리지 않기 시작했다. 그에 고개를 들어 유한을 바라보니, 유한이 자신을 내려다보고 있었다.

"뭐 기억나는 거 없어요?"

"음, 색시가, 채은이가 좋아."

그게 더 확실히 기억났어. 유한이 천천히 입술을 내렸고, 채은은 천천히 입술을 올렸다. 서로를 향해가던 입술이 정확하게 만났다. 두 사람의 심장 소리가 또다시 공명하기 시작했다.

"유한이가 기억을 찾기 전에 얼른 움직여야 해요."

화영그룹 내의 전무실. 그 안에 어딘지 초조한 기색의 진화와 말쑥하게 양복을 차려입은 마른 남자, 그들의 모습을 무표정한 얼굴로 바라보고 있는 수한이 있었다.

"네, 우리가 배 이사를 밀어내고, 완벽하게 자리를 잡을 수 있는 시기는 지금이 적격입니다. 정말 배 이사가 기억을 찾을 기미는 보이지 않던가요?"

구찬이 고개를 끄덕이며 진화의 말에 동조했다. 박구찬 부장. 진화의 편에 있는 사람으로, 비상한 머리와 뛰어난 정보 수집 능력을 가지고 있어 진화가 회사 내에서 가장 신뢰하는 인물이기도 했다. 유한의 상태는 진화에게서 익히 들어 알고 있었다. 언제나 자신들의 머리 꼭대기에 선 듯 군림했던 배유한이 현재 기억을 잃고 완전히 어린아이가 되어버렸다는 말은 그에게도 충격이었지만, 그것은 동시에 크나큰 낭보이기도 했다. 유한의 입지가 워낙 탄탄하다 보니 자신들이 아무리 힘을 합친다고 해도 제한이 생길 수밖에 없었는데, 유한이 회사에 없는 지금, 자신들이 치고 나갈 수 있는 절호의 기회가 생긴 것이었다. 자신의 힘을 보태 진화와 수한의 영향력이 더욱 회사에서 커진다면, 그것은 회사에서 자신의 영향력 또한 커진다는 것을 의미했다. 아직 시작한 것이 아무것도 없음에도 유한을 밀어낼 생각에 마음 가득 기쁨이 차올랐다.

"내가 보기에는. 박 부장도 배유한이 어떻게 변했는지 봤어야 했는데, 너무 아쉬워. 그 배유한이 감정도 못 다스리는 한심한 어린 녀석이 될 줄 누가 알았겠어."

조롱하는 듯한 어조였지만 말을 하는 진화의 표정이 표독스럽게 변했다. 제 아들이 유한에게 맞은 것만 생각하면 자다가도 눈이 번쩍 떠질 지경이었다. 이제 수한의 얼굴에 생겼던 상처는 거의 나아가는 상태였지만 제 자존심의 상처는 여전한 상태였다. 오빠인 배 회장의 경고와 수한의 만류에 어쩔 수 없이 넘어갔지만, 수한을 때리고도 잘못했다는 기색 없이 대들던 유한의 모습이 떠올라 손이 떨릴 정도로 강하게 주먹을 쥐었다.

"일단 몇 개월간 업무 복귀를 하지 않은 것을 구실로 해서 이사 해임 안건을 주주총회에 제출하죠. 현재 아직도 복귀를 하지 않는 배 이사에게 주주들의 불만이 쌓이고 있습니다. 게다가 광선과의 기술 개발 건도 계속 실패하고 있어서 주가도 요동치고 있는 상황에서도 돌아오지 않는 이사인데, 아무리 배 이사에 대한 주주들의 신임이 있다고 한들, 부결(否決)될 거라고 단언할 수는 없을 겁니다."

"맞아. 그리고 보니 광선이랑 기술 개발 협약 추진한 것도 배 이사였잖아?"

채은과 결혼하기 전부터 시작됐던 신기술 개발은 몇 년째 화영 측의 일방적 손해만 준 채 거의 포기 단계에 이르고 있었다.

유한이 결혼하기 전부터 진행된 일이었으나, 광선에게 유리하게 체결됐던 협약과 기술 개발이 실패에 이른 지금 상황과 결부시켜 유한이 장인의 회사를 도와주려다 화영을 곤란에 빠뜨렸다며 유한을 이사 자리에 두어도 되느냐 하는 비난의 목소리가 슬금슬금 나오고 있었다. 물론 그간 유한의 공(功) 때문에 그러한 목소리는 아주 작았지만, 그 목소리에 확성기를 대듯 커다랗게 하면 분명 자신들에게 유리한 방향으로 일을 진행할 수도 있을 것 같았다.

"네. 일단 배 이사에 대한 신뢰를 떨어뜨리는 게 중요할 것 같습니다. 회장님을 비롯해서 배 이사를 지지하는 세력은 아직 많으니까요. 어쨌든 회장님 생신날 배 이사가 완벽해 보여서 곧 복귀해서 상황을 정리할 거라는 이야기도 돌고 있습니다."

워낙 여러 사람의 이익이 상충하는 자리이기 때문에 그에 관한 이런저런 소문과 루머가 많았다. 사고 후 오랜 혼수상태에서 깨어난 유한을 두고 그가 머리를 크게 다쳐서 다시는 회사에 돌아오지 못할 거라는 소문이 돌다가 배 회장의 생일에 멀쩡하게(어려졌다는 생각은 아무도 하지 못했다.) 나타난 유한을 두고서는 왜 멀쩡한데 돌아오지 않느냐가 새로운 화두로 떠올라, 또다시 회사는 어수선한 상태였다.

"그럼 아예 기억을 잃어서 유한이가 어려진 걸 밝히는 건 어때?"

그것보다 유한에 대한 신뢰를 무너트리는 일은 없을 것이다. 장난감 하나에 눈에 빛을 내는 사람에게 어떻게 회사를 맡길 수 있겠는가.

"아니요. 그럴 경우 화영 전체 이미지에 타격이 생기고 화영의 주가가 곤두박질칠 수도 있습니다. 그렇게 되면 그걸 밝힌 우리 쪽에도 책임을 물을 일이 생겨날 수도 있고요."

어쨌든 유한은 차기 회장으로 거론되던 사람이었다. 그런 사람이 어려졌다는 사실이 알려지면 회사 전체에 막대한 이미지 손실이 생길 뿐 아니라, 현재도 불안한 상황에 더한 영향을 미칠 수도 있었다. 그렇게 되면 유한을 향해 겨눴던 칼날이 모든 사실을 폭로한 자신들에게 쏟아질지도 모를 일이었다. 구찬의 말에 동의하듯 고개를 끄덕이면서도 진화는 안타까운 표정이었다.

"그렇다면 문제는 유한이 처네."

지금 유한을 밀어내기 위해 자신들이 해야 할 일은 유한에 대한 사람들의 신뢰를 무너트리는 일이었다. 회복이 됐는데도 복귀를 하지 않는 유한에 대한 불만이 쌓이고는 있었지만, 이제 곧 유한이 돌아올 거라는 쪽의 소문이 더 지지를 받고 있었다. 자신들의 손을 쓰지 않고 유한이 어려진 사실이 밝혀지면 좋았겠지만, 그 모습은 완벽하게 가려졌다. 그리고 그리되게 한 사람이 채은이라는 것을 모르지 않았다. 유한의 어린 모습을 완벽하게 감췄던 채은이 유한의 옆에 계속 머문다면 분명 자신들이 원하는 결과를 가져오지 못할 터였다.

"아, 제가 알아본 바로는 작은사모님과 배 이사 사이에 이혼 이야기가 오가는 것 같던데요?"

"뭐?"

생각지도 못한 구찬의 말에 놀라운 반응이 이어졌다. 눈이 커진 진화뿐 아니라 이제까지 두 사람의 대화에 별 관심이 없었던 수한도 눈에 빛을 냈다.

"네, 제 측근이 알아본 바로는 김 변호사가 두 사람의 이혼 서류를 작성하고 있다고 하더군요."

"그런 얘기가 언제 나왔다는 거야?"

배 회장 생일잔치에서 본 두 사람은 전혀 이혼 이야기는 꺼낼 수 없을 정도로 다정한 모습이었다. 아니, 오히려 사고가 나기 전보다 사이가 좋아 보여 비꼬는 마음마저 생겼었는데, 이혼 이야기가 나오고 있었다니. 이래서 사람 일은 알 수 없다고 하는 것인 듯했다.

"자세한 내막은 모르겠지만, 작은사모님이 먼저 이혼 이야기를 꺼낸 게 아닌가 싶습니다. 아들이 기억을 잃은 상태에서 이혼까지 할 수 없으니, 배 회장님 쪽에서 이혼을 미룬 것 같고요."

"그거 확실한 겁니까?"

구찬의 이야기를 듣고 있던 수한이 나직이 물었다. 수한의 날카로운 눈빛에 멈칫한 구찬이 이내 고개를 끄덕였다. 구찬의 말에 수한이 헛웃음을 지었다.

"그 강채은이, 먼저 배유한을 떠나려고 했단 말이죠."

강채은이 먼저 배유한을 떠나려고 했었단 말이지. 외삼촌의 생신날을 생각하면 잘 그려지지 않는 모습이었지만, 채은이 먼저 이혼을 원했다는 이야기에 자신도 모르게 계속 웃음이 새어 나왔다. 자신을 비참하게 했던 과거의 일이 떠오른 수한의 눈이 점점 깊어지기 시작했다.

"형! 강채은이랑 결혼해?"

채은과 유한의 결혼 이야기가 나오고 있던 시점, 그 소식을 듣고 헐레벌떡 유한을 찾아갔던 적이 있었다.

"그게 왜 궁금한 건데?"

자신의 절실한 물음에 유한은 그렇게 되물었다. 평소와 다름없는 어조로. 그 무표정에 울컥 치미는 감정이 있었지만, 그땐 그것이 중요하지 않았었다.

"강채은 포기해줘."

이대로 자신이 채은을 포기해야 할 상황이 생길지도 모른다. 제대로 시작도 못 해봤는데, 제 마음을 그대로 멈추고 싶지 않았다. 자신의 말이 어지간히 황당했던지 자신의 말에 유한이 자신이 이곳에 오고 처음으로 감정을 내보였다. 인상을 찌푸린 유한을 보면서도 자신은 유한에게 애원하듯 말했다.

"혹시 그 기술 개발 협약 때문에 그런 거야? 그거라면 채은이랑 결혼하지 않아도 진행할 수 있잖아. 형, 나 강채은이 좋아. 채은이 사랑해. 형은 그런 것도 아니잖아? 형이 포기하면, 나 화영 일에서 완전히 손 뗄게. 어머니도 더 이상 이쪽으론 말도 못 붙이게, 형 신경 쓰이는 일 없게 할게."

간절했다. 자신이 마음에 담은 여자를 사촌 형수로 만날 수는 없었다. 당시에 진화가 자신을 화영의 전무 자리에 앉히려고 노력하던 상황이었으므로 유한이 채은과의 결혼을 통해 얻을 이익보다, 자신과 어머니가 화영의 일에서 손을 떼는 것이 유한에게 더없는 이득이 될 것으로 생각했다. 그랬기에 제 조건을 당연히 받아들일 거라 생각했던 것과 달리, 자신의 말에 유한은 전에 없이 심기가 불편한 표정이 되었다.

"그런 게 아니라고 누가 그래?"

"뭐?"

"네가 나한테 결혼을 하지 말라고 부탁하러 온 거면, 그 이유는 회사가 아니라 강채은 마음이 돼야 하는 거 아냐?"

채은의 마음엔 상관없이 자신의 마음을 앞세워 결혼을 하지 말라고 한 자신의 말에 화가 난 것도 같았고, 본인의 마음을 고작 회사 일에 결부시키는 자신의 말에 화가 난 것도 같았다. 어쩌면 두 가지 다였을까. 어쨌든 자신의 말을 들은 유한은 전에 없이 날카로워 보였고, 그런 그의 표정에 자신은 멍해지고 말았다.

"형."

"네가 지금 이 결혼을 막고 싶으면, 강채은 마음을 가지고 와."

채은의 마음에 수한이 있다면 자신은 포기하겠다는 말이었다. 언제나 무심하고, 냉혈한 같던 유한이 채은의 마음을 배려하는 것이 당혹스러웠고, 어느 순간 제 마음을 전혀 들키지 않던 사촌 형이 내보인 진심에 놀랐다.

"형도, 진심이라는 거야? 어쨌든 형도 강채은 마음에 없는 건 마찬가지잖아."

자신과 다름없이 채은의 마음을 얻지 못한 건 유한도 같다는 말이었다. 유한의 표정이 굳어졌지만, 부정하지는 않았다. 그러다 이내 자신감 있는 어조로 말했다.

"곧 얻을 거야. 기회는 내가 먼저 잡은 거니까."

너는 이미 한발 늦었다는 뜻이었다. 두 형제의 눈빛이 부딪쳤다. 유한의 마음도 진심이라면 유한은 자신의 라이벌이 된다는 말이었다. 유한의 자신감이 우습다는 듯 수한이 맞받아쳤다.

"형 기회가 끝나면 나한테도 생기겠네. 그 기회라는 거."

절대 제 마음을 드러내는 일 없는 유한의 옆에서 채은이 얼마나 힘들어할지 눈에 선했다. 아무리 마음이 있어도 표현하지 않으면 상대방에게 그 마음은 전해지지 않는다. 제삼자의 눈과 당사자의 눈은 같을 수 없으니까. 그런고로 현재 채은 또한 유한의 마음을 전혀 모르고 있는 것 같았다.

"아니, 없을걸? 내가 그렇게 안 만들 테니까."

자신만만하던 유한의 목소리가 들리는 듯했다. 기회라. 하지만 채은이 먼저 이혼을 이야기하던 그 순간 유한은 자신의 기회를 날려버렸다.

"아무리 생각해도 이상해. 이혼을 앞둔 사람치고 두 사람 사이가 너무 좋았어. 사람들 앞에서 연기를 할 만큼 영악한 애들은 못 돼."

예전 기억을 떠올리는 수한의 귀에 여전히 구찬의 말을 받아들일 수 없는 진화의 목소리가 들렸다. 이혼을 하려고 생각했다면 사고 전에 해야 했던 게 맞았다. 자신이 봐도 사고 전 두 사람은 어딘지 어색하고 불편해 보였으니까. 그런데 그날 오빠 생신날만큼은 그런 분위기가 전혀 없었다. 오히려 정말 자연스러운, 금실 좋은 부부 같았었다. 그날 두 사람은.

"사람 마음이야 쉽게 변하는 거야. 사고 났을 때는 이혼하고 싶었어도, 막상 지내보니 마음이 변할 수 있어. 두 사람, 이혼까지 안 갈 거 같아."

그리고 두 사람의 사이가 좋지 않았다면, 그날 유한이 채은을 괴롭힌다고 수한을 그렇게 무지막지하게 때릴 이유가 없었다. 아무리 어린 기억을 가졌다 할지라도 바보는 아니었다. 제 사촌 동생을 그렇게 때릴 정도면 유한에게 채은이 굉장히 소중한 존재라는 거였다.

"이혼, 하게 해야죠."

"뭐?"

수한의 말에 진화가 되물었다. 물론 두 사람을 헤어지게 해야 했다. 하지만 그 말을 하는 아들의 눈이 어쩐지 위험해 보여 두려운 마음이 스쳤다. 사실 수한에게서도 그날 왜 유한에게 맞았는지 듣지 못한 상태였다. 채은을 보는 수한의 눈. 자신이 느끼기에도 형수를 보는 시동생의 눈은 아니었기에, 수한의 말에 더한 불안함이 스치는 것일지도 몰랐다.

제 어머니의 불안함을 아는지 모르는지, 어쩐지 기분이 좋아진 듯한 수한이 진화에게 말했다.

"어머니, 광선 주식 가지고 계시잖아요."

"주식?"

한 번에 이해가 되지 않는다는 듯 되묻던 진화가 이내 기억났다는 듯 작은 탄성을 지르며 고개를 끄덕였다. 광선이 위기를 맞이했을 당시, 강 회장이 궁여지책으로 내놓았던 주식을 혹시 나중에 도움이 될까 싶어 매입했던 적이 있었다. 하지만 그 사실을 안 수한이 무섭게 다그치는 바람에 기가 죽었었는데, 이번에 수한이 먼저 그걸 들고 나오자 아들의 속을 읽을 수 없어 진화는 더욱 불안한 표정이 되어버렸다.

"그거 이용하면 될 겁니다. 강채은은."

비릿한 미소를 짓는 아들의 모습에, 아무리 회사 일이라도 두 사람을 이혼시켜도 되는지. 고민되는 진화였다.

'어쩌지, 형. 그 기회, 나한테도 생길지 모르겠다.'

그리고 또다시 채은의 마음은 고려하지 않은 수한이 작게 미소 지었다.

# 9. 쉽지 않은 일

"배유한 씨 가끔 머리가 아픈 거 말고는 다른 이상은 없어요?"

유한의 주치의 김 교수의 물음에 유한이 고개를 끄덕였다. 사고 후 일정 기간마다 한 번씩 병원을 찾는 유한이었다.

"그래도 슬슬 예전 기억이 돌아올 조짐이 보이네요."

"이제 곧 기억을 찾을 수 있는 건가요?"

유한이 조금씩 기억을 찾을 전조증상을 보이자 김 교수가 고개를 주억거렸다. 그런 김 교수를 보며 유한의 옆에 있던 채은도 조금은 다급한 심정으로 물었다. 사고 후 병원에 올 때마다 들었던 유한이 곧 기억을 찾을 수 있을 거란 말은 그 어떤 말보다 자신을 철렁하게 했는데, 지금은 유한이 얼른 기억을 찾기를 간절히 바랐다.

"아직 단정 지을 수 있는 건 없습니다. 그저 배유한 씨가 예전 일이 하나둘 떠오른다고 하니, 호전되고 있다고 볼 수밖에요. 일단 CT상으로도 문제가 보이지 않으니, 기다려 봐야겠죠."

"그런데 만일 기억이 돌아오게 된다면 한꺼번에 없어진 기억이 돌아오는 건가요?"

마음속으로 유한이 기억을 찾는 걸 바라지 않았기 때문에 유한의 증상에 대한 물음 또한 생기지 않았었는데, 막상 유한이 기억을 찾는 순간을 기다리게 되니, 자신도 시부모님과 마찬가지로 이리저리 걱정되고 이런저런 궁금증도 생기기 시작했다. 기억이 스치듯 떠오르면 워낙 괴로워하는 유한이기에 이왕이면 한 번에 제 기억을 찾기를 바라기도 했다.

"글쎄요, 사실 사고로 인한 기억상실이라는 것 자체가 흔한 케이스가 아닙니다. 같은 기억상실이라고 해도 환자마다 보이는 증상이 다르기도 하고, 본래 기억을 찾는 기간도 다 제각각이죠. 보통 기억을 찾는 것은 한 번에 모든 기억을 찾는 경우보다 차례로 하나둘 기억을 찾는 경우가 보통이고요."

"아, 그래요? 그럼 계속 지켜봐야겠네요. 그리고 만일 기억을 찾게 되면 기억을 잃은 상황에서 벌어졌던 일들을 다시 잊어버리게 되나요?"

"그것도 환자분마다 다릅니다. 기억을 잃은 상태의 상황을 기억하는 분들도 있고, 기억하지 못하는 분들도 있고요. 뇌의 작용이라는 게 워낙 제멋대로거든요."

그럼 지금 이 상황을 기억하지 못할 수도 있는 건가. 채은이 어쩐지 실망스러운 기분으로 의사의 말에 고개를 끄덕이다가 유한 쪽을 바라보았다. 자신들이 무슨 말을 하는지 아는지 모르는지, 의

사와 제 아내를 번갈아 바라보던 그의 눈과 유한을 바라보던 채은의 눈이 마주쳤다. 이 심각한 상황에서도 유한은 채은의 동그란 눈동자를 마주하자마자 기분 좋은 미소를 지었고, 그 미소에 제 속을 숨기며 채은도 그에게 미소를 지어주었다. 이럴 땐 속 편한 남편이 부럽기도 했다.

"그래도 배유한 씨 같은 경우엔 예후가 좋습니다. 조만간에 예전 기억을 찾으실 수 있을 겁니다."

"네, 그래야죠."

꼭. 유한은 꼭 기억을 찾을 거다. 그 사실을 믿으며 채은이 제 손을 잡은 유한의 손을 더욱 꽉 잡았다. 지금을 기억하든 못하든 자신이 어린 유한에게서 받은 깨달음과 마음이 사라지는 것은 아니니까. 채은은 마음을 다잡았다.

"그래서 나 기억을 찾을 수 있는 거야, 없는 거야? 의사 선생님은 항상 말을 모호하게 해."

그 무엇도 확답하지 않는 김 교수의 말을 들으면서 불만이었던지 병원을 나오자마자 볼멘소리를 하는 유한이었다. 유한의 기억은 언제 다시 찾을지도 모르고, 기억이 어떤 형식으로 돌아올지도 모르고, 지금 기억을 남아 있을지 없을지도 모른다. 분명 의사 선생님과 긴 시간 이야기를 나눴는데 건져 가는 게 없자, 가만히 앉아만 있다 나온 유한도 짜증이 난 모양이었다.

"사람마다 다 달라서 그렇다고 하시잖아요. 어쩔 수 없죠. 그래도 유한 씨는 꼭 기억을 찾을 거니까 걱정하지 마요."

어찌 보면 의사가 아닌 채은이 더 확신 있게 말하고 있었다. 그런 채은과 잡은 손을 흔들던 유한이 물었다.

"색시도 내가 기억을 빨리 찾았으면 좋겠어?"

얼른 기억을 찾아야 한다 닦달하는 엄마, 아빠와 달리, 그동안의 채은은 그 어떤 말도 하지 않았었다. 하지만 최근 들어 채은도 자신이 기억을 찾기를 바라는 마음을 내비치는 것이 영 이상했다.

"사실은 유한 씨가 기억을 찾든 안 찾든 상관없어요."

기억을 찾든 안 찾든 지금 제 앞의 남자가 유한이라는 사실은 변하지 않는다. 채은은 그저 유한이 기억을 잃으면서 유한의 아랫사람들을 비롯해서 자신의 시부모님까지 걱정을 하고 곤란해하니, 얼른 유한이 제자리로 돌아갔으면 하는 마음에서 이렇게 조바심을 내는 것이었다.

"그럼 유한 씨는요? 유한 씨는 얼른 기억을 찾으면 좋겠어요?"

"나? 음, 나는 잘 모르겠어. 그냥 색시가 계속 내 옆에 있으면 찾든 못 찾든 상관없어."

"우리 둘 다 똑같은 생각이네요."

오래간만에 완성한 의견 일치에 김 교수와의 대화에서 느꼈던 답답함이 사라지는 것 같았다. 어쩐지 청량한 바람에 채은이 얼굴 가득 미소를 지으며 하늘을 바라보았다. 가을 햇살이 기분 좋게 쏟아지는 날이었다. 이대로 돌아가긴 아쉬워 채은이 유한에게 병원 산책로를 걷자고 제안했다. 지금은 많이 좋아졌지만 예전에 심한 빈혈로 월례 행사처럼 픽픽 쓰러지던 당시, 이 병원에 입원했던 적이 있었다. 그때 이 병원의 산책로는 심심한 채은의 병원 생활에 활력소가 되어주었다.

"은행나무가 옷 갈아입었다."

"그러게요."

이제 정말 가을의 중심에 들어선 건지, 은행나무가 노란 옷을 입고 채은과 유한을 맞이해주고 있었다.

"가을 하늘이 나에게 말을 걸어, 그대도 그 말을 듣고 있을까."

나무를 바라보던 유한이 또다시 노래를 흥얼거리기 시작했다. 또다시 등장한 반가운 노래에 채은도 유한과 같이 노래를 흥얼거렸다.

"나도 그대에게 말을 걸어, 그대는 내 말을 듣고 있을까. 그대에게 주고픈 내 마음. 가을 하늘에게 부탁해. 언젠가 전해질 수 있을까, 기약 없는 그날을 기다리는 바보 같은 나."

어쩐지 그 노래를 연주하는 기타 선율도 들려오는 것 같았다. 왠지 가을 처녀가 된 듯한 기분에 절로 웃음이 피어오르는데, 채은의 그런 설레는 마음을 알았던지, 유한이 바닥에 떨어진 은행잎 하나를 들고 깨끗이 털어 채은의 머리에 꽂아주었다. 꽃도 아니고 은행잎을 꽂게 된 채은이 황당한 웃음을 지었다. 하지만 제 모습에 예쁘다고 손뼉까지 치는 유한을 보니 나뭇잎을 떼어내고 싶진 않았다.

"여기 서봐. 내가 사진 찍어줄게."

은행잎을 꽂은 채은의 모습이 엔간히 마음에 들었는지, 유한이 휴대폰을 들고 포즈를 취하라고 채은을 채근했다. 당황해하는 채은을 두고 유한이 사진을 찍기 위해 채은에게서 멀어졌다. 황망한 듯 서 있던 채은이 유한의 재촉에 수줍게 브이 자를 그렸다. 산책을 하는 사람들이 두 사람을 한 번씩 쳐다보고 지나쳤지만, 그런 시선은 유한의 예술혼에 영향을 주지 못했다. 대신 모델에게 부끄러움을 선사했을 뿐.

대충 얼른 찍으면 될 텐데, 한참을 카메라 액정을 들여다보는 유한의 모습이 심각했다.

“찍었어요?”

“응? 어, 잠깐만.”

곧이어 채은이 그렇게 바라던 찰칵하는 소리가 들렸다. 휴대폰 액정화면을 차지한 제 모습을 바라보는 유한을 향해 채은은 머리에 꽂은 나뭇잎을 떼어내며 다가갔다.

“왜요? 이상해요?”

“아니, 예뻐.”

“왜 그래요? 어디 안 좋아요?”

자신이 보기에도 사진은 그냥저냥 제 모습을 보여주고 있었다. 그런데 사진을 보는 유한의 표정이 지금의 그답지 않게 심각했다.

“그런 건 아닌데…… 나 혹시 예전에도 색시 사진 찍어준 적 있었어?”

“네? 아뇨.”

신혼여행을 제외하고는 단둘이 놀러 간 적도 없었다. 그런데 언제 유한이 채은의 사진을 찍어줄 일이 있었겠는가. 하지만 채은의 대답에 그는 더욱 이상하다는 듯 고개를 갸웃거렸다. 하지만 이내 상관없다는 듯 휴대폰을 제 주머니에 넣었다.

“이번엔 유한 씨 차례예요.”

“응?”

“사진이요. 저도 유한 씨 사진 찍을래요.”

“싫어. 남자는 사진 찍는 거 아니야.”

그러더니 채은을 피해 발을 급하게 놀리는 유한이었다. 하지만 이제 그런 그를 내버려 둘 채은이 아니었다.

"유한 씨만 찍고. 저도 찍을 거예요."

신장 차이를 극복하고 채은이 유한의 뒤를 쫓았다. 그렇게 사진 찍기를 둘러싼 부부의 추격전은 한참이 지나고서야 끝날 수 있었다.

"밤에 잠 안 온다면서 또 낮잠이야."

자신이 잠시 다른 일을 하고 온 사이에 침대에서 잠이 든 유한을 보며 채은이 중얼거렸다. 하긴 그렇게도 좋아하던 일도 안 하는 하루하루이니, 유한이 할 수 있는 건 텔레비전 시청이나 낮잠 정도의 소소한 일이었다. 투덜거리기는 했어도 이내 유한의 어깨까지 이불을 덮어준 채은이 방을 나왔다. 오늘 저녁은 뭘 먹어야 하나 소파에 앉아 고민하다, 유한의 수마가 옮아온 건지 눈이 감기려 했다.

그때, 유한과 낮잠이나 자야 하나 고민하던 채은의 귓가에 휴대폰 벨 소리가 들렸다. 그녀는 유한이 깰까 봐 급하게 제 휴대폰을 찾았다.

"어?"

휴대폰을 들어 전화를 받으려던 채은의 손이 멈칫했다. 이분이 왜……. 액정에 뜬 발신자 이름에 놀라고 만 것이었다. 하지만 곧 심호흡을 하고 휴대폰 버튼을 눌렀다.

"네, 전화 받았습니다."

채은의 긴장을 아는지 모르는지 심상하지만 긴장을 불러일으키는 목소리가 들려왔다.

-응. 나 성북동 유한이 고모인데, 지금 잠깐 볼 수 있니? 너희 집 근처인데.

배 회장의 생신 이후 채은에게 처음으로 연락을 해온 진화였다. 한 번도 받아본 적 없는 진화의 전화에 채은은 온몸이 굳어지는 것 같았다. 그래도 어른의 말을 거절할 명분이 없었기에 채은이 고개를 끄덕였다.

"아, 네. 제가 내려갈게요."

-그러렴.

전화는 끊겼다. 차분한 진화의 목소리에도 채은의 심장이 벌렁거렸다. 유한과 있을 때와는 다른 두근거림에 채은은 진화에게 금방 내려간다는 말을 했음에도 한참 멍하니 서 있어야 했다.

"안녕하셨어요."

"그래. 잘 지냈지?"

집 앞에서 만난 채은과 진화가 자리를 옮긴 곳은 채은의 집 근처의 카페였다. 카페 안은 부드러운 음악이 흐르고 평화로운 분위기였지만, 진화의 연락은 물론 이렇게 진화와 단둘이 맞대고 앉아 있는 것이 처음인 채은은 이곳이 불편하기만 했다. 우아한 포즈로 커피를 마시는 진화가 자신에게 어떤 가시를 들이댈지 몰라 초조했다. 그 탓에 채은이 애꿎은 커피 잔만 못살게 굴고 있었다.

"네. 저 도련님은……."

무슨 말을 꺼내야 할까 고민하던 채은이 수한의 안부를 물었다. 진화와 마찬가지로 그날 이후 수한도 마주친 적이 없었다.

"많이 나았어. 다행히 흉이 질 것 같지도 않고."

의외로 평이한 대화가 이어졌다. 하지만 진화가 자신에게 어떤 폭탄을 떨어뜨릴지 몰라 불안한 마음이 점점 고조되고 있었다.

"유한이는 집에 있는 거니? 로봇 가지고 놀고 있으려나?"

애써 숨기고 있던 가시가 유한의 안부를 물으며 슬쩍 드러났다. 유한을 무시하는 듯한 질문에 채은이 멈칫 표정이 굳었지만, 이내 아무렇지 않은 척 진화의 질문에 답했다.

"아뇨. 요즘은 로봇 잘 안 가지고 놀아요. 로봇 대신 뉴스나 신문 같은 것도 챙겨 보고, 저번엔 병원에 갔더니 상태가 많이 좋아져서 곧 기억을 찾을 수 있을 것 같다고 하시더라고요."

여전히 로봇만 들면 눈을 반짝이는 유한의 모습과 자신이 억지로 뉴스나 신문을 보라고 들이밀면 인상을 쓰는 유한의 모습은 지금 자신의 말을 뒷받침해주지 못했지만, 모든 걸 진화에게 말할 수는 없었다.

역시나 채은의 말에 진화의 입술이 비틀렸다. 좋아지고 있다라……. 채은의 말이 진실이든 아니든 절대 반가운 소식이 아니었다.

"그래?"

"네. 이제 곧 기억 찾고, 회사에도 복귀할 수 있을 것……."

진화가 채은의 말을 끊었다. 고모로서 유한을 걱정하는 모습은 여전히 찾아볼 수 없었다.

"아니. 그건 힘들 거 같아."

"네? 그게 무슨."

"조만간 우리 측에서 유한이 이사직 해임 안건을 올릴 예정이거든."

진화의 말을 잘못 들은 건 아닌가 싶은 채은의 눈이 커졌다. 아무리 회사 내에서 앙숙관계라 하여도 제 조카였다. 유한의 상황을 분명히 목격한 고모인 진화가 걱정은커녕 그 상황을 이용해 조카를 끌어내릴 생각을 한다는 사실이 채은에게 그저 충격이었다.

"고모님, 그게 무슨 말씀이세요? 유한 씨, 점점 좋아지고 있어요. 조만간에 유한 씨가 회사에 복귀할 수 있을 거예요."

"그러니까 그 전에 끌어내려야지."

진화의 붉은 입술이 곡선을 그렸다. 나이에 맞지 않은 고운 미소였지만 이 순간 채은에게 그 어떤 것보다 무서운 모습이었다.

"그래도 이건 아니에요. 유한 씨, 고모님 조카예요. 아니, 그 전에 분명 아버님도 가만히 안 계실 거예요."

"그렇겠지. 오빠를 상대할 각오도 없이 일을 벌이기야 했겠니? 기회가 왔을 때 도박이라는 걸 해봐도 괜찮을 것 같거든. 물론 최대한 우리한테 유리한 패가 생기도록 만들 생각이야. 이제 곧 남이 될 처지에 우리 집안일에 신경 써주니 고맙구나."

"네?"

남이라니. 진화의 말에 채은은 머리가 멍해짐을 느꼈다. 아직 자신은 유한의 아내였고, 아마 앞으로도 그럴 터였다. 하지만 지금 진화의 말은 그 모든 걸 부정하는 말이었다. 자신과 유한 사이에 어떤 이야기가 오고 갔었는지 알고 있는 듯한 진화로 인해 채은의 등에서는 식은땀이 흘렀다.

"유한이랑 곧 이혼한다는 이야기가 있던데, 아니니?"

"그걸 어떻게……."

"이제 곧 헤어질 사이에 우리 유한이 잘 돌봐주는 거 정말 고맙게 생각해. 그런데 이제 슬슬 유한이 돌보는 거 그만둬야 할 때가 오는 거 같은데."

부드러운 미소로 타이르는 어조였지만, 이혼을 하기로 했으면 최대한 빨리 유한의 곁에서 떠나라는 소리였다. 분명 주주총회를 진행하는데, 자신의 존재가 방해가 되는 것이리라. 유한을 벼랑으로 몰고 가려는 진화의 말에 채은이 화를 참으며 무릎 위 두 주먹을 불끈 쥐었다.

"아뇨. 저 유한 씨랑 헤어질 생각 없어요. 사고 후에 유한 씨랑 헤어지려고 했던 것은 맞지만, 그냥 잠깐 스치듯 했던 짧은 생각일 뿐이었어요. 유한 씨가 기억을 찾든, 찾지 못하든 계속 유한 씨 옆에 있을 생각입니다."

"그러니?"

역시 제 예상이 맞았다. 사고 후 꽤 오랫동안 의식이 없던 유한이니 막막해 당장 이혼 생각은 할 수 있으나, 사람의 마음이라는 게 손바닥 뒤집듯 쉽게 뒤집힐 수 있는 것이었다. 오빠의 생일날 두 사람에게서 이혼을 앞둔 부부의 냉정함은 느끼지 못했던 제 감이 정확했다. 제 예상이 맞은 것이 기뻤던지 진화는 속을 알 수 없는 미소 띤 얼굴이었으나, 쉽게 채은에게 물러나라는 말을 하지 못한 채 고민에 빠진 모습이었다.

그것은 유한이나 채은에 대한 죄책감 때문이 아니라 순전히 제 아들인 수한의 탓이었다. 본래부터 회사 일에는 관심이 없던 아들이었다. 하지만 채은과 유한의 결혼 후 본인이 스스로 어머니 뜻대로 하겠다며 전무 자리에 앉았었다. 이제야 정신이 드는구나 생각했지만, 수한은 회사 일에는 전혀 의욕을 보이지 않았고 대부분 일은 구찬이 맡아 처리하고 있었다. 자신과 달리 회사에 욕심을 낸다거나 유한의 자리 또한 탐내지 않았던 아들은 이상하게 조카 부부만 보면 묘하게 예민하고 기민해지곤 했다. 설마 하는 마음으로 덮어놓았던 의심이, 조카 부부의 이혼 이야기에 놀랄 만큼 눈빛이 변했던 수한으로 인해 다시 피어오르고 있었다. 유한에게 타격을 주려 채은을 떼어놓았다가, 괜히 이상한 쪽으로 골치가 아파지지 않을까 하는 기우 때문에 채은에게 선뜻 말이 나오지 않았다.

"절대 고모님 뜻대로 되지는 않을 겁니다. 저도 물론 가만있지만은 않을 거고요."

진화는 자신을 바라보는 질부의 눈에서 절대 유한과 헤어지지 않겠다는 강한 의지를 읽었다. 자신이 생각하는 것이 맞는다면 수한의 일방통행인 감정이 틀림없었다. 그렇다고 찜찜함이 사라지는 것은 아니었지만 얼마 전 어린 기억을 가졌음에도 예전과 다름없는 눈으로 자신을 바라보던 유한의 얼굴이 떠올랐다. 그날 유한은 완벽한 배 이사, 배유한의 모습이었다. 그것이 채은의 작품이라고 한다면 절대 채은을 유한의 옆에 둘 수는 없었다. 지금 상황에서는 오빠인 배 회장만으로도 충분히 벅찬 상태라는 것은 굳이 말로 꺼내지 않아도 확실했다. 절대 쉽게 물러서지 않겠다는 채은의 눈과 마주친 진화가 이내 고민은 끝낸 듯 채은에게 물었다. 이번에도 진화답지 않은 나긋한 어조였지만 역시나 채은을 불안하게 했다.

"광선이 완전히 회복된 게 아니라는 건 알고 있지?"

"왜 갑자기 그 말씀을."

"지금은 조금 힘든 상황이지만 기업 가치는 충분한 곳이야. 대외적 이미지는 말할 것도 없고."

진화가 무슨 말을 할지 몰라 두려워하며 채은은 진화의 입술만을 바라보고 있었다.

"요즘 화영에 광선을 합병하는 건 어떤가 하는 이야기가 나오고 있어. 내가 개인적으로 광선 주식을 가지고 있는 게 있어서 합병 건이 결정되기만 하면 아마 더욱 수월하게 일을 진행할 수 있을 거야. 그걸 막아줄 유한이도 없으니 안타까운 상황이지."

"설마……."

진화가 하고 싶은 말을 알아들은 양 채은이 놀란 표정을 짓자, 느른한 미소를 지으며 진화가 고개를 끄덕였다.

"그래, 그 설마야. 사설이 길었으니까 간단히 말할게. 유한이와의 이혼, 긍정적으로 생각했으면 싶어서. 지금 네 아버지 회사 지켜줄 수 있는 사람도, 위협할 수 있는 사람도 얄궂지만 나거든."

유한과 아버지 회사를 둔 거래. 진화가 하고 말하고자 하는 것이 바로 그것이었다. 자신이 유한을 택한다면 아버지가 힘겹게 일구어 오신 회사는 더 이상 아버지의 회사가 아니게 된다. 자신이 아버지를 선택해서 유한과 헤어진다면 과연 어떻게 되는 것일까. 현재 유한은 자신에게 전적으로 의지하고 있었다. 자신이 떠난다고 했을 때, 유한은 과연 어떻게 될 것인가. 물론 자신의 시부모님이 유한을 가만두지 않을 테지만, 지금의 유한은 큰 충격을 받을 것이 분명했다. 요즘은 꽤 괜찮아졌지만, 예전의 유한은 채은이 제 눈앞에 안 보이기만 해도 극도로 불안해했다. 그런 유한을 두고 떠난다? 절대 할 수 없는 일이었다.

"제가 없더라도 유한 씨는 잘 이겨낼 수 있을 거예요."

진화에게 반박하는 제 표정에서 유한에 대한 걱정이 읽히지 않기를 바라며 채은이 말했다. 자신이 없어도 유한은 괜찮을 거라고. 배유한은 절대 자신 때문에 흔들리지 않을 거라는 뜻을 진화에게 전하고 싶었다. 자신의 옆에서 웃음 짓는 유한을 떠올리며 채은은 마음을 강하게 먹었다. 여기서 울면 안 된다. 무슨 짓을 해서라도 유한을 지켜야 했다.

"그래, 어쩌면 그럴 수도 있겠지. 너나 내가 아는 유한이는 그런 애니까. 그런데 지금의 유한이는 그렇지 않을 것 같다는 생각이 들거든. 너도 느낄 거라고 생각했는데, 아니니?"

채은의 말은 씨알도 먹히지 않는다는 듯 진화가 되레 채은에게 되물었다. 현재 유한에게 가장 영향을 미치는 사람이 채은이라는 것을 이미 알고 있기에 아무리 채은이 아무렇지 않은 척해보았자 절대 먹혀들지 않을 이야기였다.

"너하고 내가 만난 이야기는 우리 오빠, 그러니까 네 시아버님께 해도 바뀌는 건 없을 거야. 회장님이 도와주신다고 해도 쉽지 않을뿐더러 유한이 자리를 두고 위협하면 회장님 선택은 하나거든."

이런저런 악재로 주주들의 마음이 급박하게 돌아가는 상황이었다. 그런 상황에서 배 회장이 광선을 돕는다고 나선다면 어떻게 될까. 분명 유한을 지지하고 있던 사람들의 신뢰까지 위태해질 수도 있었다. 마음은 아파도 배 회장의 선택도 광선과의 합병이 될 수밖에 없을 것이었다.

"네가 유한이하고 이혼해서 우리 쪽과 어떤 관계를 맺지 않는다면 내가 광선과의 합병 막아줄게. 꽤 흥미롭지 않니? 강 회장님이 광선을 얼마나 힘겹게 키우시고, 광선 직원들을 얼마나 아끼시는지 네가 더 잘 알고 있지 않니."

수한의 혼자인 감정이라면 채은이 받아주지 않으면 그만이었다. 온몸으로 유한이 걱정된다고 말하는 채은의 모습을 보자니 안심이 되는 부분도 있었다.

"이제 곧 해임안이 제출되면 곧 주주총회가 열릴 거야. 그 전에 넌, 유한이와 이혼하고 유한이를 떠나면 돼. 어차피 하려고 했던 이혼 아니니? 김 변호사가 서류는 준비 중인 거 같던데, 거기에 도장만 찍으면 되는 거야. 그래도 그동안 든 정도 있고 쉽지 않은 결정일 테니, 잘 생각해보고 선택하렴."

말을 끝낸 진화가 싱긋 채은에게 미소를 보냈다. 언제나 채은에게 가시를 세우던 진화가 보낸 상냥한 미소였지만 채은에게는 그저 잔인하게 다가올 뿐이었다.

진화가 떠난 후, 채은은 붙박이듯 그 자리에 앉아 있었다. 이제야 유한의 옆에서 행복해지는 법을 알았는데 주위에서 자신들을 가만두지 않았다. 어떡해야 하지. 아버지인 강 회장이 얼마나 회사를 아끼는지 알고 있었다. 그런데 잘못했다간 아버지의 회사를 다른 사람에게 빼앗길지도 몰랐다. 자신으로 인해. 절대 보고 싶지 않았다. 그렇다면 자신이 유한을 떠나야만 하는 것일까. 유한이 자신에게 보이는 애착 때문이 아니더라도 채은은 유한을 떠나고 싶지 않았다. 아니, 떠날 수 없었다. 이제 서로 마주 볼 수 있게 되었는데, 제 손으로 유한을 놓아버려야 한다니, 너무 잔인했다. 가슴을 옥죄는 답답함에 채은이 인상을 찌푸렸다.

지이이잉. 지이이잉.

채은이 괴로운 마음으로 시간을 보내고 있는데, 채은의 주머니 속 휴대폰이 몸을 떨었다. 예상했던 대로 유한이었다. 자고 일어났더니 자신이 없어 놀란 모양이었다. 그의 목소리를 듣자마자 울음이 터질까 봐 채은이 헛기침을 한 후 통화 버튼을 눌렀다.

"네."

-색시야, 어디야?

"유한 씨 일어났어요?"

-응. 색시 없어져서 놀랐잖아.

자신을 찾는다고 집 안 곳곳을 뒤졌을 유한의 모습이 상상됐다. 그나마 자신의 목소리에 안심한 듯했지만 완전한 안정은 아니었다. 자신이 없으면 이렇게도 불안해하는 유한이었다. 이 사람을 두고 내가 어떻게. 하지만 채은은 최대한 아무렇지 않은 목소리로 유한을 안심시키려 말을 꺼냈다.

"마트 왔어요. 유한 씨 자고 있어서 혼자 왔는데, 놀랐어요?"

-응. 숨바꼭질하자는 줄 알고 장롱 안까지 봤어. 마트 간 거면 나도 깨워서 데리고 가지.

잠에서 깨자마자 채은이 보이지 않아 혹시 자신을 놀려주려 집 안에 숨었나 싶어 정말 이 잡듯이 집 안을 살폈던 유한이었다. 집 안에 채은이 없다는 걸 안 유한이 밖으로 나가 채은을 찾아보려다가 자신에게 휴대폰이라는 전화기가 있다는 것이 떠올라 채은에게 연락한 것이었다. 채은의 목소리를 확인하고 쿵덕대던 마음이 가라앉긴 했지만 이내 자신을 두고 마트에 간 채은에게 서운한 마음이 들었다.

"미안해요. 나중엔…… 깨울게요."

-언제 오는데?

"이제 곧 갈 거예요. 뭐 먹고 싶은 거 있어요?"

-먹고 싶은 거?

자신의 질문에 잠시 고민하던 유한이 자신이 좋아하는 과자 이름을 말했다. 그에 다시 엄한 엄마의 마인드가 된 채은이 미간을 좁혔다.

"과자는 안 돼요."

-먹고 싶은 거 말하라고 해놓고. 나 요즘 그 과자 안 먹은 지 한참 됐단 말이야. 색시야~

그럴 거면 먹고 싶은 걸 물어보지 말든지. 불만이 생긴 유한이지만 채은의 마음이 약해지도록 애교를 부렸다. 역시나 제 애교가 먹혔는지 채은이 한숨 소리와 함께 항복의 목소리가 들렸다.

"알았어요. 대신 얌전히 기다리고 있어요."

-응, 알았어. 아니면 나도 마트에 갈까? 색시 짐 무겁잖아.

"아니에요. 별로 무겁진 않을 거 같아요. 그러니까 어디 가지 말고 집에 있어요."

유한은 이제 이곳의 지리를 어느 정도 익힌 고로 채은을 찾아갈 수 있을 것 같았다. 하지만 채은은 자신의 호의를 냉정히 거절했다. 다시 한 번 입술이 삐죽 여행을 나왔다. 하지만 고집을 부리면 채은이 과자를 사 오겠다고 한 말을 거둬들일까 봐, 얌전히 고개를 끄덕였다.

-피, 알았어. 얼른얼른 와야 해.

그렇게 채은의 마음속 번잡함을 어느 정도 날려 보낸 유한과의 통화가 끊겼다. 어디서 찬바람이 새어 들어오는지 오한과 한기가 들었다. 하지만 그녀는 마트로 향해야 했다. 자신이 늦어지면 무섭게 전화를 해댈 유한 때문이었다.

"색시야!"

계획에 없던 장보기였지만, 마트에 가니 자연스레 짐이 많아졌다. 배달이 너무 밀려 저녁 시간에 맞추지 못할까 봐 짐이 한가득인 봉지를 양손에 들고 마트를 나왔다. 제 손을 압박하는 비닐봉지를 추켜올리며 아파트 입구로 들어서는데, 멀리서 익숙한 호칭과 목소리가 들렸다.

"유한 씨, 집에 있으라고 했잖아요."

"집 앞에서 기다리고 있었어. 짐 무겁잖아. 나 줘. 내가 들게."

언제부터 나와 있었는지 유한이 채은에게 빠르게 다가왔다. 채은의 타박에 아랑곳하지 않고 유한이 채은의 짐을 날래게 잡아챘다. 봉지 안에 과자를 보는 유한의 눈빛이 더욱 밝아졌다. 생각보다 채은이 과자를 많이 사 온 탓이었다.

"나 짐 들어주려고 기다리고 있었어요?"

"응. 내가 색시보다 힘이 훨씬 세니까 짐 들어줘야지. 과자 많이 사 왔네. 역시 우리 색시가 지화자다."

"지화자요? 과자 많다고 한꺼번에 먹으면 안 돼요."

할머님과 가깝게 친하게 지냈기 때문인지, 유한과 대화를 하다 보면 이렇게 나이에 맞지 않은 어휘가 나오곤 했다. 황당한 듯 웃은 채은이 유한에게 당부하듯 말했다.

"응, 알았어."

제 말을 듣는지도 명확하지 않게 과자에 눈이 팔려 성의 없는 답이었다. 한 소리 해줄까 하다, 유한이 제 아들이 아니라 남편인 것을 잊지 않은 채은이 그대로 말을 삼켰다. 그 대신 봉투를 든 팔에 팔짱을 꼈다.

"불편해요?"

"아니, 괜찮아. 손 못 잡으니까."

채은이 먼저 팔짱을 낀 것이 좋은지 유한의 얼굴이 발그레해졌다. 채은이 먼저 자신에게 다가오는 것은 언제나 즐겁고 설레는 일이었다. 그렇게 걸어가면서 채은의 옆모습을 보던 유한이 갑자기 의아한 표정이 되어 채은을 불렀다.

"색시야."

"네?"

"어디 아파?"

채은의 안색이 좋지 않다는 것은 용케 발견한 유한이었다. 유한의 질문에 눈이 커진 채은이지만 이내 고개를 저었다.

"아뇨. 왜요? 저 아파 보여요?"

"응. 아프면 바로 말해. 내가 약 사 올게. 우리 색시는 아프면 안 돼."

아픈 게 마음대로 조절되는 것도 아닌데, 채은이 아픈 건 상상하기도 싫은지 그가 인상을 썼다. 솔직히 진화의 만남으로 인해 정신적인 체력 소모가 많았는지 몸이 천근만근이긴 했다. 하지만 그런 이야기를 할 수 없으니 채은이 고개를 끄덕이며 답했다.

"고마워요. 얼른 가요. 배고프다."

"응. 밥 먹고 과자 먹어도 되지?"

"딱 하나만요."

"치."

"하루에 하나씩만 먹어요. 안 그럼 살쪄요. 유한 씨 살찌면 미국으로 도망가야지."

"안 돼! 알았어, 하나만 먹을게."

채은의 말에 유한은 입을 삐죽였고, 채은은 웃음이 터졌다. 어느새 하나가 된 그림자가 나란히 걸어가고 있었다. 기다란 그림자를 통해서는 그 어떤 번뇌도 고민도 느껴지지 않았다.

잠에 빠져 있던 유한이 짜증이 난 듯 미간을 찌푸렸다. 평소 눈이 떠질 때까지 늘어지게 자던 유한이지만 오늘은 자신의 귀를 자극하는, 거슬리는 소리가 있었다. 무시하려 했지만, 이미 깨버린 잠은 다시 찾아오지 않았다. 하는 수 없이 눈을 뜨자 창문을 통해 쏟아지는 햇빛이 그대로 유한의 눈에 들어왔다. 그에 다시 이불 안으로 들어갔던 유한이 이번엔 햇빛을 피해 천천히 고개를 들었고, 고개를 들자마자 자신의 눈에 들어온 광경에 눈이 커지고 말았다.

"색시야!"

언제나 자신보다 일찍 일어나던 채은이 오늘은 아직도 자신의 옆에서 누워 있었다. 아침부터 채은의 자는 얼굴을 볼 수 있다면 좋은 일이겠지만, 문제는 자신의 옆에 누워 있는 채은이 식은땀을 흘리며 끙끙거리고 있다는 것이었다. 아마 자신을 깨우던 끙끙대는 소리도 채은이 낸 소리가 틀림없었다.

"……유한 씨."

놀란 유한의 부름을 들었던지 식은땀을 흘리며 끙끙대던 채은이 힘겹게 눈을 떴다. 아침에 몸을 일으키려 했는데, 몸이 말을 듣지 않았다. 머리가 지끈지끈 아프고 온몸이 콕콕 쑤시는 게 몸살감기에 걸린 것 같았다. 어제 진화와의 만남으로 생긴 심적인 스트레스가 몸살로 나타난 듯했다. 유한이 깨기 전에 얼른 약을 먹으려 했는데, 몸이 마치 물먹은 솜처럼 움직이질 않아 좀 나아지길 바라며 이렇게 끙끙대기만 하고 있었던 것이다. 최대한 아픈 티를 내지 않으려 했는데 아무래도 자신이 유한까지 깨운 모양이었다.

"왜 그래? 어디 아파?"

한편, 열이 올라 눈까지 충혈된 채은을 보고 놀란 유한이 허둥지둥하며 채은의 이마에 손을 올렸다. 역시나 뜨거웠다. 어제 몸이 안 좋아 보였던 것은 자신이 잘못 본 게 아니었다.

"병원! 색시야, 병원 가자."

아플 때 병원에 가야 한다는 것이 불현듯 떠오른 유한이 채은을 억지로 일으키려 했다.

"유한 씨, 나 괜찮아요. 거실 서랍에 보면 감기약 있거든요. 그것 좀 가져다줘요. 그거면 돼요."

"안 돼. 병원 가야 해. 머리 엄청 뜨거워. 군고구마 같아."

아무리 사람 체온이 뜨거워도 군고구마처럼 뜨거울까. 이 상황에서도 자신을 웃게 하는 유한의 말에 채은이 웃음을 짓고 말았다. 웃는 자신과 달리 어지간히 당황한 듯 보이는 유한을 안심시키고자 채은이 웃음 띤 얼굴로 말했다.

"그냥, 감기 몸살이에요. 약 먹고 한숨 자면 다 나아요. 그러니까 거실에 있는 약이랑 물 좀 가져다줘요. 해줄 수 있죠?"

고작 감기 가지고 호들갑 떨고 싶지 않은 채은의 부탁 어린 어조에 유한이 고민된다는 표정을 지었다. 자신이 봤을 때 당장에라도 병원에 가야 했지만 억지로 데려갔다가 채은이 더 아플지도 몰랐다. 채은도 괜찮다고 자신을 달래니 일단 채은의 몸 상태를 지켜봐야겠다고 생각한 유한이 고개를 끄덕였다. 혹시 색시도 병원이 무서운 걸까. 하긴 자신도 아플 때 병원에 가서 주사 맞는 게 제일 싫었다.

"알았어. 금방 가지고 올게."

"네, 안 넘어지게 조심해요."

아파서 앓아누웠어도 유한 걱정이었다. 채은의 말을 듣는 둥 마는 둥 유한이 급하게 거실로 가서 채은이 말한 약과 물을 챙겨서 다시 방 안으로 들어왔다. 얼른 나아야 하는데, 유한의 어쩔 줄 모르는 표정을 보며 채은이 침대 위로 몸을 다시 뉘었다.

"저 괜찮아요. 금방 나을 거예요."

제 몸이 아픔에도 자신을 안심시키려는 채은의 말에 유한이 속상하다는 표정을 지었다. 제 손에 잡힌 채은의 손이 뜨겁다. 어떻게 해야 하지. 자신이 무언가 해주고 싶은데 아무것도 생각나는 게 없었다. 기억만 없는 게 아니라 자신은 바보가 틀림없었다.

'색시야, 아프지 마, 할머니, 색시 좀 안 아프게 해줘.'

쓰러지듯 눈을 감은 채은을 보며 유한이 하늘에 계신 할머니에게 빌고 또 빌었다.

얼마나 잠이 들었던 것일까. 약을 먹고 잠이 든 것까지는 기억이 나는데, 깊은 잠에서 조금씩 깨어나려 하는 것이 느껴졌다. 이내 무거운 눈꺼풀을 들어 올린 채은이 눈동자를 이리저리 움직이기 시작했다. 의식이 어느 정도 돌아와 밤새 흘린 땀을 얼른 씻고 싶다는 생각마저 들었다. 천천히 손을 올려 유한이 올렸을 것으로 추정되는 이마의 젖은 수건을 내리고 채은이 끙차, 소리를 내며 몸을 일으켰다. 몸을 일으키자마자 자신을 간호하느라 고단했는지, 세상모르고 침대에 엎드려 잠에 빠진 유한이 보였다.

홀린 듯 잠이 든 유한을 한참이나 바라보던 채은이 잠든 채로 인상을 쓰는 유한을 보고 그제야 유한의 허리에 무리가 가겠다는 생각이 들어 유한을 깨우려 손을 뻗었다. 하지만 생각과 달리 채은이 손이 도착한 곳은 유한의 어깨가 아닌 유한의 머리 위였다. 유한이 깨지 않도록 채은이 조심스럽게 유한의 머리를 쓸어주었다. 검은색의 짧은 머리칼이 채은의 손가락 사이로 빠져나갔다.

부드러운 머리칼에 채은의 입가에는 당연한 듯 미소가 떠올랐다. 그 미소도 잠시, 채은의 입가의 미소가 스르르 사라지더니 이내 그 자리에 슬픔이 내려앉았다. 잠이 들어 평온한 유한의 얼굴과 유한을 바라보는 처연한 채은의 얼굴이 대조를 이루었다.

유한이 아프든 말든 독하고 못되게 유한을 떠나려 했었던 적도 있었다. 이렇게 유한의 곁에 머물기로 한 것도 나중에 더욱 쉽게 이별을 하기 위해서였다. 한이불 덮고 살던 부부의 이별이란 분할 정도로 간단하다는 생각이 들었다. 진화의 말대로 준비해둔 서류에 도장만 찍으면 되니 말이다. 그 간단한 절차만 거치면 자신은 그렇게도 바라던 자유의 몸이 되고, 아버지가 힘들게 일군 회사까지 지켜낼 수 있었다.

누가 봐도 쉽고 간단할 그 일이 지금 자신에게 더없이 어려운 일이 되어버렸다. 유한을 떠나려 했던 죄에 대한 벌이 아이러니하게도 유한을 잃는 것이었다. 채은의 입에서 자조 섞인 웃음이 나왔다.

바보 같다, 강채은.

후회하고 또 후회했다. 유한을 떠나려 한 것도, 유한의 마음을 늦게 알아챈 것도, 이제야 유한에게 다가갈 결심을 하게 된 것도. 언제나 한발 늦어, 언제나 후회를 하는 자신이 한심스럽다. 지금 자신이 할 수 있는 일은 무엇일까. 지금 자신이 하고 싶은 것은 무엇일까. 현명하고 완벽한 어른다운 선택. 자신에게 필요한 것이 바로 그것이었다.

그렇게 채은이 이런저런 생각에 잠겨 있는데, 잠에 빠졌던 유한이 움찔하며 잠에서 깨려는 움직임을 보였다. 생각을 멈추고 그 모습을 바라보는데, 잠에 취해 인상을 쓰던 유한이 갑작스레 눈을 번쩍 뜨며 몸을 일으켰다.

"색시야!"

몸을 일으키자마자 유한은 채은부터 찾았다. 고개를 들자마자 보이는 채은의 모습에 유한의 눈에 안심이 서렸다. 하지만 완전히 안심되지 않은 고로 채은에게 물었다.

"괜찮아?"

"네, 괜찮아요. 왜 거기서 그러고 자요. 허리 아프게."

"아픈 건 색시잖아. 색시가 열이 막 나서 내가 엄마한테 전화했어. 그래서 의사 선생님이랑 엄마랑 왔었어."

"네? 어머니까지 오셨다고요?"

이번엔 채은이 놀라고 말았다. 분명 약을 먹고 기절하듯 잠이 든 것까지는 기억이 나는데, 잠이 든 동안 무슨 일이 있었는지는 전혀 생각나지 않았다. 약을 먹었음에도 열이 더 올랐던 것일까. 시계를 확인하니 시간이 많이 흐른 뒤이긴 했다.

"응. 색시 나도 못 알아보고 끙끙 앓기만 했어."

그는 역시 병원에 데리고 갈 걸 그랬다고 얼마나 후회를 했는지 모른다. 약을 먹으면 나을 거라는 채은의 호언장담과 달리 잠에 빠져들었던 그녀의 상태는 시간이 흐를수록 심각해지기만 했다. 자신이 아무리 불러도 대답도 하지 않고, 끙끙 앓아대는 채은을 보다 못한 유한이 급하게 이 여사에게 도움을 청했다.

채은이 죽어간다는 유한의 말에 놀라 주치의와 함께 유한의 집으로 온 이 여사는 아들의 울 것 같은 얼굴에 또 한 번 놀라고 말았다. 성인이 된 후 찔러도 피 한 방울 안 나올 것처럼 행동하던 아들의 그런 표정은 처음이었다. 기억이 있든 없든, 아들의 그런 표정에 마음이 아파진 이 여사는 채은을 간호함과 더불어 아들을 달래는 일까지 하며 정신없이 시간을 보내다가, 채은이 어느 정도 차도를 보이자 뒷일을 유한에게 맡기고 돌아간 것이었다.

"자고 일어났으면 괜찮았을 텐데요. 어머니는 가셨어요?"

채은은 민망하여 얼굴이 붉어졌다. 유한이 병원에 가자고 할 때 갈걸. 시어머님 간호는 못할망정 시어머님의 간호를 받다니. 괜한 일로 시어머니에게까지 걱정을 끼친 것 같아 죄송스러운 마음이었다.

"응. 이제 거의 나은 것 같다고, 나보고 색시 보고 있으랬어. 색시 되게 많이 아팠어."

자면서 그렇게 앓아놓고 자고 일어나면 괜찮다니. 채은의 말이 마음에 들지 않는 듯 유한이 입을 삐죽 내밀었다. 아프면서 안 아픈 척하는 덴 세계선수감이었다. 어라? 그걸 내가 어떻게 알지. 갑자기 떠올랐던 생각에 유한이 고개를 갸웃했다. 아마 옛날에도 채은이 아프면서 아픈 척하지 않았던 적이 있었나 보다. 뭐가 됐든 색시가 아픈 건 싫었다.

"얼른 누워. 더 쉬어야 해."

평소 채은이 자신에게 하듯 엄한 목소리로 말한 유한이 억지로 앉아 있는 채은을 눕혔다. 채은이 다시 일어나려 했지만 유한이 힘을 줘 채은의 어깨를 잡았다.

"누워 있어, 그냥."

어른 유한이 말하듯 강한 어조로 말하는 유한의 모습에 눈이 커졌던 채은이 이내 고개를 끄덕였다. 채은의 대답을 확인한 유한이 죽을 가져오겠다며 방을 나섰다. 죽을 가져오면 또 일어나야 할 텐데, 뭐하러 다시 누우라고 하는지. 이해는 안 됐지만, 등 뒤의 폭신한 침대가 느껴지자 또다시 눈이 감기기 시작했다. 죽을 먹고 씻을 생각을 하며 잠을 쫓아보려 했지만, 어느새 까무룩 하게 잠이 들어버린 채은이었다.

번쩍.

거짓말처럼 잠이 들었던 자신의 눈이 떠졌다.

"깼어?"

눈을 뜨자마자 들리는 소리에 채은이 소리가 나는 쪽으로 고개를 돌렸다. 찌뿌듯함도 사라지고, 꿀맛 같은 잠에서 깨니 몸이 한결 가벼워진 기분이었다.

"지금 몇 시예요?"

몇 시간은 잔 기분인데, 시간이 많이 흐른 상태는 아니었다.

"배 안 고파?"

"네? 아, 미안해요. 내가 잠이 들어서."

유한이 죽을 가지러 간다고 나간 사이에 잠이 들어버린 것이 생각났다. 심술이 난 건 아닌가 싶었는데 화장대 의자를 끌어다 앉은 유한의 표정은 차분했다. 아니, 오히려 채은이 자다 일어난 것이 기특하다는 듯 기분까지 좋아 보였다.

"아니야. 엄마가 잠 푹 자게 해야 금방 낫는다고 했어. 괜찮은 거지?"

어른스러운 미소로 괜찮냐고 묻는 유한의 모습에 새삼 쑥스러워진 채은이 고개를 끄덕였다. 그러다 지금 제 몰골이 씻지도 못하고 땀을 흘린 탓에 무지 흉할 거라는 생각에 도달하자 창피하여 유한의 반대쪽으로 고개를 돌려버렸다. 시장기보다 씻는 게 먼저였다.

"먹기 전에 좀 씻어야……."

말을 맺기도 전에 제 입안으로 죽이 담긴 수저가 날아들었다. 얼결에 죽을 먹은 채은이 놀란 눈으로 다시 유한을 바라보았다.

"오늘 하루 종일 제대로 못 먹었잖아. 죽부터 먹어."

그러고서 다시 한 번 죽 수저가 채은의 입으로 들어왔다. 수저에 부딪히는 이가 아팠다. 먹여주려면 좀 친절하게 좀 해주지, 너무 우악스러웠다. 계속 거칠게 들어오는 수저에 채은이 아픔을 참으며 유한에게 죽 그릇을 달라는 듯 손을 내밀었다.

"제가 먹을게요."

"싫어. 내가 먹여줄 거야. 옛날에 나 아프면 할머니가 이렇게 해줬어. 오늘은 내가 색시한테 해줄게."

제 기억 속에선 얼마 되지 않은 일이지만, 아마 어른 배유한의 기준으로 보면 꽤 오래전 일일 것이다. 비록 어른 유한의 기억은 많이 사라진 상태지만 그랬기에 자신이 제일 좋아하고 존경하던 할머니의 기억이 생생했다. 여기에 딱 색시 기억만 있다면 좋을 텐데, 없어진 기억 중에서 가장 아쉬운 기억이 바로 채은과의 기억이었다. 채은과의 기억만 아니라면 굳이 기억을 찾고 싶은 생각은 들지 않을 것 같았다. 그러면 엄마랑 아빠가 싫어하려나. 얼른 기억을 찾아야 한다 주장하는 부모님을 생각하며, 유한이 한쪽 눈썹을 들어 올렸다.

"고마워요."

"응, 많이 먹어, 우리 아가."

제 기억 속의 할머니를 완전히 꺼내온 듯 할머니 흉내를 내며 웃어버리는 유한이었다. 채은을 보살펴주는 듯한 이 기분, 어쩐지 싫지 않았다.

"유한 씨, 오늘은 따로 자요. 감기 옮아요."

"괜찮아. 나는 감기 안 걸려."

죽을 먹고 샤워를 끝낸 채은이 다시 침대 위로 올라가자 어느새 씻은 유한도 채은의 옆에 누웠다. 혹시나 자신에게서 감기가 옮을까 따로 잘 것을 주장했으나, 유한은 요지부동이었다.

쪽.

채은의 걱정엔 아랑곳하지 않고 입술에 뽀뽀를 한 유한이 채은을 제 품에 안았다. 그러곤 여전히 걱정스레 자신을 바라보는 채은의 이마에 제 이마를 가져다 대더니 이내 안심된다는 채은에게 말했다.

"열 안 난다. 색시 다 나았나 봐. 그럼 같이 자도 되는 거지?"

"그래도."

"나는 건강해서 절대 안 아파. 걱정하지 말라니까."

자신에게서 떨어지기는커녕 더욱 세게 안는 유한의 행동에 채은도 포기한 듯 그의 품에 더 가까이 붙었다. 하루 종일 열에 시달려 열이라면 질색이었는데, 유한의 체온은 좋았다. 코끝까지 찡해질 정도로.

"유한 씨."

온종일 잠을 잔 탓일까, 자려고 누웠음에도 잠이 오질 않았다. 보아하니 아직 초저녁인 탓에 유한도 잠이 들 기색이 없어 보였기에 채은이 유한을 불렀다.

"응?"

"음, 유한 씨 할머님은 어떤 분이셨어요?"

유한이 기억을 잃고 가장 많은 듣는 이야기가 바로 자신의 시할머님이셨다. 유한이 어렸을 때 돌아가셔서 한 번도 뵌 적 없는 분이지만, 유한이 가장 좋아하던 분임을 알기에 궁금증이 생겼다. 채은의 질문을 예상하지 못한 탓에 잠시 생각에 잠겼던 유한이 이내 제 할머니를 떠올리며 미소 지은 얼굴로 답했다.

"우리 할머니? 되게 착하고 좋은 분이셨어. 나한테 맛있는 것도 많이 해주시고, 나랑 많이 놀아주시고, 옛날이야기 같은 것도 되게 많이 해주셨어."

"옛날이야기요?"

"응. 옛날에 할머니 동네에 있었던 코가 큰 코쟁이 군인 아저씨 같은 거."

"코쟁이 군인 아저씨요? 그 코쟁이 군인 아저씨가 미국 사람이었어요?"

"응. 미국이라는 나라가 되게, 되게 멀다고, 한 번 가면 다시 얼굴 보기 힘들다고 그랬어. 할머니도 어렸을 때 친구가 미국에 갔는데, 그 뒤로는 다시 못 봤다고 그랬어."

예상은 했지만 어린 시절 유한의 사고에 박힌 미국에 대한 두려움은 할머님이 심어주셨던 것이었다. 비행기가 없던 시절엔 미국보다 먼 나라는 없었을 것이다. 과장된 몸짓으로 미국이란 나라에 대해 설명하는 할머님과 놀란 얼굴로 할머님 이야기를 들었을 귀여운 손자의 모습이 떠올라 저절로 웃음이 났다.

그 귀여운 손자가 눈에 밟혀 할머니는 어떻게 떠나셨을까. 상상만 해도 미소가 나는 조손의 모습을 떠올리다, 후에 손자를 두고 떠나야 했을 자신의 시할머님의 마음이 떠올라 마음이 시큰해졌다. 채은이 우울해진 걸 아는지 모르는지, 생전 할머니의 모습을 떠올리던 유한이 채은에게 큰 비밀을 말하듯 목소리를 낮춘 채 말했다.

"근데 있지, 우리 할머니 화나면 되게 무서웠어."

"할머님이 유한 씨 혼내기도 했어요?"

"가끔씩 수한이랑 싸우면. 예전에 내가 장난감 가지고 놀고 있으면 수한이가 내 장난감 가지고 싶다고 졸랐었거든. 수한이는 이상하게 내가 가지고 놀고 있는 것만 갖고 싶다고 했어. 그래서 장난감 주기 싫다고 수한이랑 싸우다가 할머니한테 혼났어."

분명 수한은 자신의 귀여운 동생이었지만 그렇게 자신의 장난감을 탐낼 때마다 얄미웠었다. 다른 장난감도 버젓이 있는데, 왜 자신이 가지고 노는 것만 달라고 하는지. 웬만하면 주고 넘어갔지만 가끔 그런 수한의 행동에 심통이 나면 수한과 싸우기도 했었다. 둘만 있는 자리에서 싸웠다면 문제 될 것이 없었겠지만, 어른들이 다 있는 자리에서 싸우는 바람에 할머니께 다시없을 정도로 크게 혼이 났던 기억이 있었다. 자신을 혼내는 할머니는 자신에게 그저 낯선 사람이라 눈물이 날 것 같았지만 그 앞에선 울 수도 없었다.

"동생한테 양보 안 한다고요?"

"아니. 사람들 앞에서 그렇게 감정 보이면 안 된다고."

아직도 사람들 앞에서 어른스럽게 굴지 못한다고 호통을 쳤던 할머니의 목소리가 선명했다. 할머니는 언제나 사람이 많은 자리에선 언제나 의젓하고 어른스럽게 굴어야 한다고 당부에 당부를 하시곤 하셨다. 그런데 다들 모인 자리에서 장난감 때문에 동생과 싸웠으니 혼이 나는 것도 당연했다. 누구보다 다정한 할머니의 호통치는 모습은 바지에 오줌을 쌀 정도로 무서웠다.

"할머님이 그렇게 말씀하셨어요? 남한테 감정 보이면 안 된다고?"

"응. 식구들한테는 괜찮지만, 남한테 내 기분을 들키면 나중에 큰일 난다고. 내가 지키고 싶은 걸 지키지 못하게 될 수도 있다고 하셨어."

"……그랬었구나."

유한이 감정을 숨기는 데 도사가 된 것도 시할머니의 영향이라는 사실을 처음 알게 된 채은은 놀라움을 느꼈다. 유한을 그렇게도 아껴주셨던 할머님이 유한에게 호통치셨다는 모습은 잘 상상은 되지 않지만, 왜 유한에게 그토록 강하게 말씀하셨는지는 알 것 같았다. 유한은 장차 큰 회사를 이끌어 갈 사람이었다. 비록 어리기는 하나 제 감정을 숨기지 못하는 유한이 귀여우면서도 걱정되셨을 터다. 사업을 하는 사람이 쉽게 제 감정을 들키면 일을 그르치게 될 수 있고, 그것은 개인의 손해로 끝나지 않는다. 그랬기에 큰 살림을 맡을 사람은 그에 걸맞은 자질을 갖추어야 하는데 할머님은 유한에게 그런 자질을 키워주고 싶으셨으리라.

그리고 할머님의 영향인지 어른 유한은 누구보다 감정을 잘 숨기는 사람으로 성장했다. 하지만 그 모습을 칭찬해주어야 하는 것인지는 명확히 판단이 서질 않았다.

"응. 근데 난 지금 색시 잘 지켜주는데, 기분 들키면 안 되나?"

굳이 내 기분을 숨기지 않아도 색시를 지키는 데는 문제가 없어 보이는데, 제 기분을 숨겨야 하는가에 대한 질문이었다.

"어른이 돼서 살다 보면 숨겨야 할 때가 생기기도 해요. 어른이 되면 기분을 숨겨야 할 때와 숨기면 안 되는 때를 잘 구분해야 하고요."

어른 유한은 분명 할머님 말씀대로 잘 자라주었지만, 감정을 숨겨야 할 때와 숨기면 안 되는 때의 구분이 엇나가버렸다. 비록 몸은 커버렸지만 지금 8살 유한은 앞으로 감정을 숨겨야 할 때와 숨기지 말아야 할 때는 잘 구분하는 사람이 되었으면 싶었다. 다시는 감정이 비껴가지 않도록 말이다.

"어른은 너무 어렵다."

"그러니까요. 정말 어려워요."

"그래도 내가 꼭 색시는 지켜줄게."

"네, 저도 유한 씨 지켜줄게요."

어른이 된다고 항상 옳은 선택만 하는 것은 아니고, 후회 없는 삶을 살아가는 것도 아니다. 사람은 언제나 선택의 기로에 서 있고, 언제나 후회의 싹을 가지고 있다. 어쩌면 세상에서 완벽한 선택이란 존재하지 않을 수 있다. 그랬기에 사람은 최고의 선택을 하기 위해 부딪치고, 방황하고, 고민한다. 그 끝에 내린 결정은 후회는 있되, 미련은 생기지 않는다. 유한의 품에 있는 이 순간 채은도 결심했다. 어떤 결정을 내리든 일단 부딪쳐보자고. 이렇게 포기하기엔 너무 많은 후회와 미련이 남을 것 같았다. 그건 자신을 지켜주겠다고 하는 이 남자에 대한 예의도 아니었다. 어른은 정말 너무 어렵다.

## 10. 다가온 이별

긴장된 표정의 수한이 긴장을 가라앉혀보려 눈앞의 물잔을 들었다.

-오늘 잠깐 볼 수 있어요?

처음으로 자신에게 먼저 연락을 한 채은의 말이었다. 채은이 자신에게 무슨 말을 할지 예상할 수 있었지만, 바보 같은 자신은 채은이 자신에게 먼저 전화를 했다는 것에 설레고 말았다. 스스로에게 아무리 욕을 퍼부어도 어쩔 수 없었다. 그렇게 수한이 자신에 대한 자조 섞인 웃음을 보내고 있을 때, 수한이 맞은편에 누군가의 기척이 들렸다.

"죄송해요. 먼저 오셨네요."

"……응."

채은과의 통화가 끝나자마자 보던 서류가 눈에 들어오지 않더라는 말은 할 수 없었다. 자신을 바라보고 있는 채은은 시간의 흐름을 비껴간 듯 보였다. 처음 봤던 그 순간처럼 채은은 원치 않아도 자신의 시선을 끌고 있었다. 언제까지 제 눈이 채은을 좇을 것인가, 그건 채은을 좇는 자신도 알 수 없었다. 한 가지 확실한 건 자신이 바보 같다는 것. 그것만은 자신이 제일 잘 알고 있었다. 어려운 발걸음을 했을 텐데도 말을 꺼내지 못하는 채은의 모습에 상황과 맞지 않은 안쓰러운 생각이 들어 수한이 먼저 입을 열었다.

"강채은이 나한테 연락을 했을 때는 나한테 무슨 할 이야기가 있는 거겠지?"

"……네."

자신이 먼저 운을 뗐음에도 채은은 무언가 고민된다는 듯 쉽게 입을 열지 못하고 있었다. 혹시 제 마음에 대한 배려일까, 아니면 어떻게 말을 시작해야 할지 정하지 못할 걸까. 난감한 듯한 채은의 얼굴을 보며 수한이 자신의 주먹에 힘을 주었다.

"며칠 전에 고모님을 뵀어요."

그렇게 망설이는 채은의 모습을 보며 다른 생각에 잠겨 있는데, 채은이 결심한 듯 말을 꺼냈다.

"고모님께서 유한 씨 이사직 해임에 대한 안건을 주주총회에 낼 거라고 하시더라고요."

"그래서?"

별 관심 없다는 듯 되묻는 수한의 행동에 민망하기도 하련만, 채은은 그런 것은 신경 쓰이지 않는다는 듯 바로 본론으로 들어가 오늘 만나자고 한 용건을 말했다.

"저, 도련님께서 고모님을 좀 막아주셨으면 해요. 고모님 막으실 수 있는 거 도련님뿐이 없잖아요. 부탁해요."

채은을 알고 나서 채은이 저렇게 간절한 표정을 짓는 것 또한 처음이었다. 자신을 마주치기만 하면 자신을 피할 궁리만 하던 채은이 자신을 직접 찾아왔을 때 분명 그에 관한 이야기를 하리라는 것은 쉽게 예상할 수 있었다. 하지만 예상이 맞았다고 해서 기분이 덜 나쁜 것은 아니었다. 자신이 처음 보는 모습은 모두 유한으로 인한 것이었다. 유한에 대한 채은의 마음을 느끼면서도 수한은 멋진 놈 흉내를 낼 수 없었다. 대신 수한은 세상에서 제일 비열한 놈이 되어 물었다.

"내가 왜? 설마, 내가 우리 어머니가 하시는 일을 모를 거라고 생각했어?"

수한에 말에 놀라 멍해졌던 채은이 다시 정신을 차리고 수한을 설득하려 했다. 그래도 수한은 고모님과 다를 것으로 생각했는데, 아니었던 걸까.

"그래도, 이건 아니에요. 형이잖아요. 유한 씨가 온전치도 못한 상황에서 이렇게 하는 건……."

"치사하다고? 어쩌겠어. 가족 간의 정, 이런 건 회사 경영에 아무런 도움이 안 돼. 지금 형은 완벽히 직무태만 상태라고. 그런 윗사람을 믿고 어떻게 회사를 경영하겠어."

"기억만 찾으면 다시 돌아갈 수 있어요. 유한 씨 그런 능력 충분히 있는 사람이라는 거 알잖아요."

"알아서 이렇게 나온다는 거, 강채은도 알잖아."

제 말에 질린 것일까. 채은은 다시 한 번 말을 잃었다. 실망했다. 수한은 채은이 자신에게 완벽히 실망했다는 것이 느껴져 아이러니하게도 마음이 아프고 화가 났다. 어쩌자는 건지. 병신이 따로 없었다.

"그렇게까지 해서 회사를 가지고 싶어요? 가족, 의리 다 버리면서? 전 이해가 안 돼요. 화영을 바라보고 있는 사람들, 열심히 일하는 사람들 생각하면 윗사람들이 이런 식으로 서로의 자리를 뺏고, 서로 궁지로 몰면 안 되는 거 아니에요?"

직원들을 가족처럼 여기던 강 회장을 보고 자란 채은으로서는 지금 이런 상황이 이해가 되지 않았다. 가족끼리 헐뜯고, 서로의 기득권을 챙기려고 안달하고. 그게 올바른 경영이고, 운영인 건가. 왜 그들의 계산에 화영의 직원들은 없는 것인지, 이해가 되지 않았다. 이런 게 경영이라면 자신이 아버지의 회사를 두고 그렇게 고민할 이유 또한 사라지게 된다.

"정상적인 건 아니지. 확실히. 근데 정확히 내 목표는 화영이 아니라 다른 거거든. 내가 형을, 강채은을 돕고 싶은 마음이 들 때는 두 사람이 헤어졌다는 소리가 들릴 때야. 그런 의미에서 도련님 소리는 좀 안 했으면 하는데."

참담한 표정의 채은과 속상한 마음을 가리려 더 이죽인 표정을 지은 수한의 눈이 마주쳤다. 사실 수한도 채은처럼 애원하고 싶었다. 회사 따위를 얻자고 네 마음을 뭉그러뜨리려는 게 아니라고. 그저 자신도 기회를 얻고 싶을 뿐이라고. 채은을 만난 것도, 마음을 표현한 것도 자신이 먼저인데, 왜 자신에게 기회조차 주지 않는 것인지, 그게 화가 났을 뿐이라고. 여자 때문에 이런 일을 벌인다고 한심하게 봐도 할 수 없지만 자그마치 5년이 넘는 시간 동안, 어쩌면 앞으로도 너밖에 안 보일 텐데, 기회 정도는 줄 수 있는 거 아니냐고 소리라도 치고 싶었다.

"우리 둘이 헤어지는 거랑 도련님이랑 무슨 상관인데요. 그건 저희 두 사람의 문제예요."

끝까지 도련님. 채은의 말에 비참한 심정이 되어 수한이 비소를 지었다. 애원하듯 간절한 표정이 어느샌가 뚫을 수도 없는 견고한 성이 되어 굳어진 상태였다.

"강채은은 몰라도 나는 꽤 상관이 있어서 말이야. 그리고 원래 헤어지려고 했던 거 아냐?"

원래 헤어지려고 했으면서, 어째서 자신에게 이렇게 울 것 같은 얼굴로 부탁을 하는 것인지. 틈을 보인 건 자신들이 먼저면서 피해자의 얼굴을 하는 것이 미웠고, 그 조그만 틈을 비집고 들어가려는 자신이 한심했다.

"맞아요. 유한 씨 마음 알기 전에 유한 씨랑 헤어지려고 마음먹은 적도 있었어요. 그런데 지금은 아니에요. 그리고 제가 만에 하나 유한 씨랑 헤어진다고 해도 도련님은 아니에요."

"왜? 내가 시동생이라서?"

"아뇨. 제가 유한 씨를 사랑하니까요. 그건 결혼하기 전이나 후나 똑같아요. 전에 물었던 적 있죠. 유한 씨 사랑하느냐고. 이제야 답을 주네요. 저는 유한 씨를 사랑해요."

차라리 자신이 시동생이라는 이유로 마음을 받아줄 수 없다고 했다면 이렇게 기분이 나락까지 떨어지지는 않았을까. 이미 훨씬 늦은 대답이었다. 몇 년이나 지난 후에야 그에 대한 답을 주는 것은 무엇을 뜻하는 것일까. 평생 모르기 바랐던 그 마음이 통한 걸까. 새삼 채은의 입으로 확인한 진실에 수한의 표정이 고통스럽게 일그러졌다. 하지만 채은은 그런 수한을 모르는 척 다시 애원조로 말했다.

"그러니까 도와줘요. 유한 씨랑 헤어지고 싶지 않아요. 유한 씨 옆에 있고 싶어요. 이제까지 그 사람이랑 계속 엇갈리기만 했어요. 이제야 엇갈리지 않고, 서로 바라볼 수 있게 됐는데, 이렇게 헤어지고 싶지 않아요. 이제 유한 씨랑 행복하고 싶어요. 그러니까 도련님이, 아니 수한 씨가 저 좀 도와주세요."

자신하고는 절대 행복할 수 없다는 말이 생략된 말이었다. 그래서 유한과 결혼하고 처음으로 채은에게서 '수한 씨'라는 호칭이 나왔는데도 전혀 기쁘지 않았다. 도대체 왜, 자신은 이렇게 채은을 바라보는 것만으로도 좋은데, 비록 다른 사람을 사랑한다고 고백하며 제 마음을 찢어도, 채은이 먼저 연락을 하고 자신과 눈을 맞추고 있는 지금이 너무 설레고 좋은데, 왜 채은은 자신과 같은 감정이 될 수 없는지, 왜 같은 마음이 생기지 않는 것인지 자신에겐 그 사실이 그저 분통하고 원망스러울 뿐이었다. 그래서 채은에게 물었다.

"나도 널 사랑해서 도와주지 못한다고는 생각 못 해?"

"아뇨. 그건 사랑이 아니에요. 수한 씨는 그저 집착하는 거예요. 억지로 빼앗으려고 하는 건 사랑이라고 할 수 없어요."

이제까지의 제 마음을, 제 기다림을 집착이라고 정의하는 채은의 모습에 수한은 충격을 받은 듯 멍해졌다. 제 마음이 채은에게 그렇게 받아들여졌다는 게 절망스러웠다.

"억지로 뺏는 게 왜? 그렇게라도 옆에 두고 싶을 만큼 간절하다는 거잖아."

"내가 좋으니까 옆에 두고 싶다는 마음은 절대 사랑이 될 수 없어요. 자기감정을 강요하기만 하는 건 그저 집착이고 아집이에요."

비록 뒤에서 지켜주느라 제 마음을 모조리 숨겨버린 유한이지만 유한이라면 절대 수한처럼 나오지 않았을 것이다. 유한을 만나지 못했더라면 마음을 빼앗겼을 만큼 자신이 아는 수한은 멋지고 좋은 사람이었다. 그런데 어째서 이렇게 변해버린 것인지. 수한이 미운 감정보다는 안타까움이 더 컸다. 그렇게 비틀린 모양의 사랑을 진짜 사랑이라 믿는다면 나중에 상처받는 건 수한 자신이 될 수밖에 없었다. 그런 채은의 마음을 알 리 없는 수한에게 채은의 말은 그저 야속하기 그지없는 말이었다. 그랬기에 수한이 싸늘하게 웃으며 물었다.

"그래서 결론은? 내 사랑은 집착이고 아집이기 때문에, 내가 무슨 짓을 하든 네가 나한테 올 리는 없다?"

"네, 절대 수한 씨한테 가지 않아요. 내가 사랑하는 건 다른 사람이니까요."

마치 사형선고를 하듯 단호하고 명쾌했다. 채은의 말에 헛웃음이 지어졌다. 도대체 왜 형은 되고 자신은 안 되는지. 막을 수 없을 정도로 제 마음은 채은을 향하는데 채은은 그 어떤 희망도 주지 않겠다는 듯 단단한 얼굴이었다. 채은의 애원에 마음이 약해졌다는 것도 사실이지만 단호한 채은의 모습에 슬쩍 오기가 생기기 시작했다. 어쩌면 사랑이라는 감정에 오기라는 감정이 들어오는 것 자체가 제 마음의 변질을 뜻하는 것일지도 몰랐다. 하지만 자신은 여전히 채은을 원했고, 포기하고 싶지 않았다. 자신은 아무것도 제대로 시작해본 것이 없었다.

"그렇다는 거지. 그런데 말이야, 난 집착이든 아집이든 끝까지 가보고 싶은데 어쩌지. 미안하지만 강채은 씨 부탁대로 형을 도와줄 수는 없을 것 같아."

"그러니까 더더욱 안 되는 거예요. 끝까지 가자, 하는 마음에 제 마음은 없잖아요. 우긴다고 사랑이 무조건 되는 건 아니에요."

'네가 지금 이 결혼을 막고 싶으면, 강채은 마음을 가지고 와.'

채은의 그 말을 듣는데, 결혼 전에 했던 유한의 말이 떠올랐다. 유한이 만일 자신의 상황이었다면 자신처럼 질척거리는 것 없이 채은을 자신에게 보내줬을까. 물어보고 싶어도 지금의 유한에게 답을 들을 수 없는 질문이었다. 몰랐는데, 지금 채은의 눈빛이 당시 대화를 나눴던 유한의 눈빛과 비슷한 것 같았다. 아마, 채은의 마음을 가지게 될 것이라고 당당하게 말했던 그때의 형과. 절대 상대방을 놓지 않을 거라 말하는 두 사람의 눈빛이 같다는 건 무엇을 뜻하는 것일까. 분명 답은 나와 있음에도 수한은 그 답을 보려하지 않았다.

"그거야 가보면 알겠지."

두 사람의 당당한 눈빛에 주눅 들었음에도 수한은 당당해 보이려 미소를 지었다. 그 미소가, 그 위악이 보는 사람을 얼마나 안타깝게 하는지 알지 못한 채 수한은 애써 미소 지을 뿐이었다.

"아버지."

채은이 회장실 안에 들어서자 서류를 보던 강 회장의 눈이 커졌다. 그리고 그 눈에 딸에 대한 반가움이 들어차기 시작했다.

"웬일이야?"

"아버지 보고 싶어서 왔죠. 너무 갑자기 왔나? 바쁘세요?"

수한과의 만남 후, 채은이 찾은 곳은 아버지인 강 회장이었다.

"아니야, 괜찮아. 앉아 있어."

"네."

"뭐 마실래? 근데 배 서방은?"

채은이 소파에 앉자마자 강 회장이 물었다. 채은이 가는 곳엔 언제나 따라가려고 하는 유한을 알기에 채은 혼자 이곳에 온 것이 의아했다.

"친구 만나서 커피 마셨어요. 유한 씨는 본가에 있고요."

"배 서방 서운했겠구먼. 같이 오지 그랬어."

"아버지랑 둘이서만 데이트하고 싶어서요. 아버지, 저 배고파요. 밥 좀 사주세요."

딸의 살가운 대답에 녀석, 하고 중얼거렸지만 딸의 애교에 기분 좋아진 듯 웃어버리는 강 회장이었다.

"조금만 기다려. 거의 다 봤으니까. 뭐 먹을지 고민하고 있어."

"네."

갑작스러운 딸의 방문에 놀라기는 했지만 그 어떤 손님보다 반가워 서류를 훑는 강 회장의 눈이 빨라졌다.

그런 아버지의 모습을 보던 채은의 눈에 방금과 다른 착잡함이 떠올랐다. 수한과 헤어지고 바로 아버지의 회사로 발걸음을 돌렸다. 그나마 진화를 막을 수 있을 거로 생각한 수한에게 부탁해보았지만 원하는 답은 얻질 못했다. 쉽지 않을 거라고는 생각했지만 수한이 그렇게까지 나올 줄 몰랐던 탓에 더욱 허탈함이 컸다. 수한이 얼른 제 마음의 모순을 깨닫기를 바랄 수밖에 없었다.

"뭐가 그리 심각해? 뭐 먹을지 그리 고민되는 거야?"

채은이 이런저런 생각에 빠져 있는 동안 서류 검토를 다 끝냈던지, 양복 재킷을 챙기며 묻는 말에 채은이 움찔 놀라 다시 현실 세계로 돌아왔다.

"아버지, 벌써 끝나셨어요?"

"대충 봐야 할 건 다 봤어. 우리 딸이 배고프다는데, 그게 먼저지."

다정한 아버지의 말에 제 고민도 슬쩍 몸을 감췄다. 강 회장에게 다가간 채은이 강 회장의 팔에 팔짱을 끼며 강 회장을 향해 엄지손가락을 들어 보였다.

"역시 우리 아버지가 지화자예요."

채은답지 않은 말에 어안이 벙벙해졌던 강 회장이 웃어버리자, 채은도 강 회장을 따라 웃어버리고 말았다.

"이거 가지고 돼? 더 맛있는 거 먹으러 가지. 네 아버지 더 능력 있는 사람이야."

"삼겹살이 뭐, 어때서요? 오랜만에 먹고 싶어서요."

채은과 강 회장이 찾은 곳은 광선 건물 근처에 있는 삼겹살집이었다. 이른 저녁 시간이었지만 가게 안에는 삼삼오오 사람들이 둘러앉아 고기를 굽고 소주잔을 나누고 있었다. 어쩐지 정다워 보이는 사람들의 모습에 웃음이 나는 채은이었다.

"아이고, 회장님, 안녕하세요."

"네, 안녕하셨습니까."

두 사람이 빈 테이블에 앉자, 주인으로 보이는 아주머니가 밑반찬을 놓아주며 강 회장에게 알은척은 했다.

"오랜만에 뵙는 거 같아요. 오늘은 회사분이랑 오신 게 아닌가 보네요."

"네. 이쪽은 제 딸아이입니다."

"안녕하세요."

"회장님 따님이구나. 정말 예쁘시네. 얼마 전에 기획부 분들 오셔서 엄청 드시고 가셨는데, 그때 같이 오시죠."

아쉬운 듯한 아주머니의 말에 강 회장이 장난스럽게 웃으며 대꾸했다.

"늙은 사람이 젊은 사람들 노는 데 너무 자주 끼면 욕먹습니다."

"에이, 기획부 분들도 회장님도 계셨으면 하고 바라시던데요? 같이 오자고 했는데, 바쁘셔서 같이 못 오셨다고."

"제가 진심하고 빈말하고 구별할 수 있는 연륜은 있습니다."

"회장님도 참~"

스스럼없이 주인아주머니와 대화하는 강 회장의 모습에 채은이 슬쩍 웃음 지었다. 직원들의 사기를 높이고, 직원들을 격려하기 위해 강 회장은 종종 직원들과 회식 자리를 만들거나 야유회에 참석하곤 했다. 높은 사람입네, 하면서 자리를 차지하고 앉아 아랫사람들을 불편하게 하는 것이 아니라 세상을 더욱 오래 산 연장자의 위치에서 직원들에게 조언하고 직원들의 고민을 나누고 다가가려 하는 강 회장의 모습은 직원들의 존경을 샀고, 그 결과로 직원들은 애사심을 가지고 업무를 열성적으로 해 나갔다. 회사가 어려울 당시에도 월급을 받지 못하더라도 회사를 위해 일하겠다는 직원들이 있다는 말을 듣고 감동한 적이 있었다.

"우리 아버지 여전히 인기 많으시네."

대화를 마친 아주머니가 드디어 다른 손님을 맞이하러 떠나자 채은이 놀리는 듯한 어조로 말했다. 그에 아버지를 놀리는 거냐며 강 회장이 얄밉다는 눈으로 채은을 노려보았지만 그것도 잠시, 서로를 보며 웃음을 터트린 두 사람이었다.

"아버지, 제가 할게요."

"이런 건, 원래 아버지가 하는 거야."

집게를 들어 고기를 굽기 시작하는 강 회장의 모습은 큰 기업의 회장님의 모습이라고 생각하기 어려웠다. 사람들의 위에 군림하거나 위엄을 차리는 대신 언제나 소탈하고 다정한 아버지를 채은은 언제나 존경했다. 왠지 모르게 시큰해지는 코끝을 진정시키려 채은이 눈앞의 물을 마셨다.

"우리 소주도 한 잔씩 할까?"

"아니에요."

"아버지 앞에서 내숭이야? 우리 딸이랑 술 한잔하고 싶은데."

"그럼, 딱 한 잔만요."

계속 거절하면 서운해할 것 같은 아버지의 모습에 채은이 하는 수 없이 고개를 끄덕였다. 그리고 이제부터 제가 할 말은 술의 기운을 빌려야 할지도 모를 이야기였다.

"다 익었다. 어서 먹어봐."

"네, 잘 먹겠습니다."

'이모, 여기 소주 한 병이요.', '여기 채소 좀 더 주세요.' 등등의

외침이 들리는 이곳은 대화하기에 알맞지 않았지만, 조용한 곳에서 분위기를 잡고 하는 것보다 이런 시끌벅적한 분위기에서라면 이야기가 더 잘 나올 것 같은 생각에 온 곳이었는데, 사람이 많든 적든 입을 떼기는 쉽지 않았다.

"아, 엄마는 뭐라고 안 하세요?"

이런저런 고민을 하다 자신 때문에 집에서 혼자 저녁을 먹어야 할지도 모를 어머니가 그제야 생각난 채은이 물었다.

"내가 미모의 여자랑 밥 먹고 간다니까, 잘 먹고 오라던걸?"

"이야, 우리 엄마 너무 쿨한 거 아니에요?"

"그러니 말이야. 다 잡은 물고기라 그런가 봐. 질투할 생각은 안 하고 그 미모의 여자가 살이 많이 빠진 것 같으니까 맛있는 거 먹이고 오라더라."

그러더니, 강 회장이 집게로 익은 고기를 듬뿍 집어 채은의 그릇에 놓아주었다. 부모님이 자신을 두고 했을 말을 알 것 같아 웃음 지었다.

"엄마도."

"채은아."

"네?"

"무슨 일 있니?"

유한과 자신이 이혼을 앞두고 있다는 이야기를 아직도 제 부모에게 하지 못한 상황이었다. 그러니 어디서부터 운을 떼야 할까 고민하는데, 먼저 치고 들어오는 강 회장의 말에 채은이 멍해지고 말았다.

"배 서방 때문에 힘든 거야?"

"아니에요, 그런 거."

아까부터 계속 표정이 어두운 채은을 알고 있었다. 자신에게 할 이야기가 있는데 하지 못하는 것 같기도 하고, 무언가 복잡한 일이 생긴 것도 같고. 제 앞에선 웃는 낯을 하려는 것 같았지만 숨겨지지 않은 수심이 채은의 얼굴에 가득했다.

기억을 잃은 사위와 지내면서 채은의 얼굴이 밝아졌다고 생각했는데, 역시나 보이는 게 다가 아닌 것인가 싶었다. 딸의 그런 얼굴에 자연스럽게 유한에 대한 원망이 생겨났다. 처음 자신을 찾아와 채은을 만나게 해달라 했던 유한의 곧은 눈빛이 마음에 들었고, 그랬기에 처음 유한과 채은의 만남을 주선했었다. 잘 어울릴 거라 생각했던 대로 유한과 채은은 퍽 잘 어울렸고, 결혼까지 성사되었다. 하지만 예상과 달리 두 사람의 결혼 생활은 순탄하지 않아 보였다. 분명 서로에 대한 마음은 보였지만 무언가 결여된 듯한 느낌. 기억을 잃은 유한 덕분에 모든 문제가 덮여 있는 상태지만 역시나 해결되지 않은 문제들이 존재감을 드러내는 것인 듯싶었다.

"채은아, 원래 부부지간이라는 것이 평행선이라고 하더구나. 평생 가도 만날 수 없는 그런 평행선. 그런데 사람들은 그걸 모르고 계속 만나려고 해서 문제가 생기는 거야. 서로 인정하고 다독이면 될 텐데, 서로가 만날 수 없는 사이라는 걸 인정하지 못하는 거지."

평행선은 아무리 노력한다고 해도 만날 수 없다. 하지만 그걸 인정하지 못해 자신에게 다가오지 않는 상대방을 원망하고 미워한다. 서로 만날 수 없는 사이라는 걸 인정하고 서로를 존중해주면 될 텐데, 그걸 하지 못해 서로에게 상처를 주고 방황하는 것이었다.

"사실 쉬운 건 아니지. 그래서 다들 그렇게 싸우고 힘들어하는 거야."

서로를 인정하고 존중하는 것. 말로는 쉬워도 막상 사람과의 관계에서 절대 쉬운 것이 아니었다. 미워하니, 싫어하니 하며 수없이 다투고, 수많은 시행착오를 겪은 후에만 도달할 수 있는 경지였다.

"아버지랑 엄마도 그러셨어요?"

"우리라고 달랐게? 신혼 땐 엄청 싸웠지."

지인과 정말 많이 싸웠던지 옛 기억을 떠올리는 강 회장이 눈썹을 찡그렸다. 그런 강 회장의 모습에 채은이 놀란 표정을 지었다. 제 기억 속 부모님은 언성 한 번 높이는 일 없이 언제나 사이좋은 모습이었다. 그랬기에 유한과의 결혼 생활이 더욱 답답하게 느껴졌을지도 몰랐다. 결혼만 하면 당연히 제 부모님처럼 살 수 있을 거로 생각했고, 그랬기에 제 생각대로 행동하지 않는 유한을 원망하며 답답해했다.

"이 사람이랑 나는 연(緣)이 아닌 건가, 이 사람이랑 평생 살아갈 수 있을까…… 하루에도 수십 번씩 고민했었지. 생각해보면 언제나 나는 나대로, 네 엄마는 네 엄마대로 서로한테 강요만 했었어. 나는 이렇게 하니까 너도 이렇게 해라, 나는 이거 안 하니까 너도 하지 마라 이런 식으로. 그러니 당연히 부딪치고 싸울 수밖에. 그런데 서로 살 붙이고 살아가다 보니까 자연스럽게 서로를 이해하고 인정하게 되더구나. 이 사람은 이거 싫어하니 내가 안 해야지, 저 사람이 저렇게 하니 나는 이렇게 해야지 하면서 말이다. 부부라는 게 그런 거더구나."

강 회장의 말에 채은이 고개를 끄덕였다. 강 회장이 자신에게 하고 싶은 말을 알 것 같았다. 무언가를 배우고 습득하기 위해서 많은 시행착오를 겪듯 결혼도 마찬가지였다. 처음부터 완벽한 결혼은 없었다. 서로에 대한 적응 과정을 거치며 수없이 고민하고 방황해야 했지만, 유한과 자신에겐 그런 시행착오 과정은 없었다. 무조건 참았고, 무조건 숨겼다. 그러니 안으로 썩어 들어간 상처가 끝내 곪아 터져버린 것이리라. 예전에 이해할 수 없었던 말이 지금은 귀에 박히듯 제 마음에 들어왔다. 아파도 그 곪아버린 상처를 치료할 용기가 생겼는데, 크나큰 문제가 생겨버렸다. 그리고 이대로 끝낸다면 그 상처는 평생 아물지 않을 것 같았다.

"저기, 아버지, 사실은요……."

자신뿐만 아니라 아버지를 힘들게 할 이야기를 해야 하는데, 아이러니하게도 아버지의 말이 큰 용기를 주었다. 뻔뻔해지자. 아버지를 상대로 그럴 수밖에 없는 자신의 마음도 아팠지만 어쩔 수 없는 일이라 여기며 입을 떼려는 순간, 강 회장의 휴대폰이 울렸다.

"잠깐만."

용기를 내어 힘겹게 말을 꺼내려는 순간을 방해한 전화벨 소리. 허탈한 마음이 들어 채은이 입술을 깨물었다.

"응, 그래, 박 이사. 아, 잘 받았다던가? 아니야. 감사는 무슨."

무슨 이야기가 그리 즐거운지 강 회장은 호탕하게 웃으며 통화를 이어갔다. 채은만이 초조한 마음으로 눈앞에 있는 소주를 꿀꺽 삼켰다. 소주가 원래 이렇게 맛있었던가. 생전 처음 느껴보는 술맛에 한 잔만 먹는다던 제 다짐을 저버리고 한 잔을 더 들이켰다.

"우리 딸, 오늘 술이 받나 보구나."

어느새 전화를 끊었던지, 홀짝홀짝 술을 마시는 채은을 보며 강 회장이 말했다.

"네? 네. 박 이사님이세요?"

"응. 이 친구 딸이 이번에 아이를 낳았거든. 그래서 유모차를 사서 보냈더니 이렇게 연락을 했구나. 아, 이 친구 사위도 우리 회사에서 일하는데, 굉장히 성실한 친구야. 참 고맙지."

"네……."

"이 친구들한테 항상 내가 많이 배우고, 힘도 많이 얻는구나. 자기 자식들도 우리 회사에서 일하게 한다는데, 그때까지 열심히 해서 회사 지켜야지."

직원들 생각에 흐뭇한 생각이 들었는지, 직원들을 생각하는 강 회장의 얼굴에서 빛이 났다. 사람이 재산이라고 생각하는 강 회장은 광선을 이끌어가는 힘은 언제나 직원들이라고 말하곤 했다. 비록 너무 사람을 믿은 탓에 큰 위기를 겪었지만 그 생각은 여전한 듯 보였다. 이런 아버지에게 자신이 그 사람들을 뺏을 자격이 있는 것일까. 다시 한 번 혼란스러웠다.

"아, 아까 무슨 이야기 하려고 하지 않았어?"

"네? 아……."

사실 강 회장에게 지금 유한에게 일이 생겼다고, 그런데 자신이 계속 유한 옆에 있으면 아버지 회사가 위험할지도 모른다는 이야기를 하려 했다. 자신이 어쩌면 좋겠냐며 물어보려 했지만 실상은 이기적인 자신의 약삭빠른 수였다. 자신의 이야기를 들으면 아버지는 분명 광선을 신경 쓰지 말고 네가 하고 싶은 대로 하라고 말할 것이었다. 아버지에게 회사 못지않게 중요한 게 자신이란 걸 알고 있었기 때문이었다. 강 회장이 괜찮다고만 말해준다면 뻔뻔하게 유한의 옆에 있으려 했다. 그런데 한번 기회를 놓친 탓인지 입이 떨어지지 않았다. 회사 이야기, 직원들 이야기에 밝아진 강 회장에게 도저히 회사를 포기해달라 종용할 수 없었다.

"저기, 그러니까 아버지 말씀 잘 새기겠다고요."

자신이 생각했던 쉬운 길은 사라졌다. 자신이 지켜야 할 사람이 유한 한 사람뿐이 아니라는 것을 깨달은 탓이었다. 채은에게서 이상함을 느꼈던지 고개를 갸웃거리는 강 회장을 보며 채은이 또다시 소주를 들이켰다. 알싸하게 퍼지는 소주가 느껴졌다.

"아버지, 몰랐는데 소주가 참 다네요."

소주가 맛있어지면 인생을 아는 거라던데, 그렇다면 지금 자신은 인생을 알아가는 중인가 보다. 인생을 알아가는 것 또한 만만치 않았다. 달게 느껴지는 소주가 어쩐지 서글펐다.

연거푸 소주를 마시니 당연하게도 취기가 돌았다. 그런 상황에서도 채은은 본가의 그를 데리러 가야 한다며 우겼지만 사돈댁에 취한 딸을 보낼 수 없어 강 회장은 채은을 제 집으로 데리고 왔다. 유한에게 전화까지 해준다는 걸 채은이 그건 자신이 하겠다고 했다. 왜 저렇게 술을 먹인 거냐, 내가 먹인 게 아니라 본인이 마신 거다, 많이 마신 건 아니다 하는 부모님의 목소리가 들렸지만, 지금 채은에게 중요한 건 유한에게 전화를 하는 것이었다.

-색시야, 왜 안 와!

채은이 유한의 번호를 누르자마자 제 전화를 기다린 듯 수화기 건너편에서 채은을 닦달하는 소리가 들렸다. 정말 어린아이처럼 느껴지는 목소리에 채은이 피식 웃음을 흘렸다.

-색시야?

"아, 유한 씨. 미안해요. 일찍 데리러 가려고 했는데, 친구랑 이야기가 길어져서요."

-그럼 지금 나 데리러 올 거야? 아니면 나 혼자 갈까?

전화상으로도 채은의 상태가 이상했던지 유한이 물었다. 최대한 정신을 차리려 했지만 띵한 머리 탓에 그것이 쉽지 않았다.

"오늘은 유한 씨도 거기서 자야 할 것 같아요. 지금 저도 우리 엄마, 아빠네 거든요."

-뭐? 혼자만 간 거야?

채은이 자신의 처가에 있다는 말에 유한은 크나큰 배신감을 느낀 듯했다. 게다가 자고 오겠다니. 자신을 버리고 다른 곳에서 자고 가겠다고 하는 채은의 말이 서운해 유한의 표정에 불만이 가득 찼다.

"어쩌다 보니 그렇게 됐어요. 미안해요. 오늘 거기서 자고, 내일 일찍 데리러 갈게요."

-몰라, 미워. 일찍 온대놓고.

밖에 있는 동안에도 계속 얼른 오라고 닦달하듯 전화하는 걸, 금방 갈 테니 거기서 기다리고 있어라 해놨는데 자신이 떡하니 배신하니, 유한이 화를 내는 것도 당연했다. 머리가 아픈 중에도 채은이 유한에게 달래듯 말했다.

"대신 내일 아침에 일찍 갈게요. 우리 유한 씨는 마음 넓은 어른이니까 이해해줄 거죠? 네?"

-……알았어. 내일 일찍 와.

"네, 잘 자요."

-응.

전화는 끊겼다. 채은은 입을 한 발 내밀고 있을 유한의 모습이 보이지 않아도 보이는 것 같았다. 여기에 온다고 고집을 부리면 어쩌나 했는데, 그러지 않아서 다행이었다. 잠은 안 오고 점점 두통이 심해지기 시작했다.

"큰일 났네."

팔로 눈을 가린 채은이 중얼거렸다. 자신이 어떻게 해야 하는지, 다음으로 쉬운 길은 무엇일지 다시 생각해볼 수밖에 없었다. 아무도 아프지 않을 수는 없는 건가. 술을 마셔 생각하는 기능이 마비되었던지, 그 어떤 생각도 나지 않아 채은은 답답함을 삼켜야만 했다.

채은은 방 안에 앉아 멍하니 노란 서류 봉투를 바라보고 있었다. 건드리면 안 되는 극비 문서처럼 그 서류를 살펴볼 생각조차 하지 못하고 있었다. 이것이 무엇인지, 아는지 모르는지 유한은 태평스레 거실에서 텔레비전 시청 중이었다.

보는 것만으로도 무시무시한 이것이 바로 두 사람의 이혼 서류였다. 이 종이 쪼가리에 두 사람의 운명이 걸려 있다는 사실이 새삼 우스워 채은이 헛웃음을 지었다. 서류를 건네주려고 자신의 집에 왔던 김 변호사는 유한의 상황이 협의 이혼은 힘들 것 같으니 소송을 통한 이혼에 대해서 이런저런 설명을 해주었지만, 자신의 귀에 전혀 들어오지 않아 무심히 고개만 끄덕였다.

머뭇머뭇 팔을 들어 올린 채은이 서류 봉투 안에서 종이를 꺼내

들었다. 분명 검은색으로 이런저런 글씨가 쓰여 있었는데, 마치 글씨를 모르는 백치처럼 한참 같은 내용의 종이를 바라보다 조금은 거칠게 서류를 화장대 위로 던져버렸다. 본인들의 일이었음에도 채은은 전혀 관심 없다는 듯 여전히 무심한 태도였다.

"휴~"

어느 순간 채은은 의식하지 못하게 한숨을 쉬는 버릇이 생겨났는데, 오늘도 그 버릇의 발현은 예외가 없었다. 한숨을 쉬는 채은만 보면 복이 날아간다며 유한은 겁을 주었지만 그다지 먹히지 않았는지 이 버릇은 사라지지 않고 있었다. 모든 결정을 끝낸 상태였지만 여전히 속은 시끄러웠다.

"색시야, 뭐 해? 나랑 텔레비전 보자."

아까부터 무얼 하는지 한참을 방 안에만 있는 채은이 이상했던지, 문 너머의 유한이 채은을 불렀다. 멍하니 있던 채은이 유한의 부름에 놀라 거실 쪽으로 고개를 돌렸다.

"네."

"얼른 와, 재미있는 거 해."

평소 같으면 당장에 달려와서 같이 텔레비전을 보자며 채은을 끌어당겼겠지만, 프로그램에 쏙 빠진 것인지 유한은 일어날 생각도 하지 못하고 있었다. 그런 유한의 행동에 묘한 서운함을 느낀 채은이 입을 삐죽였다. 그러다 피식 비소를 짓고 말았다. 유한만 자신의 영향을 받는 게 아니라, 자신도 유한 못지않게 유한의 영향을 받고 있다는 사실을 깨닫고 말았기 때문이었다. 정말 이게 뭔가 싶었다.

또다시 멍해진 채은이 자신이 내던지듯 화장대에 올려둔 서류

들을 바라보는데, 채은의 귓가에 휴대폰 벨 소리가 들렸다. 이번에도 외부의 소리에 정신을 차린 채은이 휴대폰을 찾았다.

"네, 여보세요."

-아가.

"네, 아버님."

채은에게 전화를 건 사람은 배 회장이었다. 아마 김 변호사가 건네준 서류 때문에 전화를 하셨으리라. 밀려오는 죄송한 마음에 채은은 살가운 안부 인사조차 건넬 수 없었다.

-유한이 녀석은?

그런 불편한 채은의 마음을 읽은 것인지, 배 회장이 먼저 아무렇지 않은 체하며 유한을 물었다. 거실에 있다는 채은의 말에 배 회장은 자신도 모르게 혀를 차고 말았다. 지금 상황이 어떻게 굴러가고 있는지 알고나 저렇게 여유로운 것인지. 다정하진 않아도 언제나 든든하고 믿음직했던 아들이 처음으로 한심하게 느껴졌다. 본인 때문에 얼마나 여러 사람이 골머리를 앓고 있는지 알면 저렇게 태평할 수는 없는 거였다.

"그래도 요즘은 장난감 대신 뉴스도 보고, 회사 관련 자료도 읽고 그래요."

유한의 대변인이 된 채은이 유한을 두둔해주었다. 분명 채은의 말은 사실이긴 했지만 유한이 자발적으로 행동하는 것은 아니었다. 어느새 배 회장 못지않게 유한의 기억이 돌아오길 간절히 바라게 된 채은도 이런저런 자료나 사진들을 보여주며 유한의 기억 찾기에 골몰하고 있었으나, 유한 본인이 기억 찾기에 대한 커다란 의지가 없어서인지 별 성과는 없었다.

-그래. 네가 고생이 많구나. 김 변호사한테 들었다. 이혼 서류, 받았다고?

"……네. 회사 일로도 정신없으실 텐데, 저까지 신경 쓰이게 해 드려서 죄송해요."

-마음, 확실히 정한 거니?

"……."

며느리의 침묵을 긍정의 대답으로 받아들인 배 회장이 속으로 한숨을 내쉬었다. 지난번 유한의 이야기를 하며 어느 정도 마음을 돌렸다고 생각했는데 아니었던 것일까. 아니면 이제까지 자신이 며느리를 잘못 생각하고 있었던 것일까. 채은의 사정을 알 리 없는 배 회장은 그저 채은이 유한의 진심을 외면하는 것 같아 서운한 마음이 들었다. 게다가 유한을 둘러싸고 회사 사정이 더욱 안 좋아지는 상황이기에 채은을 이해할 여유가 없는 것도 사실이었다. 어떡해야 하나. 약속한 대로 채은을 보내주는 게 맞겠지만, 지푸라기라도 잡는 심정으로 배 회장이 말을 이었다.

-사실 말이다, 이런 이야기 너한테 하기 창피하지만 수한이 쪽에서 유한이 이사직을 두고 해임 주주총회를 준비하고 있다고 하더구나.

"……네."

갑작스레 꺼낸 배 회장의 말에 채은이 놀란 마음을 숨기려 휴대폰을 쥔 손에 힘을 주었다. 역시 자신에게 겁을 주려 했던 말은 아니었나 보다. 조금이지만 수한과 진화에 대한 약간의 믿음이 있었던 채은은 모든 믿음이 무너지는 기분을 느껴야 했다. 어떻게 그럴 수 있나. 냉정하고 냉혹한 그들을 향해 드는 원망에 마음이 미어지고, 유한을 떠나라고 했던 진화의 목소리가 제 귓전을 울려 배 회장의 말에 제대로 대답하는 것조차 힘겨웠다.

-그거야 내가 최대한 막아보겠지만 유한이 녀석이 걱정이 돼서 말이다. 널 워낙 잘 따라서 네가 떠나는 걸 받아들일 수 있을지 모르겠구나. 충격을 받아서 상태가 더 악화될까 봐 걱정이 되는 것도 사실이고. 그래서 말이다, 어른이 돼서 약속을 어기는 것 같아 미안하지만 이혼하는 거, 다시 생각해보면 안 되겠니?

이 말을 꺼내려고 어른이 얼마나 고민을 하셨을까. 그 머뭇거림과 고민이 자신에게도 느껴져 마음이 아렸다. 기꺼운 마음으로 이혼하지 않겠다고 대답할 수 있었으면 얼마나 좋았을까. 하지만 자신은 그럴 수가 없었다.

"……죄송해요."

-아무래도 안 되겠니?

"제가 유한 씨 옆에 있으면 상황만 더 안 좋아질 거예요. 주주분들 설득하는 데에 제가 방해가 될 수도 있잖아요."

주주총회가 개최될 빌미를 준 것은 수한의 말대로 유한의 직무태만도 있지만 회사에 손해를 끼친 광선과의 기술 개발 협약 건이라는 걸 채은이 알고 있는 것 같았다.

제 말에 아무런 말도 하지 못하는 배 회장의 모습에 채은이 쓴웃음을 머금었다. 자신이 떠나지 않으면 진화 측에선 분명 자신을 걸고넘어질 것이었다. 자신이라고 배 회장에게 모든 걸 이야기하고 도움을 청하고 싶은 생각이 왜 없었겠는가. 사실 진화와 만난 후, 바로 생각났던 인물은 제 아버지 강 회장이 아닌 배 회장이었다.

하지만 채은은 끝까지 배 회장에게 이야기할 수 없었다. 유한이 언제 복귀한다고 확답할 수 있으면 모를까, 유한이 기억을 찾을 때까지는 배 회장이 주주들을 설득하며 유한의 실책을 커버해야 한다는 말이었다. 어쩌면 원치 않아도 배 회장이 광선에게 칼을 들이대야 할지도 모르는 상황이 생길 수 있었다. 이런 상황에서 자신이 고집을 부릴 경우 아버지의 회사도, 유한도 지키지 못하는 결과가 생길 수 있었다.

그리고 사람이란 원래 백 번 잘한 일보다 한 번 못한 일을 기억하기 마련이었다. 그런 상황에서 자신이 유한의 옆에 계속 있는 것은 도움이 되지 않는다는 판단이었다. 그런 자신이 뭐가 무서워 진화가 그런 조건을 내걸었는지 모르겠지만, 여러모로 생각을 정리한 결과 자신이 유한을 떠나야 한다는 결론에 도달한 채은이었다. 물론 완전히 떠나는 것이 아니라 작전상 후퇴였다.

-네가 그것까지 생각할 필요는 없어. 중요한 건 지금 유한이한테 네가 필요하다는 거야.

채은의 말이 맞을 수도 있다. 하지만 멀리 보면 이 사태에서 중요한 것은 유한의 기억의 유무였다. 유한만 안정되고 기억만 찾으면 자신이 나서지 않아도 그가 모든 걸 해결할 수 있을 것이라는 믿음이 있었다.

"유한 씨는 너무 걱정 안 하셔도 될 거예요. 잘 설득하고 이해시키면……."

도대체 무얼 설득하고, 이해시키겠다는 것일까. 본인이 하는 말이 자신도 이해가 되지 않아 말을 이을 수 없었다. 자신도 우리가 헤어지는 게 이해가 안 되고 설득이 안 되는데, 무슨 말로 자신이 유한을 설득할 수 있을까. 울컥 치밀어 오르는 감정에 목울대가 아파졌다. 그렇게 갑자기 끊긴 말에 배 회장이 이상했던지 채은을 불렀다.

-아가?

"아, 네. 유한 씨한테 제가 잘 말할게요. 진짜 어린애 아니니까, 잘 이야기하면 이해할 거예요. 도움이 못 돼드려서 정말 죄송해요."

-혹시 무슨 일 있는 거니?

이런 상황에서도 유한을 떠나겠다고 냉정하게 말하는 주제에 채은의 행동이 영 이상했다. 마치 도살장 끌려가는 소처럼 무언가 잔뜩 미련이 남고, 망설이는 듯한 목소리를 느낀 배 회장의 눈이 날카로워졌다.

"아니요. 아무 일도 없어요. 그냥, 너무 면목이 없어서요. 총회 전에 연락드릴게요. 서류 정리 안 돼도 그 전에 떠나는 게 맞는 거 같아서요. 유한 씨가 적응할 기간도 필요할 것 같고요. 아버님, 저 먼저 전화 끊을게요. 유한 씨가 저를 찾아서요. 정말, 정말 죄송해요."

그렇게 전화가 끊겼다. 채은답지 않게 허둥지둥 급하게 끊는 전화 품새나 무언가 쫓기듯 불안해 보이는 목소리가 마음에 걸렸다. 오랜 세월 사람들을 여러 상대하며 발달한 촉과 감이 예리하게 작동하는 듯 배 회장의 눈빛이 빛났다.

도시와 달리 산은 벌써 겨울을 맞이할 준비를 끝내가고 있었던 것인지, 햇살은 가을과 같았는데도 산 기온은 제법 쌀쌀했다.

"얼마나 남았어?"

앞서가는 채은의 뒤에 바짝 다가선 유한이 채은에게 물었다. 오르내리는 사람이 많은 곳이라 올라가기에 수월하게 길이 나 있었지만, 산에 오르는 것 자체가 낯설어서인지 제법 숨도 차고 몸이 평지를 걷는 것보다 더 쉽게 지치는 것 같았다.

"조금만 더 가면 돼요."

"조금만 가면 할머니 볼 수 있어?"

"네, 거의 다 왔어요."

유한과 채은은 돌아가신 할머니를 뵈러 가는 중이었다. 기억을 잃기 전 유한과 찾아온 적은 있으나 언제나 유한이 앞서가면 자신은 좇아가기만 했던지라 길을 잃지 않을까 걱정했지만, 막상 산에 도착해서 오르다 보니 띄엄띄엄 가는 길이 생각나기는 했다.

"저기예요."

이 근처 어디였던 것 같은데, 중얼거리며 주위를 둘러보던 채은이 드디어 반가운 표정으로 자신들의 목적지를 가리켰다. 갑자기 발을 빨리 놀리는 채은에 놀란 유한도 발걸음 속도를 높였다.

"여기예요. 유한 씨 할머님이랑 할아버님 계신 곳."

어느새 차분한 본래의 표정으로 돌아온 채은이 유한을 바라보았다. 돌아가셨다는 말은 들었지만 막상 이렇게 산소 앞에서 대면하니 낯선 기분이 드는 것인지, 유한은 별말 하지 않고 멀뚱히 산소를 바라보고 있을 뿐이었다.

"기억…… 안 나죠?"

채은의 물음에 유한은 아주 당연하다는 듯 고개를 끄덕였다. 비록 기억이 없는 탓에 답은 냉정했지만 매년 할머님 생신 때만 되면 유한은 자신과 함께 이곳을 찾아왔었다. 지금과 달리 예전의 유한은 자신에게 같이 할머니를 뵙고 오자고는 했어도 생전 할머님에 대한 이야기를 일절 하지 않았기 때문에 할머니를 뵈러 왔던 당시엔 유한에게 자신의 시할머님이 얼마나 많은 끼친 분인지 알지 못했었다. 이제야 시할머니와 유한의 돈독함을 알아서일까. 예전에 별다른 감정 없이 바라보기만 했던 무덤이 새삼 시리게 다가왔다.

"나 있지, 할아버지는 잘 몰라. 나 어릴 때 돌아가셨다고 했어."

사이좋게 나란히 올라선 무덤을 번갈아 보던 유한이 채은에게 말했다. 어린 기억 속에서도 찾을 수 없는 할아버지는 자신에게 생소한 존재였다.

"할머님이 할아버님 말씀은 안 하셨어요?"

"아니, 할머니가 그러셨는데, 할아버지는 옛날에 되게 멋있는 분이셨대. 우리 할아버지 좋아서 따라다니는 여자들 되게 많았는데, 할아버지는 할머니만 쫓아다녔다고 했어. 그리고 내가 할아버지 되게 많이 닮았다고 했다."

어딘지 자랑스러운 얼굴로 말하는 유한의 모습에 채은은 웃음이 터졌다. 종종 느끼지만 유한은 어린 시절 약간의 왕자병 증세가 있었던 것이 분명했다. 대부분 남자들이 어머니의 영향으로 그런 증세를 가지게 된 데에 반해 유한의 경우엔 할머님의 영향인 듯했다. 뭐, 실제로 멋있었으므로 유한의 그 말이 거슬리는 것은 아니었다.

"우리 할머니, 할아버지 춥지 않으실까?"

자신의 조부모가 땅 안에서 춥지 않으실까, 어린 마음에도 그것이 걱정되는지 유한의 눈빛이 울적해졌다. 유한의 그런 눈빛에서 사고 전 매년 조부모의 무덤을 찾았던 유한이 보였다. 예전의 유한도 그런 생각을 했던 것일까.

“두 분이 같이 계시니까 괜찮으실 거예요.”

“할아버지가 할머니 안아주고 있어서? 나랑 색시처럼?”

“……네. 인사드려야죠.”

“응.”

자리를 깔고 절을 한 유한이 무덤 쪽을 바라보며 입을 열었다.

“할머니, 유한이 왔어요.”

옆에 계신 할아버지가 서운할 만큼 유한은 할머니의 무덤에서 시선을 떼지 못하고 있었다. ‘우리 아가, 왔어?’ 하고 묻는 소리가 금방이라도 들릴 것 같았는데, 자신과 생각과 달리 자신의 말에도 주변은 조용했다. 이해할 수 없는 서글픔에 코끝이 찡해진 유한이 채은을 바라보았다.

“색시야.”

“네. 할머님이랑 인사 잘했어요?”

“그냥…….”

잔뜩 어두워진 유한의 표정을 보며 채은이 유한의 손을 잡아주었다. 채은이 손을 잡자마자 유한이 기다렸다는 듯 잡은 손에 힘을 주었다. 채은의 체온에 안정을 찾은 듯 채은을 보며 약한 미소를 짓는 유한이었다. 그 미소에 채은도 마주 웃어준 후 고개를 돌려 무덤을 바라보았다. 시할머님에게 꼭 드리고 싶은 말씀, 아니 꼭 하고 싶은 부탁이 있어 찾아온 자리였다.

‘할머님 안녕하세요. 몇 번 얼굴은 뵀는데, 이렇게 인사드리는 건 처음이에요. 저 괘씸하셨죠? 죄송해요. 우리 유한 씨가요, 지금 조금 아파서 어른스럽지 못해도 용서해주세요. 위에서 보고 계시니까 다 아시죠? 사실은 할머님께 부탁드리고 싶은 게 있어서 이렇게 다짜고짜 찾아왔어요. 너른 마음으로 이해해주세요. 아마, 곧 있으면 유한 씨한테 힘든 일이 생길 거 같아요. 그런데 제가 사정이 생겨서 유한 씨 옆에 잠깐 있을 수가 없을 것 같아요. 그래서 제가 다시 돌아올 때까지만 할머님께 유한 씨를 부탁드리고 싶어서요. 이런 부탁 드려서 정말 죄송해요. 그리고…….'

"색시야, 나비다."

채은이 그렇게 자신의 시할머니에게 속의 말을 하는데 유한이 소리쳤다. 유한의 말대로 어디서 날아온 건지 하얀 나비가 유한과 채은 주변을 빙빙 돌다가 다시 하늘 위로 날아가버렸다.

"예쁘다, 그치? 할머닌가?"

"네?"

높은 하늘을 배경으로 날아오른 나비를 눈으로 좇으며 유한이 말하자 채은이 되물었다.

"사람이 죽으면 있지, 나비로 다시 태어난대. 할머니가 그랬어. 할머니가 우리 보고 싶어서 하늘에서 내려온 건가 봐."

유한의 순진한 말에 채은도 다시 한 번 자신의 주변을 맴돌았던 나비를 찾았다. 갑자기 찾아온 것처럼 하얀 나비는 흔적도 없이 사라져버렸다.

"어, 나비 없어졌다."

계속 나비를 쫓던 유한도 나비를 놓친 것인지 아쉽다는 표정으로 다시 고개를 내렸다.

"유한 씨."

"응?"

“만약에, 유한 씨하고 내가 헤어지게 되면 어떻게 할 거예요?”

“안 헤어져!”

나비를 쫓으며 안정됐던 유한의 표정이 채은의 말을 듣는 순간 험상궂게 변했다. 어떻게 그따위 질문을 할 수 있느냐는 양 유한의 표정이 순식간에 불만에 차올랐다.

“그러니까 만약에요. 유한 씨가 할머니랑 헤어졌던 것처럼 나하고도…….”

“찾으러 갈 거야. 할머니는 나중 되면 다시 만날 수 있다고 색시가 그랬잖아. 할머니는 할아버지랑 있으니까 괜찮아. 기다릴 수 있어. 근데 색시는 내가 지켜줘야 하니까, 내가 색시 찾으러 갈 거야.”

“맞아요. 나 지켜줄 사람 유한 씨밖에 없으니까, 우리가 헤어지더라도 유한 씨가 꼭 찾으러 와야 해요.”

당연하게 자신을 찾아온다고 하는 유한의 말에 벅차게 감동한 채은이었다. 채은의 말에 유한이 자신만 믿으라는 듯 고개를 끄덕였다. 자신감 넘치는 그의 표정에 채은의 마음 한구석에 자리하던 불안함이 조금씩 사라졌다. 잠시의 헤어짐일 뿐이었다.

“약속해요.”

그렇게 채은의 손가락과 유한의 손가락이 얽혔다.

“할머님, 할아버님 앞에서 한 약속이니까 절대 잊어버리지 말고 지켜야 해요.”

“응. 나 말고 색시 지켜줄 사람 없다니까.”

그러니까 나만 믿어, 하는 유한의 마음이 손가락을 통해 전해졌다. 유한에 대한 신뢰를 담보로 마음을 굳힌 채은이었다. 유한이 이 굳은 약속을 절대 잊지 않기를 채은은 간절히 바랐다.

'그리고…… 염치없는 건 알지만, 유한 씨가 저를 잊지 않게 해주세요. 유한 씨라면 분명 기억도 찾고, 지금 그 문제들도 해결할 거라고 믿는데요, 혹시나 나중에 기억을 찾았는데, 제가 옆에 없어서 서운할까 봐요. 정말 어쩔 수 없어서 그런 건데 혹시나 유한 씨가 화가 나서 다시 제 얼굴 보기 싫다고 할까 봐, 그게 너무 무서워서요. 뻔뻔한 건 알지만 지금 유한 씨가 방금 그 약속을 잊지 않도록, 저를 잊지 않도록 좀 도와주세요. 끝까지 유한 씨 옆에 있지 못해서, 힘들 때 있어주지도 못할 거면서 이런 부탁 드려서 정말 죄송해요. 용서하세요.'

이런 뻔뻔한 부탁을 하는 자신이 부끄러워 얼굴도 들 수 없었다. 그렇게 채은이 고개를 푹 숙이는데, 자신의 얼굴가에 무언가 부드러운 것이 닿았다.

"어? 나비 또 나왔다."

눈물을 참으려 턱을 사리문 채은이 살짝 고개를 돌리자 방금 자신들을 찾아왔던 나비가 채은을 바라보고 있었다. 잠깐 채은 주위를 돌던 나비가 이번엔 바람을 따라 날갯짓을 하며 나아갔다. 그런 나비의 뒤꽁무니를 보던 채은이 중얼거렸다.

"정말 할머님이 맞나 봐요."

채은의 눈에 맺혀 있던 눈물이 톡 하고 떨어졌다. 용서를 받은 기분이었다. 자신의 말이, 자신의 마음이 전해진 듯한 느낌에 채은은 다시 한 번 벅차오름을 느꼈다. 눈에선 눈물이 흐르는데, 입가엔 미소가 지어졌다. 그 두 가지 표정에 유한은 당황하고 말았지만 채은은 계속 눈물을 흘렸다. 기뻐서, 그리고 너무 서글퍼져서.

## 11. 약속

유한이 살며시 방문을 열었다. 방 안 구석에서 채은이 누군가와 심각하게 통화를 하는 것이 보였다. 자신이 들어온 것은 전혀 눈치 채지 못한 듯 통화에 열중하고 있는 채은의 모습에 장난기가 솟은 유한이 발소리가 나지 않게 천천히 채은에게 다가갔다.

"네, 네, 아버님. 그럼 그때…… 봬요."

거의 통화의 막바지였는지 자신이 다가가는 동안 채은은 통화 마무리 인사를 하고 있었다.

"색시야."

"엄마야!"

통화가 끝나고도 휴대폰을 쥔 채 망부석처럼 서 있는 채은의 뒤로 다가선 유한이 귓가에 바짝 다가서 채은을 부르자, 소스라치게 놀란 그녀가 비명을 지르며 바닥에 주저앉아버렸다. 그렇게까지 놀랄 줄 몰랐던 유한은 채은의 반응에 우스워하기는커녕 황당한 표정을 짓고 말았다.

"괜찮아?"

"유한 씨, 놀랐잖아요. 왔으면 소리라도 내죠."

놀란 가슴을 추스르며 채은이 유한을 올려다보았다. 여전히 쿵쾅대는 심장 때문에 일어날 생각은 들지 않았다. 혹시나 제 통화 내용을 들은 건 아닐까 불안한 마음이 들었지만 유한의 반응을 보니 그건 아닌 것 같았다. 사실 유한의 문제로 배 회장과 통화를 했었던 채은이었다. 배 회장에게는 자신이 잘 이야기하겠다며 자신만만하게 말한 상태였지만, 도대체 유한에게 어떤 식으로 말을 꺼내야 할지 아무 생각도 나지 않았다.

"색시 죄지은 거 있구나?"

일어날 생각을 하지 못하고 계속 주저앉아 있는 채은의 팔을 유한이 붙잡아 일으켰다. 유한의 힘에 채은의 몸이 그대로 끌려 일어났다. 눈을 가늘게 뜨고 채은을 바라보는 유한의 눈에는 장난기가 한가득 있었다.

"네, 제가 지은 죄가 좀 있어요."

장난스러운 유한의 말에 채은 또한 장난스럽게 돌려 대답하며 팔을 들어 유한의 목을 안았다. 갑작스러운 채은의 포옹에 놀라 몸을 굳혔던 유한이 이내 자연스럽게 채은의 허리를 제 팔로 감았다. 유한의 그러한 움직임에 유한에게 더욱 깊게 안기고 싶은 채은이 아예 유한의 발등에 올라서서 두 사람 사이 공간을 아예 없애버렸다.

"발 아파요?"

"아니, 괜찮아."

채은의 뒷머리를 손으로 감싸 쥐며 유한이 대답했다. 채은이 유한의 어깨에 이마를 기대며 숨을 깊게 들이켰다. 온몸 구석구석 도는 듯한 유한의 체취가 채은을 안정시켰다. 맞닿은 몸을 통해서 같은 곳에서 맞닿아 뛰고 있는 심장의 박동이, 말을 할 때마다 울리는 몸의 진동이 하나하나 그대로 자신에게 전해졌다.

"근데, 전화 누구야? 우리 아빠?"

그렇게 두 사람이 서로에게서 떨어질 생각을 하지 못한 채 서 있는데, 문득 생각난 듯 유한이 물었다. 온전한 통화는 듣지 못했어도 채은이 아버님이라 말했던 것을 들었던 것이었다. 유한의 물음에 잠시 멈칫했던 채은이 차분한 목소리고 대답했다.

"네."

"왜?"

"그냥, 조만간 우리 집에 오신다고요."

우리 집이라, 대답을 하면서 채은이 씁쓸한 미소를 지었다. 당분간은 쓸 수 없게 돼버릴 단어였다. 그러나 그 사실을 모르는 유한의 물음은 여전히 천진했다.

"우리 집에? 왜?"

'유한 씨 데리고 가려고요.'라는 대답을 하면 유한의 반응은 어떨까? 볼 것도 없이 자신도 함께인 것이냐고 물을 것이다. 내가 만일 같이 가지 않는다고 한다면…….

"놀러 오는 거야?"

"……네."

유한이 크게 상심할 모습이 보였다. 어쩌면 진짜 어린아이처럼 떼를 쓰거나 울어버릴지도 몰랐다. 유한에게 마음의 준비를 할 시간을 줘야 한다는 생각이 들었지만, 최대한 늦게 이야기하고 싶었다. 어쩌면 다시 보기 힘들 유한의 웃는 모습을 더 많이 제 눈에 담아두고 싶었다.

"그렇구나. 그럼 장난감 같은 거 다 치워야겠다."

자신이 장난감 가지고 노는 것을 싫어하는 배 회장을 알기에 유한이 조금은 아쉽다는 투로 말했다. 그의 말에 유한의 발등에서 내려와 유한의 품에서 살짝 벗어난 채은이 이제 제 차례라는 듯 유한의 얼굴을 마주 보며 물었다.

"아마도요. 그런데 유한 씨, 오늘도 기억나는 거 없었어요?"

채은의 물음에 유한이 난감한 표정을 지었다. 요즘 채은이 잊지 않고 하는 질문이었다. 어느 순간 기억 찾기에 열을 올리는 채은에게 미안했지만 오늘도 특별히 떠오르는 것은 없었다. 하지만 매일 하는 질문에 매일 같은 대답을 하는 것이 조금은 멋쩍고 미안했다.

"음, 우리 색시가 오늘도, 어제도, 옛날에도 되게 예뻤다는 거."

"그게 뭐예요?"

능청스러운 유한의 대답에 채은이 유한을 노려보았다. 자신이 얼마나 유한의 기억이 돌아오길 바라는지 안다면 절대로 저런 대답은 할 수 없을 것이었다. 유한의 기억만 제때 돌아온다면 이별 같은 건 하지 않아도 될 텐데, 정말 지금의 유한은 아무것도 아는 것이 없어 보였다. 완전 바보. 자신의 마음을 알 리 없는 유한이 눈을 반달처럼 접으며 웃자, 채은도 종래에는 웃음을 짓고야 말았다. 바보 같아도 저 애교만큼은 감당할 수가 없었다.

그렇게 웃느라 늘어진 채은의 입술에 유한이 쪽, 하고 뽀뽀를 했다. 그리고 뒤이어 자신의 이마를 채은의 이마에 붙이며 유한이 채은을 향해 무언가 갈구하는 눈빛을 보냈다. 그런 눈빛을 읽었으면서도 채은은 짐짓 모르는 척 이유를 물었다.

"뭐요?"

"색시야. 아니, 채은아."

저런 눈빛을 보내는 것을 보면 분명 어른인 것은 확실했다. 저런 유혹적인 눈빛을 8살짜리 꼬맹이가 알 리가 없지 않은가. 이마를 뗄 생각을 하지 않은 채 자신에게 천천히 다가오는 유한을 바라보던 채은이 유한의 양 볼을 잡고 얼굴을 비스듬히 꺾으며 유한의 입술에 자신의 입술을 먼저 맞댔다. 조금 전 유한의 뽀뽀와 달리 긴 입맞춤이었다. 이제 어른 뽀뽀 정도는 어렵지 않게 수행할 수 있게 된 유한이었다. 채은이 먼저 입술을 맞대자 채은의 입술을 부드럽게 핥던 유한이 기다렸다는 듯 채은의 입안으로 자신의 혀를 집어넣었다. 자신을 맞이하는 보드라운 감촉에 매료된 유한은 더욱 강하게 채은의 허리를 당겨 안으며 채은을 더 깊숙이 느끼려 했다.

가지런한 치아와 매끄럽고, 따스한 여린 살이 유한을 얽어매 도저히 벗어날 수가 없었다. 아니, 유한 또한 이 들뜸에서 벗어나고 싶지 않아 채은을 더욱 강하게 몰아붙였다. 채은의 혀를 휘감다가, 강하게 빨아들이다가 정신이 없었다. 입안에 들어온 침략자로 인해 채은의 입에서 약한 신음이 흘러나오고 유한은 또다시 제 몸이 제 것이 아닌 듯한 열기에 휘감기기 시작했다. 그러나 멈출 방법을 모르는 사람처럼 유한은 채은의 입술을 계속해서 찾아들었다. 그렇게 이 세상에 오직 채은만이 존재하는 듯 채은을 느끼던 유한이 힘겹게 채은에게서 떨어졌다. 유한의 키스에 숨이 차올랐던 채은이 끝내 참지 못하고 유한의 등을 두드렸기 때문이었다.

그런데도 완벽히 떨어지지 못한 두 개의 몸이 가쁜 숨을 뱉었다가 들이마시며 만났다 떨어지기를 반복했다. 주인을 알 수 없는 타액으로 젖어버린 입술 새로 뜨거운 숨이 새어 나왔다. 잔뜩 달아오른 유한의 몸을 느끼며 채은이 조심스럽게 고개를 들었다. 여전히 자신을 강렬하게 바라보고 있는 유한의 눈빛을 마주하자 자신도 모르게 침을 꿀꺽하고 삼키고 말았다. 건드리면 베일 것 같은 긴장이 마주한 두 사람의 눈 사이로 이어졌다.

"유한 씨."

채은의 부름에 유한은 언제나처럼 귀엽게 대답하지 않았다. 하지만 눈빛으로 대답을 한 유한을 보며 채은이 다시 한 번 입을 열었다.

"우리 데이트할래요?"

데이트라는 단어로 둘 사이의 긴장을 끊어버린 채은을 유한이 멍해진 눈길로 바라보았다.

좁은 소극장 입구라 그런지 사람들이 더욱 꽉 차 보였다. 멀뚱히 서서 줄을 선 사람들을 바라보던 유한의 뒤로 채은이 다가왔다.

"표 없으면 어쩌나 걱정했는데, 다행히 있었어요. 근데 완전 뒷자리예요."

두 장의 표를 들고 즐거운 듯 말하던 채은의 표정이 마지막 말을 하며 아쉽게 변해버렸다. 채은의 말에 옅게 미소 지은 유한이 눈앞에 보이는 공연장 포스터를 눈으로 훑었다. '김재현 추모 콘서트'라는 큰 제목 아래로 오늘 함께할 가수들의 사진이 붙어 있었다.

젊은 나이에 자살이라는 극단적인 선택으로 세상을 떠난 뮤지션을 추모하기 위해 매년 그를 그리워하는 후배와 동료 가수들이 그를 위한 공연을 하고 있었다. 채은 또한 김재현을 그리워하는 사람 중 하나였기에 종종 그의 추모 공연을 보러 오곤 했다. 하지만 채은이 유한과의 데이트 장소를 이곳으로 정한 데에는 이유가 있었다.

"우리 첫 데이트를 여기에서 했어요."

"응?"

공연장 곳곳을 둘러보던 유한이 채은의 말을 생전 처음 듣는다는 듯 어리둥절한 표정은 지었지만, 채은은 서운한 마음을 감추며 미소 지었다.

"김재현 추모 콘서트를 본 게 저희 첫 데이트였어요. 정확히 여기는 아니었고, 그때는 대전에서 공연을 하고 있을 때라서 대전까지 가서 공연 보고 왔었어요."

매년 같은 기간, 같은 장소에서 그를 위한 공연을 하고 있었지만 지방 팬들의 성화로 딱 한 번 전국 투어로 콘서트가 열린 적이 있었다. 그리고 그때가 바로 채은과 유한이 선을 통해서 만났던 시점이었다. 유한이 마음에 들지 않아 거절하려고 마음을 정한 채은에게 유한은 예의 그 무표정한 얼굴로 콘서트 표 두 장을 내밀었었다.

"이번 주말에 시간 있습니까? 시간 되면 이거나 같이 보러 가죠."

짐을 떠맡기듯 건넨 두 장의 표에 채은은 당황스러운 표정을 지었다. 오늘 말고 보지 않을 거라고 생각했는데, 웬 콘서트? 올해 시간이 안 돼 서울에서 열렸던 김재현 콘서트를 보지 못한 것이 아쉬워서 마음이 동하기는 했지만 콘서트 동반자를 눈앞의 맞선남으로 하고 싶지 않았다. 왜냐, 마음에 들지 않으니까. 그랬기에 채은은 곤란하다는 듯 고개를 저으며 대답하려 했다.

"네? 아뇨. 그날 좀……."

"약속 있더라도 뒤로 미뤄요. 나는 이 공연 그쪽이랑 보고 싶거든요."

거절하려던 자신의 말을 끊는 유한의 행동에 짐짓 채은의 표정이 굳고 말았다. 하지만 이내 예의를 지키지 않으면 자신을 유한에게 소개한 아버지가 곤란해질까 봐 채은은 최대한 제 마음을 숨기려 했다.

"그러지 마시고 다른 분이랑 가세요. 대전 공연인데, 언제 보고 와요?"

마인드 컨트롤을 했음에도 말끝엔 항의의 뜻이 담기고 말았다. 특히나 표에 떡하니 찍힌 대전이라는 글자는 채은을 더욱 망설이게 했다. 첫 만남부터 지방으로 가자고 하자니, 어쩐지 의도까지 불순해 보였다.

"서울 공연은 이미 끝나서 어쩔 수 없었어요. 공연을 밤새 하는 것도 아니고, 공연 끝나고 무사히 집 앞까지 모셔다드릴 테니까 걱정하지 말고 같이 가죠."

"그래도……."

"나는 그 공연 꼭 보고 싶습니다. 당신이 표 가지고 있으니까 당신 없으면 나도 못 봐요. 들어가요. 연락할게요."

"아뇨, 표 가져가세요!"

채은의 외침을 그대로 무시한 유한은 망설임 한 점 남기지 않고 떠났다. 독단적인 그의 행동에 채은은 기분이 상한 듯 인상을 썼지만 제 손에 들린 표는 변함없었다. 표를 산 본인이 보고 싶다고 한 표를 찢어 버릴 수도 없고, 정말 처치 곤란이었다. 그때 채은의 손에 들린 두 장의 표는 바람이 불면 날아갈 듯 가벼웠지만 이 두 장의 표의 심리적 무게는 팔이 후들거릴 만큼 무거웠었다. 그렇게 그들의 첫 데이트 장소는 대전의 한 소공연장이 되었다.

"은근 엉뚱했어."

그때의 유한을 생각하며 채은이 피식 웃음 지었다. 맞선 본 여자와의 첫 데이트를 차에서 시간을 잡아먹는 곳으로 정하는 남자가 어디 있을까. 본인은 자신과 꼭 이 콘서트를 봐야겠다고 했던가. 언제나 자신을 배려하듯 예의를 차렸던 유한이지만, 가끔 그렇게 알 수 없는 고집을 부리곤 했었다.

"미안."

그렇게 채은이 옛 기억에 잠겨 있는데, 그런 채은을 멀뚱히 보던 유한이 뜻 모를 사과를 해왔다. 의미 모를 사과에 채은이 유한을 보자 정말 미안하다는 표정을 짓고 있었다.

"기억이 안 나."

자신과 채은만이 간직한 기억을 채은만 기억하게 한 게 미안했나 보다. 기억을 잃은 것이 차라리 편한 듯 보였던 유한이 처음으로 내보인 미안함에 채은은 그저 방긋 웃었다.

"나, 기억 꼭 찾을게."

자신도 채은과 함께 옛날이야기를 하면서 웃고 싶었다. 옛날 기억에 대한 미련은 없는데, 채은이 이렇게 혼자 자신과의 옛 기억을 떠올리면서 웃음 지으면 그 기억이 무엇일까 궁금하기도 하고, 무언가 중요한 걸 잊어버린 기분도 들었다. 그런 유한의 마음을 읽었던지 유한의 다짐에 채은이 고개를 끄덕였다.

"네, 나중에 기억나면 꼭 알려줘요. 왜 그때 나랑 콘서트를 보고 싶었는지."

옛날 일을 떠올리다 보니 문득 궁금해졌다. 왜 이 사람은 나와 그 콘서트를 보자고 한 것일까. 분명 유한은 꼭 그 콘서트를 자신과 봐야 한다고 했었다. 그때는 그저 자신과 만나고 싶어서 둘러대는 거라고 생각했지만, 유한이 그렇게 실없는 사람이 아니라는 건 자신이 제일 잘 알고 있었다. 아마 분명 그때 그런 말을 했던 이유가 있었을 거란 생각이 들었다. 내가 김재현을 좋아한다고 말한 적이 있었던가. 하지만 그날 맞선 자리에서 나눴던 대화에서는 가수에 관한 이야기는 한마디도 나오지 않았으며, 헤어질 때 표를 건네준 걸로 보아 그건 미리 준비했던 표가 확실했다. 같은 가수를 좋아해서 준비했었을 수도 있지만 그저 단순한 우연의 일치는 아닌 것 같았다.

"응."

꼭 알려주겠다고 유한이 고개를 끄덕였다. 두 사람만의 약속이 또 한 가지 생겼다. 부디 잊지 말기를, 채은은 다시 한 번 바라고 또 바랐다.

"들어가자. 뒤라서 사람 얼굴 잘 안 보이면 어쩌지."

"노래만 들으면 돼요."

"맞아, '가을 바보' 얼른 듣고 싶다."

그렇게 두 사람은 사람들 사이로 모습을 감췄다. 첫 데이트 때처럼 설레는 마음을 가득 안고, 그렇게 말이다.

"맛있어요?"

"응, 완전 맛있어. 이제 진짜로 색시가 만든 게 제일 맛있어."

예전 할머니와 채은의 요리를 비교했던 과거를 떠올리며 유한이 엄지손가락을 추켜올렸다. 이제 이견 없이 할머니 음식보다 채은의 음식이 맛있었다. 식탁을 보니 오늘이 꼭 자신의 생일 같았다. 갈비찜부터 샌드위치까지 자신이 좋아하는 음식이 상에 한가득 있었다.

"많이 먹어요."

"응. 색시도 얼른 먹어."

유한이 젓가락을 들어 고기 한 점을 채은의 밥 위에 올려주었다. 허겁지겁 먹는 자신과 달리 채은은 먹는 자신을 바라보기만 할 뿐 음식을 전혀 먹지 못하고 있었다.

"네, 유한 씨 먹는 거 보니까 배부른 거 같아요."

"그거 우리 할머니가 자주 했던 말인데. 그래도 먹어. 먹어야 배부른 거야."

분명 맛있는 음식을 먹고 있는데도 묘하게 채은의 눈치를 살피게 된다. 밥을 한입 가득 넣고 채은을 보니 자신을 계속 지켜보고 있었던 것인지, 채은과 눈이 마주쳤다. 예전 같으면 그렇게 입에 음식 많이 넣지 말라고 한마디 할 텐데, 채은은 아무런 말도 하지 않고 웃었다. 잔소리를 하지 않는 채은은 좋았지만 어딘가 평소와 다른 분위기에 묘한 위화감과 불안함을 느끼는 유한이었다. 그런 유한의 마음을 아는지 모르는지 이번엔 채은이 유한의 밥 위에 고기를 올려주었다. 이것 또한 평소와 달랐다. 자신이 아는 채은은 골고루 먹으라며 채소 반찬을 올려주어야 하는 거였다.

"왜요?"

채은이 묻자 유한은 별거 아니라는 듯 고개를 저었다. 왜 채소를 올려주지 않느냐 물으면 채은이 채소를 줄 테니 물을 수 없었다. 하지만 여전히 마음 한구석엔 설명할 수 없는 불편함이 자리 잡고 있었다.

"우리 어디 가?"

정말 배가 터지도록 밥을 먹은 유한이 채은에게 물었다. 밥을 먹자마자 자신에게 옷을 갈아입으라며 외출복을 건네준 채은은 본인은 옷을 갈아입을 생각을 하지 않고 옷방의 짐을 싸고 있었다. 채은이 가방에 넣는 옷이 죄다 자신의 옷이라는 걸 모르는 척하며 유한이 물었다. 스멀스멀 안 좋은 기분이 올라왔다. 뭔가 닦달하듯 물어보고 싶은데, 이상하게 입이 떨어지지 않았다. 무슨 일인지 궁금하기는 한데, 채은의 입에서 나올 대답이 무서웠다.

"유한 씨."

시곗바늘 소리까지 들릴 것 같은 침묵 속에서 채은이 유한을 불렀다. 아까까지만 해도 방긋 웃으며 자신을 바라보던 그녀가 마치 다른 사람같이 느껴졌다.

"……왜?"

띵동.

유한의 대답에 채은이 말을 건네려는 순간 집에 누군가 온 듯 초인종 소리가 들렸다.

"잠깐만요."

이미 올 사람이 누군지 알고 있다는 듯 채은이 초연히 일어나자 유한도 따라 일어서 채은의 팔을 잡았다.

"아버님이에요."

"같이 가."

채은의 팔을 놓으면 채은이 어디론가 날아가 버릴 것 같아 유한이 채은의 팔을 쥔 손에 힘을 주었다. 그 힘에 아픈 듯 얼굴을 찡긋했지만 채은은 별말 하지 않고 고개를 끄덕였다.

"오셨어요."

채은이 문을 열자 배 회장, 그리고 얼굴이 낯익은 배 회장의 비서와 처음 보는 듯한 건장한 남자 두 사람이 보였다. 채은에게 잔뜩 신경을 쓰고 있는 유한은 자신들을 찾아온 손님은 본체만체했다. 그 행동에 화를 낼 법도 했지만 배 회장은 가만히 두 사람을 바라볼 뿐이었다. 아프도록 며느리의 팔을 꽉 쥐고 있는 아들의 모습이 가장 먼저 눈에 들어왔다. 저런 두려운 눈빛이라니. 어머니가 돌아가시기 전 보았던 어린 시절 유한의 눈빛이 떠올랐다.

"죄송해요. 잠깐만 앉아서 기다려주세요. 유한 씨랑 얘기 좀 할게요."

며느리의 말에 별다른 반응 없이 배 회장은 고개를 끄덕였다. 아직 유한은 아무것도 모르는 것처럼 보였다. 아마 유한의 반응이 보이는데 미리 이야기할 수 없었을 것이고, 최대한 늦게 이야기하고 싶었을 며느리의 마음 또한 알 것 같았다.

"유한 씨."

거실에 네 사람을 남겨놓은 채은이 유한을 데리고 다시 방 안으로 들어왔다. 그때까지도 유한은 말을 한마디도 하지 않고 있었다. 원인 모를 불안함을 감추려는 듯 잔뜩 굳어버린 표정이었는데, 그 표정이 무섭기는커녕 오히려 채은의 마음을 아리게 했다. 여러 차례 채은의 부름에도 유한은 굳은 표정 그대로 입을 다물고 있었다.

"유한 씨."

"……."

"나 유한 씨한테 할 말 있어요."

"하지 마."

채은의 눈과 유한의 눈이 마주쳤다. 화가 난 듯 단호한 눈빛의 유한이었지만 그 안에 채은이 떠날지도 모른다는 것을 본능적으로 알아챈 어린 유한의 두려움이 그대로 담겨 있었다. 자신의 눈에도 그런 두려움과 미련이 잔뜩 담겨 있다는 것을 알았으나, 최대한 태연하고 담담하게 말해야 했다. 헤어지는 게 아니고 잠시 떨어져 있는 거니까. 다시 만날 수 있는데, 영원히 헤어지는 사람들처럼 굴고 싶지 않았다.

"유한 씨하고 내가 아주 잠시만 떨어져 있어야 할 것 같아요."

본능적으로 알아차린 말이었지만, 채은의 입에서 나온 그 말에 유한의 표정이 멍하게 변했다. 하지만 곧 유한이 고개를 절레절레 저었다.

"싫어."

유한이 아무 데도 보내지 않겠다는 듯 채은의 손을 잡았다. 이유 같은 것도 필요 없다. 헤어지지 않을 거니까, 절대 안 놓을 거니까 채은의 말을 들을 필요도 없었다. 피가 통하지 않을 정도로 제 손을 잡은 유한을 채은이 안타깝게 불렀다.

"유한 씨."

"안 헤어져! 왜 헤어져? 나는 색시랑 천년만년 살 거야."

차분한 채은과 달리 유한이 발작적으로 소리쳤다. 도대체 왜! 어쩌면 며칠 전부터 그런 채은을 느끼고 있었는지 모른다. 말은 하지 않아도 가끔 스치듯 보이는 자신을 바라보는 채은의 슬픈 을 하고 어느 순간부터인가 채은은 계속 유한에게 자신이 없어도 배 회장의 말을 잘 들어야 한다고 주입하듯 말했다. 그런 채은의 행동에 유한의 무의식 속에서 빨간 불이 켜졌을 게 분명했다. 불안한 듯 흔들리는 유한의 눈동자에 채은이 타이르는 어조로 말했다.

"완전히 헤어지는 거 아니에요. 아주 잠깐 떨어져 지내는 거예요. 유한 씨가 기억 찾고 나 찾으러 오면 돼요. 우리 약속 안 잊었죠?"

"싫다니까! 잠깐도 싫어!"

기억을 잃고 처음으로 마주한 유한의 화난 얼굴이었다. 유한이 거친 손길로 채은이 싸고 있던 짐을 집어 던졌다. 그로 인해 방 안은 유한의 짐들로 엉망이 되어버렸다. 유한의 패악에도 채은은 화가 나지도, 무섭지도 않았다. 오히려 아팠다. 예전처럼 제 마음을 숨기며 채은과의 이별을 거부하는 유한의 비통함이 느껴져 제 마음에도 커다란 생채기가 난 듯 쓰렸다.

"내가 색시 말 안 들어서 그래? 이제부터 잘 들을게. 반찬 투정도 안 하고, 신문이랑 뉴스도 열심히 볼게. 기억도, 기억도 찾을 거야. 금방 찾을 수 있어."

색시만 옆에 있으면 다 할 수 있어. 그러니까 가지 마. 제 화에도 채은이 반응을 보이지 않자, 이번엔 유한이 채은에게 애원하기 시작했다. 채은의 손을 꽉 붙든 채로 무릎이라도 꿇을 듯 간절한 눈길로 채은에게 매달렸다. 옆에 있어달라는 유한의 애원이 이렇게 아플 줄 몰랐던 채은이 애써 유한의 눈빛을 피했다. 유한의 눈을 보는 순간 눈물이 터질지도 몰랐다. 울면 안 된다. 자신이 여기서 울어버리면 모든 게 무너져 내릴 것이었다.

"그래서 그런 게 아니에요. 제가 지금 유한 씨 옆에 있으면 유한 씨가 힘들어져요."

자신이 비겁하다는 것을 안다. 어쩌면 기억을 찾은 후 모든 걸 떠넘긴 자신에게 유한이 실망할지도 몰랐다. 하지만 아무리 생각해도 지금의 유한을, 아버지를, 회사를 지킬 방법은 유한을 믿는 것밖에 없었다. 유한이라면 최대한 빨리 기억을 찾고, 모든 걸 제자리로 돌려놓을 것이었다. 그걸 믿기에 자신은 유한의 뒤에 숨어서, 유한을 기다리는 것을 선택했다. 한심해도 유한이 자신을 지켜준다는 약속을 믿을 수밖에 없었다.

"색시는 신랑 힘들게 하는 거 아니야. 하나도 안 힘들어. 색시랑 신랑이랑 헤어지는 게 어딨어!"

도저히 헤어지는 게 이해가 되지 않는다는 듯 유한이 채은의 몸을 안아버렸다. 채은이 유한의 품에서 벗어나려 했지만 너무도 강한 힘에 쉽지 않았다.

"가지 마. 나 놓지 마. 나 지켜준다고 했잖아."

제 볼에서 느껴지는 뜨거운 액체에 유한의 팔을 떼어내려던 채은의 손이 멈췄다. 울고 있다. 이 남자가, 자신 때문에. 터져 나오려는 눈물을 틀어막으려 채은이 입술을 깨물고 주먹을 꽉 쥐었다. 깨문 입술에서 피가 나고, 손톱으로 인해 손에 상처에 나는데도 채은은 아무것도 느끼지 못하는 양 치아의 힘을, 손톱의 힘을 줄일 수 없었다.

'내가 너무 바보 같아서, 당신을 지킬 방법이 이것밖에 없어요.'

그따위 변명밖에 할 수 없는 자신이 미웠다. 유한은 고장 난 장난감처럼 가지 말라는 말만 내뱉었고, 자신은 목울대로 치미는 울음을 삼키려 하다 보니 귀까지 먹먹했다.

"우리가…… 지금 헤어지지 않으면, 평생 헤어져야 할지도 몰라요. 그래도 돼요?"

잇새로 안타까이 내뱉는 채은의 음성에 유한이 고개를 저었다. 엄마를 붙드는 아이처럼 채은을 안고 있는 유한의 팔은 가늘게 떨렸고, 한없이 유약했다.

"내가 말한 적 있죠? 어른이 되면 싫어도 해야 하는 게 있고, 싫어도 버텨야 하는 게 있다고."

유한 못지않게 위태로웠던 채은의 목소리가 평소처럼 돌아왔다. 그것이 뜻하는 바를 알 수 없는 유한이 소리쳤다.

"그게 뭐야! 순 엉터리야. 어른 싫어. 난 어른 같은 거 안 해."

어른은 색시가 떠나는데도 잡을 수도 없는 건가. 말도 안 된다. 그런 게 어른이라면 어른 따윈 되고 싶지 않다. 어른 흉내조차 내고 싶지 않았다.

"내가 말했잖아요. 유한 씨는 어른이라고. 나 봐요. 나 유한 씨 얼굴 보고 싶어."

그제야 채은은 유한의 팔에서 풀려나 유한의 얼굴을 볼 수 있었다. 채은의 얼굴을 본 유한의 눈이 커졌다. 눈물을 흘려 눈이 충혈

된 자신과 달리 채은은 멀쩡했다. 눈물이 많아 자신을 불안하게 하던 채은이 지금 이 순간에는 눈물을 흘리지 않고 있었다. 채은의 터진 입술보다는 태연하게 눈물을 감춘 채은의 모습이 유한에겐 충격이었다.

"왜 울어요. 잠깐만 떨어져 지내는 거예요. 헤어지는 거 아니라니까. 어디 안 가고 기다리고 있을게요. 유한 씨가 기억만 찾으면 다시 만날 수 있어요. 내 말, 무슨 말인지 알죠?"

채은이 유한의 눈물을 닦아주었다. 정말 다시 만날 거라고 믿기 때문에 울지 않는 것일까. 자신은 채은을 잠깐이라도 보지 못한다는 생각만으로 너무 무서운데, 채은은 아닌 것 같았다. 밀려오는 서운함에 유한의 눈빛이 흔들리는데, 채은이 유한의 입술에 살짝 키스했다. 그리고 뒤이어 유한의 이마, 양 볼, 콧등까지 빠짐없이 키스를 한 채은이 마지막엔 유한의 왼손, 유한이 자신을 위해 준비했고 자신이 유한에게 주었던 반지에 키스했다.

"내가 아는 유한 씨는 내가 없어도 씩씩하게 아버님 말 잘 듣고 잘 지낼 거예요. 그리고 기억 찾아서 멋진 모습으로 나 찾아올 거예요. 맞죠?"

강요는 아니되, 강요와 같은 물음이었다. 반지에서 입술을 뗀 채은이 유한을 바라보았다. 이런 상황에서도 채은의 키스에 가슴이 떨리고, 자신에 대한 무한한 신뢰가 느껴지는 그 눈빛에 설레고 말았다. 채은이 무슨 말을 하든 여전히 헤어지고 싶지 않다. 하지만 채은의 신뢰를 무너뜨리고 싶지 않았다. 할머니, 나 어떻게 해야 해.

'유한아, 색시한텐 언제나 믿음을 주는 사람이 되어야 해. 너도 색시를 믿어줘야 하고.'

언젠가 할머니께 들었던 그 말이 떠올랐다. 색시와 신랑 사이엔 믿음이 있어야 하고, 서로서로 믿어줘야 한다는 말. 자신을 믿는다는 그 눈빛을 보는 순간 떠오른 그 말에 유한이 머뭇머뭇, 억지로 물어보았다. 이걸 남자의 자존심이라 해야 할지, 남편의 자존심이라 해야 할지 모르겠지만, 차마 제 아내가 보내는 신뢰의 눈빛을 깨버릴 수 없었다.

"진짜 나 기다리고 있을 거야? 할머니처럼 어디 안 가고?"

"네. 유한 씨 두고 내가 어딜 가요?"

채은의 눈길을 피하듯 유한이 눈을 아래로 내리깔았다. 채은을 보면 또다시 고집을 부릴지도 몰랐다.

"색시가 어딜 가든 내가 꼭 찾을 거니까."

"유한 씨가 오랫동안 안 오면 내가 찾으러 갈게요. 약속."

감긴 손가락이 떨리는 것이 느껴졌다. 누구의 손가락이 떨리는 것인지, 두 개의 손가락이 모두 떨리는 것인지 알 수 없었다. 두 사람의 마지막 약속은 눈물과 떨림으로 각인되었다.

유한은 떠나는 순간까지 얌전했다. 혹시나 가기 싫다며 난동이라도 부릴까 봐 사람까지 데려온 배 회장이 민망해질 정도로 그는 차분한 표정으로 집을 나섰다.

"나 꼭 기다리고 있어. 내가 금방 데리러 갈게."

떠나기 전 머뭇머뭇 남긴 말은 그 한마디가 다였다. 유한은 도대체 왜 자신과 채은이 헤어져야 하는지는 끝까지 묻지 않았다. 이유를 물으면 뭐라 대답할지 미리 대답까지 생각해놨는데, 허망할 만큼 짧은 말을 남겼을 뿐이었다. 다시 만날 것이니, 자신들이 헤어져야 하는 이유 따윈 궁금하지 않아서였을 거라 채은은 생각했다. 유한이 기억만 찾는다면 자신이 끝까지 말하지 못한 이유를 눈치채줄 것이라 믿으며 채은은 유한이 떠난 자리를 바라보고 있었다.

방금까지 집 안에 흐르던 온기가 사라졌다. 방금까지 선명하던 얼굴이 흐려지는 것 같았다. 방금까지 멈춰 있던 눈물이 흘러내렸다. 방금까지…….

고작 몇 분 차이로 채은을 둘러싸고 있던 세상 모두가 달라진 것 같았다.

제 눈앞에 유한이 없어진 걸 확인하자 눈물이 드디어 제 모습을 드러내기 시작했다. 아무렇지 않은 얼굴로, 정말 별거 아니라는 듯 보내고 싶어 죽을 듯이 참았던 눈물이 드디어 채은의 얼굴 위로 하염없이 흘렀다.

안절부절못하며 자신을 위로해줄 사람도 없어 채은은 스스로라도 울음을 멈춰보려 제 입을 틀어막았다. 하지만 이미 터진 울음은 쉬이 멈추지 않았고, 그 울음의 기세에 끝내 지고 만 채은이 무릎을 꿇었다.

멈출 생각도 하지 않고 흐르던 눈물이 입을 막은 손 위로 흘러 반지에 닿았다. 하지만 엄청난 눈물에 정신이 팔린 채은은 그 사실을 알지 못했다.

'가기 전에 꽉 안아줄걸.'

쉽게 발걸음을 떼지 못하던 그 모습이, 축 처져 안타까웠던 어깨를 안아주지 못한 후회가 밀려왔다. 떠나는 유한의 얼굴을 향해 웃어줬던가. 밝게 웃어주지 못하고 어색하게 웃은 것 같아 그것 또한 마음에 걸렸다. 다시 볼 수 있다는 걸 알면서도, 믿으면서도 채은은 잠시 보지 못할 사람을 너무 외롭게 보낸 것 같은 후회를 한참 동안 쉽게 떨쳐내지 못했다.

똑똑.

책을 읽고 채은이 고개를 들었다 그 문 앞엔 쟁반 위에 차 두 잔과 과일을 가져온 지인이 있었다.

"책 읽니?"

"네."

"차나 한잔하자고."

"배달까지 왔어? 그냥 부르지."

유한과 떨어진 지 며칠이 지났다. 흐르지 않을 것 같았던 시간은 부지런히 흘렀고, 계절은 성큼 겨울에 다가서 있었다. 벌써 시간이 이렇게나 흘렀나, 놀라울 만큼 시간은 빨랐다. 그런 시간이 무서워 채은은 결혼 전 자신이 머물던 방으로 다시 돌아왔다. 유한과 추억이 깃든 곳에서 지낼 자신이 없었다.

"우리 딸 방에서 뭐 하나 감시하려고?"

"나 고3 때도 안 하던 걸 하시려고요?"

그런 대화를 하며 웃어버리는 두 사람이었다. 흘릴 위험이 있었지만 폭신한 침대 위에서 차를 두고 이런저런 이야기를 하며 시간을 보내는 것을 좋아했다.

"무슨 책이야? 커피?"

표지에 그려진 커피 사진을 보며 지인이 물었다. 평소 커피를 즐기지 않는 채은이 커피에 대한 책을 읽고 있자 이해할 수 없다는 듯 지인이 고개를 갸웃거렸다.

"응."

"갑자기 웬 커피?"

"그냥……."

뒷말을 흘리며 채은은 웃었다. 자신은 별로 좋아하지 않지만, 유한이 커피를 참 좋아했었다. 좋아하지 않으니, 잘 알지도 못했다. 그래서 언제나 유한에게 줬던 커피는 커피 머신에서 나온 성의 없는 커피였는데, 이렇게 떨어져 있으니 그것이 마음에 걸려 이렇게 커피를 공부하는 중이었다. 나중에 전문가 솜씨까지는 아니더라도 더 깊고 향이 좋은 커피를 만들어주고 싶었다. 그런 생각으로 책을 들여다보고 있었지만, 사실 책 속의 내용은 자신에게 그저 별세계 이야기 같았다. 그런 제 속을 숨기며 채은이 지인에게 물었다.

"아버지는 별말 없으셔?"

"무슨 말?"

"그러니까, 그……."

먼저 말을 꺼내놓고 말을 잇지 못하는 채은이 이상했다. 딸의 속을 읽어보려 딸을 바라보던 지인이 이내 채은의 속을 읽는 관심법에 성공하여 확인하듯 채은에게 물었다.

"배 서방 이야기?"

채은이 유한과 헤어지고 돌아온 후, 마치 기다린 것처럼 유한의 사정을 모르는 화영 이사진들이 주주총회를 열 계획이란 이야기는 자신도 들었었다. 채은에게서 이혼에 관한 이야기를 듣지 못했던 두 사람이기에 놀란 것도 놀란 것이지만, 유한의 사고 전보다 편안해 보이던 채은을 기억하고 있던 자신들로서 채은의 결정이 이해가 되지 않기도 했었다. 그래도 딸의 결정이니 그 결정을 존중하려고 했는데, 저런 걱정스러운 표정으로 헤어진 제 남편의 이야기를 물어오니 또다시 의문이 생길 수밖에 없었다.

“네 아버지도 자세하게 모르시는 거 같아. 화영 쪽에서 이야기가 새어 나가지 않게 철통 보안을 하는 것 같더라고.”

“그래?”

배 회장이 말했던 주주총회까지는 아직 시간이 남은 상태였다. 혹시나 주주총회가 취소됐다는 소식을 바랐지만 그런 기미는 없는 듯했다. 하긴 진화가 그렇게 호락호락하게 제 손에 들어온 기회를 놓칠 리 없었다. 게다가 수한까지 제 어머니를 말릴 생각이 없어 보였으니 당연한 이야기였다. 그래도 혹시나 했던 마음은 있었는데, 헛된 기대였나 보다.

“채은아.”

“응?”

“너 정말 배 서방이랑 헤어질 생각인 거야?”

지인의 물음에 애써 웃으려던 채은의 표정이 굳어졌다. 유한과 헤어질 생각이냐고? 절대 아니었다. 그냥, 아주 잠시 떨어져 지내는 것일 뿐이었다. 그런 이야기를 엄마에게 해도 될까. 직접적으로 묻진 못하지만 걱정하고 있는 제 부모님을 알았고, 아마 자신에게 많이 서운해하고 있을 시부모님도 알았다. 변명이라도 하고 싶었지만 속상해하고 미안해하실 걸 알기에 지금 당장은 말할 수 없었다. 사실 유한을 만나는 것 못지않게 걱정되는 것이 후에 어떻게 어른들께 말씀을 드리고 용서를 구하느냐 하는 문제였다.

“엄마, 그냥 아무것도 묻지 말고 나 한 번만 믿어줘.”

지금으로서는 유한을 만난 후 어른들께 진심으로 용서를 구하고 행복하게 사는 모습을 보여드리는 게 용서를 받는 최선의 길인 것 같았다. 자신이 아는 어른들은 자신의 비겁함과 아둔함을 용서해주실 수 있는 넓은 마음을 지닌 분들이었다.

“무슨 일 있는 거는 맞지?”

“미안, 엄마. 나중에 말씀 다 드릴게.”

특히나 자신에게 미안해할 부모님을 얼굴을 볼 자신이 없었다. 잘못한 것이 하나도 없는 분들이 자신에게 미안해한다면 유한과의 헤어짐 못지않게 쓰리고 아플 것 같았다. 자신에게 순위를 매길 수 없을 정도로 소중한 분들이었다.

“휴~ 그래서 앞으로 어떻게 할 건데?”

제 아비를 닮은 듯 고집스러운 눈빛으로 말을 봉할 것을 선언한 채은을 보며 이야기 듣는 것을 포기했다는 듯 지인이 물었다. 몸이 약했던 것 말고는 큰 걱정을 끼치지 않았던 자식이다. 그게 아니더라도 부모가 자식을 믿지, 누굴 믿나 하는 생각이 들었다.

“글쎄, 잘 모르겠어.”

유한과 이혼을 결심했을 때만 해도 보고 싶은 것도 많고, 가고 싶은 곳도 많았고, 해보고 싶은 것도 많았는데, 막상 이렇게 떨어져 있자니 아무것도 생각나는 게 없었다.

그저 유한이 보고 싶고, 유한에게 가고 싶고, 유한에게 안기고 싶었다.

“여행이라도 다녀오든가. 아, 소희 이번엔 딸 낳았잖아. 조카 얼굴 한번 보고 와.”

소희라면 채은의 이모의 딸, 즉 사촌 동생이었다. 결혼해 미국으로 이민 가서 살고 있었는데, 얼마 전 아이를 낳았다는 소식을 들었다.

“그러게. 우리 조카 얼굴 한번 보고 와야겠네. 소희 사는 데가 미국 어디랬지?”

“샌프란시스코 어디라고 하는 거 같던데?”

“미국이라……. 가도 되려나?”

“왜?”

“아냐.”

절대 미국에 가면 안 된다며 자신을 붙잡았던 유한의 모습이 떠올랐다. 우울하던 표정을 집어던지고 실없이 웃는 채은을 지인은 이상하게 바라보았지만 채은은 그것조차도 눈치채지 못한 듯했다.

‘유한 씨 나 미국 갈 거 같아요. 유한 씨가 나 잡아주면 좋을 텐데.’

그간 자신이 짓궂어진 건지, 미국에 간다는 말만 하면 부르르 떨었던 귀여운 유한의 모습이 보고 싶었다. 아마 다시 만나게 되면 그 귀여운 모습은 사라진 후일 텐데도 말이다. 지금 자신의 유한은 뭘 하고 있을까.

어느새 불어오는 겨울바람에 창문이 떨려왔다. 정말 춥다, 중얼거리며 채은은 차를 한 모금 머금었다.

“유한아, 왜 그러니? 응?”

정숙은 그저 안절부절못하는 얼굴로 방 안의 유한을 바라보고 있었다. 유한의 방 안은 유한의 사진들과 신문, 여러 문서들로 엉망이었다. 치워도, 치워도 하루도 지나지 않아 방 안은 항상 이렇게 변해 있었다.

"나 기억 찾아야 해."

기억을 잃은 후 제 아들답지 않게 밝았던 얼굴이 단 며칠 만에 변해버렸다. 잠을 제대로 못 자는지 눈은 붉게 충혈되어 있었고, 거의 빌다시피 하여 매끼 밥이나 죽을 간신히 먹이고는 있었지만 음식을 제대로 소화하지 못하는지 반질반질하던 볼이 푹 꺼지고, 입술 또한 안타깝게 말라 있었다.

"유한아."

미친 사람처럼 기억을 찾아야 한다는 소리만을 중얼거리는 유한의 모습에 정숙의 눈에도 눈물이 고였다. 무너지는 어미는 보이지 않는지 유한은 사진 속 자신을 보며 억지로 제 예전 기억을 떠올리고 있었다. 기억을 찾으면 색시가 돌아온다 했으니, 자신이 얼른 기억을 찾아야 했다.

왜 그동안 기억을 찾는 데 소홀했는지, 그간 흘려보낸 시간이 너무 후회스러웠다. 채은과 있는 시간이 좋았다. 언제나 함께일 거라는 생각에 기억 따위 찾아도 그만, 안 찾아도 그만이라고 쉽게 생각했다. 아니, 솔직히 말하자면 문득문득 자신이 기억을 찾으면 그대로 채은이 자신을 떠날지도 모른다는 두려움을 느끼곤 했었다. 자신을 어린아이 대하듯 하는 채은의 행동에 자존심이 상했던 적도 있었지만 자신을 세심하게 챙기며 옆에 있어주려고 하는 채은이 좋았던 것도 사실이었으니까. 하지만 반대로 기억을 찾지 못한 자신이 자신에게서 채은을 빼앗아 가리라고는 생각지 못했다.

"왜 아무것도 안 나."

본가에 돌아오고 나서 정말 미친 사람처럼 옛날 사진이나 기훈이 전해주고 간 회사 서류를 보고 있었는데, 도통 무언가 떠오를 기미가 보이지 않았다. 가끔씩 스치듯 지나치며 자신을 괴롭게 했었던 기억마저 모두 자취를 감춰버렸다.

"유한아, 너무 무리하지 마. 병나겠어."

이러다 기억을 찾는 게 아니라 아들을 잡아먹게 생겼다. 채은 때문에 유한이 이렇게 노력하는 줄 알면서 이런 아들을 두고 떠난 며느리가 미웠다. 그러면서도 채은에게 연락해 다시 돌아오면 안 되겠냐고 부탁이라도 하고 싶었다.

"기억 찾아야 색시 찾아갈 수 있어. 엄마, 나 기억 찾고 싶어."

나 어떡해야 해. 한 번도 느껴본 적 없는 절망에 괴로운 듯 사진에 고개를 처박은 아들을 보며 정숙의 표정 또한 무너졌다. 며칠 새에 말라버린 몸이 결혼사진 위에서 가늘게 떨리고 있었다. 그런 아들을 보다 못한 정숙이 몸을 일으켰다. 채은에게 연락을 해야겠다 마음먹었다. 납치를 해서라도 제 아들 앞에 데려다놓을 것이다. 그렇게 다짐한 정숙이 유한의 방을 나섰다.

"여보."

역시 제 아들이 걱정되었던지 유한의 방에 들어오려던 배 회장과 정숙이 방 앞에서 부딪쳤다.

"어디 가?"

제 아내가 급하게 나오는 품새에 배 회장이 물었다. 남편의 등장에 놀라 눈이 커졌던 정숙이 곧 애써 침착함을 찾으려 노력하며 대답했다.

"나오려던 길이었어요."

"진짜?"

"……네."

"쓸데없는 짓 하지 마. 하나도 도움 안 되니까."

"뭐가요?"

"채은이한테 연락해도 내가 이 집에 발 못 들이게 할 거야."

"그럼 유한이 저렇게 둬요?"

배 회장의 말에 발끈한 정숙이 대답을 하다, 아차 한 표정을 지었다. 그런 제 아내의 속을 꿰뚫고 있던 배 회장은 정숙을 한심하다는 듯 바라보았다.

"유한이가 해결해야 하는 문제야."

"애가 저러고 있는데 어떻게. 총회도 가까워 오잖아요. 채은이라도 있어야 그나마 안정 찾고 주주들을 만나죠."

제 아내의 말에 무언가 말을 하려던 배 회장이 멈칫 말을 멈췄다. 그 총회 때문에 채은이 유한을 떠났다는 것을 아내에게 말할 수는 없었다. 그랬다간 진화를 찾아간다고 난리 칠지도 몰랐다.

유한을 대신해 이런저런 총회 준비를 하던 중 진화가 광선의 주식을 꽤 많이 가지고 있다는 사실을 알아냈다. 화영의 주식도 아니고 광선의 주식이라니, 이상해도 너무 이상했다. 그러다 유한을 떠난다고 말하면서도 묘하게 끄는 듯한 기색이었던 채은의 목소리가 떠올랐다. 아무리 정이 떨어졌어도 유한이 힘든 상황에서 떠난다고 했던 채은의 행동은 배 회장으로서는 이해가 되지 않았었다. 게다가 현재의 유한이 자신을 얼마나 의지하는 줄 알고, 유한의 마음마저 안 상황이었다. 채은이 아무리 제가 모르는 모진 부분이 있다 하더라도 이해하기 쉽지 않았는데, 진화가 광선의 주식을 가지고 있다는 사실을 듣자마자 아귀가 들어맞는 기분이었다.

"기다리고 있어. 유한이가 분명 해결할 거야."

진화가 광선을 두고 채은을 협박했을 가능성이 있었다. 인정하기 싫지만 제 동생의 허영과 야망을 생각하자면 충분히 가능한 일이었다. 그 중요한 이야기를 자신에게 하지 않았던 며느리에게 서운한 마음이 들었지만, 냉정히 말해 자신에게 말한다고 해서 딱히 해결책이 있는 것은 아니었다.

어쨌든 그로 인해 태평하던 유한의 심경에도 크나큰 위기감이 생긴 게 분명했다. 스스로는 무리하게 몰고 가는 것이 불안하긴 했지만 유한에게 꼭 기억을 찾아야 할 동기가 생겼다. 아마 곧 기억을 찾을 수 있을 거로 기대해볼 수도 있었다. 며늘아기는 유한이 기억을 찾아 데려온 다음에 혼내도 늦지 않으리라.

"그래도……."

"믿으라고. 우리 애들."

불안한 표정의 정숙이었지만 배 회장은 믿어주고 싶었다.

밖에서 저를 두고 부모님이 무슨 이야기를 하는지 알지 못하는 유한은 다시 기억 찾기에 골몰하고 있었다. 시간이 갈수록 제 모습을 찍은 사진이 줄어드는 것은 물론이고, 어느 순간부터는 사진 속 자신의 모습에서는 아무런 표정을 찾을 수 없었다. 울지도, 웃지도, 화내지도 않는 자신을 대면한 유한이 인상을 썼다. 보기만 해도 숨 막힐 것 같은 무표정이 제 눈에도 꼴 보기 싫었다.

대체 사고 전 배유한은 어떤 사람이었는지 자신 또한 궁금해졌다.

"할머니."

여전히 백지와 같은 제 머리에 한심한 생각이 든 유한이 사진 속에서 자신을 안고 웃고 있는 할머니를 불렀다. 그리고 그 옆에는 예쁘게 드레스를 차려입고 행복하다는 듯 웃고 있는 채은이 있었다. 누구보다 보고 싶은 두 사람이 현재 자신의 옆에 없었다.

"할머니, 나 기억 좀 찾게 해줘. 색시 보고 싶어."

언제나 자신에게 큰 힘이 돼주었던 할머니에게 버릇처럼 부탁하는 유한이었다. 할머니가 들으면 서운해할지도 모르지만 지금은 할머니가 다시 살아 돌아오신다고 해도 채은이 더 보고 싶었다. 자신을 보내고 많이 울었을 채은을 자신이 위로해주고 싶었다. 색시를 지켜줄 사람도, 위로해줄 사람도 자신밖에 없는데, 이렇게 떨어져 있는 현실을 받아들이기 쉽지 않았다. 끝내 유한의 눈에서 눈물이 흘렀다.

'아가.'

그런 유한의 외침이 닿은 것일까, 유한의 귓가에 할머니의 목소리가 들렸다. 그리고 그 목소리에 유한이 괴로운 듯 머리를 부여잡았다.

'나중에 우리 아가 색시 생기면 꼭 잘해줘야 한다. 무슨 일이 생기면 지켜주고, 색시한텐 언제나 믿음을 주는 사람이 되어야 해. 너도 색시를 믿어줘야 하고.'

"할…… 머니."
자신이 기억하고 있는 목소리였다. 하지만 뒤이어 떠오른 영상과 목소리는 현재 제 기억에 있는 것들이 아니었다.

'우리 아가, 이 할머니가 옆에 없더라도 절대 다른 사람한테 네 마음을 들키면 안 된다. 의젓한 어른이 돼야 해. 이 할미 말, 알지?'

병상에 누워 있는 할머니의 손을 붙든 자신의 모습이 보였다.

'네가 네 마음을 드러내는 사람은 한 명이면 된단다.'

"으아."
계속되는 통증에 부여잡은 머리는 땀으로 흠뻑 젖어 있었다.

'가을 하늘이 나에게 말을 걸어, 그대도 그 말을 듣고 있을까.'

이어지는 나긋한 노랫소리. 유한은 점점 정신이 혼미해졌다.
"채은아."
점점 의식이 흐릿해지면서도 노랫소리는 계속 유한의 기억 속에 흘러들었다.

'나도 그대에게 말을 걸어, 그대는 내 말을 듣고 있을까. 그대에게 주고픈 내 마음. 가을 하늘에게 부탁해. 언젠가 전해질 수 있을까, 기약 없는 그날을 기다리는 바보 같은 나.'

노랫소리를 따라 유한의 서서히 정신을 잃었다. 넓은 방 안에 침묵이 찾아들었다. 고통 속에 쓰러진 유한의 손끝 아래엔 여전히 변치 않고 행복한 웃음을 짓고 있는 채은이 있었다.

# 12. 재회

서재에 앉아 회사에서 가져온 서류를 보고 있던 강 회장이 똑똑, 들리는 노크 소리에 고개를 들었다.

"아버지."

"어, 그래."

"아버지 좋아하시는 차요."

"고맙구나. 거기다가 놔."

채은이 다시 돌아온 지도 한 달이 지나가는 시점이었다. 딸의 차 배달에 보던 서류를 책상 위에 올려둔 강 회장이 서재 한편에 마련된 테이블로 자리를 옮겼다.

"너는?"

"엄마랑 이미 한잔했어요."

"나만 빼고? 그러는 거 아냐."

서운하다는 듯 살짝 자신을 노려보는 강 회장의 눈길에 채은은 웃음이 터졌다. 분명 물어보고 싶은 게 많으실 텐데도 아버지는 유한과 자신에 대한 어떤 질문도 하지 않았다. 자신의 일에 관심이 없어서가 아니라 때가 되면 말해줄 것이라고 믿고 있으실 거였다.

"일하는 데 방해될까 봐 그랬죠. 제가 말벗해드릴 테니까, 화내지 마세요."

"아주 병을 주고 약을 주는구나."

채은을 흘기면서도 강 회장은 채은이 가져온 차를 한 모금 마셨다. 따뜻한 기운이 식도를 타고 내려가는 것이 느껴졌다.

"요즘 회사는 어때요?"

"그럭저럭 괜찮아."

"다행이네요."

진화가 떠나기만 하면 광선을 위협하기 않겠다는 제 말을 잘 지키고 있는지, 회사는 별다른 무리 없이 잘 굴러가고 있는 듯했다. 그 덕분에 쓰러질 정도로 몸을 혹사했던 강 회장의 건강 또한 많이 좋아진 상태였다. 이 얼마나 다행인 일인가. 그렇게 생각하면서도 채은의 표정엔 어둠이 드리워졌다.

유한에게선 아직 그 어떤 연락도 없었다. 자신이 보고 싶어 전화라도 하지 않을까 기대했던 것이 무색할 정도였다. 걱정과 달리 유한이 혼자서 씩씩하게 지내고 있다면 다행인 일인데도 왜 이렇게 기분이 가라앉는지 모를 일이었다. 또 떨어져 있더라도 쉽게 들을 수 있을 거로 생각했던 화영의 사정 또한 철저한 비밀에 부쳐져 알아보는 것이 쉽지 않았다.

총회 날이 지나고 총회는 어떻게 진행됐는지, 유한은 어찌 지내는지 궁금했던 채은이 얼굴에 철판을 까는 심정으로 기훈에게 연락을 해본 적도 있었다. 하지만 기훈은 자신도 자세한 건 모른다며 그에 대한 이야기를 속 시원히 해주지 않았었다. 유한의 일을 모를 리 없는 기훈이 그렇게 나오자 솔직히 서운하기도 했던 채은이었다. 하긴, 속사정을 모르는 기훈에게 자신은 그저 제 상관의 전(前) 부인일 뿐일 텐데 미주알고주알 말할 필요를 느끼지 못했을 수도 있었다. 답답함에 제 시아버지나 시어머니의 연락처를 몇 번이고 눌렀지만 그 정도 뻔뻔함은 갖추지 못했던지 차마 통화 버튼까지는 손이 가지 않았다.

무슨 보호막이라도 친 듯 철저히 가려진 유한의 안위에 무슨 일이 생긴 건 아닌가 걱정스러운 마음도 들었지만, 무소식이 희소식이라고 아무 이야기가 없는 게 유한이 무사하다는 이야기일 거라 스스로 위안을 삼으며 여태까지 버티는 중이었다.

"채은아."

그렇게 차를 마시던 강 회장이 채은을 불렀다. 강 회장의 부름에 채은이 대답했지만 한참 동안 딸을 바라보기만 할 뿐 강 회장은 말을 잇지 못했다.

"아버지, 왜요?"

"그냥, 우리 딸이 예뻐서."

말과 달리 강 회장이 씁쓸한 미소를 짓자 채은은 더욱 의아해졌다.

"내가 키웠지만, 우리 딸 참 예쁘게 컸어. 고맙구나."

평소 같으면 그 말이 뭐냐며, 제 칭찬이 아니라 아버지 자랑이 아니냐며 장난스럽게 말했을 터였다. 하지만 말은 고맙다고 했지만 표정은 미안하다고 말하는 강 회장의 모습에 채은은 아무런 말도 꺼낼 수 없었다.

"네 아버지 꼭 믿어주렴. 우리 딸 다시 행복하게 해줄게."

"……제가 아버지 안 믿으면 누굴 믿어요?"

순간 코끝이 시큰해져버린 채은이었다. 무슨 이야기를 들은 걸까. 강 회장에게 묻고 싶어도 확실하지 않은 상태에서 질문을 하는 것이 조심스러웠다.

"그래, 우리 딸밖에 없구나."

"맞아요, 그걸 이제야 아셨어요?"

무거워진 분위기를 끌어올려보려 채은이 으쓱한 표정을 지었다.

"이미 알고는 있었지. 지금 진행하는 프로젝트는 잘돼가니?"

말을 바꾸려는 듯 강 회장이 채은에게 다른 질문을 건넸다. 현재 채은은 대학원에 다닐 때 자신의 지도 교수이셨던 분의 제의로 한 프로젝트를 진행하는 중이었다. 유한을 기다린다고 멍하니 집에서 시간을 보내고 싶지 않아 교수님의 제의에 기꺼이 고개를 끄덕였지만, 생각 외로 굉장히 바쁜 나날을 보내는 중이었다.

"네. 근데 아직 초반이라 이리저리 자료 찾고 준비할 게 많아요."

"오래 걸릴 거 같아?"

"일단 계속 진행해봐야 알 것 같아요."

"프로젝트 끝나면?"

"소희한테 다녀올까 해요. 여행 겸 해서요."

아이를 낳았다는 사촌에게 먼저 다녀오려고 했지만 갑작스럽게 프로젝트에 참여하게 되면서 계획이 뒤로 밀리고야 말았다. 아이를 낳았다고 바로 가는 것보다는 제 사촌 동생도 어느 정도 몸을 풀고 난 후에 가는 게 맞을 거란 생각이 들기도 했다.

"같이 갈 수 있으면 좋으련만."

"네?"

채은의 말을 듣던 강 회장이 작은 소리로 중얼거렸다. 그 말을 제대로 듣지 못한 채은이 되물었으나 강 회장은 손사래까지 치며 고개를 저었다.

"아니다. 별말 아니야. 우리도 언제 날 잡아서 놀러 가야지. 우리 셋이 여행 안 가본 지도 한참 됐잖아."

"아버지가 너무 바쁘셔서 그렇죠. 저랑 엄마는 언제든 오케이라고요."

"몰라서 그러는데, 네 엄마가 더 바빠. 요즘 너 있어서 집에 있는 거지, 맨날 친구들 만난다고 집에 잘 안 붙어 있다고."

"엄마는 다르게 말씀하시던데, 삼자대면해야겠어요."

그런 정다운 대화를 나누며 다정하게 웃는 채은과 강 회장이었다. 서로에 대한 끝없는 걱정을 모르지 않았지만 지금만큼은 알아도 모르는 척하고 싶었다. 서로가 잘 해나갈 걸 알기에 그런 걱정으로 상대방의 마음을 무겁게 하고 싶지 않았다.

딱딱한 얼굴의 앵커는 한 치의 오차 없이 시청자들을 향해 새로운 소식을 전하고 있었다. 그리고 그 소식을 듣는 시청자, 채은은 자신이 뉴스의 주인공이라도 된 듯 벅찬 감동을 느꼈다.

"광선 기술 연구팀이 신기술 개발에 성공했다는 소식입니다. 화영 기업과 공동 추진했던 이 신기술은 오랜 시도 끝에 개발에 성공하여 현재 국제기구에 특허 출원을 신청할 예정이라고 연구팀 관계자가 밝혔습니다. 이 신기술은……."

그러고서는 그 또박또박한 목소리로 이번에 개발된 신기술은 어떤 것이며, 앞으로 이 신기술이 어떤 영향을 줄 것인지에 대한 설명이 이어졌다.

그 소식에 채은은 눈물이라도 흐를 듯 감격한 표정으로 손에 들린 리모컨을 꼭 쥐었다. 강 회장에게 미리 들어 알고 있었지만 뉴스에서 확인한 사실에 괜스레 제 마음이 가벼워지는 기분이 들었다. 혹시 늦은 건 아니겠지. 가벼웠던 기분도 잠시 채은이 초조한 듯 제 아랫입술을 씹었다. 유한과 헤어진 지 벌써 3개월째 접어들고 있었지만 유한에게서는 여전히 연락이 없었다.

어린 유한 그대로라면 한 번쯤은 연락해올 거로 생각했지만 유한의 번호가 찍힌 전화는커녕 문자도 온 적이 없었고, 자신을 찾으러 온다는 기억을 찾은 유한은 여전히 아득한 기분이었다. 혹시 기억을 찾았는데 자신과 했던 약속을 잊은 것이라면, 혹은 여전히 기억을 찾지 못한 채 힘들어하는 것이라면…….

어떤 상황이든 채은에게 가혹하고 아픈 상황이었다. 계속 기다려야 하는 건가. 채은을 더욱 초조하게 하는 것은 총회를 잘 넘겼느냐 하는 그 소식 또한 들을 수 없다는 것이었다. 잘 넘긴 건가. 집안 망신이다 하여 배 회장이 언론을 잘 막았던 것일까. 유한의 이사직을 두고 열렸던 총회에 대한 이야기는 경제 신문이나 경제 잡지에서 한 줄도 보이지 않았다. 용기를 내어 아버지 강 회장에게 물어본 결과, 갑작스레 총회가 무기한 미뤄졌다는 이야기만 돌고 있다고 했다.

총회가 미뤄졌다는 말에 걱정이 되어 유한과 살았던 집에 갔던 적도 있고, 유한이 있을 본가 앞까지 찾아갔었지만 겉으로 보기에 두 곳 모두 달라진 것은 없었다. 특히나 두 사람의 보금자리였던 그곳은 사람의 온기가 없다는 것 빼곤 그대로였다. 변한 것이 없다는 것에, 온기가 느껴지지 않는 것에 기쁘고 슬퍼져서 채은은 한참이나 움직일 수 없었다.

어쨌든 이번 광선의 신기술 개발은 유한에게 커다란 힘이 될 것이라 생각하며, 채은이 한참 바라보고 있던 휴대폰에서 시선을 옮겼다. 아주 조금만, 조금만 기다려보다 오지 않는다면 자신이 직접 찾아갈 생각이었다.

"안 데려다줘도 돼?"

"응."

짐을 가득 넣은 가방을 든 채은이 지인과 함께 대문 앞에 서 있었다. 얼마 전 채은이 참여했던 프로젝트를 무사히 마치고 오늘 드디어 사촌 동생과 조카를 보기 위해 떠나는 날이었다.

"아버지한텐 연락드렸고?"

"응. 잘 다녀오라고 하셨어. 바빠서 정신없으신가 봐."

신기술 개발의 여파인 건지 요즘 강 회장은 눈코 뜰 새 없이 바쁜 나날을 보내고 있었다. 하지만 회사가 힘들 때와 달리 잘나가는 바람에 바빠져서 그런지 힘든 기색도 없이 연신 밝은 얼굴의 아버지를 보면 채은도 웃음이 나곤 했다.

"잘 다녀와. 가서 푹 쉬고."

"네, 다녀올게요."

그렇게 채은은 불러둔 콜택시에 올랐다. 택시 창문을 통해 본 하늘은 눈이라도 내릴 듯 어두웠다. 감기라도 걸리지 않았을는지, 여전히 소식 없는 임 생각에 채은의 눈빛에 많은 생각이 엉켜들었다.

기다릴 만큼 기다렸다. 일단 결론은 그것이었다. 일단 여행만 다녀오면 바로 유한을 찾아갈 생각이었다. 유한이 기억을 잊었든 찾았든 이제는 유한의 옆에서 떨어지지 않으리라 다짐하는 채은의 눈에선 아까의 복잡함과는 다른 이채가 스며들었다.

공항.

평일 낮이었음에도 공항은 사람들로 정신이 없었다. 넓은 공항에서 길을 잃지 않으려 주위를 살피며 채은이 게이트 쪽을 향하려 할 때였다.

"저게 무슨."

게이트로 향하는 채은의 발길을 잡아끄는 장면이 있었다. 공항 한편에 설치된 모니터를 통해 방영되는 뉴스였다. 앵커의 목소리는 나지 않았지만 모니터 안에는 아주 낯익은 얼굴이 보였다.

**<화영그룹의 이수한 전무 수십억 원 횡령 혐의>**

그리고 그 아래 나오는 자막에 채은의 눈이 커졌다. 횡령이라니. 갑작스럽게 마주한 수한의 이름에 채은은 모니터 가까이 다가갔다. 사건을 설명하는 앵커의 목소리가 들리지 않아 정확하게 알 수는 없었지만 수한의 지시를 받은 박 모 부장이 회사 돈을 횡령했다는 이야기인 듯했다. 박 모 부장이라면 박구찬 부장을 말하는 것인가. 박구찬이라면 진화의 수족과 같은 사람으로 채은도 몇 번 만난 적이 있는 사람이었다. 수한이 횡령이라니, 절대 그럴 리가 없었다. 수한은 뒷돈을 챙겨야 할 만큼 아쉽게 자란 사람이 아니었다. 어쩌면 구찬이 저지른 일을 상사라는 이유로 혐의를 받았을지도 모른다는 생각이 들었다. 혹시 이 일로 인해 화영 전체에 일이 생기지 않을지 불안해졌다.

화영 소식이 지나고도 한참을 그 자리에서 벗어나지 못하고 있는데, 공항 방송을 통해서 채은이 탈 비행기의 탑승 고객은 게이트로 오라는 방송이 들렸다. 그제야 정신이 든 채은이 걸음을 옮겼다. 화영이 그 정도로 무너질 회사도 아니고, 자신이 어쩔 수 없는 문제라고 냉정한 판단을 내렸다. 수한에게 아무런 잘못이 없다면 분명 조사 과정에서 밝혀질 터였다.

또다시 복잡다단해지는 머리를 추스르며 게이트 앞에 도착한 채은이 공항 직원에게 티켓을 건네려는 찰나였다.

탁.

"아……."

티켓을 건네는 제 손을 잡아채는 엄청난 힘이 있었다. 채은이 상황을 파악하기도 전에 제 몸은 그 힘에 의해 줄을 이탈하고 있었다. 뿌리치거나 소리를 질러도 시원찮을 상황임에도 그녀는 아무것도 할 수 없었다. 자신을 끌고 가는 강한 힘의 정체를 파악한 순간 그저 힘을 따라 걸음을 옮길 수밖에 없었다.

"유한 씨, 이것 좀 놓고 가요."

갑작스럽게 등장해 채은을 끌고 간 유한이 도착한 곳은 공항 앞에 급하게 세워둔 그의 차 앞이었다.

"아파요."

"타."

아프다는 채은의 말을 그대로 무시한 유한은 제 차 앞까지 채은을 데려와 차 문을 열고 차에 탈 것을 종용했다. 그런 유한의 행동이 이해가 되지 않아 차에 타는 대신 채은은 유한을 바라보았다. 그 자리에서 서서 전혀 움직이지 않는 채은이었는데도, 채은이 어디로 도망가기라도 할 듯 채은의 손목을 잡은 유한의 힘은 여전했다. 그럴 생각도 없지만 자신이 정말 여기서 도망갈 움직임이라도 취하면 유한은 자신을 그대로 차에 쑤셔 박듯 넣어버리리라는 걸 채은은 본능적으로 알 수 있었다.

"유한 씨."

"두 번 말하게 하지 마. 타."

이유를 알 수 없는 유한의 분노에 채은은 그저 당황스러울 뿐이었다. 왜 이렇게 이 사람이 화가 났지. 오랜만에 본 얼굴이다. 살이 빠져 더욱 날카로워진 얼굴선, 유한답지 않게 찌푸린 미간, 분노에 이글거리는 눈까지 모두 자신이 알던 유한이 아닌 것 같았다. 차에 탈 때 타더라도 이유는 알아야겠다고 생각한 채은이 용기를 내 입을 열었다.

"왜 그렇게 화가……."

"그냥 닥치고 타!"

유한의 고함에 안 그래도 주목받던 두 사람 주변으로 사람들의 시선이 더욱 몰렸다. 채은 또한 커다래진 눈으로 유한을 바라보았다. 닥치라니, 몇 년간 부부로 살면서 한 번도 이렇게 흥분하고 화가 난 유한은 본 적이 없었다. 이유는 모르겠지만, 차에 타지 않았다간 큰일이라도 낼 듯한 유한을 달래는 것을 포기한 채은이 차에 올라탔다.

차 안엔 날카로운 침묵만이 맴돌았다. 무슨 말이라도 해야 할 것 같은데, 유한이 여전히 화로 얼룩진 표정을 짓고 있어 쉽사리 말을 꺼낼 수도 없었다. 상태를 보아하니 기억은 찾은 듯했지만 함부로 말을 꺼낼 수 없는 무거운 분위기였다. 자신이 바란 재회는 이런 게 아니었는데. 하고 싶었던 말도 많았고, 듣고 싶었던 말도 많았다. 그런데 설레면서도 달콤한 재회의 그림은 유한의 '닥쳐!' 한마디로 산산조각 났다. 그랬기에 얌전히 차를 타고 가던 채은의 머리에서도 서서히 스팀이 오르기 시작했다. 아무리 화가 나도 닥치라니. 유한의 화에 당황해서 아무 생각이 나지 않다가 사람 많은 공항 앞에서 창피한 꼴을 보였다고 생각하니 채은의 미간도 좁아지기 시작했다.

"공항은 어떻게 온 거예요?"

속에서 끓어오르는 분노는 자신들의 상황을 더욱 악화만 시킬 거라는 생각에 채은이 작게 심호흡을 하며 유한에게 물었다. 채은의 질문에 유한은 더욱 인상만 찌푸릴 뿐 말이 없었다.

"나, 짐 다 공항에 두고 왔어요."

시간을 보니 아마 주인 없는 짐은 비행기 화물칸에 실려 미국으로 날아가고 있을 터였다. 그건 둘째치더라도 유한이 아무런 말을 하지 않자 침착하려던 채은도 슬슬 화가 나기 시작했다.

"말 안 해요? 나 짐 다 두고 왔다고요."

"지금 그깟 짐이 문제야?"

유한은 유한 나름대로 짐 타령을 하는 채은의 말이 듣기 싫었는지 또다시 소리를 빽 지르고 말았다. 그리고 그런 유한의 반응에 이번엔 채은도 지지 않고 맞받아쳤다.

"그럼 어떻게 된 건지 말을 하든가요!"

"내가 도망가게 둘 거 같아? 어디 안 가고 기다리고 있겠다더니! 그게 기다리는 거야? 미국? 누구 마음대로 미국을 가!"

"무슨 말이에요! 대체!"

점점 차 안의 언성이 높아져 갔다. 유한을 알고 자신이 이렇게까지 소리를 쳤던 건 유한에게 이혼해달라고 말했을 때 말고는 없었다. 그건 유한 또한 마찬가지였다. 화가 난 걸 시위라도 하는 듯 유한이 차의 속력을 높이자 차의 엔진 소리도 점점 거세졌다. 그런다고 무서워할 줄 알고. 흥, 콧방귀를 뀌며 채은이 카시트에 몸을 기댔다. 차 안에서 대화를 하는 것은 무리라는 판단이었다. 지금 상태를 봐서는 그가 열이 받아 차를 어느 가드레일에 박아버린다고 해도 이상할 게 없어 보였다. 그만큼 유한은 화가 난 듯 보였고, 어쨌든 오랜만에 재회였는데 병원에서 대화를 가질 수는 없었다. 서로에 대한 화로 인해 두 사람이 오늘 처음으로 소리 높여 부부싸움을 했다는 것을 알지 못했다.

"내려."

"말 안 해도 내릴 거예요."

이미 뿔이 잔뜩 난 두 사람이 도착한 곳은 두 사람이 살던 아파트 주차장이었다. 다시 이 집에 돌아온다면 분명 세상을 다 얻은 기분이 될 것만 같았는데, 이것 또한 완전 예상에서 벗어난 것이었다.

"아직 내 말에 대답 안 했어요. 도대체 누가 도망을 가요?"

"그걸 지금 나한테 묻는 거야?"

올라가서 이야기하자는 듯 걸음을 옮기려는 유한을 채은이 잡았다. 이 기분으로 집 안까지 가고 싶지 않았다. 자신들이 집 안에 들어간다면 누구보다 행복한 감정이 되길 바랐다. 그랬기에 채은은 유한을 따라가는 대신 유한의 되물음에 대답했다.

"네. 당신 말고 여기 누가 있어요? 난 도망가려고 한 적 없어요."

"그런 사람이 공항에서 잡혀 와?"

"내가 범죄자예요? 도망은 뭐고, 잡혀 오는 건 뭐야? 사촌 동생 보러 가던 길이었다고요. 소희 몰라요? 걔 미국 살잖아요."

답답함에 내뱉는 채은의 말에 처음으로 유한의 분노에 균열이 생겼다. 그리고 그 틈새로 당황이라는 감정이 흘러나왔다.

"아버님이 너 미국 간다고…… 가면 오래 걸린다고……."

말을 끝까지 잇지 못하는 유한의 눈빛이 흔들렸다. 분명 오늘 만난 강 회장이 마침 오늘 채은이 미국에 간다며, 오늘 가면 언제 돌아올지 모른다고 했다. 그 말에 이렇게 뿔난 망아지처럼 펄쩍 뛰며 채은을 잡아 온 것이고. 하지만 채은의 반응을 통해 강 회장이 말한 '오래'가 자신이 생각하는 '오래'가 아니라는 것을 이제야 깨달았다.

"우리 아빠요? 우리 아빠 만난 거예요?"

갑작스레 대화에 등장한 강 회장에 채은은 어리둥절한 표정이었고, 유한은 낭패라는 듯 이마에 손을 올려 제 당혹스러움을 표현했다. 낭패도 이런 낭패가 없었다. 사촌 동생 만나러 여행 가는 아내를 도망간다고 오해해 공항에서 개 끌고 나오듯 끌고 나오는 멍청한 짓을 해버렸다. 장인어른 너무하십니다. 자신을 오해의 바다로 이끈 강 회장에 대한 원망에 터졌다.

"설마, 나 미국에 이민이라도 가는 줄 안 거예요?"

그건 대답을 듣지 않아도 알 수 있었다. 황당한 건 채은 또한 못지않았다. 자신을 얼어붙게 했던 남편의 화가 자신이 한국을 떠난다고 생각해서 벌어진 일이란다. 남편의 경솔한 행동에 화가 났는데, 자신의 물음에 창피한 듯 채은의 눈을 피하는 유한의 모습에 채은은 피식 웃어버리고 말았다. 지금 아니면 언제 배유한이 저렇게 당황해하는 걸 보겠나 싶었다. 그건 8살 유한과 다른 매력이자, 유한을 알고 처음으로 본 모습이라 웃음을 참으려야 참을 수 없었다.

"일단 올라가자."

웃음을 참으려 노력하는 아내의 모습에 더더욱 쥐구멍을 찾고 싶어진 유한이 짐짓 아무렇지 않은 척 또다시 채은의 손목을 끌었다. 쥐구멍에 들어가더라도 채은만은 데리고 갈 생각이었다. 자신을 아무리 비웃는다 해도 말이다.

"올라가기 전에 해야 할 거 있지 않아요?"

공항에서 경험했던 것에 비하면 약하디약한 힘을 뿌리치듯 채은이 유한에게 잡힌 제 손목을 자신 쪽으로 끌었다. 네 죄를 네가 알렷다, 하는 표정으로 자신을 바라보는 채은 때문에 유한의 귀가 붉어졌다. 사과할 생각은 하지 않고 부끄러워하는 듯한 반응에 채은이 유한에게 잡힌 제 손목을 유한에게 들이밀었다.

"내 손목 좀 봐요. 멍들겠어요. 유한 씨 몰랐는데, 폭력 남편이었어."

말을 해도 폭력 남편이라니. 아까워서 만지지도 못하던 아내가 자신을 폭력 남편으로 몰자 유한이 억울한 표정이 되었다. 하지만 툭 하면 부러질 것 같은 손목을 정말 있는 힘껏 잡았던 죄가 있는 고로 유한이 헛기침을 했다.

"……미안."

유한의 사과에 드디어 채은이 미소 지었다. 두 사람의 재회는 지금부터였다.

"기억은 다 찾았어요? 총회는요?"

유한에게 묻고 싶은 게 너무 많았다. 그중 가장 궁금한 건 유한이 본래대로 돌아와 자신에게 처한 문제를 다 해결했는가에 대한 것이었다.

"내가 8살짜리 어린애 같아?"

유한은 기억이 돌아온 게 아니면 내가 지금 연기를 하고 있는 것 같으냐, 8살짜리가 그럴 리 있겠느냐, 하는 뜻을 담아 되레 채은에게 되물었다. 배 회장에게서 이야기를 들었는지, 8살 꼬맹이를 생각하는 유한의 표정은 전에 없이 까칠했다. 그리고 그 불만 어린 표정에 또다시 웃음이 터질 것 같았으나, 채은은 웃음을 참기 위해 혀를 깨물었다. 어느 정도 웃음이 진정이 되자 다시 물었다.

"언제 찾았는데요? 총회는요?"

"기억을 완전히 찾은 지는 얼마 안 됐어. 총회는 무사히 넘겼으니까 걱정하지 마."

그것 때문에 채은이 눈물을 흘리며 자신을 보내주지 않았던가. 솔직히 말하면 채은의 그 결정이 예나 지금이나 마음에 드는 것은 아니지만, 자신이 채은의 입장이었어도 그와 같은 결정을 했을 거란 생각은 들었다. 결론적으로 광선도, 자신도 지킨 아프지만 현명한 선택이었다는 것을 인정하는 바였다.

기억을 찾기 위해 과거 사진을 애타게 바라보다 쓰러져 다시 병원에서 눈을 떴을 당시, 자신의 기억은 채은을 처음 만났던 그 시점에 놓여 있었다. 그토록 바라던 일이었지만 제 머리는 그것을 받아들일 준비가 되지 않았던 것인지, 깨어나고도 며칠간은 어린 시절의 기억, 기억이 없었을 당시의 기억, 새롭게 찾은 기억들이 혼재되어 온전히 정신을 차릴 수 없었다.

하지만 어느 정도 기억이 정리가 되자 떠오른 생각은 얼른 채은을 찾아야겠다는 것이었다. 어린 유한과 어른 유한의 생각이 합체되던 순간이라 할 수 있었다. 완전한 기억은 아니지만 어느 정도 어른의 모습을 갖춘 유한에게 배 회장은 현재 화영그룹 이사 배유한이 처한 상황과 채은이 처했던, 혹은 강요받았던 상황에 대해 이야기해주었다. 완벽히 맞춰진 퍼즐은 아니었으나, 자신이 무엇을 해야 하는지 확실히 알 수 있었다.

아버지 배 회장에게 총회를 미뤄달라 말한 유한이 가장 먼저 한 일은 자신의 장인어른인 강 회장을 찾는 것이었다. 기억을 찾은 듯 보이는 자신의 모습에 강 회장은 무척이나 놀란 모습이었다. 하지만 이내 마음을 가다듬으며 걱정 반, 원망 반이 섞인 복잡한 마음으로 자신을 맞이해주던 어른에게 다소 냉정한 말을 했던 유한이었다.

"채은이를 다시 데려오고 싶습니다. 그래서 어쩌면 원하지 않아도 아버님께 누를 끼칠 수도 있을 것 같아 미리 용서를 구하러 찾아왔습니다."

누구보다 강 회장을 잘 알기에 채은은 자신의 아버지에게 자신이 처한 상황을 이야기하지 못했겠지만, 유한은 누구보다 지금 상황을 알아야 할 사람이 강 회장이라고 생각했다. 평생을 바친 회사일을, 무엇하고도 바꿀 수 없는 자식의 일을 그가 모른다는 건 말이 되지 않았다. 그리고 최대한 그런 상황은 만들지 않겠지만, 만일 상황이 불리하게 돌아간다면 어쩔 수 없이 자신이 광선의 일에서 손을 뗄 수 있다는 것을 알려드리기 위해서였다.

채은과 마찬가지로 강 회장이 자신의 회사를 지키기 위해 절대 제 딸을 희생시키지 않을 거란 약은 계산이 숨어 있었다. 채은은 성공하지 못한 방법이었지만, 어떻게 해서든 채은을 데리고 오고 싶은 유한은 끝내 그 방법을 쓰고 말았다. 온전히 기억을 찾은 것도 아닌 주제에 어떤 희생이 따르든 채은을 데려오고 싶다는 사위의 말이 황당한 것인지 너털웃음을 지은 강 회장이 물었다.

"기억을 완전히 찾은 게 아닌데도 채은이를 찾고 싶다는 생각이 드나?"

"기억이 있든 없든, 제 마음은 그대롭니다. 죄송합니다."

역시나 자신을 바라보는 사위의 얼굴은 한 치의 거짓 없이 곧았다. 다시 한 번 믿어주어야 하는 걸까. 어느 누구에게든 기회를 주는 것에 관대한 자신이지만 딸의 인생이 걸려 있는데 쉽게 또 기회를 주어도 될지 순간 많은 생각이 떠올랐다 사라졌다. 그러다 결정을 끝낸 강 회장이 유한에게 말했다.

"아니야. 그런 사람이 아니라면 내가 어찌 내 딸을 맡기겠나. 걱정하지 말게. 이제 자네 도움 없이 일어설 수 있네. 솔직히 사위한테 도와달라고 손 벌리는 거 딸 보기도 민망하고 싫었는데, 차라리 잘됐어. 우리 회사 걱정은 하지 마. 우리 회사는 내가 지킬 테니, 자넨 자네 자리나 잘 보전하게. 그리고 나면 내 다시 한 번 기회를 주겠네. 이번이 마지막이야. 다시 한 번 기회를 못 살리면 우리 딸 주변에 얼씬거리지 못하게 할 거네. 알겠나?"

속상하셨을 마음을 숨기며 제 마음을 편하게 해주려고 한 장인어른의 배려에 유한은 자신 있게 고개를 끄덕였다. 정말 존경할 수밖에 없는 분이셨다.

그리고 본인의 말씀대로 장인어른은 본인의 힘으로 본인의 회사를 구해내셨다. 거기다 더해 오늘은 얄미운 사위 낚기까지 성공하셨다. 그 생각까지 미치자 어쩐지 입맛이 썼다. 그런 유한의 마음을 모르는 채은은 걱정스러운 듯 물었다.

"완전히 찾은 건 얼마 안 됐다고요? 조금, 조금씩 돌아온 거예요?"

기억이 하나둘씩 돌아왔다는 말에 채은의 표정이 어두워졌다. 자신이 없는 동안 아팠을 유한 생각에 마음이 편치 않았다. 자신을 너무 늦게 데리러 왔다는 원망도 유한을 보는 순간 사라졌다. 기억을 찾는 동안 아팠을 텐데도 아픔을 함께해주지 못한 자신을 원망하지 않고, 멋지게(약간의 오해 때문에 작은 다툼은 있었지만) 자신을 데리러 와준 유한이 고마웠다. 그런 미안함과 고마움을 담아 채은이 유한의 손을 꼭 잡았다.

"한번 돌아오니까 쉽게 돌아왔어. 별로 아프지도 않았고."

그런 채은의 미안함을 알았던지 유한이 대답하며 시선을 내려다보았다. 자신도 모르게 맞닿은 두 손에 시선이 갔다. 제 손에 들어온 작은 손이 좋았고, 절대 빼지 않은 듯 잡은 손에서 느껴지는 가느다란 반지의 감촉도 좋았다. 그것이 몸은 떨어져 있어도 마음은 떨어져 있지 않았구나, 하는 걸 느끼게 해주어 그간 공허했던 마음이 채워지는 기분이었다.

강 회장을 만난 후 유한은 바로 업무에 복귀했다. 기억이 없다고 해도 업무를 하는 법을 잊어버리는 것은 아니기에 일하는 것에는 전혀 무리가 없었다. 채은의 강요로 본 보고서를 통해 현재 회사가 돌아가는 상황을 대충 알고 있었고, 자신 대신 일을 수행했던 기훈의 보조를 받으며 자신이 그간 해왔던 일들을 파악하며 해야 할 일을 하나하나 처리해 나갔다. 상황이 이렇게 되니, 유한의 해임을 두고 열리려 한 총회 또한 유명무실해졌다. 복귀하지 않아 열리려 한 총회이니 유한이 복귀를 하자, 그 명분이 약해졌을 뿐 아니라 광선의 신기술 개발이 성공을 목전에 둔 상황이라는 것이 알려지자마자 이사 해임 안건은 볼 것도 없이 부결(否決)로 결론 나게 되었다.

게다가 업무를 시작해서 머리를 쓰기 시작해서인지, 아니면 돌아오기 시작한 기억이 가속도를 받은 것인지 빠져 있던 기억의 퍼즐은 허망할 정도로 빠르게 맞춰지기 시작했다. 어린 유한이 그렇게도 바랐던 채은과의 첫 만남에서부터 결혼, 결혼 후 생활까지 채은과 관련되었던 기억 모두 거짓말처럼 그 모습을 드러내게 된 것이었다. 회사 이미지를 고려해 주주총회가 열렸던 사실은 완벽히 비밀로 부쳐지고 일의 마무리만 남은 상태였다. 모든 것을 끝내야 채은에게 갈 수 있었다.

"저, 유한 씨."

이제 엘리베이터의 계기판이 두 사람이 누른 층수에 다가가고 있었다. 채은이 손에 전해지는 체온을 즐기는 유한을 불렀다. 유한이 채은의 부름에 대답하듯 고개를 내리자 채은은 무언가 망설이듯 하다 물었다.

"오늘 뉴스 봤어요. 도련님이."

"아."

띵!

그 타이밍에 맞춰 엘리베이터가 도착했다는 소리를 냈다. 자신이 말하지 않아도 유한은 모든 사실을 알고 있는 듯했다. 그렇게 화가 나서 찾아왔어도 자신을 어떻게 떠날 수 있었냐며 묻지 않았다. 어린 유한과 헤어지면서도 자신이 아는 유한이라면 기억만 찾는다면 제 마음을 알아주리라는 믿음이 있었다. 그리고 그런 믿음을 배신하지 않고, 유한은 모든 걸 해결하고 돌아왔다. 그랬기에 유한에게 수한에 대해 묻는 것이 망설여졌다. 자신들을 헤어지게 한 수한에 대한 원망은 자신도 그대로였지만 수한이 누명을 쓴 것 같으니 마음이 좋지 않았다.

"일단 들어가서 이야기하자."

"정말로 그런 건 아니죠?"

수한이 그럴 리 없다는 믿음이 깔린 물음에 기분이 상했던지 유한은 말없이 채은과 집 안으로 들어왔다. 띠리링 하며 문이 잠기는 소리가 들리고 채은은 유한의 대답을 기다리며 유한을 바라보았다. 채은의 말이 맞았다. 제가 아는 수한도 회사 뒷돈을 챙길 만큼

비열한 녀석은 아니었고, 횡령을 주도할 만큼 회사 일에 열성적이지도 않았다. 그저…….

"사촌 형의 치졸한 복수라고 해두지."

"네? 설마."

생각지도 못한 유한의 대답에 채은의 눈이 커졌다. 수한의 횡령 사실 못지않게 복수라는 명목으로 사촌 동생을 궁지로 모는 유한 또한 믿기지 않았다. 그런 채은의 표정에 유한이 피식 웃어버리고 말았다. 하지만 웃었다고 해서 기분은 좋은 건 아닌지 유한의 표정 또한 어두워졌다.

사실 타깃은 구찬과 진화였다. 본래 회사에 욕심을 부리는 진화를 알고 있었고, 무조건 진화 쪽을 내칠 생각을 하고 있었던 것은 아니었다. 어쨌든 아버지의 피붙이이자 선대 회장이셨던 할아버지도 어느 정도 진화의 경영을 인정해주었다는 것을 알았기에 수한이 회사가 들어오려는 것을 막지 않았고, 수한을 도와줄 생각도 있었다. 그런데 진화가 벌인 짓은 유한의 허용범위를 벗어나는 것이었다. 기억상실로 회사 일에 소홀했던 실수는 인정하지만 거기에 채은을 끼워 넣었던 것은 그냥 두고 볼 수 없었다. 자신들의 목적을 위해 자신에게서 채은을 빼어가려 하고, 채은을 울린 죄는 절대 참을 수 없었다. 그것이 설령 제 고모와 아끼는 사촌 동생을 다치게 하는 일이 된다 하더라도 말이다.

총회가 끝난 직후부터 유한은 구찬과 진화를 잡아챌 준비를 시작했다. 수한의 모든 일은 구찬을 통해 진행되었고, 그런 구찬을 밀어주는 사람이 진화라는 것을 알았다. 구찬의 뒤를 캐면 자연스럽게 진화도 딸려 나오게 될 것은 자명한 사실이었다. 진화와 수한의 뒤에 숨어 구찬이 하는 짓을 알고 있었기에 캐내는 것은 쉬웠다. 그렇게 발 빠르게 움직여 진화와 구찬을 쳐낼 계획을 하는데, 수한이 자신을 찾아왔다. 총회에서 만난 후 처음으로 본 동생의 얼굴이었다. 언제나 사람 좋은 미소를 짓고 있던 녀석인데, 어느 순간부터 눈에 띄게 어두워진 표정과 차가워진 모습에 마음이 좋지 않았다.

"웬일이야?"

"부탁이 있어서 왔어."

"무슨 부탁?"

"형이 준비하고 있는 거, 내가 한 걸로 해. 어머니는 정말 아무것도 몰라."

유한 못지않게 무슨 생각을 하는지 알 수 없는 눈으로 유한을 바라본 수한이 말했다. 그런 수한과 달리 수한의 말에 유한의 눈이 커졌다. 자신이 조만간 무슨 짓을 벌일 것인지 정확히 알고 있는 듯했다.

"네가 뒤집어쓰겠다고?"

"사실 박 부장이 하는 일 알고 있었어. 눈감아준 건 나니까, 내 잘못 맞지. 그리고 이거."

수한이 유한에게 내민 건 사직서였다. 여전히 차분한 얼굴로 수한이 말을 이었다.

"어차피 잘릴 것 같긴 하지만, 내 발로 나가는 게 더 나을 거 같아서."

"왜 이러는 건데, 갑자기?"

어머니를 위하는 마음에 그러는 것일까. 그렇다면 조사를 받는 대신 자신 어머니의 무고함을 주장하는 편이 더 좋을 것이었다. 도저히 수한의 행동이 이해가 되질 않았다.

"어머니는 항상 날 위해 산다고 하셨어. 그리고 난 그걸 바라지 않는다고 어머니를 외면했고. 근데 생각해보니까, 어머니가 나한테 준 걸 당연하게 누리면서도 난 한 번도 어머니께 뭘 해드린 적이 없더라고. 그게 죄송해서 말이야."

자신이 무사히 총회를 마친 후, 그 충격인지 진화는 쓰러지고 말았다. 하지만 모든 병문안을 거부했기 때문에 수한을 제외한 측근의 사람들까지도 진화의 상태를 보지 못했다는 이야기는 들었다. 무너진 자신을 보여주고 싶지 않다는 자존심 때문에 병문안을 거부하는 것인가 했는데, 건강이 심각하게 좋지 않은 것인가 싶어 유한의 머리가 복잡해졌다. 어째 됐든 자신의 고모가 아닌가.

"고모님 많이 안 좋으셔?"

"아니, 조만간 퇴원하실 거야. 형 가만 안 두겠다고 이를 바득바득 갈고 계셔."

자신의 걱정과 다른 수한의 이야기에 유한이 한숨을 쉬었다. 고모답다고 해야 하는 것인지, 어이없는 웃음까지 터져 나올 것 같았다.

"어쨌든 부탁할게. 조사는 내가 받게 해줘. 어머니 욕심을 멈춰주는 게 내가 어머니께 해드릴 수 있는 일이거든."

잘못이 없다고 할지라도 횡령이라는 혐의로 조사를 받게 되면 수한의 말대로 수한이 회사로 다시 돌아오는 건 불가능했다. 거기다 수족과 같았던 구찬이 사라지게 되니 진화는 더 이상 회사 일엔 손도 댈 수 없을 것이었다. 특히나 자신 때문에 아들이 횡령 혐의를 받았다는 사실을 알게 되면 아무리 진화라 할지라도 더 이상 욕심을 부릴 생각은 하지 못하리라.

“강채은이랑 결혼 포기해달라는 부탁은 안 들어줬잖아. 이번 부탁은 좀 들어줘. 안 들어주면 강채은 납치해서 내가 데리고 살 거니까.”

동생에게 애먼 죄를 씌울 생각에 고민하는 유한의 마음을 읽었던지 수한이 납치라는 자극적인 단어로 유한을 자극했다. 역시나 유한의 인상이 진해졌다.

“사실 강채은이 형이랑 헤어지기 싫다고 자기 좀 도와달라고 찾아왔었는데, 냉정하게 거절했거든, 내가. 나도 어머니랑 한통속이었어. 그럼 충분하지?”

의외의 말을 들은 듯 유한의 표정에 놀라움이 스쳤다. 채은이 수한을 얼마나 불편하고 껄끄럽게 여기고 있는지 알았기에 생기는 놀라움이었다. 고민만 되풀이하다 채은이 자신을 떠난 건 아니라는 생각에 마음이 애틋해졌다.

“그럼 확실히 말해. 채은이 포기한 거야?”

결혼 후에도 알게 모르게 채은의 주변을 맴돌고, 채은의 부탁을 냉정하게 거절한 사촌 동생에 대한 탐탁잖음을 담아 질문했다. 대답 여하에 따라 한 사람만 처벌받을 수도, 세 사람 모두 처벌받을 수 있었다.

“글쎄, 모르겠네.”

“뭐?”

“그런데 다른 남자 사랑한다고 하는 여자한테 내가 매달리고 있어야 하나, 하는 생각은 들고 있어. 다행인지, 불행인지."

수한의 말에 인상이 좁아졌던 유한이 수한의 이어지는 말에 다시 안정된 무표정을 찾았다. 다른 남자라 하면 자신을 뜻하는 건가. 자신에겐 한 번도 해준 적 없는 말을 수한에게 처음 했다는 것이 거슬렸는데, 이상하게 웃음이 새어 나올 것 같아 티 나지 않게 아랫입술을 깨물었다.

"다행인 거지."

자신을 사랑한다고 했던 채은의 말이 계기가 된 것일까. 무엇이 됐든 자신들에게나 수한에게나 다행인 일이었다.

"어쨌든 마음의 준비하고 있을 테니까 잘 터트려달라고."

언제나 표정을 읽을 수 없었던 제 형이 묘하게 웃음을 참고 있는 듯한 모습이 거슬린 수한이 더 이상 할 이야기가 없다는 듯 자리에서 일어섰다.

"근데 말이야, 채은이 건드리는 사람 족족 형이 복수하고 다니는 거 채은이가 알아?"

"무…… 슨 말이야?"

수한의 질문에 눈에 띄게 당황한 유한을 보며 수한이 얄밉게 웃었다.

"사진 유포 같은 건 영 유치하다 싶어서 말이야. 하긴 어릴 때부터 형이 유치하긴 했어. 그치?"

시치미 떼도 모든 걸 알고 있다는 듯한 수한의 말에 유한의 눈빛이 흔들렸다. 저 녀석도 어릴 때부터 엄청 얄미웠었다. 할머니가 있으면 자신이 화를 내지 못한다는 것을 알고, 꼭 어른들이 있을 때만 장난감을 달라고 조르고, 놀 때도 자신이 유리하게만 규칙을 만들려고 했다. 얼마 전 수면 위로 떠올랐던 수한에 대한 기억에 목소리가 거칠게 나왔다.

"무슨 말이 하고 싶은 건데?"

"다른 건 아니고 적당히 해달라고. 처벌받아야 할 사람은 한 사람이잖아."

굴릴 때 굴리더라도 제자리에 잘 가져다 놓으라는 뜻이다. 저 녀석이 언제 저렇게 컸나. 형을 은근 협박하는 동생의 행태에 유한은 말을 잇지 못했다.

"이제 형 거 달라고 조르는 어린애 같은 짓은 안 할 거니까 걱정 붙들어 매고."

유한의 대답은 이미 들은 듯 이사실 문을 열려던 수한이 무언가 생각난 듯 유한을 불렀다.

"형."

"왜?"

"만약에 결혼 전에 채은이가 날 좋아한다고, 나랑 있는 게 더 행복하다고 했으면 어떻게 하려고 했어?"

그 물음에 저의를 모르겠다는 듯 멍해졌던 유한이 이내 입을 열었다. 본능적으로 이 마지막 질문이 수한의 마음 정리를 끝내줄 질문이라는 것을 알아챘다.

"보내줬겠지. 강채은이 행복한 쪽으로."

"역시, 나랑은 다르네."

그래서 너는 형을 사랑하게 된 걸까. 쓴웃음을 머금으며 수한은 이사실을 나왔다. 자신을 위한다는 이유로 끝없이 본인을 끝으로 몰아가는 어머니의 모습에서 수한은 자신의 모습을 발견했다. 채은을 사랑한다는 이유로 제 감정만을 강요하며 억지로 채은을 빼앗으려 했던 자신의 어리석음을 깨달았다. 채은의 말대로 채은을 갖겠다고 한 마음에 채은의 마음은 없었다. 마음이 없는 사랑이라니, 존재하지도 않는 감정을 제 것으로 만들려 벌였던 모든 일들이 그저 허망하게 느껴졌다. 자신이 채은을 먼저 알고 사랑하게 됐다는 명분도 사라졌으니, 자신이 채은을 가져야 한다는 생각도 할 수 없었다.

채은이 묶은 채 잡아당기고 있다고 생각한 끈은 사실은 자신을 감고 있었던 거였다. 자신을 이렇게 답답하게 하면서 왜 나에게 오지 않는 거냐며 채은을 원망했는데, 사실은 스스로를 끈에 결박한 채 벗어날 수 없게 한 것이었다. 채은이 아니라. 놓아버리면 끝날 것 같아 붙들었던 끈을 놓아버리자 믿을 수 없을 정도로 편안해졌다. 갑작스러운 자유가 당황스러웠지만, 마음 한구석에서 퍼져오는 안도감에 수한의 입가에 미소가 맺혔다.

"나만 당할 순 없잖아. 조사해보면 진짜 잘못이 있는지 없는지 나오겠지."

말은 이렇게 했지만 잘못이 없으니 수한은 금방 풀려 나올 수 있을 터였다. 물론 그 후에 수한은 다시 회사로 돌아올 수 없겠지만, 수한도 그것을 바랐으니 수한에게 그리 나쁜 결론은 아니었다. 자신을 약 올리며 했던 말이 불안하긴 했지만 제 사촌 동생도 얼른 자신만의 행복을 찾길 바랐다.

"그럼, 회사는요? 그렇게 조사받게 되면 안 좋은 거 아니에요?"

"괜찮을 거야."

그렇게 할 자신도 있었다. 처음 일을 벌였을 때부터 각오한 일이었고, 그에 대한 방비도 철저히 끝내놓은 상태였다. 하지만 채은을 안심시킬 그 어떤 말도 덧붙이지 않은 채 유한은 고개를 끄덕였다. 아무리 진화 쪽에서 먼저 손을 썼다 할지라도 가족끼리 서로 물고 물리는 상황이 채은의 눈에 곱게 보일 리 만무했다. 총회를 무사히 끝냈으면 자신이나 만나러 올 것이지 괜한 일로 시간을 허비했다는 말을 하고 싶은지 채은의 입술이 들썩거렸다.

"……몸은 아픈 데 없고요?"

하지만 오랜만에 만났는데 그런 걸로 또다시 인상을 쓰고 싶지 않던지 억지로 말을 삼킨 채은이 유한의 몸 상태를 물었다. 유한에게는 감사한 결심이었다. 비록 자신이 치사했다 하더라도 아내를 마음에 둔 남자의 일로는 혼나고 싶지 않았다.

"멀쩡해."

"기억은요?"

채은의 질문에 유한의 눈썹이 휘어졌다. 아까 했던 질문에 분명 답까지 했던 걸로 기억하는데, 또다시 같은 질문을 하는 채은을 이해할 수 없었다.

"다 찾았어. 아까 대답했잖아."

"완전히요? 당신 기억 잃었을 때 일도 다 기억나요?"

눈을 반짝이며 묻는 채은의 말에 유한은 당황하고 말았다. 제 무표정한 가면이 지금의 그 당황스러움을 잘 가려주고 있는지 채은은 자신의 대답을 기다리고 있었다. 8살 꼬맹이로 변했던 기억이 있느냐고? 완전(完全)이라는 단어가 무색하지 않게 유한은 그때의 기억 또한 가지고 있었다. 도대체 자신은 왜 그때의 기억을 가지고 있는가. 다른 사람은 잘만 잊어버리는 그 기억을 말이다. 채은에게 장난감 사달라고 조르고, 어이없고 바보 같은 말 지껄이고, 채은의 행동 하나하나에 부끄러워 어쩔 줄 모르던 그 8살 꼬맹이는 정확히 유한의 머리에 자리 잡고 있었다.

"아니, 그때 기억은 안 나."

하지만 유한은 무심한 표정으로 기억이 나지 않는다고 시치미를 뗐다. 자신의 그 말에 채은의 표정이 수그러들었지만 그 지워버리고 싶은 모습을 기억이 난다 말할 수 없었다. 입에 달고 다녔던 '색시야'에 오그라들었고 하늘로 승천할 것 같은 먼 나라 미국 이야기에. 거기다 뭐? 어른뽀뽀? 황당하기는 이루 말할 데 없고, 정말 생각하고 싶지도 않은 흑역사였다.

"거짓말."

"아니야."

거짓말도 어쩜 저렇게 태연스럽게 하는 것인지, 아무것도 기억나지 않는다고 말하는 유한의 표정은 바람 한 점 들지 않는 것처럼 평온했다. 그 모습에 채은이 볼에 빵빵하게 바람을 넣었다. 기억이 나지 않을 리 없다. 화가 나 기억을 하지 못하는 것 같았지만 오늘 유한의 차 안에서 유한이 분명 유한이 올 때까지 자신이 기다리고 있겠다는 말을 꺼냈었다. 그 약속은 8살 유한과 했던 약속이었다. 그리고 미국에 간다고 생각한 자신을 향해 분노를 쏟아냈던 모습은 분명 8살 유한으로 돌아갔던 시절의 흔적이었다.

"그런 내가 어디 안 가고 기다리겠다는 약속을 언제 했는데요?"

"뭐?"

"당신 오늘 분명히 차에서 그랬어요. 내가 그런 약속을 했었다고."

역시나 흥분 상태에서 자신이 한 말을 기억하지 못한 듯 딴청을 부리던 유한이 다시 한 번 뻔뻔한 얼굴로 대답했다.

"내가 그랬나? 생각해보니, 그 약속만 기억이 나는 것 같군."

"당신 정말……."

창피해서 모든 기억을 감춰버리려는 유한의 속내가 뻔히 들여다보였다. 그렇게 보고 싶었던 유한의 속마음을 읽게 되었는데도 전혀 기쁘지 않은 채은이 분하다는 얼굴로 집을 나서려 했다. 그리고 그런 채은의 행동에 놀란 유한이 채은의 팔을 잡았다.

"어디 가?"

"당신 잘못 기억하고 있네요. 나 그런 약속 한 적 없어요."

이에는 이, 눈에는 눈, 모르쇠엔 모르쇠다. 그 생각으로 채은도 최대한 아무렇지 않은 얼굴로 거짓말을 하려 했다.

"뭐?"

"말 그대로예요. 나 그런 약속 한 적 없다고요. 당신 꿈꿨나 보네요. 당신이랑 나 되게 쿨하게 헤어졌는데, 기억 안 나요? 아, 기억 안 난다고 했지?"

거짓말한 널 용서치 않겠다, 하는 채은의 분노가 느껴졌다.

"기억 찾았다니, 축하해요. 난 이제 공항에 가볼게요. 나중에 만나서 밥이나 한 끼 먹든가요. 반가웠어요."

유한의 팔을 뿌리친 채은이 현관문을 열자, 유한이 또 채은의 팔을 잡아 돌아선 채은을 돌려세웠다. 마주한 채은의 눈빛에 전에 없이 분노가 가득 차 있어 유한의 손이 멈칫했다.

"강채은."

"왜요?"

나를 예전의 고분고분한 강채은으로 보지 말라고. 시위하는 듯한 채은의 눈초리에 유한이 한숨을 내쉬었다. 어쩐지 채은이 예전과 달라졌다는 느낌이 든 건 그저 자신의 느낌만은 아니었나 보다. 자신이 변하기로 마음먹은 것처럼 채은도 변하기로 한 것 같았다. 아니, 그러고 보니 기억을 잃은 자신과 밤을 보낸 채은이 앞으로 자신이 달라질 것이라고 했던 것이 기억났다. 변화라. 그것이 힘들어 채은을 지독히도 외롭게 했던 자신이다. 아니, 정확히는 채은이 자신을 떠난다고 하자, 아차 하는 생각이 들었다. 어쩌면 자신의 마음을 말하지 않아도 알 것이라고 멋대로 착각하고 있었는지도 몰랐다. 채은이 부담스러워할까 봐, 채은이 불편해할까 봐 최대한 감출 것이다 말했지만, 먼저 표현하는 것이, 먼저 말하는 것이 창피하고 자존심 상하는 일이라 생각해 자신의 모든 감정을 숨기려 했다. 정말 아버지 말씀대로 자신은 그 8살 꼬맹이보다 못한 사람일지도 몰랐다.

"마지막으로 물어요. 정말 기억 안 나요?"

이번에도 진실을 말하지 않는다면 정말 가버릴 것이라는 채은의 고집이 느껴졌다. 내가 여기서 또 감추면 넌 상처받을까. 묻지 않아도 이미 나온 답이었다.

"웃기는군."

유한의 말에 채은의 표정이 굳어버렸다.

"누구 마음대로 헤어져? 모르나 본데, 작나 크나 배유한 자체가 쿨한 거랑 거리가 먼 사람이야. 그리고……."

유한이 갑자기 채은의 허리에 팔을 감아 채은을 제 앞까지 끌었다. 으아, 하는 틈에 채은은 유한의 몸에 가까이 밀착되었다.

"할머니 보는 앞에서 약속까지 했는데 내가 그냥 보내줄 거 같아?"

쿨하지 못한 유한의 말이 얄밉다는 듯 채은이 유한을 밉지 않게 노려보았다. 그러게 왜 거짓말을 해서는. 사실 유한 성격상 창피한 줄 모르고 어린애 같은 행동을 하고 다녔던 자신을 용납할 수 없었을 것이다. 하지만 기억을 잃은 동안 둘 사이에 얼마나 많은 일이 있었는데, 그걸 없는 일로 만들려 하다니. 그건 자신이 용납할 수 없었다.

"당신 기억 없을 때 일, 다 기억하는 거죠? 그거 인정하는 거죠?"

"그래. 그러니까 도망갈 생각 하지 마."

지구 끝까지 찾으러 갈 거니까. 그제야 채은의 입가에 만족스러운 미소가 지어졌다. 그렇게 유한의 얼굴을 뚫어지게 보던 채은이 유한을 본 순간 가장 하고 싶었던 말을 꺼냈다.

"보고 싶었어요."

그러면서 까치발을 하며 유한의 목을 강하게 안아버렸다.

너무 보고 싶어서 매일 울고 싶었는데, 당신이 올 거 알아서 참았어요. 당신은 내가 우는 거 제일 싫어했으니까.

말하지 않아도 와 닿는 말에 유한도 채은의 뒷머리를 마주 안으며 안긴 채은의 몸을 고정했다. '나도…….'라는 말을 하고 싶었는데, 그 말이 나오지 않았다.

"당신은 나 안 보고 싶었어요?"

"뭐?"

가는 말이 있으면 오는 말도 있어야지, 자신의 말에 아무런 말을 하지 않는 그의 행동에 약이 오른 채은이 채근하듯 물었다.

"나 안 보고 싶었냐고요."

"왜 그런 걸 물어보고……."

말하지 않아도 알 수 있을 텐데, 그걸 굳이 확인하려 드는 채은이 낯설었다. 민망함에 눈을 굴리는 유한의 얼굴을 잡고, 유한이 자신을 바라보게 했다. 애교까지는 아니더라도 최소한의 감정 표현을 가르치리라 다짐했다. 그리고 그 기세에 질린 것인지 유한의 눈이 커졌다.

"보고…… 싶었어."

"역시, 좀 아쉽네."

억지로 하는 대답을 보며 채은이 정말 아쉬운 표정을 지었다. 8살 유한이라면 자신이 먼저 이야기를 꺼내기도 전에 보고 싶어 죽는 줄 알았다며, 그동안 자신이 얼마나 채은을 보고 싶어 했는지 끊임없이 떠들었을 것이다. 더욱 그리운 8살 유한을 떠올리며 채은이 다시 입을 열었다.

"유한 씨, 옛날처럼 색시야, 하고 불러봐요."

"싫어."

대답은 단호했다. 그런 유한의 대답에 채은이 서운하다는 듯 입을 삐죽였다.

"왜요? 옛날엔 잘만 했으면서."

"그 녀석은 내가 아니야. 나랑 똑같이 취급하지 마."

"엉터리. 나한텐 8살 유한 씨랑 지금 유한 씨랑 똑같거든요?"

"난 이제부터 그때 기억을 잊어버릴 생각이니까 강채은도 그렇게 해."

"싫어요."

"싫어도 하는 수 없어. 나는 그렇게 할 생각이니까. 그러니까 내 앞에서 절대 그때 얘기 꺼내지 마."

"그게 뭐야."

불만스러운 채은의 말은 그대로 유한의 귀를 통과하는 것 같았다.

"아, 그래도 이대로 없애는 건 아쉬우니, 마지막으로 어른뽀뽀나 진하게 할까?"

도저히 유한이 할 것 같지 않은 말과 표정으로 말을 끝낸 유한이 그대로 채은의 입술을 향해 빠르게 다가왔다.

팡팡.

순 제멋대로의 대화를 끝낸 유한의 혀가 자신의 입안으로 미끄러져 들어오자 유한의 움직임을 멈추고자 채은이 유한의 등을 두드렸다. 하지만 유한은 오랜만에 만난 산해진미를 절대 포기할 마음이 없었다. 유한이 자신의 혀로 채은의 붉은 혀를 휘감자 제 주인과 달리 솔직한 혀는 유한의 혀를 반갑게 맞이했다. 뜨거운 두 개의 살덩이가 엉기자 유한의 등을 때리던 작은 주먹의 움직임도 서서히 멈추기 시작했다.

쉴 새 없이 제 여린 살을 헤집고, 제 공간에 온 듯 끊임없이 돌아다니는 침략자에 채은은 자신의 몸 전체가 나른해지는 기분이었다. 그 나른함에 취해 있던 채은이 정신을 차리자 자신은 어느새 유한의 모든 움직임을 받아들이며 유한의 목에 팔까지 감고 있었다. 언제나 유한이 다가오면 몸이 굳어지며 긴장하던 자신이 어느새 사탕을 더 달라 조르는 아이처럼 유한에게 더 가까이 다가오라는 듯 매달리고 있었다. 점점 강해지고 깊어지는 키스에 채은이 자신도 모르게 신음하자 그에 반응이라도 하듯 그가 채은의 허리를 안아 집 안으로 들어갔다. 누군가 뒤에서 쫓아오기라도 하는 듯 그의 발은 급한 제 주인의 마음을 그대로 대변하고 있었다. 그 덕분에 채은은 거의 발끝으로 뒷걸음질 쳐 방으로 걸어가야 했다. 그래도 좋았다. 자신의 몸에 흥분을 감추지 못하는 그가, 차분한 본인 성격답지 않게 성급해지는 몸짓도, 모두 자신에게 반응한 결과라는 사실에 뿌듯한 마음까지 느꼈다.

방 안에 도착할 때까지 맞붙은 두 개의 입술은 떨어질 줄 몰랐다. 숨조차 제대로 쉴 수 없을 만큼 격렬한 키스에 서로의 타액이 섞이고, 신음마저 섞였다. 연신 두 개의 입술이 부딪치며 나는 신음은 더없이 두 사람의 몸을 달궈놓았다.

거실이라는 긴 코스를 지나 드디어 두 사람의 몸이 풀썩 침대 위에 떨어졌다. 제대로 벗겨지지 않은 신발을 껌 떼어내듯 떼어내자 주인에게 버림받은 신발이 침대 위에서 추락하는 소리가 들렸지만 그 소리조차 서로에게 집중하고 있는 두 사람에게는 별다른 영향을 주지 못했다.

선물 포장을 뜯어내듯 설레면서도 초조한 기분으로 서로를 감싸고 있는 옷을 하나둘 벗겨내기 시작했다. 채은은 하나둘 떨어지는 옷가지 사이로 느껴지는 찬 공기에 몸을 움츠렸지만 찬 공기에 노출될 때마다 찾아오는 뜨거운 입술에 그 차가움은 곧 뜨거움으로 변해갔다. 이 세상 그 어떤 것보다 마음에 드는 선물에 유한도, 채은도 만족스러운 신음을 흘렸다. 서로가 서로를 이렇게 강렬하게 원한 적이 없었다. 아니, 이렇게 서로의 욕망을 내보인 적이 없었다. 그동안 숨겨온 것을 모두 펼쳐내 보이기로 한 것처럼 두 사람은 아낌없이, 숨김없이 서로의 몸을 달아오르게 했다.

부끄러움에 조심스러우면서도 나긋한 채은의 손길이 제 허리에서 느껴지자 유한은 더욱 참을 수 없는 기분이 되어 채은에게 더욱 파고들었다. 얼마 전 내린 눈처럼 하얀 목덜미에, 보는 것만으로 안쓰러운 쇄골에, 수줍게 얼굴을 내민 가슴에 질릴 새도 없이 키스하며 다시 만난 아내를 확인했다.

"하아……."

유한이 자신의 가슴 끝을 물며 조심스럽게 혀를 굴리자 채은이 발끝에서부터 솟구치는 전율에 신음했다. 빨고 물고 굴리고 아주 작정을 한 듯 자신을 자극하는 유한의 혀와 손놀림에 채은의 허리가 점점 하늘로 솟구쳤다. 쉼 없이 터져 나오는 신음을 막아보려 채은이 자신의 아랫입술을 깨물며 고개를 뒤척였지만 연이은 유한의 부드러운 애무에 정신을 차릴 수가 없었다. 점점 젖어드는 아래에 제 몸이 녹아내리는 건 아닌지 걱정이 들 무렵, 유한이 채은을 불렀다.

"강채은."

묘하게 나른하면서도 진지한 목소리에 질끈 감고 있던 눈을 뜨니 올곧이 자신을 내려다보고 있는 유한과 눈이 마주쳤다. 야릇한 분위기를 끊어내듯 채은을 불렀지만 도저히 채은에게서 떨어지고 싶지 않은 유한은 완전히 채은에게서 손을 떼어내지 못하고 채은의 부드러운 가슴을 쥐었다. 쉬지 않는 유한의 손길에 대답 대신 신음이 나올 것 같아 말 대신 눈으로 대답하는 채은이었다. 자신과의 키스로 부풀어 오른 입술이 또다시 채은에게 괴롭힘을 당하고 있자 불쌍한 생각이 든 건지 유한이 채은의 치아 아래 있는 채은의 아랫입술을 구해주었다. 어느새 가슴에서 손을 뗀 유한이 살짝 벌어진 채은의 입술을 제 엄지로 문질렀다. 그에 입술에서 새어 나온 채은의 뜨거운 숨이 그대로 느껴졌다.

짜릿하기만 하던 공기에 서서히 기분 좋은 훈풍이 들어오는 것 같았다. 반질반질한 채은의 입술을 못살게 굴던 유한이 천천히 입술을 내려 채은의 이마에 짧게 키스했다. 격렬하고 날 것처럼 꾸밈없었던 아까와는 전혀 다른 분위기였다. 아마 자신의 아랫배를 찌르는 그 느낌만 아니라면 조금 전까지의 사나운 기세의 유한은 꿈에서 본 것이라 생각이 들 정도였다.

"사고가 나기 전에 너한테 꼭 하고 싶은 말이 있었어."

이마에 이어 채은의 콧등에, 양 볼에, 입술에까지 부드러운 키스를 한 유한이 채은의 입술 위에서 속삭이듯 말했다. 닿을 듯 가까운 거리라 유한이 말을 하자 서로의 입술이 작게 마찰했다. 야릇하게 느껴지는 속삭임에 채은이 침을 꼴깍 넘겼다. 그 찌릿한 느낌에 온몸에 소름이 돋고, 자신의 아래가 더욱 젖어오는 느낌이었다. 유한의 나직한 목소리가 묘한 쾌감을 주었다.

"무슨…… 말이요?"

말을 먼저 꺼냈으면서도 말을 잇지 않는 유한 때문에 끝내 채은이 유한에게 재촉하듯 묻고 말았다. 이번에도 두 사람의 입술이 스치듯 만났다. 차라리 키스를 하는 게 낫지, 이건 키스보다 더한 자극 같았다. 채은의 물음에 기다렸다는 듯 채은의 왼손에 끼어진 반지에 키스를 한 유한이 대답했다.

"나한테는 네가 필요해, 강채은."

생각지도 못한 말이었던지 유한의 말에 채은의 눈이 커졌다.

'내가 필요해요?'

유한이 청혼을 했던 날 자신이 물었던 질문이었다. 그때의 유한은 그저 짧게 '응, 필요해.'라는 말을 했을 뿐이었다. 한 번도 그 말의 주어를 물어볼 생각을 하지 못했는데, 오늘 유한은 용기 없는 자신을 대신해 그 대답을 해준 것이었다.

"그리고 지금도, 앞으로도, 어쩌면 내가 살아 있는 한 나한테 강채은이 필요할 것 같아. 그러니까 너도 날 필요로 해. 그래야 네가 안 억울하지."

평생 옆에 있어달란 말을 이렇게 명령조로 하는 사람은 배유한밖에 없을 것 같았다. 그 말에 놀란 것인지, 억울한 것인지 유한을 바라보던 채은의 눈에 눈물이 맺히기 시작했다. 언제나 채은의 눈물에 어쩔 줄 모르던 어린 유한과 달리 이미 기억을 찾은 유한은 조심스러운 눈길로 채은의 눈물을 닦아주었다. 채은이 바란다는 걸 알면서도 못난 성격 탓에 항상 채은을 외롭게 했던 못난 자신이 착한 아내에게 꼭 해주고 싶었던 말이었다. 사고가 나던 그 순간 이 말을 채은에게 못한 것이 얼마나 후회가 되던지, 다시 만나자마자 이 말을 꼭 해주고 싶었다. 이번에도 다정하거나 부드럽게 하지 못했지만 언젠가는 그렇게 하리라 다짐하며 유한은 흐르는 채은의 눈물을 마셨다. 제 입술을 적시는 짠 기운을 느끼며 유한이 장난스러운 표정을 지었다.

"울어도 소용없어. 절대 안 놔……."

그 표정 그대로 유한이 유한답지 않게 밉살스러운 말을 하려는데, 그런 유한의 입술을 채은이 막아버렸다. 갑작스러운 채은의 행동에 놀란 듯 몸을 굳혔던 유한이 이내 채은의 얼굴을 바짝 당겨 더 깊숙이 채은을 받아들였다. 유한이 했던 것처럼 유한의 가슴께를 애무하는 채은의 행동에 유한의 몸이 더욱 흥분하고 말았다.

불꽃이 피어오르는 것처럼 두 사람 사이에 다시 스파크가 일었다. 채은의 손을 잡아챈 유한이 자신의 손과 채은의 손을 얽으며 다시 한 번 채은의 몸에 열꽃을 그려 넣기 시작했다. 채은의 예쁜 몸 곳곳에 자신의 흔적을 남기고 싶다는 생각에 사로잡혀 세심하게 채은의 몸을 훑어 내려가던 유한의 입술이 이미 흠뻑 젖어버린 채은의 꽃잎을 마주했다.

정신이 없는 와중에서 유한이 무엇을 하려는지 깨달은 채은이 유한을 막으려 했지만 이미 유한이 자신의 꽃잎에 입술을 가져다 댄 후였다. 자신의 허벅지 안쪽에서 느껴지는 이질적이면서 짜릿한 느낌에 채은의 눈에 불이 번쩍 들었다. 자신의 아래를 적신 애액과 유한의 혀가 만나 내는 야한 소리에 채은이 끊어질 듯 얇은 신음을 멈추지 못했다. 조금만 더, 조금만 더 해달라고 외치고 싶기도 하고, 이제 얼른 자기 안에 들어오라고 애원하고 싶기도 했다. 유한의 움직임에 더 빠르게 젖어가던 꽃잎이 바람에 흔들리는 것처럼 부르르 떨려왔다. 그에 더는 참을 수 없게 된 채은이 유한에게 손을 뻗었다.

"유한 씨, 어서……."

어서 자신의 안에 들어오라고 채은이 손짓하자 유한이 기다렸다는 듯 채은의 위에 자리 잡았다.

"흐읏!"

"하윽!"

신음은 동시에 터져 나왔다. 제 꽃잎을 가르는 거대한 힘에 채은은 자신도 모르게 두 다리에 힘을 주었다. 혹여 채은이 다칠까 봐 경직된 채은의 다리를 쓸며 굳어진 다리의 긴장을 푼 유한이 거칠 것이 없다는 듯 자신의 일부를 채은의 안으로 집어넣었다. 퍽퍽, 하나가 된 두 개의 몸이 요란한 소리를 내고 낮고 높은 두 사람의 야한 신음이 방 안을 가득 채웠다.

휘어진 채은의 허리를 제 팔로 받쳐 든 유한이 더욱 강하게 채은을 몰아붙였다. 지칠 줄 모르고 제 안을 드나드는 유한의 남성에 채은의 입술 새에서 더욱 커다란 신음이 새어 나왔지만 아직 만족할 수 없었던 유한은 끊임없이 채은의 안을 가로질렀다. 더욱 깊게, 더욱 많이 가지고 싶은 욕심이 사그라질 줄 몰랐다.

끊임없이 서로를 갈구하며 부둥켜안은 두 개의 몸이 이제 끝을 향해 달려갔다. 점점 빨라지는 유한의 움직임에 채은이 유한의 어깨를 안은 손에 힘을 주었다.

"유…… 한 씨."

"채은아, 강채은. 으흣……."

"아흐흣."

터질 듯 공기가 들어가는 풍선처럼 끝없이, 끝없이 부풀어 심장을 조여 오던 것이 드디어 펑 하고 터져버렸다. 채은의 안에 뜨거운 것을 쏟아낸 유한이 그대로 채은의 위에 쓰러졌다. 100미터 달리기를 한 사람들처럼 두 사람의 몸은 연신 가쁜 숨을 내보냈다. 땀은 젖은 몸과 미친 듯이 뛰어대는 온몸의 맥이 가감 없이 서로를 향해 뛰었다.

"사랑…… 해요."

유한의 겨드랑이 사이로 제 팔을 끼어 넣은 채은이 유한의 등을 안으며 귓가에 속삭였다. 이 평안함과 행복감, 아무하고나 느낄 수 없는 감정이었다. 그리고 오직 유한하고만 공유하고 싶었다. 채은의 말을 들은 유한도 채은의 귓가에 입술을 가져다 댔다. 유한의 거친 숨소리가 고스란히 전달돼 귓속의 솜털이 곤두섰다.

"마지막이야. 잘 들어."

마지막? 의미를 알 수 없는 유한의 말에 채은이 귓가로 제 신경을 집중했다.

"색시야, 사랑해."

색시야, 자신을 귀엽게 부르던 그 목소리와는 다른 완벽한 남자의 목소리였지만, 제 심장을 떨리게 하는 것은 변함없었다. 뭐에 홀린 사람처럼 채은이 또다시 유한에게 부탁했다.

"못 들었어요. 다시요."

"마지막이라고 했잖아. 이제 다시는 그 말 안 해."

"그런 게 어딨어요. 한 번만 더요."

"채은아, 사랑해. 됐지?"

"채은아 말고, 색시야로요."

사랑한다는 말은 아끼지 않을 자신이 생겼어도, 그 단어만은 아니었다. 채은은 계속 말해달라 졸랐지만 유한은 고집스럽게 입을 다물었다. 이것으로 자신의 흑역사와도 안녕이었다.

"여기가 어디지?"

채은은 지평선이 보일 정도로 끝없이 펼쳐진 꽃밭 위에 서 있었다. 이 넓은 공간에 자신만 있는 것이 무서워진 채은이 고개를 이리저리 돌려 어딘가 있을지 모를 사람을, 어딘가 있을지 모를 유한을 찾았다. 하지만 아무리 주위를 둘러보아도 사람은 옷자락도 보이지 않았다.

숨을 곳 하나 없는 곳에서 보이지 않는 사람 찾기를 포기한 채은이 심호흡을 하며 마음을 진정시켰다. 발끝에서 느껴지는 간지러운 풀의 느낌과 콧속으로 들어오는 풀 내음과 꽃향기에 두려움도 잠시, 마음이 안정되는 기분이었다. 여기가 어디인지는 모르겠지만 자신이 알고 있는 세상 어느 곳에 이런 곳이 존재할까 싶을 정도로 맑고 아름다운 곳이었다.

"아가."

그렇게 무릎을 굽히고 앉아 처음 보는 꽃들을 구경하고 있는데, 어디선가 다정한 목소리가 들렸다. 드디어 만나게 된 사람에 반가운 생각이 든 채은이 기쁜 마음으로 소리가 들리는 쪽으로 고개를 돌렸다.

"안녕하세요."

자신을 인자한 미소로 바라보는 할머니의 모습에 누구시냐는 질문을 하고 싶었는데, 이상하게 예의 바른 인사가 먼저 튀어나왔다. 단정하게 쪽 찐 머리에 색이 고운 한복, 그보다 고운 미소로 자신을 바라보는 정갈한 노인의 모습에 채은이 고개를 갸웃거렸다. 분명 어디선가 뵌 분 같은데, 생각이 나질 않았다. 그런 채은의 의아함과 상관없이 예의 발랐던 인사가 마음에 들었는지 여전히 입가에 인자한 미소를 지은 노인이 채은의 머리를 쓰다듬어 주었다. 졸음이 쏟아질 것 같은 편안한 느낌에 채은도 저분은 누굴까, 하는 자신의 궁금증을 잊어버린 채 미소 지었다. 그렇게 한참이나 채은의 머리를 쓰다듬어주던 노인이 채은에게 무언가를 내밀었다.

"어머, 너무 예뻐요."

노인이 내민 물건에 채은의 눈이 커지고 말았다. 노인이 내민 건 풍성하고 어여쁘게 꾸며진 꽃다발이었다. 마치 우리를 잘 지켜보라는 듯 갖가지 꽃들이 조화를 이루며 자신들의 아름다움을 뽐내고 있었다.

"감사합니……."

꽃을 받은 채은이 노인에게 감사 인사를 하려던 순간, 부드러운 미소로 바라보던 노인은 어느새 사라져 있었다. 귀신에 홀린 듯 어리둥절해진 채은이 두리번거리며 노인을 찾았다. 하지만 아무리 찾아도 노인의 모습을 찾을 수 없었다.

"할머님!"

끝까지 꿈속에서 노인을 찾던 채은이 눈을 떴다. 눈을 뜨자 보이는 건 낯익은 천장이었다.

"꿈꿨어?"

갑작스레 들리는 목소리에 채은이 소리가 나는 쪽으로 고개를 돌렸다. 고개를 돌리자 보이는 건 팔로 제 머리를 지탱한 채 자신을 내려다보고 있는 유한이었다.

"운 거 같진 않고."

언젠가 자고 일어난 채은의 눈이 잔뜩 부어 있었던 과거를 생각하며 유한이 채은의 눈가를 만져보았다. 자신의 말에도 채은은 무언가 골똘히 생각하는 듯 심각한 얼굴이었다.

"무슨 일 있어?"

그런 채은의 반응에 불쑥 걱정이 된 유한이 몸을 일으키려 하자 채은이 갑자기 밝아진 표정으로 유한의 품에 안겨들었다.

"왜 이래, 갑자기?"
"나, 알겠어요. 이제 기억났어."
"무슨 소리야?"
뭘 잘못 먹었나, 하는 눈으로 자신을 바라보는 유한엔 아랑곳하지 않고 채은은 아쉬운 표정을 지었다.
"인사도 제대로 못 드렸는데."
여전히 암호 같은 말이었다. 뭘 알고, 무슨 인사를 한단 말인가. 추위를 먹었나 싶었지만 자신들이 덮고 있는 이불 안은 따뜻했고, 어제 자신들이 보낸 밤은 뜨거웠다. 그럼 더위를 먹은 건가. 뜨겁게 사랑을 나누다 더위를 먹었다는 이야기는 들어본 적이 없어 어이없는 웃음이 났다.
"유한 씨."
"왜?"
제 품에 안긴 채은의 표정이 너무 행복해 보여 더위 먹었느냐 물어볼 수 없었다. 그런 걸 물었다간 분위기를 깬다고 혼이 날지도 몰랐다.
"귤 구할 수 있는데 알아놔요."
"귤? 귤 먹고 싶어?"
"지금은 아니요. 그런데 앞으로 그럴 거예요. 구하기 어려운 것만 먹고 싶다고 해야지."
의미를 알 수 없는 말에 멍청한 표정을 짓는 유한을 무시하며 채은이 납작한 제 배를 만져보았다. 꿈속에서 뵌 분은 분명 자신의 시할머님였다. 그리고 할머님께서 보내주신 것이 리틀 배유한이라는 것을 본능적으로 알 수 있었다.

뭐 먹고 싶다고 하지? 아가, 구하기 어려운 것만 먹고 싶다고 해. 알았지?

유한을 골탕 먹일 생각에 들뜬 채은의 입가에 진한 미소가 지어졌다. 그런 채은을 보며 유한은 고개를 갸웃거렸다. 무표정만 속마음을 읽을 수 없는 게 아니라 웃는 얼굴에서도 속마음을 읽을 수 없구나 생각하면서 말이다.

# 에필로그 1. 우리들

띵동.

현관 앞에 도착해 초인종을 누른 유한이 허리를 곧추세우며 집 안에서 나올 누군가를 기다렸다. 1분? 30초? 어쩌면 그보다 짧은 시간일 수도 있었지만 유한은 그 시간의 공백에서 하루의 행복을 느꼈다. 날 기다려주는 누군가가 내가 왔다는 소리에 반가워하며 달려와 주는 것. 쉬워 보여도 쉽게 얻을 수 없는 행복이라는 것을 하루하루 살면서 깨닫게 되는 것 같았다.

초인종 하나에 행복해질 수 있는 인간이라는 존재에 대한 사색을 시작할 무렵 문 쪽을 향해 뛰어오는 가벼운 쿵쿵 소리가 들렸다.

"왔어요?"

오늘도 더없이 밝은 얼굴로 자신을 맞이해주는 채은의 모습에 굳어 있던 유한의 입매가 살짝 풀어졌다. 세상에서 더없이 행복한 표정으로 자신을 맞이해주는 아내의 얼굴을 보노라면 하루의 피로까지 풀리는 기분이었다. 그리고 요즘 들어 자신의 행복은 두 배가 되었다. 반가운 얼굴로 자신을 맞이하는 사람이 한 사람 더 늘었기 때문이었다.

"은한아, 아빠 오셨다."

채은이 제 품에 안긴 은한에게 말하자 정말 그 말을 알아듣기라도 하는지 은한이 유한을 향해 팔을 뻗었다. 태어난 지 약 5개월 정도가 된 은한은 유한에게 자신을 안으라는 표현으로 아빠 다녀오셨냐는 인사를 대신하는 것 같았다.

"은한아, '아빠, 다녀오셨어요.' 해야지."

냉정히 엄마를 버리고 아빠 품에 안긴 아들에게 채은이 채근하듯 말했지만 은한은 엄마보다 더 높은 아빠 품에서 신난 표정이었다.

방에 들어온 유한이 혼자서 뭐라뭐라 옹알이를 하는 은한을 침대 위에 눕히고 양복 재킷을 벗었다. 유한의 뒤를 좇아온 채은이 유한의 손에 들린 옷을 받으며 아까 하지 못한 이야기를 시작했다.

"오늘 TV에서 노래 나오니까 은한이가 막 신나서 춤추는 거 있죠? 당신한테 보내주려고 동영상 찍으려니까 딱 멈추는 거야. 아쉬워 죽을 뻔했어요."

오늘도 다른 날과 마찬가지로 은한에게 무슨 일이 생겼는지에 대한 보고였다. 회사 일로 일찍 나가는 유한을 위해 채은은 은한의 일거수일투족을 상세히 이야기해주거나 가끔은 동영상이나 사진을 찍어 유한에게 보내기도 했다.

사실 처음 채은이 임신을 했을 당시 기쁘기도 했지만 한편으로 걱정이 되는 부분도 많았다. 결혼 전이나 후에도 심한 빈혈로 쓰러지거나 하는 일이 많았기에 혹여 임신으로 인해 채은이 잘못될까 결혼하고도 안심이 될 때까지 아이를 갖지 않으려 했던 자신이었다. 그런데 채은을 만난 기쁨에 앞뒤 생각 없이 일을 벌여 채은을 힘들게 한 것 같아 죄책감도 느꼈었다. 하지만 그런 자신의 걱정을 기우로 만들듯 임신을 한 채은은 씩씩하게 아이를 품고 열 달 후 아주 건강한 아이를 출산했다. 물론 중간에 입덧이나 기타 임신 증상들로 힘들어 하긴 했지만, 모정의 힘인 것인지 누구나 다 겪는 일이라고 말하며 초연하게 그 모든 것을 극복했다.

출산 후, 무사한 채은을 확인하고 온몸이 새빨간 핏덩이를 안았을 때 그 벅차오름이란, 말의 영역으로 표현할 수 없는 기분이었다. 거기다 하루하루 건강하게 크는 은한이나 은한을 낳고 더욱 생기발랄해진 아내의 모습을 보노라면 칭찬을 듣지 않고도 춤을 출 수 있을 것 같았다.

"그러게, 아쉽네."

"그렇죠?"

생각하면 할수록 아쉬운지 아쉽다는 표정을 쉽게 거두지 못하던 채은이 애써 아쉬운 마음을 달래 유한에게 물었다.

"저녁 안 먹었죠?"

"응."

"오늘은 시금치 된장국이에요. 맛있겠죠? 오늘 마트에서 시금치를 싸게 파는 거예요. 그래서 사 왔어요. 칼칼한 게 당겨서 청양고추 넣고 칼칼하게 끓였는데, 괜찮죠?"

은한의 하루 보고가 끝나자 이번엔 자신의 하루에 무슨 일이 있었는지에 대한 보고가 시작됐다. 어차피 은한의 하루 보고가 자신의 하루 보고지만, 은한과 관련된 일을 제외하고도 여러 일이 있었는지 채은은 쉼 없이 이야기를 이어 나갔다. 지겹기만 한 회사 직원들의 보고가 아닌 나긋한 아내의 보고는 세 식구가 계속 시간을 보낸 듯 행복함을 주었다. 보기만 해도 웃음이 지어질 정도로 예쁘게 말을 아내를 바라보던 유한이 가만히 채은의 작은 몸을 안아주었다. 채은을 보고 있자면 원치 않아도 몸이 먼저 움직였다.

하루 종일 은한과 붙어 있어서 그런지 채은에게서도 아이의 달큼한 향기가 나고 있었다. 하지만 그 향 속에서도 희미하게 채은의 향이 묻어 나와 유한이 그 향을 맡으려 더욱 숨을 크게 쉬었다. 그 유혹적인 향기에 유한의 손이 엉큼하게 채은의 옷 속으로 들어갔다.

"으아, 유한 씨."

"왜?"

"안 씻어요?"

"씻으면? 씻으면 상 주나? 요즘 저 녀석한테 강채은 완전 뺏겼어."

"뺏기긴 뭘 뺏겨요."

유한이 하는 말이라고 믿을 수 없을 만큼 어린아이 같은 투정에 채은이 유한을 타박했다. 여전히 무뚝뚝하고, 여전히 재미없는 남편이지만, 자신이 먼저 마음을 열고 노력을 해 나가니 조금씩이지만 변하고 있고, 변하려고 노력하는 유한이 보였다. 아니, 반대로 유한이 자신에게 먼저 다가오자 자신도 용기를 내고, 용기를 내보려 하기도 했다. 결론적으로 보자면 내가 변하니, 그 모습을 보는 상대도 서서히 변해가고 있었다. 그리고 새롭게 보이는 서로의 모습에 행복하고, 새롭게 변하는 서로의 모습에 너무 기뻤다.

"간지러워요."

여전히 자극적인 유한의 손길에 채은이 유한에게서 떨어지려 했지만 그를 가만두고 볼 유한이 아니었다. 채은의 허리선을 쓰다듬던 손이 채은을 더욱 자신에게로 고정하며 곧게 선 척추선을 타고 내려왔다. 그 손길에 채은의 허리가 곧추세워졌지만, 말은 말리는 듯하면서도 채은 또한 유한을 손을 쳐내거나 하진 않았다. 어느새 서로를 바라보는 두 사람의 눈길이 뜨거워져 갔다. 자연스럽게 채은의 눈이 감기고 유한의 입술이 채은을 향해 내려가려던 순간, 야릇한 분위기를 깨는 칭얼거림이 들렸다.

"으, 은한아."

그리고 그 소리에 본능적으로 반응한 채은이 급하게 유한에게서 떨어져 은한에게 달려갔다. 곧 울음을 터트릴 듯 칭얼대던 은한이 채은의 품에 안기자마자 다시 안정을 찾기 시작했다.

자신의 것이었던 채은의 품을 당당하게 차지한 어린 라이벌을 바라보던 유한이 한숨을 내쉬었다. 그래도 자식이라고 노려볼 수는 없었다. 그렇게 유한은 채은의 품에서 방글거리는 아들을 보며 깔끔하게 패배를 인정해야 했다. 미워하려야 미워할 수 없는 라이벌이라니, 정말 재앙이었다.

언제나 두 사람만 자던 침대 가운데 떡하니 작은 몸집의 손님이 있었다. 언젠가부터 침대 중앙을 차지한 객식구 때문에 유한과 채은은 매일 밤 이별 아닌 이별을 하고 있었다. 그리고 오늘따라 그 사실이 불만스러운 유한이 먼저 잠들지 않고 은한을 내려다보았다. 그런 아빠의 눈길에 은한이 눈을 반달로 접으며 웃었다. 귀여워서 화도 못 내겠네. 사내 녀석이 이렇게 애교를 부려서야, 큰일 나겠다 싶었다.

"은한아, 얼른 자야지."

또랑또랑 채은의 부탁과는 상관없이 은한의 눈에서 졸음의 기운이 전혀 느껴지지 않았다. 정말 강적도 이런 강적이 없었다.

"풋."

은한의 눈웃음 공격을 애써 견뎌내며 유한이 '얼른 자거라, 이놈'을 열 번 정도 눈으로 외치고 있는데, 무엇이 재미있는지 채은이 웃음이 터지고 말았다.

"왜?"

"은한이 진짜 당신이랑 닮았어요. 기억 잃었을 때도 잠 안 오면 꼭 이렇게 초롱초롱한 눈으로 나 봤었는데."

'색시야, 나 잠 안 와.' 하며 자지 않으려 버티던 유한의 모습이 선명했다. 하지만 그런 채은과 반대로 갑작스럽게 나온 자신의 흑역사에 유한의 심기가 더욱 불편해져 버렸다. 정말 들어낼 수만 있다면 들어내고 싶은 기억이다. 채은뿐만 아니라 양가의 어르신들도 옛날 기억을 꺼내며 놀리는 판에 곤란한 때가 너무 많았다. 다시 만날 수 없는 8살 그 녀석을 혼내줄 수도 없고 미칠 노릇이었다.

"그 얘긴 꺼내지 마."

언제나처럼 옛이야기를 꺼내자 표정이 굳어버린 유한이었다.

자신은 가끔 그때의 유한이 그리운데, 지금의 유한이 너무 싫어하는 것 같자 서운한 마음도 들었다.

"왜 그렇게 싫어해요? 유한 씨 진짜 귀여웠는데. 그리고 냉정히 말해서 8살 유한 씨 덕분에 내가 여기 있는 거라고요. 아니었으면 벌써 도망갔을걸요?"

"그것참 눈물 나는군."

빈정대는 유한의 말에 채은이 유한을 노려보았다. 하지만 유한은 그런 건 별로 신경 쓰이지 않는 듯 다시 아들을 재우는 데 골몰하기 시작했다. 살짝, 살짝 토닥여주자 점점 은한의 눈에 졸음의 기운이 감돌려는 것도 같았다. 그래, 좋아. 아들 이대로 잠이 드는 거야.

"그때 당신 모습을 비디오로 찍어놨어야 했는데."

유한이 은한을 재우려 노력하거나 말거나 채은은 유한의 눈이 뒤집히는 소리를 하고 있었다. 그게 무슨 소리냐는 듯 유한이 채은을 바라보자, 채은이 태연한 얼굴로 말을 이었다.

"우리 은한이한테 당신 애교를 그대로 전수해주려면 시범 비디오가 있어야 하잖아요."

"뭐? 뭘 전수해?"

"애교요. 나는 우리 은한이 당신 어릴 때처럼 애교 많게 키울 거예요. 너무 귀엽겠죠? 은한이 당신이랑 완전 똑같이 생겼잖아요."

그렇다면 은한이 애교를 부리면 어린 유한이 선보였던 애교의 재림이었다. 맛보기로만 봤던 유한의 애교를 아들에게 물려줄 생각을 하는 채은의 눈에선 빛이 나고 있었다. 사진으로 만났던 유한의 어린 시절이 깨물어주고 싶을 정도로 귀여웠으니, 아들이 부리는 애교는 정말 상상을 초월할 터였다. 기억을 찾은 유한이 좋기도 했지만 사실 사고 후 애교 부리는 남편이 사라져 한편으로는 굉장히 아쉬웠던 채은이었다. 그 아쉬움을 아들의 애교로 풀려고 하는 아내의 모습에 유한은 안색까지 파리해졌다.

"절대 안 돼."

"왜요?"

"사내 녀석은 진중한 맛이 있어야 하는 거야."

본인은 그러지 않았던 주제에 아들에겐 다른 걸 바라고 있는 유한이었다. 그리고 그런 유한의 말이 말도 안 된다 싶었던 것은 채은도 마찬가지였는지 유한의 말을 단숨에 일갈했다.

"우리 은한이가 당신처럼 재미없어지면 어떡해요? 난 절대 우리 은한이가 애늙은이처럼 점잔 떨게 할 생각 없어요."

채은의 눈에서 전에 없이 강한 의지가 보였다. 아이 교육 이야기만 나오면 눈에 불을 내는 어머니들처럼 아들 애교 교육에 심취할 것 같은 채은의 모습은 자신이 무슨 말을 해도 무시할 것처럼 보였다. 정말 낭패였다. 눈에 하트라도 나올 듯 아들의 애교를 기대하는 채은과 달리 왠지 아들이 애교를 부리는 모습을 보기만 해도 손발이 오글거릴 것 같은 유한이 큰 한숨을 내쉬었다.

'넌, 절대 기억 잃지 마라.'

아비로서 아들에게 해줄 수 있는 충고는 그것이 다였다. 기대에 찬 엄마와 아들의 앞날이 걱정스러운 아빠를 아는지 모르는지, 말똥말똥하기만 했던 은한의 눈이 천천히 감기기 시작했다.

"강채은, 자?"

잠이 든 어린 아들을 기쁜 마음으로 방에 데려다 놓고 방으로 돌아온 유한은 잠이 든 듯 눈을 감은 채은의 모습에 전에 없이 실망한 티를 감추지 못했다. 채은과 함께 있으려 억지로 아들을 재우려 한 자신이 한심할 정도였다. 하지만 하루 종일 집안일과 은한을 돌보기에 정신없었을 아내를 생각하니, 억지로 깨우고 싶은 마음 또한 생기지 않았다.

정말 도를 닦는군, 내가. 속으로 중얼거린 유한이 침대 위에 누웠다. 샤워를 할까, 양이라도 셀까. 고민하는데, 자는 줄 알았던 채은이 유한을 품속으로 파고들었다. 그로 인해 채은의 몸은 유한의 몸 위에 반쪽이 걸쳐진 형태였다. 갑작스러운 자신의 행동에 몸이 굳어진 유한을 느낀 채은이 입가에 미소를 지으며 천천히 다리를 움직여 유한의 양다리 사이로 자신의 다리를 끼워 넣었다. 그러곤 유한의 어깨에 턱을 가져다 대며 채은이 유한의 귓가에 속삭이듯 말했다.

"색시야, 하고 불러주면 잠 다 깰 거 같은데."

"……뭐?"

생각지도 못한 채은의 청에 유한의 눈빛이 흔들렸다. 제 몸 위에 닿은 부드러운 가슴에 숨이 한 번 막히고, 애를 태우듯 제 다리 사이에서 움직이는 채은의 다리에 두 번 숨이 막혔다.

"어서요. 색시야, 하고 불러줘요."

기억을 찾고, 딱 한 번 불러준 후 봉인하듯 입 밖으로 꺼내지 않았던 단어였다. 절대 살면서 꺼내지 않으리라 다짐했던지라 채은이 아무리 조르고 꼬여내려 해도 들어주지 않았었다. 하지만…….

"시, 싫어."

"정말요? 유한 씨가 그 말만 해주면 나 잠이 확 깰 거 같은데, 너무 좋아서."

나 잠들어도 괜찮아요? 점점 매혹적으로 변해가는 목소리가 제 귓가로 흘러들어오자 점점 고개를 들려고 하는 제 남성이 느껴졌다. 거기다 이제 아예 본격적으로 일부러 자신의 다리를 움직여 유한의 남성을 흥분시키는 채은 때문에 끝내 유한의 입에서 '하아' 하는 신음이 새어 나왔다. 이렇게 괴로우면서 달콤한 고문이 있을까 싶을 정도로 채은은 대담하고 은밀하게 움직였다. 식은땀이 흐를 정도 제 몸에서 열이 나고 제 남성도 입은 옷이 불편할 정도로 몸을 키우고 있었다.

"어!"

한참을 그렇게 유한을 유혹하던 채은이 단말마의 비명을 지르고 말았다. 정신을 차리니 어느새 제 위에 올라탄 유한이 자신을 내려다보고 있었다. 자신을 흥분시킨 앙큼한 유혹에 유한의 눈빛이 위험할 정도로 거칠어져 있었다. 그 모습에 채은이 침을 꼴깍 삼켰다. 자신을 삼킬 듯 바라보는 눈에 이미 잠은 다 달아난 듯했다.

"색시야."

깊어진 눈빛으로 자신의 부탁을 들어주는 유한의 모습에 채은의 눈이 동그래졌다.

"오늘 안 재울 거니까 각오해."

아내의 유혹에 굴복한 유한은 채은이 알던 포커페이스도, 귀염 터지던 애교쟁이도 아니었다. 새로운 남편의 모습에 채은의 눈이 천천히 감겼다. 어떤 모습이든 그가 자신의 사랑하는 남편이라는 사실은 편하지 않는다. 어쩌면 오늘 또 자신의 시할머님을 뵙게 될지도 모른다는 생각이 들었다. 만일 오늘 만나면 꼭 말씀드리리라. 정말 감사하다고, 앞으로 행복하게 살 테니 지켜봐달라고 말이다.

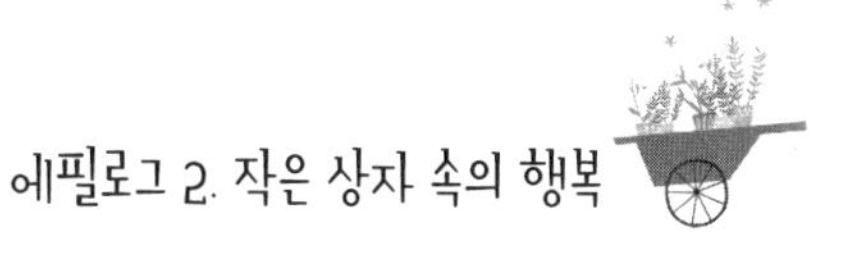

## 에필로그 2. 작은 상자 속의 행복

평화로운 일요일 오후. 서재에서 바쁘게 처리해야 할 업무를 보던 유한이 피곤함을 느끼며 의자 등받이에 등을 기댔다. 뻑뻑한 눈을 비비고 시간을 확인하는데, 처음 서재에 들어올 때보다 몇 시간이 훌쩍 지나 있음에 놀라움을 느꼈다. 그럼에도 집안이 이렇게 조용한 것은 아직 채은과 아이들이 낮잠에서 깨지 못하고 있다는 뜻이었다. 태어난 지 얼마 되지 않은 딸 은조와 은조를 돌보던 채은, 그리고 동생과 엄마 옆에 꼭 붙어 있다가 두 사람과 함께 잠이 든 은한까지. 한침대에 옹기종기 모여 잠이 든 세 사람의 모습을 떠올린 유한의 입가에 기분 좋은 미소가 그려졌다. 여전히 커다란 감정 표현은 하지 않지만 자신이 사랑하는 세 사람 덕분에 유한의 얼굴에 감정이 피어오를 때는 종종 있었다.

꼼짝없이 앉아서 몇 시간이나 일을 했으니 이제 쉬는 시간을 가져야겠다고 생각한 유한이 제 책상 서랍 안에서 상자 하나를 꺼내 책상 위로 꺼냈다. 상자를 만지는 손길만 보자면 온갖 금은보화가 들어 있을 것 같은 상자였지만 상자 안엔 별것이 없었다. 유한이 어린 시절 썼던 일기장, 좋아하던 로봇 캐릭터가 그려진 연필, 채은의 발에 부러졌던 목을 본드로 붙인 로봇 1호와 스칼바, 그리고 어린 유한이 채은에게 만들어주었던 색종이 목걸이와 가지런하게 코팅되어 꽃갈피가 된 꽃반지 등. 어느새 유한의 추억 상자는 채은과 유한의 추억 상자로 돌변해 있었다.

시간이 날 때마다 꺼내 보고 있지만 꺼내 볼 때마다 느낌이 다르고 마음이 편안해졌다. 어린 시절부터 자기가 마음을 준 대상에 대해서는 질리는 법이 없었다. 하지만 생활이 변해감에 따라 이 물건들은 유한의 옆에서 비중을 잃었고, 그러한 변화를 인정하면서도 마음이 좋지 않았던 유한은 자신만의 보물 상자를 만들게 되었다. 비록 결혼을 하고 채은에게 이 상자를 보여주는 것이 민망했던 그가 본가에 상자들을 두고 가긴 했지만 유한에게는 평생 간직할 보물 상자였고, 채은과의 추억이 깃든 물건까지 담기게 되면서 유한의 이 상자는 돈으로도 살 수 없는 보물이 되었다. 그리고 앞으로 이 상자 안에는 자신들의 보물들이 담기게 될 터였다.

"아빠."

그렇게 유한이 상자 안 물건을 보며 흐뭇한 미소를 짓고 있는데 서재 문이 열리더니 졸린 눈을 비비며 은한이 그에게 다가왔다. 일하는 아빠를 방해하지 말라며 은한이 서재 안에 들어가는 것을 막는 채은이 없으니 은한의 서재 출입은 어렵지 않게 이루어졌다.

"일어났어?"

"네."

그러더니 조금의 망설임도 없이 은한은 유한의 무릎 위에 올라가 자리를 잡고 유한을 향해 애교스럽게 웃어 보였다. 표정 하나로 회사의 모든 사람을 압도하는 유한을 은한이 이 귀여운 미소 하나로 압도했다.

"이게 뭐예요?"

아빠의 무릎 위에 앉자마자 보이는 상자에 아이의 동그란 눈이 호기심으로 가득 찼다.

"보물 상자."

"보물이요?"

유한의 보물이라는 말에 반짝반짝하는 보석들을 생각했던지 상자 안을 구석구석 살펴보던 은한이 실망한 표정으로 유한에게 말했다.

"이건 보물이 아니에요. 은한이는 보물이 가지고 싶어."

"은한이는 왜 보물이 필요해?"

보물이 가지고 싶다는 은한의 말에 자신이 가장으로서 역할을 하지 못한 것인가 괜스레 찔끔한 마음을 느끼며 유한이 은한에게 물었다.

"보물이 있으면 은한이가 가지고 싶은 거 다 살 수 있어요."

"은한이는 뭐가 갖고 싶은데?"

"엑서르. 엑서르 갖고 싶은데 엄마가 은한이는 로봇이 많아서 사면 안 된대요."

시무룩한 은한의 대답에 유한이 피식 웃음을 터트리고 말았다. 누굴 닮은 건지 은한은 로봇을 무척이나 좋아했는데, 요즘 꽂혀 있는 로봇을 채은이 사주지 않으니 기운이 없는 모양이었다.

"아빠."

입술을 삐죽 내밀면서도 1호와 스칼바를 만지작거리던 은한이 무슨 꿍꿍이인 건지 몸을 돌려 제 짧은 팔로 유한의 목을 안았다.

"응?"

어느새 아이의 얼굴에 웃음이 깔려 있었다. 그리고 무언가를 갈구하는 강렬한 눈빛을 한 채 은한이 말했다.

"아빠, 은한이 엑서르 하나만 사주세요."

어릴 적 자신을 쏙 빼닮은 얼굴로 로봇을 사달라 말하는 은한을 보는데 묘한 기분을 느끼고 마는 유한이었다. 정말 과거의 자신이 어른이 된 자신에게 부탁을 하는 듯한 기분. 그냥 자신만 닮았다면 어떻게든 넘어가겠지만 맑고 동그란 눈을 또 채은을 빼다 박은 탓에 은한의 눈웃음 한 번이면 유한은 말 그대로 사르르 녹아내리고 말았다.

"음. 은한이가 엄마 말 잘 듣고, 은조 잘 돌봐주면 아빠가 엑서르 사줄게."

마음 같아서야 엑서르를 물론이고 엑서르 할아버지도 은한이 원한다면 사주고 싶었지만, 은한에게 그런 약속을 했다가는 채은에게 혼날 것이 너무 당연해서 유한은 함부로 은한에게 약속을 할 수 없었다. 역시나 유한의 말에 실망스러운 표정을 짓던 은한이 좋은 생각이 났는지 아빠를 안았던 팔을 살짝 풀며 유한과 눈을 마주쳤다.

"이제 은한이 엄마 말 잘 듣고, 은조 잘 돌봐줄 테니까 엑서르 사주면 안 돼요? 아빠~"

그러더니 유한에게서 긍정의 대답을 얻어내고자 은한이 유한의 옆구리를 간질이기 시작했다. 그 꼼지락대는 움직임이 귀여워 유한이 은한이 하는 것처럼 은한의 옆구리를 간질이기 시작했다.

"아빠, 간지러워요."

반대로 공격당한 은한이 구운 오징어처럼 몸을 비틀어 웃어대기 시작했다. 그렇게 까르르대는 웃음소리가 한참이나 이어졌다.

"아빠, 감사합니다!"

"약속한 대로 엄마 말 잘 듣고, 은조 잘 돌봐줘야 해."

"네!"

다음 날. 로봇이 가지고 싶다는 아들의 말을 끝내 외면할 수 없었던 유한이 은한이 가지고 싶어 하는 로봇을 사 왔다. 아빠에게서 원하는 로봇을 받게 된 은한이 좋아 어쩔 줄 모르며 90도 허리를 숙여 유한에게 감사 인사를 전하더니 엄마가 자신에게 뭐라고 할까 봐 쪼르르 방으로 들어갔다. 그런 은한을 보며 고개를 저은 채은이 유한을 타박했다.

"당신 때문에 못 살아요. 은한이 지금도 로봇 충분히 많단 말이에요."

"미안. 저 녀석이 하도 갖고 싶다고 하니까 마음 약해지더라고."

은한의 청을 들어주긴 하였지만 채은의 허락 없이 일을 벌인 것은 맞았기에 유한이 은조를 안아주며 채은에게 사과의 말을 전했다. 분위기의 심각성을 모르는 은조는 아빠의 품이 마음에 드는지 연신 유한에게 미소를 지었다. 채은을 쏙 닮은 얼굴로 자신을 보며 웃는 은조의 모습에 유한은 그야말로 무장해제 되어 여느 아빠와 다름없는 웃음을 짓고 있었다.

“그래도 계속 갖고 싶은 거 사다 주면 버릇 나빠져요.”

“알았어. 앞으로는 안 그럴게.”

“은한이 보니까 당신 옛날 생각나서 그러는구나. 예전에 나한테 아무리 로봇 사달라고 졸라도 내가 안 사준 게 한 맺혀서.”

그 이야기 왜 안 나오나 했다. 장난스러운 얼굴로 이제는 잊고 싶은 과거 기억을 잃었던 자신의 이야기를 하는 채은의 모습에 민망함에 유한이 아무것도 들리지 않은 양 은조에게서 시선을 떼지 않았다. 배시시. 아빠를 알아보는지 은조가 유한을 향해 웃음 짓는데 그 웃음에 유한은 홀리기 일보 직전이었다. 큰일이다. 딸바보가 되어 은조에게는 조건 없이 무너져 내릴 유한의 미래가 보여 채은은 더욱 걱정이었다.

“은조 목욕시킬게.”

어쨌든 이제는 능숙하게 아기 목욕을 시킬 수 있게 된 유한이 은조를 안아 들고 욕실로 가기 위해 일어서는데 갑자기 방에서 은한이 뛰어나왔다.

“엄마, 아빠!”

“왜? 무슨 일 있어?”

“나 줄 거 있어요.”

제 엄마, 아빠에게 줄 것이 있다고 말한 은한이 또다시 급하게 방 안에 들어가자 유한과 채은은 어리둥절한 얼굴로 서로를 바라보았다. 두두두- 부모의 의아한 마음을 알 리 없는 은한은 방 안에 들어간 지 얼마 되지 않아 빠른 걸음으로 거실로 뛰어나왔다. 정말 무언가를 가지고 있는지 등 뒤로 무언가를 숨기는 시늉을 했던 은한이 채은과 유한을 향해 작은 손가락으로 만든 하트를 내밀었다.

"내 마음."

은한의 귀여운 행동에 채은이 졌다는 듯 고개를 저었고, 가만히 은한의 하트를 보던 유한이 갑작스럽게 큰 소리로 웃음을 터트렸다. 저렇게 큰 소리로 웃는 유한을 본 적이 없었던 유한의 가족 모두는 유한을 놀란 눈으로 바라보았다. 평생 간직하고 싶은 일상의 행복. 이 행복 또한 그 작은 상자에 들어갈 수 있다면 얼마나 좋을까. 아무리 큰 상자를 가지고 와도 들어가지 않을 걸 알지만 이 순간 유한은 8살 유한이 되어 그런 엉뚱하고도 간절한 바람을 했다.

## 번외 : 변하지 않는 것

한 손에 술이 든 잔을 든 유한이 도시의 네온사인이 바라다보이는 창문 앞에 서서 네온 불빛을 바라보고 있었다. 찰랑찰랑, 손에 쥔 잔을 흔들어만 볼 뿐 유한은 창밖 풍경에 빠져 술엔 입도 대지 않고 있었다.

'당신이랑 사는 게 너무 힘들어.'

한 번도 채은과 살면서 힘들다는 생각을 해본 적이 없기 때문인지 분명 그녀의 입에서 나온 말이지만 전혀 현실감이 없었다. 도대체 자신이 무엇이 채은을 힘들게 했을까. 며칠째 같은 용건으로 채은의 연락이 이어졌지만 채은의 입으로 듣는 헤어지자는 말이 너무 아파 들을 자신이 없어 애써 피하고 있었다.

저 네온사인 안에 자신들의 집, 채은이 있을 것이다. 출장이나 기타 이유로 같은 서울 하늘 아래 없을 때를 제외하면 채은과 떨어져본 적이 없었기에 자신의 보금자리에서 멀찍이 떨어져 나와 있는 현실 또한 믿고 싶지 않았다.

'그러고 보니 채은이가 밝게 웃었던 때가 언제였지.'

채은과 자신에게 닥친 이런저런 문제를 생각해보다 문득 궁금해졌다. 언제나 환하게 웃었던 채은이었는데, 어느 순간 그녀의 웃는 얼굴을 본 것이 꽤 오래전 일이라는 것을 깨달았다. 한 달 전, 두 달 전, 석 달 전이던가. 앞만 보느라 보지 못한 사실이 순간 강하게 파고들었다. 아무리 근래 기억을 뒤져봐도 떠오르는 건 진심이 담기지 않은 마른 미소뿐이었다. 어째서 이렇게 돼버린 거지. 착잡한 기분이 된 유한이 세상의 시름을 온통 떠안은 듯한 한숨을 내쉬었다. 그런 유한의 시끄러운 속과 달리 유한의 시선은 과거의 어느 시점 정말 거짓말처럼 한 사람에게 마음을 빼앗겼던 그때의 기억을 떠올리고 있었다.

때는 동장군의 기세가 한풀 꺾여 꽃들이 자신의 아름다움을 뽐내는 화려한 봄날이었다. 그때 유한은 해외에 있는 대학에서 공부를 하다 방학이 되어 잠시 한국에 들어왔었다. 집에 돌아왔음에도 쉴 수 있기는커녕 실제 경영에 참여하며 바쁜 나날을 보냈었기 때문에 심신이 몹시 지쳐 있는 상태였다. 그렇게 지쳐 있는 아들의 마음을 눈치챈 배 회장이 선심 쓰듯 유한에게 휴가를 주었지만 마침 배 회장 부부의 건강검진 일정이 잡혀 있는 바람에 유한은 배 회장을 모시고 병원에 가야 했다. 언제나 수행하는 사람들을 두는 부모님을 알고 있었지만 자신이 좇아가지 않으면 서운해할 부모님을 알기에 한 어쩔 수 없는 선택이었다. 이어지는 검사에 기다림의 시간이 늘어나자 지루한 생각이 든 유한이 배 회장의 비서에게 이야기한 후 병원 밖을 나섰다. 병원 건물을 나서봤자, 갈 곳이라고는 병원 산책로뿐이었다. 담배 한 대만 피우고 들어갈 생각이었다. 그렇게 눈앞에 펼쳐진 산책로 끝에 다다른 유한이 주머니에서 담배갑과 라이터를 꺼내 들었다. 사람이 최대한 없는 곳으로 걸어오다 보니 꽤 걸어온 것인지, 제 바람대로 사람은 얼마 보이지 않았다. 눈앞에 보이는 벤치에 앉아 담배에 불이 붙이려 하는 순간이었다.

콜록, 콜록.

딱 담뱃불을 붙이려는 순간 들리는 마른기침 소리에 유한이 멈칫하고 말았다. 고개를 돌리니, 하얀 병원복에 빨간 카디건을 받쳐 입은 여자가 눈에 들어왔다. 담배를 피우지 말라는 뜻으로 기침을 한 것은 아닌지, 여자는 유한 쪽이 아닌 정면에 보이는 꽃이 핀 나무를 바라보고 있었다. 정말 어디가 아프긴 한 것인지, 밀가루 인형처럼 하얀 얼굴에 동그란 눈이 먼저 들어왔다. 무슨 신나는 노래를 듣고 있는지, 여자는 이어폰을 꽂고 밝은 미소를 짓고 있었다. 노래에 흠뻑 빠진 여자는 유한이 자신을 주시하고 있다는 것도 전혀 알아채지 못하는 눈치였다. 그렇지 않다면 혼자만의 공간에 있는 듯 저런 편안한 표정을 짓고 있을 리 없었다.

유한과 여자 주변에 환자복을 입는 사람과 그 보호자가 있긴 했지만 여자의 공간엔 미치지 못할 정도로 떨어져 있는 상태였다. 그런고로 여자의 공간 안에 들어와 있는 것은 자신 혼자뿐이라는 것이었다. 다른 데로 가야 하나. 아픈 사람의 휴식 공간이나 시간을 뺏을 생각은 없었기에 유한이 살짝 갈등하는 표정이 되고 말았다. 하지만 아늑한 햇살에 꽃이 핀 나무를 지난 향긋한 바람이 그가 자리에서 일어서는 것을 막고 있었다. 조금만 있다 갈까. 평소 냉혈한이라고 불리는 자신답지 않았지만 여자의 편안한 미소에 자신도 같이 동화가 돼버린 것 같았다.

"나도 그대에게 말을 걸어, 그대는 내 말을 듣고 있을까. 그대에게 주고픈 내 마음. 가을 하늘에게 부탁해. 언젠가 전해질 수 있을까, 기약 없는 그날을 기다리는 바보 같은 나."

작은 흥얼거림이 어느새 완전한 노래로 변했다. 저 노래는 가을 노래 아니던가. 듣는 이의 마음을 편안하게 해주던, 하지만 이미 이 세상 사람이 아닌 가수의 음성을 떠올리며 유한이 중얼거렸다. 봄이라는 시간에 어울리지 않는 가을 노래라니. 이상하다는 생각이 들었지만 맑은 여자의 목소리가 듣기 좋아, 유한은 어느새 여자의 노래에 귀를 기울이고 있었다. 아늑하면서 쓸쓸한 느낌이 가을과 참 어울리는 곡이라고 생각했는데, 여자의 목소리로 태어난 노래는 완벽한 봄 노래가 된 것 같았다.

"어?"

한참 풀어진 표정으로 노래에 심취하던 유한이 여자의 목소리에 움찔 놀라 다시 여자 쪽을 바라보았다. 혹시나 옆에 앉은 자신을 발견하고 창피함에 내는 소리인 것일까 싶었는데, 역시 여자는 자신을 발견하지 못한 듯 벤치에서 일어나 나무 쪽으로 뛰어가기 시작했다. 갑작스럽게 일어나는 바람에 잠시 비틀거리기는 했지만 여자는 그런 것에는 별로 신경을 쓰지 않는 것 같았다. 고개만 돌리면 바로 보이는 자리에 자신이 있는데도 자신을 발견하지 못하는 여자의 모습에 살짝 서운하고 민망한 기분이 들었지만 일어설 생각을 하지 않은 채 유한이 벤치 등걸이에 편안히 팔을 걸쳤다. 여자의 공간 안에 있는 것이 마치 커다란 혜택을 받은 것 같아 쉽게 몸이 움직이질 않았다. 여자가 나중에 자신을 발견하고 창피해한다고 하더라도 이곳에서 여자의 모습을 구경하고 싶었다.

어느새 나무 아래까지 다다른 그녀가 허리를 굽혀 무언가를 들어 올렸다.

"꽃 꽂았네."

여자의 행동을 주시하고 있던 유한이 자신도 모르게 중얼거렸다. 노래를 흥얼거리다 마침 나무에서 꽃가지가 떨어진 것을 발견하고 그렇게 부리나케 뛰어갔던 것 같았다. 병원복만 아니라면 여자는 완전한 봄을 품은 봄 처녀였다.

지이이잉, 지이이잉.

혼자서 어쩜 그리 재미나게 노는지 머리에 하얀 꽃이 달린 꽃가지를 꽂고 나무를 이리저리 살펴보는 여자를 지켜보는데, 자신의 휴대폰이 울렸다. 발신번호를 확인하기 전에 유한은 자신의 휴대폰이 진동이라는 것에 감사하며 휴대폰 통화 버튼을 눌렀다.

-유한아, 지금 어디니?

어머니인 이 여사의 전화였다. 어머니의 전화에 현실 세계로 돌아온 유한이 곧 가보겠다는 대답을 하며 휴대폰을 내렸다. 어쩐지 아쉬웠지만 유한이 그런 아쉬움을 뒤로한 채 벤치에서 일어섰다. 봄 처녀 훔쳐보는 남자 역할은 여기까지인 듯했다. 떨어지지 않는 발걸음을 옮기려던 유한이 무슨 생각이 들었는지, 여자 쪽을 향해 휴대폰을 가져다 댔다. 카메라 기능이 좋지 않아 여자의 웃는 얼굴이 확대되지 않아 안타까웠다. 그러다 제 모습에 피식 웃음이 났다. 변태도 아니고, 모르는 여자나 훔쳐보는 제 모습이 영 낯설었다. 그렇게 휴대폰을 거둬들이려 했던 유한이 놀라 조금 전까지 여자가 있던 곳으로 달려갔다.

"이봐요."

유한이 나무 밑에 쓰러진 여자를 안아 들어 흔들었다. 혼자서 잘 놀던 여자가 갑자기 쓰러지는 바람에 돌아가려던 것을 잊고 뛰어온 참이었다. 본래 하얀 얼굴인 건지 몰랐지만 하얗게 질린 얼굴에 가슴이 덜컥 내려앉았다. 아무리 불러봐도 대답이 없자 유한이 여자를 안아 들고 병원 쪽으로 뛰기 시작했다.

"사람이 쓰러졌습니다."

축 늘어진 여자를 들쳐 안고도 전속력으로 응급실 안으로 들어온 유한이 응급실 안의 의사와 간호사를 찾았다. 급박한 상황에서도 유한의 목소리는 차분했지만 마음까지 그런 것은 아니었다. 처음 본 여자였음에도 여자가 잘못될까 심장이 쿵쾅이기 시작했다.

"보호자세요?"

"아…… 아뇨. 지나가다 여자분이 쓰러져 계셔서요."

정확히는 지켜보다 쓰러진 것을 발견한 것이지만 솔직하게 이야기하지는 않았다. 우연히 발견한 것이나, 지켜보다 발견한 것이나, 여자에 대해 모르는 것은 똑같았다. 침대에 누인 그녀의 주위에 의사와 간호사들이 몰려들어, 여자가 쓰러진 원인을 찾고 있는데, 유한의 눈에 침대 아래 떨어진 휴대폰이 불을 내는 것이 보였다. 여자의 카디건 주머니에 있던 휴대폰이 침대에 눕히면서 바닥으로 떨어진 것 같았다.

<엄마>

여자를 진단하는 의사의 발아래서 망가질 위기에 처한 휴대폰을 들어 올리자 엄마라는 발신자 표시가 작은 액정에 떠올랐다. 잠시 고민하던 유한이 진짜 보호자에게 여자의 상황을 알려줘야겠다는 생각으로 휴대폰 폴더를 열었다.

"여보……."

-강채은, 너 어디야? 잠깐 나갔다 온다더니, 한나절이야?

"이 휴대폰 주인 성함이 강채은입니까?"

-아, 저기. 누구세요?

당연히 딸이 받은 거로 생각했던 전화에서 웬 남자 목소리가 나오자 건너편의 여자가 당황한 듯 목소리가 흔들렸다. 그리고 딸의 신변의 무슨 일이 생겼다는 것을 느끼고 유한에게 거기가 어디냐며 다그치듯 물었다. 어차피 그걸 알려주기 위해 전화를 받은 것이므로 유한은 군소리 없이 여자의 어머니 전화에 응하고는 휴대폰을 끊었다.

"어머, 채은아!"

정말 광속으로 달려온 것인지, 전화를 끊고 얼마 되지 않아 정말 여자와 많이 닮은 듯한 중년 여자가 쓰러진 여자를 향해 달려왔다. 보호자가 올 때까지 기다릴 생각이었던 유한이 딸을 부르느라 정신이 없는 중년의 여자를 바라보고는 별 미련 없다는 듯 등을 돌렸다. 그렇게 응급실을 빠져나가려던 찰나, 유한의 걸음이 멈췄다. 그러고 보니 여자의 엄마 쪽이 어딘가 눈에 익다는 것을 깨달은 탓이었다.

병원 건물 밖을 빠져나가던 유한의 입가에 1년에 한 번 볼까 말까 한 미소가 지어졌다.

'강채은이라.'

어쩐지 다시 한 번 볼 수 있을 것 같았다.

"그래, 회사 일은 할 만하고."

"네."

유한이 이사라는 직함으로 본사에 들어온 지 얼마 되지 않아서였다. 아버지의 뜻에 따라 몇 년간 지방에 있는 화영그룹 계열사를 돌며 실무 경험을 쌓다가 다시 서울로 올라온 것이었다. 아무리 지방에 파견되어 일을 했었다고 해도 서른도 안 된 젊은 녀석이 아버지 힘으로 지금의 자리에 있는 것을 아니꼽게 바라보는 시선도 있었지만, 유한의 성격이 본래 그런 것에 신경 쓰는 타입도 아니고, 그런 시선이야 실력으로 보여주면 사라질 것들이기에 신경도 쓰지 않고 있었다.

"하실 말씀 있으신 겁니까?"

자신 못지않게 공과 사 구분이 철저하신 아버지가 자신을 부른 것을 보아하니, 자신에게 무슨 할 말이 있으신 것이 틀림없었다.

"다름이 아니고, 이 아가씨 한번 만나보는 게 어떤가 싶어서 말이다."

배 회장이 올려둔 것은 처음 보는 여자의 사진이었다. 무슨 기업의 몇째 딸이라는 설명이 이어졌지만 유한은 별말 없이 사진을 물끄러미 바라보고 있었다.

"부담 갖지 말고, 만나나 봐. 아직 적응 단계라 힘들긴 하겠지만, 이제 슬슬 가정 꾸릴 생각도 해야지."

정숙의 성화로 사진을 내밀기는 했지만 자신이 아는 유한이라면 선을 보지 않겠다고 할 것이라고 예상했다. 아들이 무슨 생각을 하며 사는지 알 수 없지만, 그랬기에 예상되는 다음 행동도 있긴 했다.

"이분 말고 다른 분을 만나고 싶은데요."

"뭐?"

놀란 아버지엔 아랑곳없이 유한이 배 회장의 되물음에 다시 대답했다.

"이 여자분 말고, 다른 분이요."

"너, 만나는 아가씨가 있었어?"

일에 빠져 여자를 만난다는 소리는 듣지 못해 사진을 내민 것이었는데, 유한이 누군가 있다는 식으로 말하니 궁금할 수밖에 없었다. 능력 있는 놈은 연애도 비밀로 잘하는 것인가.

"아니요. 그런 아가씨가 있었다면 이런 자리 자체를 거절했겠죠. 그래도…… 마음에 둔 아가씨는 있습니다."

"누구? 내가 자리 한번 만들어보마."

마음에 둔 아가씨라니. 절대 아들이 했다고 믿을 수 없는 말이었다. 자신이 봐도 얼음장 같은 아들을 녹인 아가씨라면 쌍수 들고 환영할 용의가 있었다. 적극적으로 일을 추진할 것처럼 보이는 아버지의 모습에 살짝 난감해진 유한이 배 회장을 말렸다.

"그건 제가 알아서 하겠습니다.'

"그게 무슨 소리야? 네가 자리를 만들겠다고?"

맞선자리를 스스로 만드는 사람이 어디 있던가, 본인이 움직일 생각이라면 자리를 만들 게 아니라 마음에 든 사람을 찾아가야지. 탐탁지 않은 배 회장의 표정에도 유한은 차분하게 말을 이었다.

"아마 그 여자분은 저를 모를 겁니다. 저도 마찬가지고. 그러니 처음부터 제대로 인사해야죠."

봄만 되면, 한 노래만 들으면 파블로프의 개처럼 여자를 떠올렸다. 문득문득 떠오르던 그 여자가 선을 보라는 아버지의 말에 또다시 나타났다. 지금은 봄도 아니고, 노래가 들려오는 것도 아닌데 말이다.

"도대체 어떤 아가씨인데?"

"나중에 말씀드릴게요. 그럼 먼저 일어서겠습니다."

궁금해 애가 타는 아버지를 두고 유한은 냉정히 자리에서 일어섰다. 어쩐지 살짝 들뜬 유한의 걸음이 가볍다는 것을 아버지 배 회장을 포함한 유한을 스쳐 지나갔던 직원들은 전혀 알지 못했다.

호텔 안에 있는 커피숍에 앉아 물을 마시고 있는 유한의 자세는 꼿꼿했다. 누군가를 기다리는 듯 보이는 그의 모습은 한 치의 흐트러짐이 없어 보였지만, 그게 다가 아니라는 사실은 본인만이 알고 있었다.

"큰일 났군."

쥐고 있는 잔 안의 물이 흔들렸다. 긴장으로 살짝 떨리는 손이 물에까지 영향을 주는 모양이었다. 이래서야 말이나 제대로 할 수 있을는지. 채은에게 처음으로 인사를 하는 자리에서 실수를 하지 않을까 걱정이 되기 시작했다.

"현재 따님이 만나는 분이 없으시다면 따님을 만나보고 싶습니다."

얼굴도 몇 번 뵙지 못한 강 회장을 다짜고짜 찾아가 했던 말이었다. 얼마나 황당하셨을까. 채은을 만나보고 싶다는 다급한 마음에 일을 벌이기는 했지만 지금 생각해보면 정말 앞뒤 안 가린 행동이라는 것을 인정할 수밖에 없었다. 이런 식의 무모함은 자신의 스타일이 아닌데 말이다.

"혹시 화영에서 준비 중이라는 신기술 개발 때문에 그런 건가?"

그의 그 무모함은 강 회장에게도 언뜻 이해가 되지 않았던지 잠시 고민하듯 침묵을 지키던 강 회장이 물었다. 갑작스러운 자신의 제안에 당황할 강 회장의 마음을 알았지만 용기를 내어 온 제 마음이 고작 신기술에 밀리는 꼴은 두고 볼 수가 없었다.

"물론 광선의 기술력이 저희에게 도움이 되긴 하겠지만, 사적인 부분을 이용해서 일을 진행할 생각은 없습니다. 만약 화영과 광선이 손을 잡는다면 화영의 확실한 데이터와 가능성을 토대로 광선이 화영과의 협약을 고려할 수 있도록 할 것입니다."

"그렇다면 왜 굳이 나를 찾아와서 이런 부탁을 하는 건가. 우리 채은이가 마음에 드는 거면 직접 만나는 게 더 빠르지 않겠나."

"이제 결혼도 생각해야 하는 나이이니, 저희 둘만 좋다고 되는 건 아니라고 생각합니다. 그리고 제가 직접 강채은 씨에게 다가서는 것보다는 강 회장님께서 중간에 저를 도와주시면 강채은 씨도 저를 쉽게 거절하지는 못할 것 같아서요."

"사윗감 후보로 인사를 하는 건 핑계고, 우리 딸 꼬이는 데 아버지를 이용하겠다는 말인가."

꽤나 핵심을 찌른 말에 긍정하듯 유한은 아무런 말을 하지 않았다. 황당한 듯 웃기는 했지만 어린 녀석의 치기 어린 말에도 강 회장은 노여워하는 기색 없이 말했다.

"뭐, 좋아. 만나게 해주는 거야 어렵겠나. 하지만 나는 우리 딸 의견이 제일 중요하네. 우리 딸이 싫다고 자네를 거절하면 절대 두 번 도와주는 건 없을 걸세."

약은 계산을 하는 사람이라면 딸을 이용해 화영의 배경을 얻을 수 있는 수를 쓰려고 했겠지만 그 순간 강 회장은 이익을 얻으려는 사업가가 아닌 딸이 행복하길 바라는 아버지의 얼굴을 하고 유한에게 말했다. 같이 경영을 하는 입장에서 강 회장의 이런 생각이 얼마나 힘든 것인지 알기에 그를 존경하는 마음이 더욱 커졌다. 자신도 미래의 장인어른 같은 아버지가 되고 싶다고 다짐하는 김칫국을 마시면서 말이다.

초조하게 시계를 보며 시간이 빨리 오기를 바랐다가, 빨리 오지를 않기를 바랐다가 하는 변덕을 부리며 유한이 다시 한 번 물컵 안의 물을 마셨다.

"좋아해야 하는데."

채은이 오기 전 재킷 안주머니에 넣어두었던 콘서트 표 2장을 꺼내 보며 유한이 중얼거렸다. 그가 손에 들고 있는 것은 채은이 제 눈에 들어오는 데 결정적인 역할을 했던 '가을 바보'라는 노래를 부른 김재현의 추모 콘서트 티켓이었다. 채은과 만나게 된다면 첫 데이트는 김재현의 콘서트가 좋겠다 싶어 구한 표였지만, 서울 공연이 끝난 탓에 대전 공연의 표를 내밀어야 한다는 것이 마음에 걸렸다. 하지만 그렇다고 제 사정을 미주알고주알 채은에게 말할 성격도 못 되는 탓에 그저 채은이 좋아해주길 바라는 마음이었다.

이제 채은이 올 시간이었다. 손에 들고 있던 티켓을 다시 한 번 재킷 안주머니에 넣은 그가 채은이 들어올 입구 쪽으로 시선을 보내다 멈칫 그의 어깨가 경직되었다. 그녀였다. 몇 년간 각인된 것처럼 지워지지도 않은 채 봄, 가을, 그리고 여름, 겨울 때마다 제 마음을 간지럽혔던 강채은. 첫눈에 반했다거나 사랑에 빠진다거나 하는 낭만적인 감성을 믿지는 않지만, 그럼에도 그런 이야기를 들을 때마다 유한은 채은을 떠올렸다.

주먹구구식으로 밀어붙인 것이긴 하지만 드디어 그녀를 만났으니, 자신의 마음을 다시 한 번 들여다보고 채은과 좋은 인연을 이어갈 수 있었으면 하고 바랐다. 문득 유한은 제 앞에 커다란 거울이 있었다면 좋을 텐데 하는 생각을 했다. 지금 제 머리가 어떤지, 옷은 단정히 정리돼 있는지가 너무 궁금했다. 그렇다고 지금 화장실로 달려갈 수도 없고, 또다시 원인 모를 초조함을 느끼며 유한은 채은은 맞이할 마음의 준비를 했다. 그녀가 자신에게 '배유한 씨?' 하고 물을 순간을 기다리며 흘끔흘끔 채은을 보던 그의 표정이 굳어졌다.

채은이 카페 안으로 들어서는 것을 막는 방해꾼이 있었다. 어느새 자신을 등지고 방해꾼과 이야기를 하는 채은의 모습에 유한의 기분은 한층 더 가라앉았다. 이제 약속 시각도 다 돼가는데 도대체 무엇을 하는 것이냔 말이다. 처음엔 얼른 대화가 끝나길 기다리며 채은이 자신 쪽으로 다시 몸을 돌리기를 기다렸다.

무슨 일이든 감정을 드러내지 않고, 상대가 먼저 행동까지 기다렸다. 먼저 행동하는 쪽이 안달 난 것이니 기다리는 자가 더 상위에 있는 것이라고 말한 돌아가신 할머니의 말을 새기고 있었다. 하지만 몇 초도 되지 않을 그 시간이 너무도 길게 느껴지고, 자신도 잘 알고 있는 방해꾼과 하하 호호 웃고 있는 채은의 모습에 부아까지 치미는 것 같았다. 그런 그의 불안은 톡톡 테이블을 치는 손가락으로 드러났다. 톡톡, 처음엔 여유로운 듯 천천히 움직이던 손가락이 시간이 갈수록 탁탁, 빠른 속도로 테이블을 두드려 대기 시작했다. 그리고 더 이상 참을 수가 없어진 그가 자리에서 일어섰다.

"정말요?"

"네, 그렇다니까요."

무슨 이야기를 하는 것인지 채은과 남자는 대화를 하는 내내 즐거워 보였다. 그 두 사람을 방해하려 걸어가는 구두 소리를 크게 내보았지만 두 사람은 들리지 않는 것 같았다.

"안 믿기시면 언제 시간 내서 같이……."

"강채은 씨?"

두 사람이 대화를 멈추지 않는다면 자신이 그 대화를 막으면 되는 것이었다. 선볼 여자에게 데이트 신청을 하는, 어떻게 채은을 알고 있는지 모르는 사촌 동생을 뒤로하고 채은을 바라보았다. 꼭 한 번 보고 싶었던 동그란 눈동자가 자신을 향하니 조금 전 느꼈던 불쾌함이 씻겨 내려가는 것 같았다.

"형이 어떻게……."

놀라움에 말을 잇지 못하는 수한은 바라보지도 않은 채 유한은 채은을 바라보았다. '첫눈에 반했다.', '사랑에 빠졌다.' 그 낭만적인 감정이 실제가 될 수도 있다는 것을 두 눈으로 확인하면서 말이다.

전화를 할까, 말까. 오늘도 다른 날과 변함없이 늦은 시간까지 일을 한 유한이 휴대폰을 들고 고민에 빠졌다. 채은에게 연락을 하고 싶으나 너무 늦은 시간인 것 같아 망설여지는 것이었다. 채은과 만나는 시간은 무채색이던 유한의 인생에 다채로운 색을 선물해 주었다. 채은을 떠올리며 시작하는 하루도, 채은이 자신을 어떻게 생각할까 고민하며 생겨나는 불안이나 기대감도, 채은을 더욱 알고 싶고 채은에게 다가가고 싶은 열망도 유한에겐 낯선 것이지만 마치 정해진 대로 흘러가는 강물처럼 자연스러운 것이었다. 그저 약간의 호감과 호기심일 거라 생각했던 마음이 점차 몸을 키우고 환하게 빛을 뿜어냈다. 그것이 두렵기도 하고 신기하기도 했지만 유한은 그런 변화를 막지 않고, 앞으로도 막을 생각이 없었다. 아니, 막을 수 없다는 것이 더욱 정확한 것일 수도.

신호음이 세 번 울리면 끊는 거다. 전화를 하지 않으려니 아쉽고 막상 하려고 드니 망설여지고. 그러니 조건부로 전화를 하기로 마음먹은 유한이 휴대폰 버튼에 채은의 번호를 눌렀다. '강채은'이라고 액정에 뜨는 이름을 보는 것만으로도 심장이 쿵덕쿵덕 기분 좋은 소리를 냈다.

뚜르르, 한 번. 뚜르르, 두 번. 짧은 찰나지만 채은이 전화를 받기 바라며 휴대폰을 쥔 손에 힘을 주었다. 뚜르르, 세 번째. 마지막 신호를 듣고 아쉬운 마음으로 유한이 전화를 내려놓으려는 순간, 딸깍. 전화가 연결되는 소리에 유한이 빠르게 휴대폰을 귀에 댔다.

"여보세요."

-혹시 채은 누나랑 아시는 사이세요?

하지만 전화기에서 들려오는 건 채은의 목소리가 아니었다. 그리고 앳되지만 남자가 확실한 목소리에 유한의 표정과 목소리가 굳어졌다.

"그러는 그쪽은 누구시죠?"

그리고 그의 차가운 목소리에 전화기 저편의 남자가 멈칫하는 기색이 느껴졌다.

-그…… 그게. 채은이 누나가 지금 술에 취해서요.

누구 멋대로 채은이 누나야. 누구든 나이가 어리다면 부를 수 있는 호칭이지만 너무도 친근하게 나온 그 호칭에 유한의 인상이 더욱 진하게 파였다. 어느새 그의 무표정한 얼굴에는 깊은 짜증이 배어 나왔다. 채은과 전화를 받은 상대의 관계를 파헤치는 것보다 중요한 건 따로 있었다.

"지금 거기가 어디죠?"

눈썹이 휘날리도록 달려가야 할 때였다.

"오늘 모임에서 회식을 했는데 채은 누나가 너무 술을 많이 마셔서요."

민망한 듯 머리를 긁적이며 채은의 후배라고 자신을 밝힌 남자의 말을 들으며 유한은 술집 앞에서 주저앉아 무릎에 고개를 파묻은 채 있는 채은을 바라보았다. 정말 술을 꽤 마셨는지 채은은 해롱해롱한 상태였다.

"채은이는 내가 집에 잘 데려다줄 테니 가봐요."

"네? 아니…… 제가 좀 도와드릴까요?"

어떤 사이인지는 알 수 없었지만 술에 취한 채은을 유한 옆에 두고 가는 게 마음에 걸렸던지 채은의 후배가 조심스럽게 유한에게 물었다. 그리고 그 물음에 가만히 채은을 보고 있던 유한이 후배를 바라보았다. 아무것도 읽히지 않는 유한의 표정에도 보이지 않는 가시를 느꼈던지 후배가 어깨를 움찔했다.

"걱정하지 않아도 채은이는 제가 잘 데려다주겠습니다."

"아…… 네. 그럼 잘 부탁드리겠습니다."

네가 부탁 안 해도 우리 채은이는 내가 잘 챙긴다. 이런 말이 목 끝까지 올라왔지만 유한은 알겠다고 고개를 끄덕였고, 쭈뼛쭈뼛 몸을 옮기려던 후배가 갑자기 무언가가 생각난 듯 유한에게 무언가를 건넸다.

"이거 저번에 야유회 갔을 때 찍었던 사진인데, 채은 누나한테 좀 전해주세요."

"네, 알겠습니다."

여전히 술 때문에 정신을 차리지 못하는 채은에게 온 신경을 쏟은 채로 유한이 후배에게 투명한 봉투 안에 들어 있는 사진 뭉치를 받고 대충 재킷 주머니 안에 쑤셔 넣었다.

"이렇게 취할 정도로 마셨으면 나한테 연락을 하든가."

그렇게 후배가 사라지고 불만스럽게 중얼거리며 유한이 채은과 마찬가지로 무릎을 꿇고 앉아 채은과 비슷한 눈높이가 되었다. 유한이 온 것을 모르는 채은은 무릎에 얼굴을 묻은 채 고개를 절레

절레 저었다.

"술을 얼마나 마신 거야. 머리 아파?"

채은의 행동에 걱정이 된 유한이 물었다. 그리고 그의 목소리에 반응한 듯 흐리멍덩한 눈의 채은이 고개를 들어 유한과 눈을 마주쳤다.

"어? 유한 씨?"

술에 취해도 시력에는 문제가 없었기에 채은이 유한을 알아본 듯 술 때문에 충혈된 눈을 동그랗게 떴다.

"속은 괜찮아?"

"네! 괜찮아요. 그런데 여긴 어떻게 왔어요? 내가 불렀나? 그럴 리가 없는데."

"왜 그럴 리가 없다는 거야?"

고개를 갸웃거리는 채은의 모습이 귀여워 약간 미소를 지은 유한이 그녀에게 물었다.

"유한 씨가 나를 데리러 여기까지 올 리가 없으니까."

그렇게 말하면서 기분이 우울해진 듯 채은이 입술을 삐죽이며 침울한 표정을 지었다. 도대체 이 여자는 무슨 생각을 하는 걸까. 자신이 본인의 연락을 받고 찾아오지 않을 거라고 생각하다니. 채은의 전화를 대신 받았던 후배의 전화에 부들부들하여 이곳까지 온 자신이 허망해지는 순간이었다. 억울한 생각이 드는 동시에 입술을 삐죽이는 채은이 귀여워 보이니 중증이다 싶었다. 채은의 이마를 아프지 않게 손가락으로 밀며 유한이 말했다.

"몰랐는데, 완전 술고래군."

"술고래 아니에요!"

채은 또한 억울한 마음이 들었던지 그의 눈을 바라보며 강력하게 외쳤다. 여전히 또렷하지 못한 눈으로 유한을 바라보다 술이 이끄는 수마의 기운에 눈을 끔뻑거리며 점점 수면의 세계로 빠져 들어갔다.

"졸리다."

흐릿한 목소리로 그렇게 말을 마친 채은의 눈이 점점 감기기 시작했다. 이번엔 유한이 아닌 유한의 할아버지가 온다고 해도 쉽사리 정신을 차리지 못할 것 같았다. 채은의 집이 어디 있었는지를 떠올리며 차로 채은을 데리고 가려다 무슨 생각이 들었던지 유한이 재킷 안주머니에 손을 집어넣어 무언가를 꺼냈다. 그가 꺼낸 것은 후배가 그에게 건네고 간 채은의 사진이었다. 후배를 얼른 보내고 싶은 마음에 챙기는 척했던 것이지만 사진 속 채은의 모습이 궁금했던 것이었다. 친구들인 건지 서로 팔짱을 끼며 어딘지 개구쟁이처럼 보이는 표정에, 다른 사람을 챙기는 맏이 같은 모습, 사진 찍는 것이 익숙하지 않은 것인지 어색하고 민망한 모습 등 사진 속 채은은 아직 자신이 보지 못한 모습을 하고 있었다. 그리고 그중에 유한의 눈길을 끈 것은 환하게 웃고 채은. 하루 종일 봐도 질리지 않을 모습으로 채은은 사진 밖 유한을 바라보고 있었다.

"이건 집까지 무사하게 데려다주는 값으로 하자고."

채은은 동의하지 않은 조건이 만족스러운 듯 흐뭇한 표정으로 사진을 갈무리하여 두고 고롱고롱 잠에 빠져든 채은을 보며 유한은 또다시 한마디를 내뱉었다.

"강채은. 뭐, 이것도 꽤 귀엽네."

미소를 머금은 채 유한이 채은을 등에 업었다. 생각만큼이나 가벼운 몸을 느끼며 유한은 천천히 걸음을 옮기기 시작했다. 어느새 유한의 마음만큼이나 길어진 그림자가 그를 따랐다.

네온사인의 불빛은 더욱 강해지는 것만 같았다. 유한은 바깥 풍경과 반대로 점점 빛이 바래가는 채은과 자신의 관계를 떠올렸다. 자신은 왜 채은과 결혼을 했던 것일까. 창밖의 불빛을 바라보며 유한은 생각에 잠겼다. 늦은 밤 채은과 헤어지고 싶지 않아서, 채은의 주변을 맴도는 수한이 신경 쓰이고, 채은을 온전히 내 사람으로 만들고 싶어서, 그리고 무엇보다 채은을 행복하게 해주고 싶어서였다. 하지만 채은은 이제 자신과 사는 것이 너무 힘들다고 말하고 있었다. 도대체 무엇이 채은을 힘들게 했던 것일까.

유한은 가만히 화영그룹의 50주년 기념 파티를 떠올렸다. 너무도 슬픈 목소리로 미안하다고 했던 그녀의 목소리. 그때 자신은 채은을 잡아야 했는지도 모른다. 말로 채은에게 상처를 준 그 여자들을 뒤에서 혼내주는 대신에 말이다.

"이사님께서 필요하실 것 같아 준비했습니다."

기훈이 유한에게 건넨 건 몇 장의 사진이었다. 화영의 50주년 기념 파티 날 아이 이야기로 채은의 기분을 건들었던 여자의 치부가 담긴 사진. 현재의 공공연한 약혼자가 아닌 다른 남자와 호텔로 들어가는 모습이 담긴 이 사진은 그 여자를 괴롭히기에 충분할 터였다.

"업무도 많을 텐데 제 개인적인 일까지 신경 쓰게 해서 미안합니다."

자신이 시킨 것은 아니지만 일 잘하고 눈치까지 빠른 비서가 준비한 선물에 유한이 고마움을 표현했다.

"아닙니다. 이런 사진을 보면서 할 이야기는 아닌 거 같지만 사모님과 관계되면 이사님이 굉장히 인간적으로 느껴집니다."

"일만 하는 로봇이 아니라요?"

"네."

유한만큼이나 표정 없고, 딱딱한 기훈의 표정에 약간의 미소가 걸쳐졌다. 언제나 냉철하고 공과 사가 분명한 상사가 제 아내가 걸려 있다고 하면 유치할 정도로 인간적인 모습을 보이는 것이 보기에 좋았다. 그걸 사모님이 모르는 것이 안타깝긴 하지만 말이다.

"사모님 위하는 모습이 보기 좋으십니다."

전에도 몇 번 유한이 채은을 괴롭혔던 사람들을 혼내준(?) 과거를 알고 있는 기훈의 말에 유한의 표정이 민망하다는 듯 변했다.

"팔불출이라고 대놓고 욕을 해요."

"아닙니다. 어쨌든 사진은 제가 알아서 잘 처리하겠습니다."

"부탁합니다."

원래도 아슬아슬했던 약혼관계이니 이 사진으로 인해 끊어진다고 해도 이상할 건 없어 보였다. 본인도 떳떳한 것이 없는 주제에 채은을 기죽이고 울게 한 것을 용서할 수 없었다. 분노와 모멸감으로 그 마른 몸이 벌벌 떨던 그날의 채은을 잊을 수 없다. 자신이 채은의 임신을 미룬 것은 다분히 채은을 위한 결정이지, 채은의 잘못이 아니었다.

그녀는 기억하지 못하겠지만 첫 만남에 채은은 제 앞에서 기절했고, 지금은 꽤 괜찮아졌다고 해도 몸이 약해 이리저리 픽픽 쓰러지던 채은을 힘들게 하고 싶지 않았다. 한 생명을 품는 일이니, 채은의 몸이 받을 부담은 상당할 것이 분명했고, 자신은 그것이 싫었다. 비록 아이를 갖고 싶다는 채은의 청을 거절한 것이 마음에 걸리기는 했지만 어쩔 수 없는 일이라 생각했다. 이런 마음을 좀 더 잘 설명했다면 좋았을 텐데 하는 생각이 들긴 했지만, 이미 생겨먹은 성격이 이런 탓에 서운해하는 것을 알면서도 채은에게 제 마음을 제대로 설명하지 못했다. 미안하긴 했지만 유한은 채은이라면 자신을 이해해줄 것이라고 언제나처럼 멋대로 결론 내려버렸다. 그것이 어떤 결과를, 아니 자신에게 어떤 벌을 내릴 것이라 생각하지 못한 채로.

배유한에게는 강채은이 필요하다.

배유한 인생에서는 반론할 여지가 없는 명제였다. 채은이 이혼을 하자 나서는 이 순간에도 유한은 그 명제를 떠올렸다. 자신과 채은 사이에 아이가 있었다면 괜찮았을까. 자신과 채은이 단둘이 여행을 갔었다면 달라졌을까. 자신이 채은에게 많은 이야기를 했다면 달라질 수 있었을까. 여러 의문과 대답이 유한의 머릿속에 떠올랐다 사라졌다. 분명 프러포즈 할 때도…….

"아……."

그 순간 유한의 머릿속에 섬광처럼 스치는 일이 있었다. 채은에게 결혼하자 청혼을 했을 당시, 채은은 기쁜 건지 슬픈 건지 알 수 없는 표정으로 유한에게 물었다. 자신이 필요하느냐고. 자신은 당연히 강채은이 필요하다는 뜻에서 필요하다며 고개를 끄덕였지만 채은에게 명확히 그 필요한 주체를 말하지 않았다는 것을 이제야 깨달았던 것이었다. 병신 같기는. 뒤늦은 후회가 스스로에 대한 욕으로 나왔다.

"나한텐 네가 필요해, 채은아."

그렇게 중얼거리며 유한은 더욱 가라앉은 표정으로 창밖을 바라보았다. 후회와 반성, 어떤 새로운 다짐을 하는 그의 표정이 점점 단단해지기 시작했다.

생각을 정리한 다음 날. 아버지에게 채은과 더 많은 시간을 갖고 싶다며 휴가를 달라고 선전포고하듯 말을 던진 유한이 퇴근길에 올랐다. 자신을 피하기만 하는 제 모습에 화가 났던지 오늘 꼭 들어오라고 했던 잔뜩 화난 목소리의 채은을 떠올렸다. 오늘은 채은과 잘 이야기해보자 다짐했지만 유한은 말할 수 없도록 커다란 불안을 느꼈다.

"어떤 거 찾으세요?"

제 차를 대신 몰아주는 기사를 먼저 보내고 유한이 찾아온 곳은 주얼리 숍이었다. 잘 알지도 못하고, 다들 비슷해 보이는 반지 중에서 유한은 몸이 경직되는 것을 느꼈지만 마음을 가다듬으며 주얼리 숍의 점원을 바라보며 입을 열었다.

"결혼반지 대신에 간소하게 낄만한 반지로 요즘 인기 많은……. 아닙니다. 제가 살펴보겠습니다."

점원의 추천으로 산 결혼반지와 달리 이제 그들에게 두 번째 반지가 될 그 반지는 자신이 직접 고르고 싶었다. 제발 나를 떠나지 마. 내 옆에 있어줘. 애절함을 담은 두 번째 반지를 고르는 유한의 눈빛은 그 무엇보다 진지하고 간절했다.

"괜찮은 건가."

힘겹게 고른 반지를 보며 유한이 고개를 갸웃거렸다. 제 눈에 제일 예뻐 보이는 것으로 샀지만 채은의 눈에 촌스러워 보이지 않을지 걱정이었다. 촌스럽다고 퉁을 주고, 자신에게 원망을 쏟아부어도 좋으니 떠난다는 말을 취소해주길 바랐다. 집에 들어가자마자 보이는 커다란 결혼사진 속 채은을 보며 하루의 피로를 푸는 자신의 행복을 빼앗지 않기를 바랐다.

"강채은, 내가 너 없이 어떻게 살아."

반지를 소중히 재킷 주머니에 넣은 유한이 천천히 자신들의 집을 향해 차를 몰기 시작했다. 오늘 자신은 채은에게 꼭 할 말이 있었다.

채은에게 간다고 생각하니 자동차도 신이 났던지 앞으로 나아가는 차의 움직임이 매끄러웠다. 오늘 채은과의 대화도 이렇게 매끄럽기를 바라며 유한이 차의 속력을 높이려 할 때였다.

쾅!

불안하게 비틀거리며 유한의 맞은편에서 달려오던 자동차가 유한 쪽으로 다가왔고, 놀란 유한이 핸들을 틀자 차는 그대로 가로수에 몸을 부딪히며 귀를 막지 않고는 견딜 수 없는 소음을 냈다. 그리고 거짓말 같은 정적. 사고의 충격으로 머리에서 흘러내린 피가 유한의 시야를 막았다. 채은이를 보러 가야 하는데, 채은이에게 할 말이 있는데. 흐려져 가는 의식 사이로 유한은 어느새 어린 시절의 제 모습을 보고 있었다. 걱정 없이 웃는 자신과 자신을 바라보는 할머니. 어린 시절 이후 꿈속에도 나오지 않아 자신을 서운하게 했던 할머니를 마주한 유한은 언제나처럼 할머니에게 투정을 부렸다.

'할머니, 나 채은이한테 가야 해. 우리 색시가 나 기다리는데. 할머니, 할머니.'

웃는 얼굴을 한 채 대답하지 않는 할머니를 보며 유한의 시야에 깜깜한 어둠이 내려앉았다. 색시야. 색시야를 부르는 남자의 음성 또한 점점 사그라들었다.

-마침-

## 작가 후기

『베이비 부』는 제 글 중에서 가장 많은 변화를 겪었던 글입니다. 처음 단편 예정으로 썼던 글이 장편이 되었고, 제목도 몇 번이나 바꾸고 나름대로는 내용도 몇 번이나 바꾸었습니다. 수정할 때마다 최선을 다했지만 완벽한 수정은 없다는 것을 이 작품을 수정하면서 느끼게 되었네요. 그래도 유한이와 채은이를 만나 즐거웠고 행복했습니다. 특히나 유한이는 제게 많은 엄마 미소를 짓게 해준 주인공입니다. 떼쟁이지만 미워할 수 없는 아이였지요. 저만 그렇게 느꼈는지 모르겠지만요.(웃음)

글을 쓸 때마다 제 아이들을 만난 독자님들이 즐거웠기를 바랍니다. 물론 이번에도 『베이비 부』의 채은이와 유한이를 만난 독자님들이 즐거운 시간이 되셨기를 바라봅니다.

언제나 제가 글을 쓰는 힘을 주는 우리 녹턴 식구들, 유한이와 채은이가 세상으로 나올 수 있도록 도움을 주신 와이엠북스의 김은지 팀장님과 출판사 관계자 여러분 모두 감사드립니다.

언제나 더 나은 모습을 보여드리기 위해 노력하는 글쟁이가 되도록 하겠습니다.

-신노윤 드림.